互換性の王子

雫井脩介

水鈴社

互換性の王子

装画　ＩＱＧＭ
装丁　名久井直子

1

「成功《なりとし》さんも、これからはいつ取締役に上がってもおかしくないでしょう」

父の別荘に着くなり、ちょっといいですかと寝室に入ってきた海老沢佳介《えびさわけいすけ》がいきなりそんな話を始めたので、志賀《しが》成功は少しばかり面食らった。

「僕は部長になって、まだ一年足らずですよ」

「いや、こういうのは勢いが大事なんですよ」海老沢は銀行出身らしからぬ、理屈抜きの言い方をした。「風が吹いているときに一気に上っていかないと」

「風なんてどこに吹いてるんですか」成功はそう言って受け流す。「社長もそんなに甘くはないですしね」

何より、朝からのゴルフコンペを引き揚げてきて一息ついたところであり、変にぎらついた話をされても反応に困る。

「社長は風を見極めています」海老沢は閉口気味の成功に構わず、真面目な顔をして話を続けた。「つまりは成功さんに対する周りの目であり、気運というやつです」

海老沢は四十代半ばで、〈シガビオ〉の取締役の中では一番若いが、すでに髪のほとんどは白く、妙な老成感がある。会社と成功の将来を見通しているように彼は話を続ける。

「その気運を私は作りたいと思っています。私のように成功さんを盛り立てようと考えている人はほかにもいますよ。いわば、成功派と考えていただいてけっこうです」

「そりゃどうも」

応じながら、内心では苦笑を禁じえない。成功は社長である父・英雄《ひでお》と対立しているわけではなく、派閥を欲しているわけでもない。

成功が三十手前の歳で事業部長という地位に就くことができているのは、父の後継者路線に乗せられているからだ。そうであれば、放っておいてもいずれは取締役にも取り立てられるのだろうし、無理に社内政治に首を突っこむ必要もないと思っている。

海老沢自身、まだ若いので、成功の代になっても自分が安泰であるように今からすり寄っておこうという気持ちがあるのかもしれない。

「例えば、船見《ふなみ》さんなんかも」海老沢は人事部長を務めている船見佐知子《さちこ》の名前を出した。「私は彼女も取締役に選ばれるべきだと思っているんです。能力のある人ですし、そうなれば、成功さんを経営陣に迎える気運も一気に高まる」

つまりは、先に船見佐知子を経営陣に引き上げ、彼女と二人で成功を待望する空気を醸成したいということらしかった。

「私は近々《きんきん》にも、経営陣の充実を社長に進言したいと考えています」海老沢は自らの決意をそう明かした。「もし社長から成功さんに意見を求められるようなことがあれば、後押しの一言をいただけると非常に助かります」

「構いませんよ」成功はさらりと言った。「社長が僕に人事の意見を聞いてくるとは思えませんが、問われれば船見さんを推しておきましょう」

昨今は上場企業に女性役員比率の数値目標が課されるようにもなってきている。〔シガビオ〕は非上場会社であるものの、女性を役員に登用することは悪くない。安請け合いのもとはその程度の理屈である。

もちろん、何かのときに味方になってくれる人間が多いに越したことはない。

「それで十分です」

海老沢は大きな力を得たように、気張った返事を口にした。

〔シガビオ〕は、中堅の飲料メーカーである。健康志向の商品が多く、高級スポーツドリンクや、黒酢とはちみつを配合した健康飲料、ローヤルゼリーやプロテインなどを組みこんだパウチゼリーなどを出している。

この日のゴルフコンペは取引先であるスーパー〔イシゲヤ〕が主催したものだった。営業マターであり、事業部の成功とは直接関係ない話だったのだが、社長である父の名代として参加することになった。

夜は社内の参加メンバーで軽井沢にある父の別荘に泊まることになり、夕食を終えると、そのままリビングでウイスキーのボトルを開けた。

「しかし、成功くんもあれだな、今度何か一つヒットさせたら、それを勲章に役員になるだろうから、そうすると、俺も成功さんと呼ばないといけなくなるな」

関東営業部長の滝川秀一《ひでかず》が本革のソファに心地よさそうに背中を預けながら、ひげ面をにやりとさせて言った。

その隣では海老沢が、ここでも気運が生じつつあるとばかりにうんうんとうなずいている。

「そんな簡単に、取締役なんてなれるかどうか」

成功は適当な口調でそう応じる。昼間の疲れからか、酒の回りが早い。それでも、部の後輩である子安慎治《こやすしんじ》がすかさず作ってくれるから、また口に運んでしまう。

「いやいや、早く、成功さんと呼ばせてくれよ」滝川はそれが愉快なことであるように言った。

「市村なんかは最初から成功さん、成功さんってな。あれはやっぱり頭がいい」

「私も成功さんはすぐに上に立つ人だと思ってますから、最初から成功さんですよ」海老沢が言う。

「この人もやっぱり頭がいい。さすが銀行出身だ」滝川は肩をすくめて言った。「俺なんか、なまじ成功くんって呼んじゃったもんだから、いつ変えるか考えなきゃならない。それでまあ、成功くんがポストで俺を抜いたときって決めたんだ」

「こいつなんか、いまだに〝サクセス〟ですよ」成功は同期の栗原尚弥《なおや》を親指で指した。「学生時代の呼び名で」

「会社の中でも？」海老沢が驚いたように訊いた。

「いや、仕事中はさすがに弁《わきま》えますよ」栗原は苦笑気味に言った。「プライベートだけです。学生時代からのよしみってことで。僕ともう一人、夏目くらいですけどね。そういう厚かましいのは」

「学生時代から成功さんは王子感があったんですか？」

後輩の子安の妙な問いかけに、栗原は「あったよ」と当然のことであるかのように答えた。「自然と輪の中心に収まる感じでね。〝スポドリ王子〟なんて呼ぶ連中もいたけど、それは半分やっかみが入ってたかな」

「親がオーナー社長ってだけで、人生イージーモードだなって言われるんだよ」成功は愚痴《ぐち》をこぼすように言った。

「言いたいやつには言わせときゃいいんだよ」滝川が言う。「偉大な創業社長の後を継ぐって、そんな簡単なものじゃないんだから」

「そうですよ」肩を持たれて、成功は深々とうなずいた。「誰か代わりにやってくれるんなら、どうぞって思いますよ」

「今でもけっこう悩んでたりするもんな」栗原がしみじみとして言う。「若いうちから責任背負わされて、結果も出さなきゃならないし、大変だって」

昔から近くにいる男だけに、成功の感情の機微はよく拾っている。

「社長が苦労して築き上げてきた会社なんだから、そんなイージーモードで受け継げるもんじゃないよな」滝川が理解を寄せるように言う。

もともと父・英雄は〈東京ラクト〉という大手乳業会社を飛び出して、今の会社を興《おこ》した。その道のりは決して平坦ではなく、一時は多額の負債を抱えて存続が危ぶまれたこともあったらしい。そこから試行錯誤して活路を探り、スポーツドリンクのヒットなどで今の会社の規模まで大きくしてきたわけだから、その苦労は並大抵のものではなかっただろう。

それだけに、成功に対する父の要求も大きいが、それが自分の宿命だと受け入れるしかない。

「本当にイージーモードなのは、栗原さんですよ」普段は事業部で机を並べている子安が、いたずらっぽく先輩の栗原をいじり始めた。「御曹司の友人として会社に入れてもらって、このまま行ったら次期社長の右腕ですからね」

「子安に言われると何かむかつくけど、否定はできないな」栗原はそう言って、からからと笑った。

「そのうち、栗原さんと呼ばなきゃいけなくなるか」滝川も笑って言う。「何でもいい。そういう心の許せる側近がいないとな」

「友情と仕事は別ですよ」

成功が言うと、栗原は「サクセス、俺を見捨てないでくれよ」と泣きついてきて、みんなが笑った。


杯が進み、取りとめない会話が続く。

アルコールにしびれた頭には、話の半分も入ってはこない。時折、栗原に「なあ、サクセス?」と問われ、「ああ」と適当に相槌《あいづち》を打つ。

次の週末には、かねて気になっていた山科早恵里《やましなさえり》との食事の約束が控えている。無意識のうちに思考はそんなほうへ飛んでいる。彼女の姿を脳裏に思い起こすだけで甘美な思いが湧き、成功はそれを肴《さかな》にまたウイスキーをあおる。

順調に行って、早恵里と付き合うことになれば、それこそ人生がイージーモードに入ったように感じられるかもしれないとも思う。

夜が更けていく。

外の森からカッコウの鳴き声が聞こえる。

がさごそと小枝が揺れる音もする。

「このへんはタヌキとかいるの?」滝川が頬のひげを撫でながら、漆黒の外を見やって訊く。

「軽井沢はイノシシやクマなんかもいるらしいですよ」ぼうっとしている成功に代わって、子安が答える。

「よし……タヌキゲームやるぞ」成功は思いついて言った。

「何すか、それ？」

「俺が今から、ある言葉を言うから、『た』を抜いて答えるんだよ。一番先に答えて当たったら勝ちだ」

「へえ、面白そう」

「賞品はだな……」

部屋を見回した成功の視線は、何となくテーブルに置いた自分の腕時計に留まった。

「えっ、ロレックスっすか⁉」

煽《あお》るような子安の言葉に、成功は乗った。

「いいよ。ちょうど新しいのを買おうと思ってたし」

「まじっすか」にわかに場が盛り上がる。

「おいおい、酔いが醒めてから蒼くならないか？」滝川が苦笑しながら心配してくれる。

「大丈夫、大丈夫」成功はそれを一蹴《いっしゅう》して、問題を出した。「行くぞ。第一問――あたたたり」

「アリ！」子安が手を挙げ、勢いこんで答える。

「ブー。残念でした。答えは『当たり』です」

「『た』が抜けてないじゃないっすか！」

「抜けない『た』もあるんだよ」成功はそう言って押し切る。「その見極めが難しいんだ。次行くぞ――たたたたまご」

「はい！」子安と栗原が手を挙げ、早かった子安が答える。「卵！」

「ブー。答えは『孫』でした」

「ずるいっすよ！」子安がこぶしを振って抗議する。「成功さんの匙加減じゃないっすか」

「よし、分かった」滝川と海老沢は見物を決めこんでいるので、成功は子安と栗原を相手に言う。

「先に答えを書くから、二人でそれぞれ答えろよ」

「よし、そう来なくっちゃ」

成功はメモ用紙を一枚取って、そこに答えを書きこんだ。

「よし、最後の問題――かたたたたたき」

二人とも慎重に考えていたが、栗原に促されて、子安から答える。「じゃあ、柿で」

成功は栗原を見る。

「肩たたき……と見せかけて、敵《かたき》」

その答えを聞いた反応が成功の顔に出たらしく、子安が「あっ」と声を上げた。

成功は手にしていたメモ用紙をテーブルに放り投げる。そこに「かたき」と書いてあるのを確認した子安が、「栗原さん、やった！」と叫んだ。

「さすが学生時代からの付き合いだけあって、成功くんも裏を読まれたな」滝川が冷やかし気味に言う。

「やられたよ」成功も負けを認めた。「はいよ」

腕時計を差し出すと、栗原は本気にしていなかったのか、「まじで？」と驚いた。

「いいよ。誕生日も近いだろ。俺はちょうど新しい人生始める気分だから、それはくれてやるよ」

その腕時計は別れた恋人とのデートの中で買ったものであり、思い出が詰まりすぎている。これから早恵里との関係が始まることを期待するなら、この機会に進んで手放すべきだと思った。

「そうか……？」

最初は戸惑っていた栗原も、滝川に「明日になって返せと言われても、俺たちが証人になってやるよ」とけしかけられ、最終的には嬉しそうに手首にそれを嵌《は》めていた。

いつしか眠りこけていた。

サクセス、風邪ひくぞ――。

誰かが成功の身体を担ぎ上げようとしているのをうっすらと感じるが、睡魔がきつくしがみついていて、意識は朦朧《もうろう》としたまま自分のものにならない。

羽目を外すような飲み方はしなくなったつもりだが……つぶれてしまってから反省しても遅い。

担ぎ上げられていた身体がどこかに寝かせられる。布団をかけられたのは分かった。

お休み――。

やれやれと言わんばかりに誰かが言った。成功は応えたかったが、思い通りに声が出たかどうか……。

すぐにまた深い眠りへと落ちた。


目が覚めたとき、成功はそこがどこなのか、一瞬分からなかった。

寝起きの身体はだるく、いったん考えるのをやめて目を閉じる。

父の別荘にいたはずだがと、しばらくして頭が働き出した。

もう一度目を開けてみる。常夜灯の明かりだけではっきりしないものの、普段自分が使っている別荘の寝室でないのは分かる。

ずいぶん眠った気はするが、まだ夜なのだろうか、どこからも日差しが洩れていない。

重い身体を何とか起こしたところで、寝ていた場所がソファの上であることに気づいた。

手探りで部屋の明かりのリモコンを探す。薄暗い中で認識できるのは、壁沿いに段ボールが積まれた雑然とした様子だ。いったいどこなのか分からない。リモコンが見つからず、壁のスイッチを探すことにする。手探りで壁際に歩み寄ると、上階に延びる階段が目に入った。

地下室なのだ。どうりで底冷えがすると思った。

そのまま階段を上りながら、昨夜のかすかな記憶を手繰《たぐ》り寄せた。ゴルフコンペに参加した同僚たちと酒盛りをしたあと、つぶれて寝入ってしまった。そして誰かが成功を部屋に運んだのだ。おそらく栗原と子安あたりだろう。寝室ではなく、地下室にわざわざ運ぶなど、こんないたずらめいたことをするのは彼らくらいだ。

馬鹿馬鹿しくて怒る気にもならない。呆れ加減の失笑を洩らしつつ、出入口のドアノブに手をかける。

が、これが開かなかった。

ロックは内側しかかけられないのでかかっていないはずなのだが、外で何かがドアノブに引っかけられているようだった。

冗談にもほどがある。

「おい、開けろよ!」

ドアをたたいて外の反応をうかがうものの、何の気配も感じ取れない。

二日酔いで頭が痛い。

「おいっ!」

力任せにドアをたたき、今度は手の痛みに顔をしかめた。鉄扉で、無意味に頑丈なのだ。この別荘を建てたのは大震災が起きた頃であり、原発事故が社会不安を惹き起こしていた。その影響もあって、父はシェルター代わりになる地下室を作ろうとしたらしい。

ただ、現実には物置として使っているだけだ。知り合いを泊めるにしても日の入らない地下室をあてがうわけにはいかないし、成功にしても深緑を望める部屋があるのに、わざわざ地下にこもりたいとは思わない。

待っていても、外には何の変化も感じられず、成功は階段を下りた。

壁のスイッチを押し、部屋の明かりをつけた。

しばらく見ないうちに、地下室の雰囲気は変わっていた。積まれている段ボールに何が入っているのかもよく分からない。

ただ、今はそんなことはどうでもよく、部屋の隅に置かれてあった箒《ほうき》をつかんで、再度階段を駆け上がった。

箒の柄《え》でドアをたたき、ガンガンと音を鳴らす。

「おい！　開けてくれ！」

ひとしきりたたいてから外の気配をうかがうのだが、寒々しいほどに何も感じられない。

ドアノブをつかんでガチャガチャと前後に動かす。力任せに動かしているうちに引っかかっているものが緩み、少しだけ可動域が広がった。しかし、外が覗けるほどには動いてくれない。

もっと大きく音が響くようなものはないかと階段を下りる。

壁にデジタル時計がかけられているのが目に入った。十三時二十分を指していて、一瞬ぎょっとする。いつ寝入ったのかは憶えていないが、せいぜいが零時、一時というところだろう。ゴルフで前日の朝が早かったとはいえ、丸半日、ずいぶんと眠りこけていたものだ。

もしかしたら、栗原たちは昼食をとりに町へと出ていったのではないかと思った。この別荘は確かに広い。四十畳のリビングのほか、寝室も十はある。会社の幹部を呼び寄せて、泊まりこみで経営課題を話し合うこともできるようなつくりになっている。

しかし、だからと言って、これだけドアをたたいて誰にも気づかれないのはおかしい。たまたま出払っているのだ。そうとしか考えられない。

まさか、成功を置いて、東京に帰ってしまったということはないだろう。

少し冷静になろうと思った。幸い、この地下室はシェルターを意識して作っているだけにトイレもある。そのトイレはユニットバスと一体になっていて、シャワーを使うことさえできる。多少の時間閉じこめられても、焦ることはないのだ。

成功はトイレで用を足したあと、ソファに戻って自分のスマホを探した。着ているスエットのポケットには入っていない。昨夜、リビングで飲んでいたときは、会社関係の連絡があってもいいように、スマホを近くに置いておいたはずだ。それが一緒に持ちこまれていないかと思ったのだが、その当てはあっさり外れた。

スマホさえあれば簡単に連絡が取れるのに……まったく気が利かない。

部屋の片隅にある冷蔵庫からコンプレッサーの音がかすかに聞こえてきて、その冷蔵庫に電源が入っていることに気づいた。上のキッチンにももちろん冷蔵庫はあるのだが、普段使わないはずのこの地下室の冷蔵庫にも電源が入っているのかと意外に思った。

水か何か冷やしてあればと冷蔵庫のドアを開けてみると、牛乳や豆乳、ドリンクヨーグルトや乳酸菌飲料などの飲み物が隙間なく詰まっていた。

賞味期限からして、どれも出荷して間もないもののようである。ここ数日、父が軽井沢に来るような時間はなかったはずだから、母かあるいは父の命を受けた社員の誰かがこの別荘に出入りしてこれらを用意したということだろう。

近々この別荘で何かしらのミーティングが予定されているのだろうか。脇を見ると飲料水などのロゴが入った段ボールも積まれている。そうすると、単に賞味期限の短い飲料を冷蔵庫に入れているだけのようにも思えるのだが、それにしてもこれほどの量を詰めこんでいる理由が分からない。

ドリンクヨーグルトを一本手にしてソファに戻り、渇いた喉にそれを流しこんだ。優しい味の液体が二日酔いの重い身体に染みこんでいく。束の間、脱力し、吐息をついた。

ふとかすかに、車が砂利をはねるような音が聞こえた気がした。音がした壁の上部を見上げると、小さな換気口があった。

空耳ではないようだ。

帰ってきたか。

さすがに真っ先に開けに来るだろうとは思ったが、居ても立ってもいられず、成功は箒をつかんで階段を上った。

鉄扉を間にすると外に人の気配があるかどうかは分かりづらい。待っていても変わらないので、成功は箒の柄でドアをたたいた。

「おいっ！　開けろって！」

ドアノブをつかんでガチャガチャと動かす。可能な限りの派手な音を立ててやった。

「おいっ！　栗原！　子安！　誰でもいいから開けろよ！」

そうがなり立てていると、不意に向こうから誰かがドアノブを操作するような気配が生じた。

ようやく開けに来たか……。成功はほっとして、その場にしゃがみこんだ。

向こう側で何やらドアノブをいじっている。おそらくワイヤーか何かで縛ってあるのだろう。それをほどいているのだ。

やがてその音がやんだ。

ドアが開けられるのを待ち構える。

しかし開かなかった。

向こう側の人の気配が消えた。

「おい、どうした⁉」

ドアをたたいても返事がない。再びドアノブをつかんで動かそうとするものの、可動域がなくなり、うんともすんとも言わなくなってしまっていた。

誰かがドアノブを縛り直したのだ。

「おい、どういうつもりだ⁉　おい⁉」

思わずかっとなって、箒の柄を思い切りドアにたたきつけた。何度か繰り返すと、箒の柄はあっけなく折れてしまった。

「おい！　何か言えよ！　おい！」

何度叫んでも、成功の声は鉄扉にはね返されるだけだった。


こうなると、ただのいたずらだとは思えなくなってきた。その後も成功はたびたび階段を上がり、ドアをたたいたのだが、外からの反応は何もなかった。

そうこうするうちに時間は経ち、夕方になってしまった。もはやこれは監禁であり、ある種の犯罪だという感覚になりつつあった。

栗原や子安の仕業とは思えない。

同期の栗原も、一つ年下の子安も事業部の同僚であり、気心は知れている。いたずらならまだしも、こんな犯罪じみた真似をする人間ではないし、そうする理由もない。

かといって、滝川や海老沢が怪しいかというと、そういうわけでもない。滝川は社長の父に従順で、御曹司の成功にも気を遣った接し方をしてくる人間だ。昨日のコンペにしても、成功が参加するのを喜んでいた。海老沢は海老沢で、ゴルフが不得意でありながら参加を申し出てきたのは意外とも言えたが、目的は成功と話をすることにあったはずである。頼んでもいないのに成功派を買って出るような男であり、こんなことをする理由があるとも思えない。

成功が父から名代としてゴルフコンペへの参加を指示されたのは、三週間ほど前だ。枠は余っていて、ゴルフ好きの栗原や子安も誘うことになった。別荘に泊まることも自然と決まった。

その予定を知って、成功を誘拐することを企んだ者がいるのだ。犯行声明か何かを残すことで、一緒に泊まった四人も、まさか成功が地下室に監禁されているとは思わず、何者かに連れ出されたと受け取って別荘を出てしまったという考えは成り立つ。会社かあるいは父個人に、犯人から何らかの要求がなされるのではないだろうか。

部屋の壁沿いに積み上げられている段ボールを見る。ミネラルウォーターやレトルトのパックライスなど、段ボールの側面に印刷された品物通りであれば、中身はだいたい分かる。食料、飲料の類が箱買いされているのだ。その数は尋常ではない。

例えばミネラルウォーターだけでも、十箱積まれている。一つ開けてみると、五〇〇ミリリットルのペットボトルが二十四本入っている。

ほかにもカレーや麻婆豆腐などのレトルト食品、鯖缶やツナ缶にフリーズドライの味噌汁など、この部屋に五、六人こもったとしても一カ月は優に生きていけそうなほどの食料品が備えられている。

冷蔵庫にあるドリンク類を見ても、災害時用の保存食とも思えない。

この監禁用に用意されたものではないか。

だとすると、犯人は相当の長丁場も想定していることになる。それを考え、成功はぞっとする。

電化製品は冷蔵庫に電子レンジ、電気ケトルにシェーバー、小型テレビにＷｉ－Ｆｉルーターがある程度だ。ほかに多少の下着やタオル、洗剤に歯磨き粉や歯ブラシなどもご丁寧に置いてある。

壁際の本棚には何十冊かの本も並んでいるが、これはもともと父・英雄が置いたものだと成功も知っている。別荘に来て読み終わった本は、そのまま置いていくのだ。

そのほか、工具類などこの部屋を脱出するのに使えそうな道具は何も置いていない。

階段の下に放り捨てた箒の柄を手に取るが、もはやそれを振り回す気力はなくなっていた。

時計を見れば、もう夜になっていた。さすがに腹が減った。

成功はパックライスとレトルトのカレーを箱から抜いて、電子レンジに入れた。

2

〈シガビオ〉の創業者であり代表取締役社長を務める志賀英雄は、この三日ほど、時間を作って宮城県の石巻に飛んでいた。

石巻に〈食農研〉という東北農水大学発のベンチャー企業がある。酵母や乳酸菌など食に関わる微生物の研究を行っていて、大小の食品メーカーや飲料メーカーとも取引がある。

ところがコストに比してビジネスにつながるような研究結果がなかなか出なかったらしく、資金繰りがにわかに悪化し、何らかの形で梃入《てこい》れをしない限り、経営が立ち行かないようになってしまった。

〔シガビオ〕としても傍観しているわけにはいかなかった。というのも、〔食農研〕とは、七年前から共同で、新商品につながる乳酸菌の研究プロジェクトを進めているからだ。

何かいい手立てはないかと考えているうちに、大手乳業会社で英雄もかつて在籍していた〈東京ラクト〉が〈食農研〉の買収に乗り出したという話が伝わってきた。〈東京ラクト〉に買収されてしまえば、乳酸菌の研究プロジェクトもどうなってしまうか分かったものではない。

その対応で英雄は極秘裏に石巻に飛び、ひとまずの道筋をつけてきた。ただ、社内のコンセンサスを得るのはこれからである。幹部の中には、〈シガビオ〉の体力で下手に手を突っこめば、〈シガビオ〉自体が倒れてしまうと意見する者もいる。

問題が片づくまで、胃が痛い綱渡りの日々が続く。胃が痛いのは比喩でも気のせいでもなく病変を抱えているからなのだが、しばらくは倒れることもできない。

東京に戻り、芝の本社に出社した日、関東営業部長の滝川秀一が社長室に顔を覗かせた。

「どうだった、ゴルフのほうは？」

英雄が出張に出ている間、滝川たちは前橋で〈イシゲヤ〉のゴルフコンペに参加したはずだった。

「いやあ、たたきました」滝川はひげ面をくしゃくしゃにさせて言った。「練習ではいい感じだったんですけどね」

滝川は、営業部長ともなればゴルフ付き合いも増えるだろうと英雄がクラブを譲ってやったりもしたのだが、一向に上達しない。

「でも、成功くんはさすがですね」滝川は言う。「調子が悪いと言いながら一〇〇を切って、石毛会長も感心されてましたよ」

「本業よりそっちのほうが熱心なのも困るけどな」

「いやあ、立派に社長の名代を果たしておりましたよ」

それが英雄の機嫌を取るコツと心得ているのか、滝川は成功を褒めちぎった。

「もう、俺がいなくても大丈夫そうか？」

「いやあ、さすがにそれは」滝川は苦笑を浮かべている。「成功くんも責任に戸惑う思いもあるようですし、まだまだ社長に頼る気持ちは強いかと」

「まあ、そうだろうな」

英雄は予想通りの返答として、小さくうなずいておいた。

ゴルフコンペの報告には、財務担当の海老沢も顔を見せた。

「どうだった？」

英雄はゴルフの出来を訊いたのだが、海老沢は「おかげさまで楽しんできました」と、結果などはなからどうでもよかったかのような返答を寄越した。これまでゴルフに興味があるとは聞いたことがなかっただけに、コンペへの参加は意外に感じたものだった。

「ところで社長、来月の株主総会を前に、少々私の考えを述べさせていただけないでしょうか」

「何だ？」

〈シガビオ〉は非上場会社なので、株主は限られており、総会も大がかりなものではない。ただ、海老沢の出身銀行も株主に名を連ねているので、彼自身、意見を言う権利はあると考えているようだった。

「我が社はこの数年を見ても、順調にその規模を大きくしています。対して、役員は社長を含めて五名。私自身、その一翼を担わせていただけているのは光栄なことですが、社業の発展を考え、もう一人、二人増やすことも考える時期ではないかと」

「銀行から誰かまた引き受けろとでもいうのか？」

「私はもうこの会社の人間です」海老沢はことさらプライドを示すように言った。「古巣の代弁者ではありません」

「じゃあ、誰がいいと思ってるんだ？」

考えがあるから、この話を持ちかけてきたはずであり、英雄はそれを訊いてみた。

「一人であれば、やはり成功さんかと」海老沢は言った。「もう一人入れるのであれば、船見さんが相応《ふさわ》しいように思います」

「成功はまだ早い」

成功は良くも悪くも二代目特有のマイペースな気質があり、それが味方を集める魅力ともなっているのであるが、一方で厳しさに欠け、この先、経営の中枢でどのような決断を下せるかは未知数だ。これからまだひと皮もふた皮も剝《む》けてもらわなければならない。

「しかし……」

海老沢は言葉を返そうとしながら、英雄が首を振るのを見て思いとどまったようだった。成功の育成プランについては英雄の専権事項と言っていい。

「社長のお考えも理解できます」彼はそう引いた。

「船見か……まあ、考えておこう」

英雄が独りごちるように言うと、海老沢はそれで満足するように頭を下げた。

その後、何人かと細かい打ち合わせを重ねたあと、決裁書類に目を通しているところに、秘書室の一人が宅配の小包を持って入ってきた。

「そこに置いといてくれ」

書類の決裁を済ませた英雄は、机の端に置かれた小包に目をやった。緩衝材が付いた封筒型のものだ。

差出人に成功の名前が記されている。

封を開けてみると、中には白封筒が入っていた。

成功のＩＤカードや業務用のスマホも出てきた。

文章がプリントされた紙が一枚、クリアファイルに収まっている。

志賀英雄社長
事業部長の大任をまっとうすべく、精いっぱいの日々を送ってきましたが、このところ、責任の重さに気持ちが追いつかないことが多くなりました。

このままでは社業の足を引っ張り、ひいては社長の名に泥を塗りかねず、いったん会社から離れることを決意した次第です。

しばらく、これまでの環境から距離を置いたところで自分を見つめ直したいと思います。

社長の期待を裏切る身勝手な決断であることは重々承知しておりますが、何とぞお許しいただきますよう、お願い申し上げます。

志賀成功

一読して、英雄は脱力めいた吐息を思わず洩らした。

白封筒をよく見ると、退職届の文字が印字されていた。

念のため、成功のプライベートの携帯番号に電話してみたものの、留守電が応答しただけだった。

英雄は滝川をもう一度社長室に呼んだ。

「成功は今日いないのか？」駆けつけた滝川に訊く。

「ええと」部署が異なる自分に問われてもと言いたげに戸惑い気味に応じた滝川は、「探して参りましょうか？」と問い返してきた。

「いや、いい」

英雄は成功のＩＤカードに目を落とした。これがなければオフィスに出入りはできない。

滝川は怪訝《けげん》そうにそれを見たあと、その横にある退職届の封筒が目に入ったらしく、あっと声を上げた。

「コンペの夜は一緒に別荘に泊まったんだよな？」英雄は訊く。

「ええ……ですが、昨日の朝起きたら、先に帰るという書き置きが残されてて、車もなくて」

「何か、それらしいことは言ってなかったのか？」

「いや」滝川はひげ面に手を当ててうなった。「先ほど少し触れたように、後継者としての戸惑い云々は口にしてましたが、それにしても、辞めることまで考えていたとは……」

「ひ弱だな」英雄は呟《つぶや》く。

「栗原なら何か聞いてるかもしれません」

滝川はそう言って社長室を飛び出していった。やがて成功の同期である栗原尚弥と、騒ぎを聞きつけたらしい海老沢を伴って戻ってきた。

事情は耳にしたと見え、栗原は表情を強張らせていた。海老沢も普段は冷静な彼に珍しく、うろたえた様子だった。

「書き置きがあったので、戸締まりは私がして、今日鍵を返そうと思ってたんですが……」

栗原はそう言って、英雄におずおずと鍵を返してきた。成功が出社してこず、どうしたものかと思っていたのだという。

「あいつは何か言ってなかったのか？」

「はっきりとは何も」栗原は慎重な口ぶりで言う。「ただ……」

「何だ？」

「いえ」彼は言う。「お酒を飲みながらゲームをしたんですが、成功さん、自分の腕時計を賞品にしたんです。自分は新しい人生を始める気だから手放すんだと」

「確かに言ってました」滝川も腑に落ちたようになっている。

「しかし、まさか……」海老沢はなおも信じられないというように呟いた。

「その場の雰囲気でもらってしまいましたが、高価なものなのでどうかという気もして……」

栗原はそう言いながら腕時計を外し、英雄に預けようとした。

「くれると言うなら、もらっておけばいい」

「はあ……」

栗原は少し決まりが悪そうに腕時計を嵌め直したあと、「成功さんに連絡を取って真意を確認してみます」と言った。

「電話もつながらん」

「では、友人関係を当たってみます。何か分かるかもしれません」

「もういい」英雄は言った。

「しかし……」

「真意が分からない以上、辞表の受理は待ってみたらどうでしょう」

海老沢がそう進言してきた。滝川もうなずいている。

「あいつもそれなりに考えて決断したんだろう」英雄は切り捨てるように言った。「役員ならこんな辞め方は許されんが、幸か不幸かそうじゃない。だったら、辞める意思が分かればそれで十分だ。一人の人間の決断として受け止めるしかない」

英雄が問答無用の口調で言い切ると、彼らも黙りこんでしまった。

「仕事に戻ってくれ。後任は考える」

そう聞いても、三人は複雑そうな面持ちを見せている。

苦労知らずで出世し、能力を訝《いぶか》る手合いもいるだろうが、慕う友も少なくなく、年長者からも可愛がられる一面があった。

しかし、相手が我が子だからこそなおのこと、こういうときには毅然とした対応を取らなければならない。

英雄は努めて顔色を変えず、仕方なさそうに出ていく三人の背中を見送った。

3

二日、三日と、長い一日がすぎていった。

成功は別荘の地下室に閉じこめられたまま、どうすることもできなかった。

飲み物もあるし、レトルトや缶詰の中から好きな物も食べられる。シャワーも浴びられるし、ひげも剃ることができる。暇つぶしにテレビを観たり本を読んだりすることもできるから、最低限の人間らしい暮らしはできていると言えなくもない。引きこもり生活を送っているようなものだ。

しかし、望んでそうしているわけではないのだから、この環境は苦痛でしかない。いつもは大きな窓から日が差しこむマンションで寝起きし、日中はバリバリ働いていたのだ。

どう考えても誘拐事件に巻きこまれているはずなのだが、事態がどう進行しているのかは何も分からない。テレビニュースを観ても扱われていないのは、報道規制が敷かれているからか。ただ、警察が動いていれば、この別荘が捜索対象になるのが自然である。そうすると、警察には届けていないことも考えられる。

いったいどんな事件が水面下で進んでいるのか……そう考えるとその瞬間は緊張感が募るのだが、閉じこめられて以来、自分の周りでは何も起こらないだけに、それも持続はしない。

本来であれば、今週は夏に向けての主力商品であるスポーツドリンク「エネウォーター」のプロモーション会議があるはずだった。

まあ、それはいい。仕切り役とはいえ、成功がいなければ何も決まらないというわけでもない。

その会議をこなしたご褒美というわけではないが、週末には山科早恵里とのデートの約束がある。成功はそちらの行方のほうが気になっていた。

早恵里は半年ほど前に、事業部で働くようになった転職組である。以前は企業のブランディングを手がける小さな会社にいたという。成功より三つほど年下である。

入ってきた当初から、成功は彼女のことが気になっていた。ほどよい上品さや耳に優しい声音、あるいは早く戦力になろうとする前向きな姿勢など、成功の心をくすぐる美点は多々あったが、何より自分の肌に合って感じられたのは、彼女という人間の明度とも言うべき部分だった。突き抜けた明るさでもなく、どんよりとした暗さでもない。例えるなら、日射しの下の木陰のような穏やかな陰影であり、そうした紗《しゃ》のようなものを彼女は身にまとっていた。

新しい仕事には戸惑うことも多かったようで、追われているように見えるときには成功も「どう?」と気遣いの声をかけるのだが、早恵里は決まって「楽しいです」と健気に返してくる。前の会社より働きやすいのは確からしく、返事とともに覗かせる微笑はさながら木洩れ日のような淡い光を放っていた。

そんな彼女の雰囲気が成功には接していて心地よく、できれば仕事を離れた関係としてもという気持ちに自然と傾いていったのだった。

ただ、上司と部下という関係性に加え、御曹司という成功の立場が早恵里を自然と構えさせてしまうようだった。簡単には仲が縮まるような糸口は見つけられなかった。

そんな成功に助け舟を出してくれたのは、同じ事業部で働く同期の夏目若葉《わかば》だった。

若葉と成功は大学も同じだ。学部が違ったので栗原のような顔見知りではなかったが、入社してすぐに打ち解け、栗原にならって「サクセス」と呼んでくるようになった。世話好きで、人間関係の問題があると好奇心丸出しの目を輝かせて首を突っこんでくる。今回も成功の気持ちを察すると、「私に任せて」と言って、仲を取り持ちに動き出した。

若葉は成功の思いをとりあえず伏せて、三人で食事をする機会を作った。残業があったときに、何か食べて帰ろう、部長におごってもらおうと早恵里を誘ったのだ。

三人で食事をしたことにより、その分、距離が縮まったのは確かだった。ただ、若葉が成功を立て、この人は将来性があると売りこむような話を懸命にしてくれたものの、それについての早恵里の反応はどこか硬かった。食事後は若葉と反省会を開いたが、やはり無理に売りこんだところで構えさせてしまうだけであり、変に飾りすぎず、自然体で彼女の気持ちをほぐすような時間を作るのが一番ではないかという結論に至った。

そうやって少しずつ方向転換を試みながら三人での食事を何度か重ねていった。そのうち、若葉本来の無礼講ぶりも顔を出すようになり、それに合わせて早恵里も、仕事場では聞けないような軽やかな笑い声を立てるようになった。

そんな頃に会社の研修旅行があった。研修と言っても、那須の工場見学と新卒の歓迎会を兼ねた観光旅行である。そのとき立ち寄ったアスレチックで、早恵里が足をひどく捻挫した。成功は彼女を病院に連れていくなど奔走し、次の日も若葉とともに本隊から離れて彼女を東京に送った。そこでさらに心の距離が縮まった。

その後、残業終わりに早恵里と二人きりでラーメン屋に寄ることもあった。二人で話していても、最初の頃の堅苦しさはない。彼女からは、また誘ってくださいという言葉も聞けた。

次は休日に会うことを約束し、レストランの予約を取った。それが今度の週末だ。交際を申しこもうと考えていた。彼女も成功の思いには薄々気づいているだろう。若葉に相談して背中を押されているかもしれない。

地道に段階を踏んで、いよいよという大事な約束だったのだ。誰の仕業なのか知らないが、最悪でも今週末に間に合うように解放してくれという思いだった。何事もなく解放されれば、早恵里との話のネタくらいにはなる。

しかし、その後も一日、また一日と、何も起きないまま時がすぎていった。淡い希望がその分、薄皮が剝《は》がれるように削がれていく。

朝も昼も夜も、この事件が取り上げられるのではと思ってテレビのニュース番組を食い入るように観ているのだが、まったくその様子はない。自分が身を置いているこの異常な現実と外の世界が完全に隔絶してしまっている。

どうしてこれほどまでに自由を奪われ続けなければならないのか。

閉じこめられている閉塞感と相まって、暴れ回りたい衝動がふつふつと湧いてくる。

早恵里との約束があった土曜日が来た。この日はそれまで以上に一日が長かった。日中何度か、折れた箒の柄やハードカバーの書籍を持って階段を上がり、「おい、開けろ！」と怒鳴りながらドアをたたいた。室内には、手軽に持ち運べる硬いものは、それくらいしかない。

あるいは、ペットボトルの底をハサミで切り取り拡声器のように口もとに当て、換気口に向かって「おーい！　誰か！」と叫んだりもした。

騒いでは肩で息をして休み、また騒いではソファに突っ伏しているうちに、精神的に限界だと感じるようになってきた。もう七日閉じこめられている。これ以上この環境に身を置いていたら、自分はおかしくなってしまう。

「おい！　いい加減にしろ、この野郎！」

ドアノブをつかんで力任せに押す。毎日やっているのだが、外の縛りつけが緩む感触は少しもない。

「開けろって言ってんだろ！」

箒の柄でドアを殴る。何度も殴り、とうとう箒の柄が砕けてしまった。

「おい、この野郎！」

ハードカバーの書籍を投げつけ、下に降りて缶詰の空き缶を手にして投げつけた。空き缶のふたで指を切り、切り口から血がにじんだ。

「うわあああああっ！」

喉からも血がにじむのではないかと思うほど成功は吼《ほ》えた。

頭がくらくらする。

しかし、外からの反応は何もない。

限界だった。

4

「事業部長のポストについては急ぎ後任を選定して、決まり次第発表したいと思っている。それまでは平木に進行中の案件を見てもらうことで、業務が滞らないようにするつもりだ。その点で心配してもらう必要はない」

英雄は幹部会議において、淡々とそんな説明を口にした。

御曹司が突然会社を去ったという事実は、少なからず驚きをもって社内に受け止められていたようだった。そのざわめきは社長室にいても感じ取れた。

重責から逃げるように去っていった成功の始末を取り上げるとすれば、英雄の責任をも問われるものであるかもしれない。従業員三百六十人のさして大きくはない会社とはいえ、成功が新卒から七年そこそこで事業部長にまで上り詰めたのは、英雄が自身の後継者候補として引っ張り上げてきたからにほかならない。

ただ、幸か不幸か〈シガビオ〉は英雄が創業した会社であり、そういう意味では、子に託すのも英雄の勝手であれば、あきらめるのも勝手であった。会社のための決断である以上、自分たちがとやかく言うことではないとばかりに、幹部たちの多くは風見鶏を決めこんでいる。

その中で、古くから英雄に付き従ってきた専務の平木雅通《まさみち》などは、成功の立場を慮《おもんぱか》るようなフォローも忘れてはいなかった。

「成功くんはいったん、休職扱いにしておいたらどうでしょう」

会議が終わったあと、参席者がなかなか席を立たない中で、平木が代表するようにしてそんな進言を口にした。若い人間のやることだけに、すぐに考え直して戻ってくる可能性も十分あると言いたいようだった。

平木は、英雄が大手乳業会社〈東京ラクト〉を飛び出して〈シガビオ〉を立ち上げたとき、一緒に付いてきた一人だ。研究畑にいた人間としては珍しく、情で動くタイプである。成功のことも幼い頃から知っていて、気にかけずにはいられないようだ。

「すぐに戻ってくるようなら、それだけ軽率な人間だと思われるだけだ。それはそれであいつの将来はない」

「しかし……」

平木はなおも割り切れないように何かを口にしかけたが、非情な決断を下した英雄の前には意味がないと悟ったのか、途中で口をつぐんだ。

「それより、問題は後任だ」英雄は話を前に進め、居残った面々を見回す。「小松は誰がいいと思う？」

十年ほど前まで事業部長を務めていた常務の小松勝之に水を向けると、彼は首をひねった。

「ほかの部署も動かせないといけませんからね。誰がいいとはなかなか……」

事業部は新商品の開発プロジェクトを主導するほか、既存商品の季節ごとの売り出し計画を立て、それに沿って生産部門や営業部門を動かしていく。事業活動の要《かなめ》的な業務を担う部署であり、事業部長はそれだけの腕力を持っているか、少なくとも全社に顔が利くような人間でなければならない。

成功は手腕的にはまだまだ未熟だったが、御曹司である彼のことを知らない社員はいないという利点があった。腰の重いベテラン連中も、成功が「一つ頼みますよ」と言えば、仕方がないとばかりに動く。その正体が英雄の威光だとしても、それで万事うまくいくなら、彼の素質だと言ってやってもいい。

ただ、結局のところ、それだけでは限界があるのだ。会社を伸ばしていくには、中をまとめるだけでは足らない。

「引っ張っていく力があれば、人は自然と付いてくるもんだ」英雄は独り言のようにそう口にしてみる。

「できれば若手のほうがいいですよね」秘書室長の市村保貴《やすたか》が口を開いた。「新商品の研究も進んでますし、成功さんのような若い力がそれを引っ張っていくようでないと」

「まあな」英雄は応じる。「上がった人間を下ろしても仕方がない」

「見合う人物は一人だけいるかと」人事部長の船見佐知子が話の流れに乗るようにして言った。

「那須の研究所に」

「研究所に?」

本社以外の人事情報に疎《うと》い面々からは怪訝な声が洩れた。

一方でその存在を承知している専務の平木はなるほどどうなっている。先日の研修旅行で、彼は挨拶を受けたはずだった。

「いるんですよ」船見佐知子は隠し玉を披露するように言った。「もう一人、優秀な御曹司が」

会議室がかすかにざわめいた。隠しているわけではなかったが、公に喧伝《けんでん》するようなことでもなかったので、知らない人間がいても不思議ではない。

「確かに」平木がそのざわめきを封じるようにして言った。「成功くんの代わりに誰かを据えなければならないとするなら、それは彼しかいないでしょうな」

実のところ、英雄の頭にも彼のことがあった。独断で決めたとしても、異論は出なかっただろう。ただ、実際その任に就けば、周りの後押しがないと回っていかないことも出てくる。

そういう意味では、衆目の一致するところという空気がある程度必要だった。そして今、専務のお墨付きの一言がそれを作り上げたと言ってよかった。

月が替わり、船見佐知子が言うところのもう一人の御曹司が、諸々の身辺整理を済ませて本社に出てきた。

社長室に現れた玉手実行《たまてさねゆき》は、締まった顔つきで英雄の前に立った。機械仕掛けのような手つきで辞令の紙を受け取り、「全身全霊で職責を全ういたします」と誓ってみせた。

事業部長への抜擢は嬉しい人事のはずだが、表情からはほとんど何も読み取れない。ただ、気負いのようなものがあるのは感じ取れる。

「成功以外に、この会社に私の息子がいたというのは、幹部連中にも驚きだったようだ」英雄は彼に声をかけた。「成功以上の人材なのかどうか、みんな見ている。精いっぱいやりなさい」

実行は深々と一礼して応えたあと、「一つお願いがございます」と申し出た。

「何だ?」

「志賀を名乗ることをお許しいただけないでしょうか」

「志賀実行か」英雄はそう口にして小さく笑う。「それがよければ、そうすればいい」

「ありがとうございます」

「家内も成功がいなくなって寂しいようだ。落ち着いたら、うちにも遊びに来なさい」

英雄が勧めると、実行はさらに気負うように口もとを引き締めた。

「ぜひともそうさせていただきます」

彼なりの喜びがその口調に表れているようだった。

5

恐ろしいもので、成功が限界だと感じたそのあとも、事態は何も変わらないまま、一日一日がただすぎていった。

気づくと一カ月が経っていた。

限界の向こう側には、果てしなく乾いた砂漠のような境地が広がっていた。あきらめと言っていいのかもしれない。このままでは自分が壊れてしまうというような怯《おび》えが湧いていたが、結局のところ、精神的な異常は来《きた》していなかった。もっとも、異常を来していても自分では気づかないだけなのかもしれないが。

むやみにドアをたたいたり叫んだりということもしなくなった。現状を受け入れる感覚が生まれていた。

体調面は問題がない。成功は自分でも呆れるほどに健康だった。暇を持て余して始めた腕立て伏せ、腹筋、スクワットも朝昼晩と一日三セットこなしている。

レトルト食品と缶詰という食生活で栄養が偏りそうなものだが、案外そうでもない。ローヤルゼリーに加え、ビタミンやミネラル、プロテインなどが配合されたパウチゼリーの［エネビー］は段ボールにして何箱も積まれている。黒酢とはちみつが配合された［黒酢ビー］も当面は切れる心配がない。自社製品に囲まれているのは不思議な安心感がある。

もちろん、心身ともに、この環境に順応し切ったわけでもない。どうしてこんな目に遭わなければならないのだという憤りは消えない。どうして誰も助けに来ないのかも分からない。

誘拐事件になっているはずだが、一カ月以上も事態が進展しないということがあるのだろうか。

犯人側が当初から長期戦を想定していたことは分かる。この地下室に用意された食料の量である。一カ月程度では全然なくならない。半年くらいは持つのではないか。少なくとも数カ月単位の期間でこの犯行を考えていることは間違いない。

おそらく、この別荘には見張りも置いていない。置いていれば、その人間が毎日食料を地下室に運ぶという形も取れるはずだが、そうはせず、あらかじめ用意しておいたのだ。長期戦になるなら、犯人側としてもそのほうが労力を使わないで済むということだろう。

代わりに、この地下室には監視カメラがエアコンの横に一つ設置されている。Ｗｉ－Ｆｉを通じて、映像をどこかで見ている者がいるようだ。しかし、カメラに向かって早くここから出せとがなり立てても、外で何かが動くような気配はない。

成功がこの部屋から脱出する素振りでも見せれば、犯人側は動くのだろうが、現実には脱出の術はない。その点で犯人側はさぞかし安心して見ているのではないか。

ある日、成功は一計を案じた。こちらからドアを開けられなくても、犯人側に開けさせることはできるのではないか。監視カメラで見張られているとするなら、何かの発作を装って、ぶっ倒れてみてはどうだろうか。死んだふり作戦だ。どうしたのかと思って様子を見に来るかもしれない。それでうまく脱出できるかどうかは分からないが、犯人が何者なのかを知る手がかりくらいにはなるだろうし、何を目的に監禁しているか訊くこともできるのではないか。

とりあえずハサミを武器にしてズボンのポケットに忍ばせておくことにするが、作戦としては、犯人が入ってきたら布団をかぶせて、その隙に逃げようと考えた。昼食をとったあと、具合が悪くなったふりをして畳んであった掛け布団をソファに引っ張ってきた。そのままソファに寝転がってはいて異常さが出ないので、おもむろに腹を押さえてうずくまる。大げさに何度かびくんびくんと身体を震わせながら床に突っ伏した。

季節は六月の下旬で、東京なら蒸し暑さも覚えるだろうが、ここは軽井沢の地下室だ。ひんやりとした床に這いつくばっているのはなかなか苦痛だった。途中から身体が冷えてきて、暖房を入れておけばよかったと後悔した。

それでも何とか一時間近くは耐えた。しかし何も起こらない。この建物には常駐していないとしても、何かあればすぐ駆けつけられるようなところにアジトがあって、カメラの監視役が控えているのが自然ではないか。

このままでは本当に体調を崩しかねないと思った。それで誰も様子を見に来なかったら最悪だ。成功は音を上げ、掛け布団を引き寄せて、それにくるまった。

とたんに気持ちがよくなり、睡魔に襲われた。そのまま気づくと一時間以上眠ってしまっていた。目が覚めても、相変わらず誰かが駆けつけるような気配はない。

成功は馬鹿馬鹿しくなって起き上がった。成功が倒れようが死のうが構わないという、冷酷な犯人に監禁されているらしいと分かっただけだった。

しかし、トイレで用を足してソファの前に戻ってくると、かすかに車のタイヤが砂利を嚙む音が耳に届いた。監禁された日以降、聞いていなかった音だ。

成功は音が洩れてくる換気口をじっと見つめたまま、玄関のドアが開いて誰かが入ってくる気配を感じ取ろうと、神経を研ぎ澄ませた。

誰も中に入ってくる様子はない。そもそも、車のドアが開閉された音が聞こえてこない。

車の中でカメラの映像を確認しているのではないかと気づいた。慌てて倒れこみ、死んだふり作戦に戻る。しばらくそうして様子をうかがうが、外の気配に変化はない。さすがに演技だとばれてしまったか。

開き直って立ち上がり、エアコン横のカメラに向かって手を振った。

「おーい！　開けてくれ！」

何度か叫んで外の気配をうかがう。

やがて、再びタイヤが砂利を踏む音が聞こえてきた。それで外の音は消えた。

帰りやがった。

成功はがっくりと力が抜け、ソファにへたりこんだ。

6

六月、英雄は忙しかった。胃の病変は早期の治療を必要としていたが、担当医師から示された治療計画も先送りにしてもらっていた。

取引先のいくつかの銀行に融資を申しこみ、必要な手続きについて対応した。その一方、石巻にも再び飛んで、〈食農研〉側と押さえておくべき諸条件を詰めた。

つまり、〈食農研〉を買収する方向で最終調整に入ったのである。悠長に構えていては事は運ばない。六月末に開かれる〈食農研〉の株主総会で承認されることを目指して、それまでにすべてを決めるべく動いていた。

六月の取締役会では当然このことが議題に上げられる予定になっており、専務の平木に根回しを任せていた。どんな意見が出るにしても、最終的にはコンセンサスの一致によって決議が下されるのが望ましい。

ところが取締役会が間近に迫ったその日、社長室に顔を見せた平木の表情は浮かない様子だった。

「拙速《せっそく》でないかという意見がありますね」彼は言う。「もう少し利害の検討を重ねるべきではないかと」

「誰が言ってる?」

「海老沢と武上《たけがみ》です」

「武上?」

海老沢は財務担当という立場から、会社の財務内容が悪化する案件にいい顔ができないのは分かるが、武上政夫は那須に常勤する生産本部長である。どういう考えで反対しているのか分からない。

「同じ那須の開発研究部から何か言われてるんですかね……」平木は首をひねる。「私の耳には届いてないんですが」

開発研究部の連中からすれば、同じような研究部門の会社を買収することで、自分たちの立場が脅かされるという思いは持つかもしれない。しかし、開発研究部は事業本部に属する部署であり、意見を上げるなら平木を通すのが筋である。

五人の役員のうち二人が反対するとなると、強引に決を取っても後味が悪いものになることは想像に難《かた》くない上、勢いもつかない。これまで取締役会において、そうした議決をしたことはない。

平木には引き続きの調整を頼んだ。


翌日、海老沢が社長室を訪ねてきた。

「先日提案させていただいた取締役増員の件は、お考えいただけましたでしょうか」

取締役会を前にして、議題に載せるよう最後のひと押しをしようということらしかった。

「それよりお前、〈食農研〉の件、何やら反対してるらしいな」英雄は海老沢のしかつめらしい顔を見やって言った。

「案件そのものに反対というわけではありません」彼は言う。「もっと検討に時間をかけるべきだと考えています」

「時間をかけても結論は変わらない」英雄は言った。「これは取らなきゃいけない案件だ」

「買収額にしても、ふたを開けてみれば当初の見込みの倍はかかるという……何とも解せません」

「〔東京ラクト〕が手を突っこんできたのだから仕方がない。〔食農研〕も自分たちを高く売りたいのは、正直な気持ちだろう」

「果たして、それだけの価値が一つの乳酸菌株にあるんでしょうか」

〔シガビオ〕では創業時から「ビオエール」という乳酸菌飲料を出しているが、売りに乏しく、今ではスポーツドリンクの「エネウォーター」など後発商品の陰に隠れてしまっている。それに対し、〔食農研〕が持っている乳酸菌株は、アルプスの永久凍土に眠る微生物を調査する国際プロジェクトに参加して見つけ出したものであり、ほかでは手に入らない。しかも研究により、人体への働きも極めて優秀であることが分かってきている。

とはいえ、それに何十億の価値があるのかと問われれば、あるとは断言できない。ほかの特許や研究力を加味しても高い買い物には違いない。

ただ、新しい乳酸菌商品は英雄の悲願である。それを〔シガビオ〕の次なる柱にしたいと思い、これまでも共同研究に人を送ってきたのだ。

〔東京ラクト〕のような巨大な資本があれば、買収にも躊躇《ちゅうちょ》はいらないのだろう。その上、彼らは〔食農研〕が持つ特許と菌株だけを奪って、研究者たちを放り出しかねない。現に話を受けた〔食農研〕側がその匂いを嗅ぎ取って、できるなら〔シガビオ〕と組みたいと英雄に本音を覗かせている。

だからこそ、当面の損得を度外視して、英雄も気持ちを固めているのだ。

「下手をしたら、大やけどでは済まないかもしれません」

海老沢はそんな英雄の思いを諫《いさ》めるようにして、不吉な言い方をしてみせた。このまま突っ走れば、会社が傾きかねないということだ。

「反対というわけではないと言わなかったか？」

「もちろんです」海老沢はおとなしく言う。「拙速にならないよう、あえて強く懸念を口にしたまでです」

カメレオンのような変わり身の早さと、攻撃するともしないとも取れないチロチロした舌の出し入れを嫌い、英雄は話を変えることにした。

「新任の取締役の件だが、私も船見でいいだろうと思っている」

「ご理解いただきありがとうございます」海老沢はうやうやしく頭を下げた。

「役員会で推薦してくれ」

「かしこまりました」

海老沢は英雄の回答に満足したように言った。ただ、社長室を出ていく物腰には、そのことだけで懐柔《かいじゅう》される気はないというような不敵さが残っていた。

取締役会では買収案件の前に、新しい取締役の選任について話し合うことになった。

会社の規模も大きくなっていて、役員を増やすことについては、誰からも異論は出なかった。

「新任の候補には財務担当の推薦もあり、現人事部長の船見佐知子を予定している。まずは財務担当に推薦理由を述べてもらいたい」

「はい」

海老沢は、経営本部の体制を強化する上でも、自分以外に取締役の柱が必要だと思われること、船見佐知子は人事部長としてのキャリアから社内の人材を十分把握しており、組織改革に必要な知見を有していること、そして女性の活用は時代の要請でもあり、〔シガビオ〕の企業イメージにもポジティブな影響が見込まれることなどを理路整然と語った。

「本人を呼んでくれ」

議事録を作っていた秘書室長の市村が、別室に控えていた船見佐知子を連れてきた。

船見佐知子は深紅のスーツに身を包み、髪もこぎれいにセットしていた。

「このたびは新任取締役の候補に私めを挙げていただき、身に余る光栄でございます。晴れて大任を仰せつかった暁《あかつき》には、能力の限り、会社の発展に尽くしていきたいと考えています」

現取締役陣を前にした彼女の決意表明に、英雄は一つうなずく。

「異論がなければ、拍手でもって新任候補を決め、株主総会で正式決定する運びとなる」英雄は言う。「ただ、私のほうで人事部長の人物評を社内に求めたところ、この場で意見を述べたいという者が出てきた。したがって、その者の意見を聞いてから判断に進みたいと考える」

英雄の話を受けて、再び市村が会議室を出ていく。

海老沢が訝《いぶか》しげに眉をひそめ、ちらちらと視線を向けてくるが、英雄は無言でそれをやりすごした。

市村に伴われて会議室に姿を現したのは事業部長に就いて間もない実行だった。それを見て、海老沢の表情はさらに怪訝さを増した。

「船見部長について、何か意見があるということだが」

英雄が水を向けると、実行は参席者たちの前に立ったまま、こくりとうなずいた。

「船見さんだけでなく、推薦者であるところの海老沢さんを含めて、述べさせていただきます」実行は淡々と話し始めた。「お二人は〈東京ラクト〉の意を受け、〈食農研〉買収について当社上層部に反対意見を形成する活動を進めています。取締役どころか、会社にいるだけで害をもたらす君側《くんそく》の奸《かん》であります」

「な、何を言う⁉」海老沢の表情がさっと変わった。

「私は以前、〈東京ラクト〉に在籍していたことから、向こうの動きもおおよそつかんでおります」

「でたらめだ！　私は関係ない！」

「私が事業部長に就いたとたん、二人は私に接近し、社長への働きかけを求めてきました」

「御曹司でもあるし、取締役の件でコンセンサスを得ておこうと思っただけのことですよ！」

無感情に追い詰めてくる実行に比べれば、今や海老沢は表情豊かだと皮肉混じりに言ってやれるほど動揺をあらわにしていた。

船見佐知子も蒼ざめた顔をして立ち尽くしている。

「生産本部長は〈食農研〉の買収案にネガティブだと聞いたが、それは誰かの意見が影響してるのか？」

英雄は那須から取締役会に駆けつけてきた武上に訊いた。

「はあ」武上も焦っている。「私は、海老沢さんが那須まで来て、買収は社長の暴走だと……止めないと会社が傾くと、あまりに危機感を煽るように言うので、もう少し検討の時間が必要ではないかと……」

「とりあえずの時間を作っておいて、その間に船見さんを役員会に引きこみ、きっちりした反対派を形成して、案件を立ち行かせないようにしようというのが、海老沢さんの目論見《もくろみ》です」実行が言う。「そのうち〈食農研〉も経営危機を回避するためには〈東京ラクト〉を頼らざるをえなくなる。それを狙ったものです」

「私はただ、会社の財務の観点から、この案件に手を出せば、やけどしてしまうと思ったからで……」

海老沢は荒い息を吐きながら言い、理解を求めるように充血した目で場にいる者たちを見回す。しかし、専務の平木も常務の小松も、彼を見返す目は冷ややかだった。

「どうりで、お前の古巣だけがゼロ回答だったわけだ」

「姑息《こそく》な手を回したもんだな」

メインバンクである海老沢の出身銀行が買収資金の融資を断り、他行から厳しい条件で借りざるをえなくなっている事実がある。そのことと実行の告発がつながり、平木たちも海老沢を見切るしかないようだった。

海老沢は最後の砦とばかりに、すがりつくように英雄を見た。

「退席しなさい」

英雄は彼に命じた。

7

七月がすぎ、八月になった。

例年であれば、父は一週間ほど夏休みを取り、母と一緒にこの別荘ですごすことが多い。社会人になってからは、成功は成功で別の日に夏休みを取り、同行することはなくなっていたが、学生の頃は一緒に付いていったりした。近くに父の経営者仲間がやはり別荘を持っていて、互いに訪問し合ったりするなど、割合賑やかにすごしていた。

だから、今年の夏はどうかと淡い期待を抱いていた。父母が何事もなかったようにここに来てくれれば、それですべては終わる。

だが、お盆がすぎ、下旬に入っても、誰かがこの別荘に寄りつく気配はなかった。誘拐事件の進展が見られないから、夏休みどころではないということか。それにしても、いの一番に捜索すべきこの別荘が世の中から忘れ去られたような形になっていることがどうにも解せない。

『宮本武蔵』も『竜馬がゆく』も繰り返し読んだが、小説の世界から帰ってきても、自分が身を置く環境は何も変わっていない。ドラッカーやカーネギーらの本も、読んだときにはそれなりに感銘を受け、自分の仕事に生かそうなどという思いにも駆られたものだが、これだけ長く監禁生活が続き、誰とも接することがない日々を送っていると、そうした本の教えに何の意味があるのかという虚無感に襲われてくる。

さらに月日が経ち、九月がすぎていった。あれだけ山のようにあった［エネビー］も［黒酢ビー］も、九月が終わる頃には冷蔵庫から姿を消してしまった。食生活のバランスを整え、異常な環境の中での自分を曲がりなりにも安定させていたものが欠けてしまい、何とも心細い気持ちになった。

冷蔵庫にはもはやミネラルウォーターしか入っていない。［エネビー］や［黒酢ビー］を差し入れてくれと、カメラに向かって空の容器をアピールするが、犯人側がそうする意思はないようだった。六月以来、何度か死んだふり作戦も試みてはみたのだが、まったく相手にされなくなっていた。

そのうち、食料も尽きてきた。三十歳の誕生日に最後の缶詰を残していたが、それを食べ終えると、収まり切らない空腹とともに、どうしようもない空しさがこみ上げてきた。

「おい、大台の誕生日を鯖缶一つで祝う身にもなってみろよ！」

成功はそう言って空き缶を監視カメラに投げつけた。

カメラからは何の反応もない。遠隔操作でレンズの向きが変わることがあるが、最近はそうした動きもほとんどなくなった。

「ちゃんと見てんのかよ!?　ケーキぐらい差し入れろってんだ！」

空しさは苛立ちへと簡単に形を変えた。収まりがつかないまま、このところ心を落ち着かせるために読んでいた瞑想《めいそう》の本を手に取り、監視カメラに向かって投げつけた。

本が直撃したカメラは、両面の粘着テープで固定されていたらしく、ぽろりと壁から剥がれ落ち、同じくテープで留められている電源コードからぶらぶらと宙吊りにぶら下がる形になった。

「おい……」

レンズが自分に向かなくなり、成功は立ち上がってレンズを覗きこんだ。

「何か反応しろって」

苛立ちは火が消えたように鎮まり、妙な心細さが湧いていた。手を伸ばしてカメラをつかみ、留めているコードのテープを引き剝がす。そうして、カメラを本棚の上に置いた。

しばらくカメラをじっと見つめ続けた。一時間ほど祈るように見ていると、不意にレンズが上下左右に動き、成功に向いた。もはや誰も自分のことを見てはいないのではという不安がひとまず消え去り、安堵《あんど》の息をついた。

「いや、ちょっと苛ついて本を投げたら、当たって落ちちゃったんだよ。悪気はなかったんだ」

カメラに向かって、そんなことを言い訳がましく口にしてみる。

「てか、誕生日くらい一人にするなよ。ちゃんと見てろよ」

聞こえているのかどうか、カメラのレンズはあたりを確認するようにくるくると動き、また成功に向く。

「社長は何て言ってんだよ？　俺のこの状況をちゃんと見せてんのか？　吹っかけすぎもよくないぞ。お互い、ほどほどのとこで手を打たないとな」

カメラのレンズは動かなくなり、成功は話していて、また空しくなった。


食料はいよいよわずかとなり、十月の後半は数袋残ったオートミールを少しずつ摘まんでしのいだ。

十一月に入ったときには、とうとうオートミール一袋を残すのみになっていた。

「おい！　もう食いもんがないんだ！　助けてくれ！」

成功は空の段ボールをカメラの前に集め、オートミール一袋しかないということを必死に訴えた。

最後の一袋が減っていく中で、成功は初めて死を意識した。水はあるからすぐには死なないかもしれないが、死の淵に立たされている実感はあった。この日本でめったにお目にかかれない餓死という死に方で自分は葬り去られるのだと思った。

最後の一袋は一週間ほどでなくなった。食べ終わっても空腹感は収まらず、ごみの山を漁《あさ》って袋の隅に残っていたオートミールの粉を集めて、それを口にした。あとは水で腹を満たし、就寝の床に就いた。

ひどい空腹感でなかなか眠れなかった。ようやくまどろみ、明け方頃になって夢うつつを行き来していると、どこか近くに人が来ているような気配をふと感じた。食料を持ってきてくれたのかと思いつつも、成功は動けなかった。夢の中の出来事かもしれなかった。

八時頃に目が覚めて明け方のそのことを思い出し、明かりをつけて部屋を見回した。食べ物の空き容器や空き袋が収まった段ボールが並ぶだけのいつもの様子に変わりはなく、落胆の吐息が口から洩れた。

エアコンの暖房を利かせているにもかかわらず、空気がひんやりとしている。羽毛布団もないのに、十一月でこの寒さならば、冬にはどうなってしまうのか。いや、その前に死ぬだろうから関係ないか……取りとめもないことを考えながら、ソファから身体を起こした。

トイレに行こうと歩き、ふと違和感を覚えて階段を見上げた。

ドアが半分開いているように見える。

あっと声を上げ、よろめきながら階段を上がった。

見間違いではなかった。あれほど固く閉ざされていたドアが、何もなかったように開いている。

成功はあっけないほど簡単に一階のフロアへと出ることができた。

人の気配はない。

リビングに出ると、テーブルにレトルトのカレーとパックライスが置かれてあった。

窓から見える外が明るい。木立に囲まれ、木漏れ日が降り注いでいるにすぎないはずだが、成功にはやけに明るく感じられた。

ふらつく足で外にも出てみたが、人の姿はやはりなかった。ガレージに成功のハリアーが停められている。どういうことだろうか。このハリアーが監禁当初から停められたままなら、栗原も子安も、あるいは滝川も海老沢も、成功がこの別荘にいることくらい分かったはずだ。

ただ、フロントガラスを凝視しても、半年間ここに放置されていたなりの砂埃《すなぼこり》は付いていない。だとするなら、今朝方戻されたものかもしれない。

車内を見るとロックはされておらず、運転席に成功が携帯していた鍵類や財布、スマホなどが置かれてあった。

解放するつもりであることには違いないようだった。解せないのは、これが明らかに、地下室の食料が底をついたのをきっかけにしていることだ。営利誘拐であれば、身代金交渉をして、それが成立したかどうかで解放が決まるのが筋ではないのか。

普通の営利誘拐ではない何かに巻きこまれた感もなくはないが、それが何かということまでは想像できない。

頭が回らない。

成功はリビングに戻ってレトルトカレーを温めた。解放するなら弁当くらい用意しとけよと思ったが、散々食べたはずのレトルトカレーも二カ月ぶりくらいであり、懐かしい味が空腹に沁みて涙が出そうだった。


スマホを見ると、監禁当初に父から電話の着信があったほか、同期数人から〈どうした?〉〈心配なんだけど〉とメッセージが入っていた。

栗原からは、〈大丈夫か?〉〈サクセスなりにいろいろ抱えてたのかな?〉〈話してくれればよかったのに〉というメッセージが連続して届いている。早恵里からは〈食事の件、どうするんですか？〉というメッセージ。〈連絡ください〉という催促も何回か入っている。それ以後は母・七美《なみ》子《こ》からの〈元気かどうかくらい、たまには知らせなさい〉というメッセージがぽつぽつと入っているだけだ。

総じて誘拐事件に遭っている人間に送るメッセージではない。まるで成功が失踪したかのような反応に思える。

考えられるとすれば、犯人は父と交渉しているはずであり、父だけが真相を知っていて、周りには失踪したとカモフラージュしているという可能性だ。一度電話で確認したのみという行動もそれを物語っているようである。

事態がどう転がっているのか分からないので、警察に連絡すべきかどうかも判断がつかない。とりあえず成功は、父だけに電話してみることにした。しかしつながらず、食事を終えて人心地がついたあとは、このまま別荘に残っているのも気味が悪く、さっさと車に乗って出ることにした。

東京までの帰路、後ろを尾《つ》けてくるような怪しい車は見当たらなかった。上里《かみさと》サービスエリアに寄ってさらにうどんで腹を満たしたが、それをこっそり見届けているような視線も感じない。成功自身は訳の分からない状況に置かれて、ひたすら疑心暗鬼になっているが、その五感に触れるような不審な気配はどこにもない。

勝どきにあるマンションは、ポストがＤＭで埋まっていた以外は、半年前と何も変わっていなかった。警察が捜査で足を踏み入れたような形跡もない。ただ、会社のＩＤカードが部屋のどこを探しても見当たらなかった。

休むのもそこそこに、成功は芝にある〈シガビオ〉本社に向かった。この一週間続いた空腹で体力を削られ、東京に戻ってきただけで身体は疲れていたが、何がどうなっているのか確認しないわけにはいかない。それと同時に、半年ぶりに外の世界に出た興奮からか、神経が落ち着くことを拒んでいる。白昼夢の中を歩いているような感覚だった。

オフィス街は昼休みが終わろうかという時間帯で、成功は道行く人々を縫うようにして〈シガビオ〉が入っているビルにたどり着いた。

ＩＤカードがないので、とりあえず誰かに渡りをつけなければならないが、それを父にすべきか、それとも同僚の誰かにしたほうがいいのか、若干迷った。そうするうち、昼食帰りらしい同期の夏目若葉がエントランスに入ってきたのを見つけた。

「夏目」

成功が声をかけると、若葉は目を見開いて驚いてみせ、「サクセス!?」と声を裏返した。

「よう」

「どうしたの、その格好？」彼女はまだ目を丸くしている。「一瞬、誰かと思ったわよ」

服は一応、スエットから着替えてきたものの、そういうことではなく、伸び放題の髪などに異様さを感じ取っての言葉らしかった。

「今、何してんの？」

単に半年ぶりに会った相手に投げかけただけの問いであり、そのどこか呑気な響きに成功は戸惑う。

「いや、まあな」何と答えたものか分からず、口を濁した。「ＩＤカードがないんだ。ちょっと入れてくれないか」

「いいけど……社長のとこ？」

「ああ」

成功が曖昧《あいまい》に答えると、若葉は了解したとばかりにうなずき、自分のＩＤを使って受付から来客用のＩＤカードを借りてきてくれた。

「何かずいぶん痩せたよね」セキュリティーゲートを通り、エレベーターホールに向かいながら若葉が言う。「やっぱり、外国とかあちこち放浪してたの？　でも、その割には陽に灼けてないよね」

「お前、何て聞いてんだ？」

成功の問いかけに若葉は「何が？」と眉をひそめる。

「何がって、俺のことだよ」

「辞めたあとのことは何も聞いてないわよ」

「辞めた？」

成功は思わず訊き返すが、若葉は、なぜそこに引っかかるのかとばかりに怪訝そうな顔を作った。

エレベーターには他社の人間も同乗してきて、しばらく会話は途切れた。彼らが降りていくと、若葉のほうから話の続きをするべく顔を向けてきた。

「一言もなしにいなくなって、山科さん、可哀想だったよ」

成功が食事の約束を前にして姿を消したことによる早恵里の戸惑いは、スマホのメッセージを見ても分かることだった。ただ、自分の監禁事件がどう伝わっているのかは、やはり分からない。

「じゃあね」

成功が社長室のある上階まで行くと思ったらしく、若葉はそう言ってエレベーターを降りた。

「ちょっと待て」成功も一緒に付いていく。

「え？」

「俺が辞めたってのは、誰から聞いたんだ？」

「サクセス？」

そこにまた、通路を通りがかった誰かから声がかかった。栗原尚弥が珍しいものを目にしたような顔をして立っている。

「サクセス？　じゃねえよ！」成功は彼に詰め寄った。「お前ら何で、俺を置いて勝手に帰ったんだ!?」

「えっ？」

きょとんとしている栗原を通路の隅に引っ張っていく。そこでいろいろ問い詰めた結果、ようやく彼らなりの事情が分かってきた。あの日の朝、起きてみると、リビングのテーブルに「先に帰る」という置き手紙があり、成功の車も消えていたという。それだけで栗原たちは、成功が別荘を出たことを疑わなかったということだ。

話にはその先があった。父のもとに成功の辞表が送られてきたのだ。つまり成功は自主的に会社を辞めたことになっているらしい。

「何だそれ……」

成功は呆気に取られた。一方で、営利誘拐の事実を父が隠しているだけかもしれないという読みも捨て切れず、どう取ればいいのか分からない。

「じゃあ、サクセスが辞表送ったんじゃないの？」話を聞いていた若葉が、成功の顔を覗きこんで訊いてくる。

「俺はずっと別荘の地下室に閉じこめられてたんだよ」

「えっ？」彼女は頬をゆがめて絶句してから、成功の正気を疑うように見つめてきた。「ずっとって、今までってこと？　嘘でしょ？」

「お前、あの夜、酔いつぶれた俺を介抱してたよな？」成功は栗原を見た。

「俺は子安と一緒にサクセスの部屋に運んだんだよ」彼は答えた。「一時すぎだったかな。ベッドに寝かせたよ。それが朝になってみたら、置き手紙はあるし部屋にはいないし、車はないし……どう考えても先に出てったと思うだろ」

「そりゃ、栗原くんを責めるのは筋違いよ」

若葉も栗原に加勢した。まだ成功の言い分を信じ切れていないようでもあった。

そうすると、営業部の滝川か財務の海老沢が何かを知っていると見るべきか。

どちらにしろその前に、父のところに犯人から取引が持ちかけられていなかったかどうか確かめる必要がある。


成功は二人と別れて、社長室のあるフロアに上がった。

役員室のあるエリアにはさらにセキュリティードアがあり、来客用のＩＤだけでは入れない。成功はその手前にある秘書室を覗いた。

「あら」という秘書室の面々の声に反応し、奥のデスクに座る秘書室長の市村保貴が顔を上げた。

「おやおや」どこかとぼけた口調で言い、立ち上がった。

「社長はいますか？」

成功が訊くと、彼は「来客中ですが」と答えた。

「空いたら教えてください」

成功はそう言って、ミーティングテーブルの椅子に腰かけた。

「アポは？」

「こっちに帰ってきたばかりなんです」成功は首を振って言う。「電話はしたけど、つながらなくて」

「このあとも来客の予定が続いてましてね」市村はそう説明した。「成功さんはもう、会社の人間ではないんですから、個人的な話があるなら、せめて業務時間外にしてもらったほうが」

「何でもいいから、合間を見て、社長に報告してください」

まるで放蕩《ほうとう》息子が気まぐれで帰ってきたというような冷めた対応に、成功は軽く苛立った。市村は常々ひょうひょうとしていて、不測の事態に際しても浮足立たないところを父に買われているが、その冷静さは万能ではないと言ってやりたかった。

しばらくして市村は社長室のほうに出ていき、そして戻ってきた。

「やはり、ちょっと無理ですね」彼は言う。

「社長にちゃんと言ってくれたんですか？」

成功の問いに、彼はもちろんだとうなずく。「帰すようにと。会う気はないと」

成功は愕然《がくぜん》とした。「そんな……」

「社長は怒ってます」市村は聞き分けの悪い子どもを諭すように言った。「それも当然ですよ。正直、辞め方が悪い」

「待ってください。辞表を送りつけたのは僕じゃない。僕は何者かによって、今まで別荘の地下に閉じこめられてたんです」

市村は突拍子もない話を聞いたように眉をひそめてみせた。

どうやら、取引などの裏は何もなかったようだと成功は気づいた。ただ単純に、父も含めて誰もが、成功が辞表を送りつけただけで会社を辞め、そのまま行方をくらませたと理解しているのだ。

「どちらにしても、五時すぎまで待ってください。それまでにもう一度、私のほうから話をしてみます」

悠長な話に聞こえたが、半年間、非日常の世界に放りこまれていたのは成功だけで、ほかの者たちはそれまでと同じ日常が続いていたのだ。そうであれば、そこに温度差があるのは当然だった。

成功は時間をつぶすために階を下りた。事業部のフロアを覗くと、社員たちのいつもと変わらない日常があった。

成功が座っていた事業部長の席には眼鏡をかけた男が座っていた。成功とそれほど年恰好が変わらない若い男で、成功の知らない顔だった。

その彼の前に立って何やら報告しているのは早恵里だ。半年ぶりに彼女の姿を見て、成功は何だか涙が出そうな気持ちになった。きれいに伸びた背筋といい、艶のあるショートボブといい、その後ろ姿は以前と変わらないが、心なしか堂々として見える。転職してきてもう一年になるから、仕事にもすっかり慣れたのだろう。

成功のことでは、彼女自身にもいろいろ悩みを持たせてしまったはずだった。若葉はそんな彼女のことを可哀想だと言っていた。

すぐにでも声をかけたい気持ちはあったが、成功は事業部のフロアに入っていくことをためらった。自分のテリトリーだった事業部の島が、ほかの誰かのものになっているのを強く感じるのだ。よく見ると、部のメンバーもちらほらと変わっていて、見慣れない顔もいる。

それにしても若いな……早恵里と話している男を見て思う。

〈シガビオ〉は一応能力主義を導入してはいるが、部長クラスは四十代から五十代が普通である。

事業本部長は平木専務が兼ねていて、事業部、開発研究部、商品デザイン部の三部長はその下に付く。取締役ではないが、幹部会議にも出席する待遇を与えられている。

また、三部は並列であるものの、実際には事業部がマネージャー的な役割を担ってほかの部を動かし、さらには生産本部や営業本部との調整役も任されている。事業の要《かなめ》となる部署なのだ。

その事業部長に、三十になるかならないかの成功が就いていたのは、社長である父に後継者として引き立てられていたからにほかならない。同族経営は会社経営の一つの形であり、それで発展している名門企業はいくらでもある。成功としては疑問に思う必要もなく、そういうものだと割り切っていればよかった。

しかし今、大して成功と変わらない年恰好のあの男が、どうしてあのポストに就いているのかは大きな疑問である。

髪を七三に分け、メタルフレームの眼鏡と相まって、エリート然とした雰囲気を醸《かも》し出している。早恵里の話を聞いていてもほとんど表情を変えない。落ち着き払って、思考に集中しているような様は、妙な風格を感じさせないでもない。

その風格が事業部のフロア全体を見事に支配している。それが成功に足を踏み入れさせない結界を作っている。

男が何やら返答し、早恵里が一礼して席へと戻っていく。離れて眺めていても彼女がこちらを見る気配はなく、成功はもやもやした気分を持て余しながら丸テーブルが並ぶＭＴＧ《ミーティング》エリアに移った。

ショーケースから「エネウォーター」を取り、それを飲みながら時間をつぶす。退屈なのは地下室ですごした日々で慣れている。時々、顔見知りの社員たちが近くを通りがかり、少し驚いたようにして挨拶を向けてくるが、それもどこかよそよそしく感じられる。

今まで成功は、この会社で疎外感など味わったことがなかった。会社自体は父を中心に回っているとしても、成功自身も一つの惑星くらいの存在感を与えられていた。その周りを回る衛星のような社員がいっぱいいた。

しかし今は、いくら心の中で自分は辞めたわけではないと強弁しようと、どこかで部外者のような立場を意識せざるをえない。居場所がないのだ。

やがて、出先から帰ってきたらしい子安慎治がかばんを手にMTGエリアの前を通りがかった。成功の姿を見て、「あっ」と声を上げながら近づいてきた。

「お久しぶりです」

この男もまさか自分たちが成功一人を別荘に置いて東京に帰ってきたとは思っていなかったようだ。それを話すと、子安は「そんなこととは……」と表情を強張らせていた。

子安を責めても仕方がなく、成功は「あの日の滝川さんたち、何かおかしなところはなかったか?」と、一緒に別荘に泊まった滝川や海老沢の様子を訊いた。

「いやあ、特には何も」

子安は首をひねるが、成功は納得し切れず、「俺、何か滝川さんに恨みを買うようなことでもしたかな」とぼやいた。

「そんなことはないと思いますけどね」子安は言う。「僕も今は営業に移って、滝川さんの下でやってますけど、そういう話は聞きませんし」

「えっ、営業やってんの?」

「栗原さんもそうですよ」

言われてみれば、昼には顔を見た栗原も、事業部のフロアには姿がなかった。

「新しい事業部長になってから、だいぶ入れ替わりがあって」子安は少し不本意そうに言った。

「あの部長、どこから来たんだ？」成功は訊く。「ずいぶん若いな」

「え、知らないんですか？」

「顔だけは見たけど」成功は答える。

「顔を見て分からないんですか？」子安は不思議がった。「成功さんのお兄さんだって聞いてますけど」


現実とは思えない、どこか別の世界の話を聞いているようで、成功は面食らった。監禁が解けたばかりで、自分の頭が現実に追いついていかないのかとも思うが、どう考えてもそういう問題ではない。

「〈東京ラクト〉から移ってきて、しばらく那須の研究所にいたらしいですよ」

「ちょっと待て」〈東京ラクト〉と聞いて、成功は思い当たる節があった。「もしかして玉手か？」

「いえ、志賀です」

「玉手実行じゃないのか？」

「志賀実行ですね」子安は答え、成功の顔色をうかがうような視線を向けてきた。「何か、ややこしい関係らしいとは聞きましたけど」


成功の頭に浮かんだ人間と同一人物ではあるようだ。兄と言っても、成功はほとんど会ったことがない。子どもの頃、祖母の葬式に来ていた気がするが、曖昧な記憶であり、それくらいの面識である。


どちらにしても、彼は志賀という苗字ではない。

「何で志賀を名乗ってんだ？」

本名は玉手のはずである。大手乳業会社〈東京ラクト〉の創業家だ。父・英雄が〈東京ラクト〉に在籍していたとき、創業家の令嬢と結ばれて実行が生まれた。しかし、間もなく二人の結婚生活は破綻し、父は〈東京ラクト〉を追われてしまった。その後、〈シガビオ〉を興して、成功の母・七美子と再婚し、成功が生まれて今に至るのだ。

父と別れた玉手家の令嬢は、〈東京ラクト〉の現社長である婿養子の玉手忠徳《ただのり》と再婚している。二人の間に子どもが生まれているかどうかまでは知らないが、実行は玉手家に引き取られて育てられていたはずである。

それがいつの間に志賀実行として〈シガビオ〉に入ってきていたのか。

「僕はもう事業部の人間じゃないんで、こみ入った事情はほかの人に訊いてください」子安は今の体制になってからの人事に不満を覗かせながら言った。「なかなかシビアな人ですよ。成功さんに戻ってきてもらえると一番いいんですけど」

「戻るも何も、俺は辞めたつもりはないぞ」

成功が言うと、子安は頼もしげにうなずいて笑みを見せた。

「おや、戻られたんですか?」

子安が去ったあと、通りがかりに成功の姿を見て声をかけてきたのは橋爪朋也《はしづめともや》だった。成功より一回り年上だが、事業部では成功の下で働いていた。

「まだ社長には会えてないですけどね」成功は肩をすくめて答える。

「そうですか」橋爪は同情するような調子で相槌を打った。「この際、平身低頭で謝ることですよ。社長も本音ではほっとするでしょうし、許してもらえるでしょう」

やはり社内の誰もが、成功は辞表を一方的に送りつけ、勝手にどこかへ姿を消してしまったと受け取っているのだ。

「謝ることなんて、何もしてないんだけどな」

成功がそう愚痴《ぐち》ると、橋爪は詳しい事情も聞かないまま、「まあまあ」となだめに回った。

「いや、本当なんですよ……」

そう言いかけて、橋爪相手に愚痴っても仕方ないかと思い直した。それより実行のことを訊いてみたかった。

開発研究部のラボは本社近くにもあり、数人の研究員が常駐しているが、本体は研究所として那須の生産工場に併設されている。実行はもともとそこにいたらしい。

橋爪は成功が事業部長を務めていた頃、那須の工場や研究所との連絡役を担うことが多く、出張もたびたびしていた。実行のことも以前から知っていておかしくない。

「俺の後釜」成功は事業部のフロアに親指を向けて訊いた。「いつからうちに入ってたんですか？」

「やっぱりご存じなかったんですか」橋爪は苦笑気味に言って、成功の隣に腰かけた。「実行さんも、成功さんのことには触れないんで、微妙な間柄なのかなとは思ってましたけど」

「いつから？」

「一年半近く前ですかね」橋爪は言う。「〈東京ラクト〉でも開発部門にいたそうで」

「最初から志賀って名乗ってたんですか？」

「いや、研究所では玉手でしたね。こちらに移ってくるときに志賀に変わったんで、私も驚きました。社長のご子息だってことは、噂で聞いてたくらいで、やっぱりそうだったのかと」

〈シガビオ〉に入ってきたのも、事業部に移ってきたのも、さらには志賀と名乗り出したのも、もちろん、父の了解のもとではあるだろう。しかし、成功には何とも面白くない話だった。

「何でまた、わざわざ〈東京ラクト〉から移ってきたんです？」

百歩譲って、成功が辞表を出して行方をくらませてからということなら、父が後釜を探してそう求めたという理屈も成り立つ。しかし、一年半前ということは、成功が退職扱いされる一年も前ということだ。ましてや、実行は〈シガビオ〉の十倍近い規模を誇る大手企業の御曹司のはずである。

「あっちはあっちで今の社長直系の御曹司がいますからね」

「そうなんですか？」

「ええ」橋爪はうなずく。「しかも、もう取締役まで上がってきてますよ。ちょうど取締役に上がったのを機に、実行さんがこちらに移ってきたんじゃないんですかね。そうするとまあ、事情は聞かなくても、何となく察することはできますけどね」

後継者争いに敗れたあげく、〈シガビオ〉に活躍の場を求めて移ってきたということか。

「ただ、切れ者ではありますよ。事業部に移ってきて早々、〈食農研〉の買収にもひと役買ったらしいですしね」

「〈食農研〉を買収したんですか？」

父が〈食農研〉の経営危機問題に頭を悩ませていたのは知っているが、すでに買収したとなると浦島太郎の気分である。

「ええ。本当かどうか知りませんが、反対に回ってた海老沢さんや船見さんを実行さんがパージしたって話ですよ」

「えっ？」成功は驚いた。「海老沢さん、もういないんですか？」

「ええ」

監禁前の別荘で海老沢は、船見佐知子と成功派を買って出るようなことまで口にしていた。その二人が、成功が不在の間に追放されてしまったのだという。何がどうなっているのか、理解が追いつかない。

橋爪が立ち去ったあとも、成功は頭の中を整理し切れなかった。とりあえずは、父に自分の事情を理解してもらうほうが先であると気持ちを切り替えるしかなかった。

その後、疲れも手伝ってうとうとしていると、十八時に近づいた頃になって、秘書室長の市村から電話がかかってきた。社長の時間を何とか空けたので、上がってきてくれということだった。

ＭＴＧエリアの隅のテーブルで長々と待たされていた成功は、ようやくかと立ち上がった。

エレベーターホールに向かうところで、ちょうど仕事を終えて帰る様子の早恵里とばったり出くわした。成功は父との面会に意識が向いていたので、少々不意をつかれた思いだった。

早恵里は一瞬、はっとしたように目を見開いたのち、「ご無沙汰してます」と一礼を向けてきた。故意に事務的に振る舞ったような言い方だった。

「ああ」成功は柄にもなく口ごもり、頭をかいた。「夏目から聞いた？」

「いらっしゃってることは」早恵里は答える。「仕事が立てこんでて、ご挨拶できずにすみませんでした」

「いや、それはいいよ」成功は自分の調子を見失い、少し早口になって言った。「連絡できなくてごめん。メッセージももらってて」

「私は何も気にしてませんから大丈夫です」

気にしていないという言葉は、ほとんど逆の意味にしか取れない。やけにさばさばとした態度を見せつけられ、成功は少し焦った。

「いや、今までずっと別荘に閉じこめられてたんだ」

そう言うと、早恵里の顔が怪訝そうに曇った。

「信じられないだろ？　俺も信じられないよ」成功は肩をすくめて言う。「なかなか一口には説明しづらいな。もしあれなら、少し待っててもらえると……」

「馬鹿にしないでください」

思わぬ強い言葉を返され、成功はぎょっとした。「え？」

「失礼します」

彼女はにらむような視線を外して、開いたエレベーターにさっさと乗りこんだ。成功はやや呆然として、エレベーターのドアが閉じるのを見送った。

参ったな……。

無理やり頭を切り替え、上階行きのエレベーターに乗る。誤解はいずれ解けるはずであり、そうなればまた話も違ってくるだろうと考えるしかない。

秘書室を覗くと、市村が立ち上がった。無言ではあったが、社長室のほうへと歩きながら、成功を励ますように背中をぽんとたたいてきた。そうされることで、逆に緊張感がこみ上げてきた。

セキュリティードアを通り、社長室を市村がノックする。そのドアを開けて、成功に入るよう促してくる。

父は執務席で何かの書類に目を通していた。その目がちらりと成功に向いた。

久しぶりに見るからそう思えるのか、いくぶん痩せたようだった。六十半ばがまだ若いと言うべきか、さすがに老いたと言うべきかは分からないが、周りを圧するような精悍《せいかん》さがいくぶん削げ落ちているようにも見えた。

「今さら何しに来た？」父は低い声でそんなことを訊いてきた。

「誤解があります」成功は執務机の前まで進み出ながら言った。「辞表なんて出していません。何者かが偽ってやったことです。僕は今朝まで別荘の地下室に閉じこめられてたんです」

「市村から聞いた」父はかすかに頬をゆがめて気分悪そうに言った。「小学生の塾のずる休みでも、もうちょっとましな言い訳を考えるぞ」

「嘘だと思うなら、別荘に確かめに来てください。ゴルフコンペで泊まった翌朝、目が覚めたら閉じこめられてたんです。冷蔵庫には直近に誰かが用意したようなドリンク類が詰まってました。ほかの食料にしても、あんな大量に以前からあったわけじゃないはず。誰かが僕を監禁するために用意したんです。上には監視カメラも付いてました。見に来てもらえば分かります」

「あいにく、そんな時間はない」父は馬鹿馬鹿しそうに言った。「閉じこめられてたって、お前は半年も抜け出す工夫もせず、そこでぐうたらすごしてたのか？」

「あの地下室は社長がシェルターも兼ねて作った部屋じゃないですか。ドアを頑丈に閉められたらどうにもなりませんよ」成功は言い返した。「僕は犯罪に巻きこまれたんです。犯人が社長と何らかの交渉をしたという話なら、僕も慎重に動くべきかもしれませんが、そうでないということなら、警察に被害届を出して、ちゃんと調べてもらおうと思います」

「待て」父は軽く顔をしかめて嫌悪感をあらわにした。「お前はそれで、何か怪我でも負ったのか？」

「怪我とかそういう問題じゃない。半年間も閉じこめられてたんですよ」

「別荘なんて自宅と一緒だ。そんなところに、コンペの打ち上げでどんちゃん騒ぎした〈シガビオ〉の御曹司がそのまま半年も閉じこめられてたなんていう間抜けな事件を、マスコミがどう取り上げると思ってるんだ」

「じゃあ、どうすればいいって言うんですか？」

「お前はどうしたいんだ？」

「え？」

どうしたいも何も、警察に届けたいと言っているではないか。

「身の振り方だ」父は言う。「お前はこの会社を辞めたことになってる。そのまま会社を離れるなら、ある意味、何をしようとお前の自由だ」

「自分の意思で辞表を出したわけじゃないんで」成功としては当然そう言うしかない。「取り消してもらわないと困ります」

「市村に別荘を見に行かせる」父は少し考えるような間を置いたのち、そう口を開いた。「お前の言う通りの状態なら、私も冷たいことを言うつもりはない。ただ、事業部はすでにほかの者に任せてる。お前は出戻りとして一からやってもらうしかない。お前の言う通りだとしても、自分の地位にあぐらをかいてたところがあったからこそ、誰かに足もとをすくわれたんじゃないか。お前自身の不注意だとも言えるし、完全には同情できない。信頼を取り戻すように、一からがんばってみなさい」

いかにも温情をかけた言い方だが、成功には厳しく感じられる。面白くはなかった。

「新しい部長のあの人……」成功は兄と呼ぶべきかどうかも分からず、そんな言い方で触れた。

「志賀を名乗っているそうですけど、養子にしたわけじゃないですよね？」

父はちらりと成功に視線を向けたあと、無表情のまま、ふっと脱力したような息を吐いた。「違う。仕事がしやすいなら、何でもいいだろ」

「うちにいるとは知りませんでした」

「あいつはなかなかできるぞ」

少し愉快そうに言った父の目には、成功を挑発するような光があった。


半年ぶりに自分のマンションのベッドで身体を休めた翌日、成功は市村をハリアーに乗せて、忌まわしい別荘に戻った。

「社長はでも、成功さんが戻ってきて、本音ではほっとしてると思いますよ」

道中、市村は助手席からそんな声をかけてきた。昨日の成功に対する父の冷ややかな態度を見て、少しばかり励ましたくなったようだった。

「どうだか」成功は素直に受け取れなかった。「新顔のほうにずいぶん入れこんでるようですし」

「あれも成功さんへの叱咤激励ですよ」市村は言う。「実行さんが優秀なのは事実でしょうが」

「市村さんは彼のこと、よく知ってるんですか?」成功は訊いた。「僕は腹違いとはいえ、顔を合わせた記憶もほとんどなくて」

「私もちゃんと話をしたのは、彼が本社に移ってきてからですよ。ただ、研究畑の人間にしては、事業部での人の動かし方も堂に入ったものです。経験を生かして、開発研究の人間をリードすることもできる」

「でも、〈東京ラクト〉から弾き出されたんでしょう? 社長が拾ったんですか?」

「弟の勢司《せいじ》さんが先に取締役にまで取り立てられて、居場所がなくなったのは確かでしょう。うちへは開発研究の中途採用に応募してきて入ったようですよ。社長も、気づいたのはしばらくしてからです」

わざわざ実の父親の会社に応募して入ってきたというのは、単に働き口を求めてということだけではないはずだ。その結果として、すでに部長の地位を占めるまでに至っているわけである。

軽井沢の別荘に着き、成功は食料の空き容器が山と積まれた地下室を市村に見せた。

「なるほど」

市村も一目見て、ここで成功が半年すごした事実を認めたようだった。

「たぶん、ドアノブをワイヤーか何かで縛ってたんでしょう。こんな部屋を抜け出すなんて無理ですよ」成功は奥に進み、本棚の上を指差した。「あそこに監視カメラが……」

言いかけて目を疑った。毎日のようににらみつけていた監視カメラがなくなっていた。

「取っていきやがった……」

成功をあざ笑うかのようなやり口に、怒りがこみ上げてくる。

「まあ、いいでしょう」市村はなだめるように言った。「成功さんの話に嘘はないようですから、社長にもそう報告します」

「くそ……」

市村に理解されたとしても、自分の立場が完全に戻るわけではない。それを思うと腹立たしさが消えない。

市村が手配していた鍵の交換業者がやってきた。玄関の鍵の交換作業を待つ間も、成功はもやもやした気持ちが晴れなかった。

「犯人はここの合鍵を手にしてたわけですよね」成功は市村にそう切り出してみる。「僕は鍵の管理を他人に任せるようなことはしてませんよ」

「私を疑うんですか?」市村は心外そうに言った。

「そうは言ってませんが」

「社長はそのあたり、無頓着なところがありますから、会社関係の用事でここを使うときなどは、私を含めて何人かの者に鍵を預けるようなことはあったでしょう」

「ほかに誰ですか?」

「やめましょう」市村は首を振った。「無責任な犯人探しには協力できません」

「実行はどうですか?」

「え?」

「いつの間にかうちに入ってて、僕のいない間に僕のポストに就いてるんだから、疑いたくなくても疑わざるをえませんよ。彼はここを使ってたんですか?」

「さあ、それは……」

関知していないというより、うかつなことは言わないほうがいいと判断したような言葉の濁し方だった。


夕方、東京に戻って会社に顔を出すと、人事部に呼ばれた。

関東営業部販売二課。

それが成功の新しい配属先だった。

「慣れない部署だと思うけど、勉強のつもりでがんばって」

人事部長は船見佐知子から杉田肇《はじめ》に替わっており、成功はその杉田にそう励まされた。

「ポストは?」

営業部は担当地域ごとに分かれていて、本社に入っているのは関東営業部だ。販売一課と二課があり、部長を滝川が務めている。

「まあ、形式上は再雇用だし、それは追い追いあるでしょう」

つまり、平社員からということらしい。成功が戻ってきて父がほっとしているという市村の話は何だったのか。

杉田に文句を言っても仕方がなく、成功はすべてを呑みこんでＩＤカードと業務用のスマホを受け取って人事部を出た。


次の日から、成功の新しい会社生活が始まった。

「まさか、地下に閉じこめられてたとはね。俺たちが気づかなかったばかりに、こんなことになって、何だか申し訳ないね」

営業部長の滝川秀一は挨拶に出向いた成功にそんな言葉をかけてきた。

「まあ、新規契約をいくつか取ったあたりで、社長も矛を収めるだろう。それまで腐らず我慢しなさいな」

販売一課が既存の取引相手に向けた営業強化に動いているのに対し、販売二課は取扱店をひたすら新規開拓する部署である。〔シガビオ〕は会社の規模も大手ほどではなく、まだまだ商品を取り扱ってくれていない店舗も多い。

営業は外回りの仕事が中心であるため、フロアには課ごとにフリーアドレスのロングテーブルがあるだけである。

販売二課の島で外回りの準備をしていた中には、栗原や子安らがいた。

「みんなで島流しにあったようなもんだな」

成功が自嘲《じちょう》気味に軽口をたたくと、栗原は笑みを引きつらせて、「だな」と応じた。

「島流しだなんて、ここのみんなに失礼じゃないですか？」

同じ島にいた課員の中から、成功よりいくらか若そうな女性が声を発した。

「え……誰？」

半年不在だった間に見慣れない顔が増えた。なかなか人目を惹く顔立ちをしていて、目つきはどことなく勝気そうである。

「彼女は〈ゼネラル珈琲〉から移ってきた伴内《ばんない》さん」

首にかけたＩＤカードを見ると、「伴内星奈《せいな》」と記されていた。

「彼はほら、社長の息子。御曹司ってやつだから」

言葉に気をつけろとでもいうように、栗原が眉を動かしつつ言った。

「だから何ですか？」伴内星奈は栗原をじろりとにらみ、彼の首をすくめさせた。「ここから会社を大きくしていこうって、新規開拓がんばってる人もいるんですよ。だいたい栗原さんたちも、事業部が恋しいのか知りませんけど、もうちょっと腰を入れてやらないと、結果なんて出ませんよ」

「いやいや、それはまだ慣れてないからで、これからどんどんやっていくよ」栗原はたじたじになって言い訳している。

「伴内さんも、どういう理由で前の会社を辞めたのか知らないけど」成功は言った。「〈ゼネラル〉みたいな大手からうちに来て、ここに放りこまれてるわけだから、島流しにあった気分は同じだろ」

「私はこの会社の将来性に賭けて入りました」星奈は鋭い視線を成功に移した。「それに、販売二課は私の希望です。新規開拓は前の会社でも経験あります」

奇特な人間もいるものだと、成功は苦笑でやり取りを終わらせた。新規開拓は昔ながらの足で稼ぐ飛びこみ営業が基本である。サンプル商品を入れた保冷バッグを引っ提げ、アポなしで小売店を訪ね歩いていく。先方は仕事中であり、鬱陶《うっとう》しげな対応も珍しくはない。

販売二課に配属されるのは、体力があり余っている若手か、自分の現在地を突きつけられるロートルである。若手にしても、ほとんどは販売一課へのステップと考えている。成功は新人研修のとき一週間ばかりやったことがあるが、それ以上やりたいとは思わなかった。

「おう、新顔」

販売二課長の村井仁志《ひとし》が現れ、成功をにやりと見やると、空の保冷バッグを寄越した。

「うちに来た以上、過去のキャリアは一切関係ないからな。チンタラやってたら承知しねえぞ」

〈シガビオ〉には社長の息子である成功に対して、年齢に関係なく一定の気遣いを向けてくる人間がいる一方、恵まれた境遇に対するある種の妬《ねた》みの表れなのか、ことさらきつく当たってくる者もいる。

村井などは後者の典型で、わざわざ強い者に媚《こ》びなくても、結果を出して上に実力を認めさせてやるという姿勢である。その癖の強さからほかでは扱いにくく、販売二課が住《す》み処《か》となっているのだが、それも上等とばかりに意に介す様子はない。

「まあ、営業の仕事なんて、やり方忘れてるだろうから、しばらくはそうだな、大沼に付いて回って勉強しろや」

「えっ⁉」指名された大沼研太が小太りの身体を大げさにのけ反らせた。

「それなら僕が」

栗原が声を上げたが、村井は首を振って一蹴した。

大沼は新卒入社三年目の若手で、一応名の通った大学を出てはいるのだが、何かの間違いで採ったとしか思えないほど仕事ができない。新人研修で事業部にいたときからそうだった。新商品のCLT（会場調査）のアシスタントを任せたところ、せっかく集めた調査票を不要になった資料と一緒にシュレッダーにかけてしまい、参加者に電話で回答を尋ね直さなければならない羽目に陥らせた。そんな逸話を各部署で作り、本配属は販売二課に押しこまれた。

当然、その後も結果を出しているという話は聞かない。そんな若手にわざわざ付いて勉強しろなどというのは嫌がらせとしか思えず、成功はうんざりした気持ちになった。

「いやあ、御曹司さんに仕事を教えるなんて緊張するなあ」

いちいち気に障る大沼の言葉も、彼の馬鹿さ加減を知っているだけに、怒る気にもならない。

「じゃあ、行きましょうか」

やる気が出ないまま、大沼に声をかけられた。

パンフレットをそろえ、商品サンプルを保冷バッグに詰めて会社を出る。販売一課には営業車が与えられているが、二課は課長用の一台しかなく、課員は靴底をすり減らして注文を取ってくるスタイルである。大沼の担当地域である松戸まで電車で向かう。

「こんにちは。〔シガビオ〕です」

大沼は個人商店のような古びた食料品店を好んで回った。定期的に訪れているらしく、どこも顔見知りの様子だった。

「秋から新商品が出たんですよ。［スパーキー］のライム味なんですけど」

「前も似たような感じの出してたじゃない。二ケース取ったら売れ残っちゃって、散々だったよ」

定期的に通えば、新商品のタイミングや棚の空き具合で、単発の注文が入ることもある。大沼はそれを狙う戦略のようだった。

「ジンジャーバードック味ですよね。あれはひどかったですね。すぐに生産終了しちゃって、僕もあれは売れないなと思いましたよ」

「スパーキー」はニッチなニーズを狙い、炭酸の刺激と一風変わった味で勝負するビタミンC飲料のシリーズである。爆売れすることはないが、新味が出るのを楽しみにしている愛好家も根強く存在する。

ジンジャーバードック味は、ごぼうを使ったハーブティーが若い女性の間で流行っているという話から企画が始まった。ごぼうエキスを素材《シーズ》として、様々なパターンの試作品がラボで作られ、官能評価が繰り返された。

その過程ではごぼうっぽさのない、キャロットバードックという口当たりのいい味も作られた。一方で、せっかくごぼうを使うのだから、しっかりエッジの利いた挑戦的な味を目指すべきだという考え方もチームの一部にあった。そんなにエッジの利いたのがいいのならと、ラボから出てきたのがジンジャーバードック味だった。

開発研究部としては、あくまでカウンター候補用に作っただけであり、これが通るとは思っていなかったのかもしれない。しかし本命とされていない試作品に票が集まるのは、そのような場では時々起こりうることである。たいていは軌道修正を図る人間がいるものだが、検討の場が集団催眠にかかったようになり、そのままGOサインが出てしまうこともある。

ジンジャーバードック味については、成功自身、本命に物足りなさを覚えていたことも手伝い、こういうのも新しくてありなのではと思ってしまった。平木専務も面白いと言ってくれた。

しかし後日、幹部会議の場でこれを口にした父は眉をひそめ、ほかの幹部連中もみな首をひねっていた。成功も改めて飲んでみてこんな味だったっけと思ったものだが、すでに発売までのスケジュールは組まれていて、そのまま行くしかなかった。

結果、成功の監禁中に発売されたそれは、不評ですぐに生産終了してしまったらしい。聞いていて情けない気分になった。

「売れないと思ったのを、何で買わせるのよ」

「いやあ、それは僕もしがない営業マンなので」大沼は言う。

商売っ気があるのかないのか分からない。

「あ、これ、〔マルハナ〕さんの新商品じゃないですか」大沼は店の人間に〔スパーキー〕のサンプルを渡すと、セールストークもそこそこに、ホット飲料コーナーに並んでいるボトルに手を伸ばした。「へえ、すっきりレモン味か。売れてますか?」

「出だしはいいね」

「じゃあ、一本買ってこうかな」

そう言って、大沼は〔ザナドゥ〕という名のホットレモンを購入した。

「またお願いします」

挨拶して店を出たところで、彼は早速ボトルを開けた。ごくりと喉の音を立てて飲み、ぷはーと息をつく。

よほど喉が渇いていたのかと思ったが、彼は行く先々で新商品や見慣れない商品を見つけると、嬉々として買い求めて飲んだ。普通の清涼飲料水だけにとどまらず、発酵乳や乳酸菌飲料、コーヒー飲料、エナジードリンクなど何でもござれだった。冷温のものであれば、ものの数秒で一気飲みしてしまう。見ていてげっぷが出てきそうだ。

「お前、そんなに甘いものばっか飲んでると、そのうち病気になるぞ」

さすがに一言言いたくなる。

「いやあ、僕は代謝がいいから、どんどんエネルギーとして消費しちゃうんですよ。外回りで体力使いますし、これくらいはガソリン代わりですよ」

消費できていればそんな体型にはならないだろうと思うのだが……。

よほどその手のドリンク類を飲み比べるのが好きらしい。そういう意味ではこの業界で働けるのは願ったり叶ったりなのかもしれない。

「〔マルハナ〕さんから出た［ザナドゥ］はいいですよ。あれ、たぶん売れますよ」

しまいには先ほど飲んだ他社の新商品をほかの店で宣伝し始めた。成功も聞いていて、そんなに勧めるなら一度飲んでみようかと思うほどだった。

肝心の営業成果のほうは、二つの店で［スパーキー］のお試し注文が一ケースずつ取れただけだった。大沼の給料の一日分にもならない。

結果を出そうと思えば、もう少しやり方があるだろうとは思ったが、成功は何も言わなかった。そこまで新しい仕事に対して前向きな気持ちがない。一日、大沼に付いて歩き回るだけでもかったるい思いだった。


「大沼くんに仕事を教わるサクセスって、想像するだけでウケるんだけど」

ハイボールのグラスを手にした若葉が明るい笑い声を立てる。

「別に、何も教わってねえよ」

自分の現状をいい酒の肴にされ、成功は顔をしかめる。

夜は大門《だいもん》の居酒屋で、栗原が復帰祝いを開いてくれた。子安や若葉のほか、中岸大輔、岡谷学といったかつての事業部の後輩たちが集まった。中岸や岡谷は栗原たちと同様、実行に事業部を追い出され、今は販売一課に身を置いている。

「しかし、村井さんも、ひどい扱いするよな」

「ああいう人なんですよ。意地が悪いっていうか」

栗原や子安は気の毒そうに成功をいたわってくれる。

「いや、まあ、村井のやり方もあれだけど、問題は社長なんだよな」成功は困惑をあらわにして言う。「販売二課に回したのも社長の意向らしいし、俺をどうしようと思ってんのか」

「また事業部に戻ってもらわないと困りますよ」中岸が心の底から願っているように言った。「そして、僕らも戻してもらわないと」

「気持ちは分かるけど、新しい部長になってもう半年だからねえ」

事業部に残った若葉の余裕ある物言いに対し、岡谷学が「この人、回し者ですよ。回し者」と指を突きつけて絡んでみせた。

「私は上が誰だろうと、自分の仕事をやってるだけですよ」若葉が言い返す。

「いや、夏目さん、課長に取り立てられて、すっかり実行派ですからね」

「えっ？　夏目が課長？」

若葉は頭がよく、入社試験でも同期でトップの成績だったのは成功も知っている。仕事もそつがない。しかし、この歳での課長昇進は、成功は例外として、異例の早さである。自分が部長だったらまだそうしてはいなかっただろうという思いも含めて、驚きは小さくなかった。

「そうなのよ。私、今、マーケティング課長なの」若葉の言い方はどこか誇らしげであり、一方でそれを冗談口調で隠そうとしているようでもあった。「だからって、誰派とか関係ないわよ」

「やり方がえぐいんですよ。移ってきて三カ月くらいで、よし、お前らの力は分かったみたいな。そんで部内かき回して、俺たちは追い出して……」

「やり手だとは聞いたけど?」成功は若葉に水を向ける。

「やり手よ」若葉は答える。「開発から来てるけど、マーケティングの話にも詳しいし、結果が出ない商品はあっさり切る決断力もあるし」

「〈スパーキー〉のジンジャーバードック味でしょう」中岸が口を挿《はさ》んでくる。「あれは成功さんのもとで進められた商品だから打ち切ったんですよ。やることが陰険なんです」

「でもあれは本当に売れなかったのよ。実行さんも一口飲んで、こんなのにGOサインを出したのは誰だって言ってたくらいなんだから」

「成功さんと知ってて言ったんでしょ。予算もまともに使わなかったって話だし、ちゃんとプロモーションに金かけてたら、普通に売れてましたよ」

「いやあ、あれはどちらにしても売れなかったと思うな」

中岸のような擁護の声が欲しいとは思わないが、予算もろくに使わずに生産を打ち切ったというのは、ずいぶん思い切った判断だなという気がした。うがった目で見れば、そこには前任者である成功の仕事を否定する意思が見えないでもない。

「事業部はお前らが出されて、新しい顔が入ってるよな。あれはどこから来たんだ?」

「〈東京ラクト〉から実行さんが連れてきた人たちみたいですよ」岡谷が答える。「まあ、僕らよりは優秀なんでしょ」

「そんな、嫌味ったらしく言わなくても」若葉が苦笑している。

実行には、手足となる人間がいるということだ。

「俺はさ」成功はそう口を開くと、ビールを飲み干す間、たっぷりその場の注目を集めた。グラスを置いて、その先を続ける。「自分を監禁したのは誰かって、ずっと考えてんだよ」

成功を囲む面々から、息を吞む気配が伝わってくる。

「俺を退職扱いにすることで、得するやつがいたんだよ。一人じゃできないかもしれないけど、三、四人の仲間がいればできる。だいたい、あの別荘の合鍵を作れる人間なんて、何人もいないんだ。秘書室の連中とか、あるいは俺みたいな家族だ」

「証拠もなしに、めったなこと言わないほうがいいよ」若葉が眉をひそめ、その先を制するように言う。「兄弟なんでしょ？　そんなことする？」

「兄弟ったって、かろうじて血がつながってるだけで、ろくに会った記憶もねえんだよ。うちに来てたなんて知らなかったし、本名は玉手なのに、事業部に移ってきたとたん、志賀を名乗り始めたんだぜ」

「でも……」

「実際、俺は被害に遭ってんだよ」成功は構わずに言った。「社長も、自分に近い人間が一枚嚙んでることくらい察してるはずだ。むやみに藪をつついて蛇が出ると困るから、俺が油断してたのが悪いなんていう無茶苦茶な論理を振りかざしてくる。それで営業に回されて、復帰できただけでもありがたいと思えなんて、納得できるわけないだろ。それで黙ってるほど、俺はお人好しじゃねえぞ」

「いや、成功さんがそう言ってくれたら、僕らも遠慮なく言えますよ」子安が声を上げた。「確かにあの人、怪しすぎますよ。ねえ、栗原さん？」

子安の語勢に圧されるようにして、栗原は戸惑い気味に「ああ」とうなずいている。

「子安さんの言う通りですよ」中岸も焚きつけられたように、好戦的な口調になっている。「あの人が部長になってから事業部を出されたのって、結局、俺たち成功さんに近かった人間じゃないですか。わざととしか思えないし、那須にいたときから全部計画してたんじゃないですか」

「お前らだけじゃねえよ」成功は言う。「何があったか知らないけど、海老沢さんや船見さんもあいつに追い出されたっていうじゃないか。海老沢さんなんか、俺に早く役員になってほしがってたし、船見さんも味方だから協力してそうなるよう動いていきたいなんて言ってたんだぜ」

「みんな狙い撃ちされてますね」岡谷が顔をしかめて言った。「上層部の事情は分かりませんけど、社長に何か吹きこんだんでしょう。成功さんがいたらこんなことにはならなかったって海老沢さんがこぼしてたらしいのは聞きましたよ。どちらにしても、新任の部長が役員を追い出すなんて、普通はありえないですし、恐ろしいっすよ」

「やり返すしかないですよね」中岸が憤怒《ふんぬ》の息を吐いて言う。「こっちも大将が帰ってきたんですから反撃しましょうよ」

成功がいなくなってから不遇をかこっていた連中だけに、いったん火がつくと回りも速い。

とはいえ、腐った者たちが集まっても、怪気炎を上げるだけで、具体的に何をやるのかという話は進まない。

「俺ももちろん、サクセスの力にはなるつもりだけど、まずは置かれたところで結果を出せっていうのが社長の思いじゃないかな。俺はそう思うね」

最終的には栗原が、自重を促すような言葉でその場をまとめた。若葉も「そうそう」とうなずいている。

しかし、販売二課で大沼と外回りをさせられ、いったいどんな結果を出せというのか。成功は父に、半年間別荘に閉じこめられたことを、お前が間抜けだから悪いと片づけられた。警察に通報するのも世間に恥をさらすだけだと止められた。言い方を変えれば、父はそうやって成功を引きずり下ろした相手を認めているわけだ。それが何とも釈然としない。自分もちまちまと外回りで注文を取っている場合ではないと思ってしまう。


久しぶりの酒も、鬱屈したものを晴らす力はなかった。

帰りの電車は若葉と一緒になった。

「あのさ」成功は早恵里のことを切り出してみた。「山科さんは俺のこと、何か言ってる？」

「うーん、何にもっていうか」若葉は気まずそうに苦笑する。「意識的に話題にするの避けてるみたい」

「別荘に閉じこめられてたってのは俺も言ったんだけど、詳しく話す時間がなくてさ」成功は小さく顔をしかめながら言う。「ちゃんと伝わってるかどうか」

「まあ嘘みたいな話だし、ぱっと聞いて信じろっていうのはね」若葉は無理があるとばかりに言った。「でも、方々で噂になってるから、今は理解してると思うよ」

「なら、何で……」

「そりゃ、この半年間、彼女もいろんな気持ちになっただろうし、特にサクセスが消えた直後は、一人取り残された形じゃない。見るからに悩んでやつれてたし、それがようやく吹っ切れた頃に、何もなかったように戻ってこられてもってとこでしょうよ」

「何もなかったようには戻ってきてないだろ」成功は言い返す。「夏目のほうで、何とか取り持ってくれよ」

「やり直したい気持ちはあるの?」

「やり直したいも何も、俺は半年前から時間が止まってんだ。それが、やっと動き出したと思ったら、周りがガラッと変わってて困ってる」

若葉は、そうこぼした成功を見つめ、同情するように一つうなずいた。

「協力はするけど、時間をかけたほうがいいと思うよ」彼女は言う。「それこそ、一からやり直すくらいのイメージで」

「そうだな」成功は力なく相槌を打つ。

不可抗力のはずなのに、以前と同じ場所には戻れない。

取り戻したはずの日常には、こんなはずではなかったという違和感が強く、成功は深々と嘆息した。

8

山科早恵里は途中まで打ちこんだ文章を消し、いったんパワーポイントを閉じた。メモを見ながら考え悩む。部長の志賀実行に、来春のキャンペーンで「エネウォーター」に付けるノベルティの企画案を出すように言われ、ここ何日か、ああでもないこうでもないと考えている。いったんはこれで行こうと思ったものがあったのだが、何となくチープな気がしてきて、手が進まなくなったのだった。

「はい」

昼食から戻ってきた夏目若葉が早恵里の机にコンビニで買ってきたサンドウィッチを置いた。早恵里は昼休みをとっている余裕がなく、彼女に買ってこようかと問われて、その言葉に甘えていた。

「ありがとうございます」

礼を言って、それをつまむ。パソコンを閉じていたことで休憩に入ったと受け取ったのか、若葉は早恵里の背後にある自分の席から椅子を引っ張ってきた。

「昨日、サクセスの復帰祝い、行ってきたよ」

「ごめんなさい、顔出せなくて」

早恵里も若葉から誘われていたのだが、ノベルティの企画案でそれどころではなかった。

「山科さんのこと気にしてたよ」

そう言われても、何と応えればいいのか分からない。

半年前、志賀成功は突如として会社から、そして早恵里の前から姿を消した。連絡も取れなくなり、辞表を出したという噂だけが流れてきた。

それがここに来て、何もなかったように帰ってきた。半年間、別荘に閉じこめられていたなどという嘘のような話だった。しかし、それが本当だったとしても、半年という時間が消えてなくなるわけではない。無事だったことを喜び、身体は大丈夫か気遣い、誰がそんなことをしたのかと憤るべきかもしれないが、そういう感情は不思議なほど湧いてこない。

成功がいなくなる直前、そして直後に、早恵里の感情は喜怒哀楽の間を振れすぎた。関係者の期待を乗せて打ち上げられたロケットが、何かの異常で爆発させられ、残骸がみじめに海上へと落ちていくような落差があった。

〔シガビオ〕に転職してからの半年は、成功との距離が徐々に縮まっていく時間でもあった。

転職前、早恵里はブランドコンサルティングの会社に勤めていた。宗像《むなかた》夫妻が代表を務める十人ほどの小さな会社だった。

社長は夫の宗像宏樹《ひろき》で、弁が立つやり手だった。一方で、社内では仕事の細かい部分まで注文し、それに応えないとすぐに無能呼ばわりするため、社員の入れ替わりが激しかった。

早恵里はなぜだか、その宗像社長に気に入られたようだった。あまり表立って主張しない性格なのが逆によかったのかもしれない。ほかの同僚たちは、自分の考えを社長に理解してほしいがために一生懸命主張するのだが、そうすればするほど、社長はその考えの粗《あら》をあげつらわなければ気が済まなくなるようだった。

早恵里はそんなふうに社長にやりこめられることはなかったし、細かい仕事で褒められることのほうが多かった。ただ、気になることもないではなかった。社長は早恵里のことを接待要員のように見ている節があったのだ。

取引先の担当が男性であると、早恵里は会食によく呼ばれた。もちろん、若手のマナーとして、酒席に加われば相手に酌をしたりはする。それを厭《いと》うわけではない。困るのは取引先の担当と観劇などの約束をし、自分が仕事の都合で行けなくなったからと、早恵里を代わりに行かせようとするのだ。

行かないわけにはいかない。行けば、帰りに食事でもという流れになる。相手によっては、何かそれ以上を期待するような雰囲気を出してきて、日付が変わる時間近くになっても早恵里を放したがらない者もいる。早恵里はいろんな言葉を使ってそれをかわし、這《ほ》う這《ほ》うの体《てい》で帰途につくことになる。こんな相手とは二度と顔を合わせたくないと思うほどの嫌な気分が残るものだが、社長には相手からどう伝わったのか、「山科さんは人あしらいがうまいんだな」と妙な褒められ方をされ、そうであれば安心して連れ出せるとばかりに、ますますそうした機会が増えていった。

会社勤めなど楽しいことばかりではないのが当然であり、若いうちのこれくらいのことは我慢すべきかと思いながら仕事を続けていた。しかし、そうした取引先との付き合い以上に問題があったのは、副社長である宗像純子《じゅんこ》の存在だった。

早恵里は彼女に〝お人形さん〟と呼ばれた。毒にも薬にもならないから社長に気に入られるのだと……冗談口調ではあったが、目は笑っていなかった。

あるとき、クライアントとの打ち合わせに社長と同行したあと、社長がタクシーをサウナに走らせた。そのサウナも立ち上げのときに社長がコンサルティングしたクライアントだった。以降、個人的にたびたび利用していたらしい。君も入っていきなさいと言われ、すでに夕方だったこともあり、早恵里もその言葉に甘えることにした。

その施設にはカップルが貸し切りで使う混浴の部屋もあったようだが、もちろん早恵里が使ったのは女性専用の部屋だった。リフレッシュして、そのまま帰った。

しかし、次の日から副社長の早恵里を見る目が変わった。まったく口を利かなくなり、鋭い視線だけが突き刺さってくる。

しばらくして、社長から話があると呼ばれた。サウナの件をなぜか夫人にはごまかして話していたらしい。ところが、夫人はスマホの位置情報で社長がサウナに寄ったことは把握しており、嘘をつくからには何かいかがわしい理由があるはずだと誤解されてしまったということだった。

夫妻の間で話はどんどんこじれていき、早恵里に会社を辞めさせるか、夫人自身が会社を辞めるか、どちらかの道しか事態は収まりようがない様子であるらしい。副社長である妻に辞められれば、会社の存続にも関わりかねないと、社長は弱り顔を見せた。

そして彼は、ほとぼりを冷ます間、いったん外に出てくれないだろうかと頼みこんできた。以前、うちが仕事をした相手に〔シガビオ〕という会社がある。そこと話がついていて、君を引き受けてもらえることになっている。誤解が解けて問題が収まれば、また呼び戻すから――。

痴情のもつれのような話に振り回されるのは納得がいかなかったが、早恵里はその提案を受け入れた。無理に会社に居座ったとしても、居心地がいいとはとても思えなかったからだ。

社長が言っていた通り、〔シガビオ〕の人事には話が通っていたようで、早恵里はすんなり転職することができた。

以前は、大きな会社より小さな会社のほうがのびのびとやれ、自分の力を発揮できるのではないかと考えていた。しかし実際には、小さな世界でいったん人間関係がこじれると、たちまち身の置きどころがなくなるのだった。そうした早恵里の気分からも、〔シガビオ〕は前の会社より働きやすそうにも思えた。

ただ、配属先となった事業部の若い部長がこの会社の御曹司だと知って、早恵里は早速気持ちを構えた。彼との距離の取り方を失敗すれば、ここでも自分の居場所を失ってしまう気がした。

しばらくは見習い程度の仕事をこなす中で、部内の人間関係や、志賀成功という上司の人間性を観察する日々が続いた。

成功は社長の威光を笠に着るようなタイプではなかった。ある意味、お坊ちゃん気質で苦労を知らないがゆえの大らかさがあり、やる気があるのかどうかもよく分からない。その分、部下たちはのびのび働いているように見えた。

早恵里の仕事ぶりもしっかり見られている感覚はあったが、いいとか悪いというようなことは言われなかった。仕事に慣れたか、会社に慣れたかということを気遣うように時折訊かれるだけだった。早恵里は当たり障りのない返事で応じた。

そんな調子だったから、彼の視線に好意が混じっていることなど、途中までは分からなかった。何かと世話を焼いてくれる先輩社員の若葉が成功の話題をたびたび持ち出すようになっても、御曹司と同期で仲がいいことを自慢したいのだろうかというくらいに受け取っていた。

しかし、三人で食事をする場を何回か作られると、さすがの早恵里ももしかしてと思うようになった。付き合っている人がいるかどうか若葉に訊かれ、いないと答えると成功に意味ありげな視線を送るのだ。気づかないほうがおかしい。

困ったことになったと思った。早恵里は新しい職場に満足していた。若葉のような親切な先輩がいるだけで十分だった。成功に対しても、忌避《きひ》する感情はない。ただ、今までそういう目では見てこなかったし、人間関係の上で近くなりすぎないようにとすら考えていただけに、自分の感情がどう育つかも分からない。それを見極めていては手遅れになるならば、彼がこれ以上前のめりになる前に、こちらから距離を取ったほうがいいかもしれないとも思った。

そんな中、五月に入ってから会社の研修旅行があった。研修と言ってもそれらしきものは那須の自社工場見学くらいで、あとは観光スポットめぐりと新卒社員を囲んでの夜の懇親パーティーがメインである。

早恵里もその旅行に参加したが、初日に行ったアスレチックでいきなり足を捻挫してしまった。大丈夫だと口にしながらも、痛みは引かず、気分が悪くなるほどだった。足首は見る見るうちに腫れてきた。

若葉がそれに気づき、成功を呼んだ。

成功は飛んできた。早恵里を背負って駐車場まで出て、車を手配して病院まで連れていってくれた。

捻挫と診断され、一応の処置を施してもらうと、一足先に宿に入り、部屋で休むことになった。あとから分かったのだが、本来は四人部屋の和室に入るところ、成功が一人で使うはずだった幹部用の洋室に入れてくれていた。

夜になって懇親パーティーが始まってからも、成功は若葉とともに、料理をよそって部屋を訪ねてきた。パーティーにはろくに顔を出す時間もなかったはずだが、こちらがそれを気にしても彼らは意に介すことなく、取りとめのない話で早恵里を和ませた。

そのうち、栗原や子安ら事業部の何人かも、飲み物を片手に早恵里の部屋に集まってきた。パーティーの別会場ができたかのようだった。

彼らと楽しそうに語らい合う成功は、オフィスでよく目にしていたいつもの顔とはまた違っていた。「サクセス」「サクセス」と気安く呼ばれ、いじられるようなことを言われても、無頓着に笑い飛ばしている。だからこそ自然に人が集まってくるのであり、御曹司というのはそういうものなのだなと知った。

次の日は前日の熱っぽさと気分の悪さこそ軽快していたが、患部には腫れが残っていたことから精密検査を受けたほうがいいとして、ほかの社員たちとは別れて東京に帰ることになった。

成功が別に車を用意して、彼の運転で若葉とともに送ってくれた。そんなことはどう考えても部長の務めではないし、彼らの予定を狂わせてしまい、申し訳ないという気持ちしか湧かなかったが、成功も若葉も、やはり気にも留めていない様子だった。それどころか、早恵里の部屋にみんなで集まったことなどを思い出して話し、決まり切ったスケジュールをこなすいつもの研修旅行より楽しかったと口にした。

途中、早恵里の気分が悪くないことを確かめると、宇都宮に立ち寄り、みんなで餃子を食べた。そんな小さなことにも若葉は喜んでいたし、成功もまんざらではなさそうだった。二人の様子を見て、早恵里は気に病むことをやめた。

結果的に、早恵里は成功のことを以前とは比べものにならないほど近い存在として意識するようになった。仕事の上だけでない優しさと人間味を感じ取ったのはもちろん、現実のところ、背負ってもらったり、肩を貸してもらったりと、物理的な触れ合いが心の距離を縮めていた。

だから、松葉杖が取れた頃に成功に誘われて残業帰りに二人でラーメンを食べたときは、それだけで嬉しかった。早恵里のほうから、今度はまた休みの日に連れてってくださいと言った。早恵里なりの意思表示だった。

だからこそ、約束の週末を前にして、彼が突如会社を辞め、早恵里との連絡も絶ってしまったときは茫然自失《ぼうぜんじしつ》とした。

確かに、彼は会社の後継者という自分の立場について、楽なものではないし、代わりがいるなら代わってほしいというようなことを口にしていた。早恵里は彼のそうした素の声に自分と変わらない弱さを見て共感していた。

しかし、本当に自分の立場を放り出して、どこかに姿を消してしまうような人間だとは思っていなかった。

早恵里は自分を守るために築いた壁を越えて、彼のアプローチに応えたつもりだった。それなりに勇気がいることだった。しかし、現実は彼の気まぐれに振り回されただけだった。成功は持ち前の軽さで早恵里にアプローチしていただけなのだ。そして立場を放り出したのと同様、早恵里のこともあっさり捨てていったのだと思った。

若葉も、周りの期待に押しつぶされたのかなと、成功を慮《おもんぱか》るようにしながら早恵里のことを気遣ってきたが、何の慰めにもならなかった。

早恵里は自分の気持ちをフラットに戻すため、仕事を淡々とこなす日々を送った。

やがて、新しい事業部長に志賀実行という男がやってきた。成功の腹違いの兄という噂だったが、そういう息子がもう一人いるのであれば、社長も成功が辞めたことなど大して気にしてはいないのかもなとは思った。代わりがいないと思っていた人間が案外そうではなかったという事実は、それはそれで何とも空しい気分を起こさせるが、どちらにしても早恵里には関係ない話だった。

実行は物静かで謎めいた男だった。

最初の一カ月ほどは、ほとんど何の指示もせず、部下の報告もただ聞いているだけだった。新たな商品企画のゴーサインは下りず、これまで進んでいた仕事が、成功がいた頃のやり方で進んでいった。

その後、ぽつぽつと実行の指示が出るようになり、商品企画の会議も動き出した。

商品企画は社長ら経営陣から下りてくるものもあるが、事業部の中で立ち上がるものもある。企画は事業部の人間ならば課を問わず、若手でもベテランでも出せる。採用されれば、開発研究部や商品デザイン部などほかの部署のスタッフを交えて六、七人のプロジェクトチームを組み、立案者が基本的にマネージャーを務めることになる。

やりがいのある仕事だけに、企画会議の再開を待っていた部員たちは多かった。しかし、いざ会議が始まると、新商品の意義を問うような根本的な質問を繰り出してくる実行の前に窮する者が続出した。

通常、商品企画はコンセプトを示して立案する。誰に向けて、どういうときに、どういう飲み方をしてもらうか。そのためにはどういう素材を使い、どういう味にまとめ、どういうパッケージで売るべきか。プロジェクトが進む過程で変わる部分があるにしろ、そこを明示しないことには始まらない。逆に言えば、一応であっても、その部分の体裁が整っていれば会議の俎上《そじょう》には載せることができた。弱い部分は会議の中で意見を拾い、最終的には成功がいけそうだとか、ちょっと厳しいなということを判断する。たぶんに直感的であり、会議が盛り上がれば通るというケースも少なくなかった。

一方で実行はコンセプトをとことん問い質す形を取った。例えば、ビタミンC飲料［スパーキー］の昔懐かしのラムネ味を出し、中高年層にも訴求できる商品を作りたいという企画が出ると、中高年層に訴求するには本当にラムネ味が最適なのか、昔の味を懐かしんだとして、さらにリピートしてくれる可能性はあるのか、ほかのメーカーのラムネ味はどれだけ売れているのかという点を細かく突いてくる。

成功であれば、うちでは出したことがないから一度やってみるかという判断になってもおかしくないところ、実行はそうはならない。その厳しさに食らいついて突破しようとする者もいるが、げんなりとして企画を出さなくなる者もいる。成功さんの頃はよかったと陰で愚痴をこぼす手合いも出てきた。

その頃、宗像社長から、うちに戻ってこないかと声をかけられた。彼は早恵里が会社を移ったあとも定期的に連絡を取ってきて、早恵里の様子を気にかけてくれていた。〈シガビオ〉の内情にも詳しく、早恵里が事業部に配属されたと知ると、御曹司には可愛がってもらっているかと興味深そうに尋ねてきたりした。あるいは、あそこの社長はワンマンで強引な経営をするから、御曹司が力を持たないと会社も傾きかねないというような経営論評を訳知り顔で語ったりもした。成功が会社を辞めたことは意外だったようで、早恵里を将来性のない会社に移してしまったと後悔するような言葉も口にし始めていた。

戻ってこいというのは、そうした環境の変化も勘案してのことらしかった。すでに純子夫人の誤解は解けているという。〈シガビオ〉に馴染めているのならそのままにしておくのも一つの選択かと考えていたが、内部の変化を受けて、やはり呼び戻したほうが早恵里のためだと考えるようになったとのことだった。

その気遣い自体は受け止めたものの、早恵里の本心としては、以前の会社に戻ることには抵抗感を覚えるようになっていた。狭い世界に感じる窮屈さも今となっては思い出したくないものであったし、副社長と再び顔を合わせ、何もなかったように日々を送っていく自信もなかった。

それと同時に、宗像社長が語ってみせるほどには、〈シガビオ〉の将来性に否定的な感覚も抱いていなかった。成功はいなくなってしまったが、実行のもとで仕事をするのがことさらやりにくいとは思わなかった。感情が見えにくい相手だが、逆に言えばその分、早恵里としてもフラットな気持ちで仕事に向き合うことができるのだった。

宗像社長は早恵里の返答を意外に感じたようだった。自分が言えば素直に従う人間だと思っていたように、不満げな顔さえ見せた。しかし、いつまでも上司と部下の関係を押してこられても困る。不義理だと言われようが、これ以上彼らの都合に振り回されるのもごめんだった。

宗像社長からの連絡はそれ以降、途絶えた。逃げ場がなくなった感もなくはなかったが、そんなものは元からなかったのだと思い直した。

実行の就任から三カ月近くが経った頃、大きな人事異動があった。部長交代で愚痴をこぼしていた面々は見事に一掃され、開発研究部から〈東京ラクト〉の出身者が何人か移ってきた。若葉がマーケティング課長に抜擢されるなど、いくつかのポストにも変化があった。

ドラスティックな改革に、部内には緊張が走った。成功が残していった空気はもはやどこにもなく、事業部は実行が統括する部署以外の何物でもない場所に変わった。

実行の指示も増え始め、それまでアシスタント的な業務が中心だった早恵里にも、彼の指名で任される仕事が出てきた。おそらくそれは早恵里の能力をテストしているのであり、要求基準に達しなければ外に出されてしまうのだろう。何とか必死にこなすしかなかった。

今回の企画出しもその流れで早恵里に与えられたものだ。［エネウォーター］のノベルティをどうするか。せっかく自分の日常を取り戻し、仕事に集中できているときに、成功のことで心を乱されるのはごめんだった。

「ノベルティは予算があんまり付かないから、けっこう難しいよね。私のときはチャーム作ったけど、それ目当てに買われたかどうかは分かんなかったな。まあ、あってもなくても、夏場にかけて売れ行きは伸びるから、気楽に考えていいと思うよ」

成功の話に気のない反応を示した早恵里に対し、若葉は苦笑気味に話を変え、自分の席へと戻っていった。

若葉が手がけたというチャームなど、歴代のノベルティをまとめた資料を見ながら考える。ほかのスポーツドリンクを買っていた購買層がそのノベルティ目当てに「エネウォーター」に手を伸ばすことになるのが望ましい。

そうすると、そもそもスポーツドリンクがどういうシチュエーションで飲まれるものかというところから考えるべきか……実行もそこを突き詰めろと言うに違いない。

ジョギング中であるとか、ジムのトレーニング中であるとか——早恵里はそういったシチュエーションを夢想して、ふと思いついた。

ペットボトルのキャップは密封のしやすさから当然のようにねじこみ式になっているが、ある種のタンブラーのように蓋を跳ね上げて飲めるようなキャップが付属していれば、片手で飲めるそちらを使う人もいるのではないか。自分で洗って使い回すこともできる。

「あの、ちょっと相談いいですか?」

早恵里は商品デザイン部を覗いて、跳ね上げ式のキャップを作るとすれば、どういう形がいいか案を出してもらった。

それを持ち帰り、「エネウォーター」が飲まれるシチュエーションから企画意図を文章に起こしていく。デザイン部に出してもらったデザイン画を付け、ようやく企画書を完成させたときには夜になっていた。データを実行にメールし、一つ肩の荷が下りた気分で会社を出た。

しかし、家に帰ると、見当外れの案ではなかったかという思いがにわかに湧いてきた。普通のキャップがあるのに、そんな付属キャップが果たして必要なのか。もっと楽しい、おまけみたいなノベルティを考えるべきではなかったか……後悔にも似た迷いが今さらながら押し寄せてきた。

次の日、通常業務に戻りながら、もやもやした気持ちを引きずっていた早恵里は実行に呼ばれた。

「はい」

緊張しつつ席に向かうと、実行はいつものように感情をうかがわせない顔で早恵里を見た。

「昨日出してもらったノベルティの企画、今日の本部会でプレゼンしてもらいたい」

「え……はい」

本部会というのは、事業本部の課長クラス以上が集まる会議である。事業本部長を兼ねる専務も顔を出すと聞く。早恵里は戸惑ったものの、了解するしかなかった。

それで話が終わったように実行が手もとの書類に顔を戻したので、早恵里はさらに戸惑った。

「あの……直しとかは?」

実行がかすかに眉をひそめ、早恵里を見返す。「ない。あのままでいい」

思ってもいなかった答えだった。実行は自分で指示を出すようになってから、企画書のレイアウトや言い回しに至るまで、細かいチェックを入れるのが常となっていた。

午後になり、会議の時間になると、早恵里はパソコンを持って会議室に向かった。事業本部の幹部たちが居並ぶ中、一人でプレゼンテーションを行った。最初は場違いなところに放りこまれたと思ったが、意外に我を忘れるほどの緊張感はなかった。マーケティング課長の若葉が、「キャップを落とすこともなくなるし、閉め忘れてこぼすこともなくなるし、こういうのがあれば嬉しいかも」と、すぐに肯定の声を上げてくれたのも大きかった。ほかの幹部たちの反応も悪くなかった。

「じゃあ、これで行こう」

専務からゴーサインも出て、早恵里の出番は終わった。

オフィスに戻っても、どこか放心状態で、仕事が手に付かない。MTGエリアの自販機でコーヒーを買い、空いているテーブルに着いてしばらくそれを無心ですすった。

やがて、会議が終わったらしい実行もコーヒーを買いに現れた。早恵里は「お疲れ様です」と小さく会釈した。

「形はデザイン部とさらに詰めて持ってきてくれ」

「はい」

彼はコーヒーを買うと紙コップを手にして、早恵里に近づいてきた。

「君は新商品企画には興味がないのか？」

「いえ」企画を出さないことを言われているのだと気づいた。「すみません」

実行は理由を問うように、無言で早恵里を見ている。

「まだ勉強中という意識で……」

企画が通れば、自動的にそのプロジェクトのマネージャーを任される。商品開発プロジェクトとなると、それなりの予算も組まれ、ノベルティなどとは仕事量も違ってくる。簡単に手を挙げられる役目ではない。

「二番手、三番手、アシスタント的な仕事で十分だと言っているように聞こえる」実行が冷ややかに言う。

そう言いたいわけではないが、早恵里はまだまだ飲料メーカーの仕事を一つ一つ覚えている段階である。成功などはそれを分かって見ていてくれたが、実行は既存の部下たちを一律に見ている節があり、その分、早恵里に対するハードルも上がっている。そこに焦りは感じる。

「企画を出さないと事業部失格ですか？」

「私自身、結果を求められているという意味では、何の力にもならない人間を部に置いている余裕はない」彼は言う。「事業部を出ていってもらった連中は、そういう人間だと判断したからだ。無益な人間が〝やってる感〟だけ出して、厚顔無恥にのさばっているのを許すわけにはいかない」

厳しい言葉に、早恵里は息を呑む。

「ただ君は、この会社に入ってまだ一年ほどだと聞いている。そして、この半年を見る限り、小さな仕事をしっかりこなして徐々に自信をつけているのが分かる。だから、そろそろどうかと思って商品企画の話をしてみたんだ。私は君のような人間がちゃんと力を発揮できるような仕事場を作りたいと思ってる」

冷酷無比な一言で肝を冷やしているところに思わぬ評価と期待を向けられ、早恵里はノベルティの企画が通ったとき以上にふわふわとした心持ちに陥った。

じっと早恵里を見つめていた実行は、自分の言葉を保証してみせるように小さくうなずき、MTGエリアを出ていった。

確かに半年前の自分とは違う。あの頃はそもそも成功の突然の不在に心を乱されていた。今はもう吹っ切れている。成功が戻ってこようが関係ない。仕事に意識を向けられている。

その変化を実行がしっかりと見ていたことには驚かされるが、確かに、これからは責任ある仕事にも挑戦するべきかもしれない。

何だか、不思議と自信が湧いてきた。

9

朝、成功《なりとし》が大門の駅を出て会社までの道を歩いていると、車道脇に停まっていたテスラから一人の若い男が出てきて、成功の前方を歩いていた女に駆け寄った。

男は何やら小さな紙バッグを手にして、女に声をかけている。女はびっくりしたように彼を見ているが、その横顔で、販売二課の伴内星奈《せいな》だと分かった。

プレゼントかお土産か、男が押しつけようとする紙バッグを星奈は頑《かたく》なに拒んでいる。

奇妙な光景に、成功は歩を緩めた。

紙バッグを受け取ってもらえない男は途方に暮れながらもあきらめ切れないように、何やら彼女に話しかけている。近づいてみると、そんな小さな会社で外回りなんか云々と話しているのが聞こえる。

小さな会社で悪かったなと思いながら、成功は近づいた。

「今日、誕生日か？」

そう声をかけると、星奈ははっとしたように成功を見た。

「だ、誰だ？」男が誰何《すいか》してくる。

「誰だっていいでしょう」星奈が代わりに答えた。「余計なお世話です。とにかくもう、帰ってください」

男は成功をひとにらみしたものの、その場をあきらめたように車へと戻っていった。

「プレゼントくらい、もらっておけばいいのに」

「誕生日じゃありません」星奈はそう言って歩き出す。

「なら、プロポーズか」

「ち、違います！」

ムキになって否定するあたり、逆に怪しい。

「付き合ってもないのに、どうしてプロポーズなんか……」

星奈は動揺をあらわにしたまま、そう言い繕《つくろ》っている。仕事場でのきりっとした顔つきとは違い、その様子には意外な愛嬌があって、成功はくすりとした。

「どこの御曹司か知らないけど、そこそこイケメンだったし、もったいないんじゃないの？」

「それも余計なお世話です」

星奈はそう言って、成功を置いていく勢いで歩き出した。


「今年も残すところ、一カ月ちょっと。各自スパートをかけて、数字を積んでもらいたい」

仕事前に販売二課長の村井仁志が成功ら課員を集め、ミーティングを開いた。

「十二月は東西でチームを組んで、目標販売数を達成してもらうことにする」

成功は大沼や星奈、栗原や子安、そしてベテランの安藤和典《かずのり》とともに、荒川から向こうの東関東を担当する。

「目標販売数は六千」

栗原や子安の口から「うえっ」という声が洩れた。

六千ケースである。商品によって一ケースの本数は違ってくるが、例えば、五〇〇ミリリットルの［エネウォーター］であれば二十四本なので、ざっと十四万四千本となる。

「達成できなかったら」村井は嗜虐《しぎゃく》的な笑みを薄く浮かべて続けた。「そのチームの人間には人事考課で遠慮なくDを付けさせてもらう。その意味合いは管理職の経験がある志賀くんに訊いてもらえばいい」

人事考課でDが付けば、まず昇給は望めないし、賞与でもほかの社員と差を付けられてしまう。さらには、直近三年にD評価がある人間は昇進できない、部署異動を希望しても実質的な引き合いがないなど、出世の上で大きな足かせとなる。

「別に無茶な数字じゃない。これくらいやってもらわなきゃ困るってことだ。人生懸けるつもりでがんばってくれ」

話し終えた村井がフロアを出ていくと、販売二課の島には何とも言えない空気が残った。

「よし、がんばりましょう！」

星奈が無理に成功たちを鼓舞するような声を上げた。

「伴内さんはいくつ取れるの？」成功は訊いてみる。

「千は行けます」星奈は強気に言った。

「ちょっと誰か月報見せて」

栗原のタブレット端末を借り、先月の月報を確認する。西関東を担当するチームもノルマは同じだが、実績で一人七百から九百取っている。年末商戦に向けてがんばれば、千は取れそうだ。

一方で星奈は六百。

「何だよ、口ほどにもない」成功は苦笑する。

栗原や子安は二百程度である。

「お前ら穀《ごく》つぶしだな」

「いやあ、それ二カ月目だから」

つまり、本来であれば新規契約のその後の継続注文は販売一課が引き継ぐのだが、まだ取引関係が安定していないうちに一課に回すと、サポートがなくなって注文が途切れてしまいかねないので、一年間は契約を取った者が継続注文のフォローをする形になっているのだ。そうやって数字が積み重なっていく仕組みのため、キャリアが長いほうが有利であり、西関東チームの面々が安定した成績を上げている所以《ゆえん》でもあるということだ。

「でも、それは伴内さんだって同じだろ」

彼女も入ってまだ二カ月程度だと聞いている。

「いや、彼女、優秀だから」栗原が理由にもならない理由を言った。「飛びこみで百積むって、なかなか大変よ」

そう言われてみれば、成功にも心当たりがある。新人研修のとき、飛びこみ営業などまるで勝手が分からず、数字を上げられる状態ではなかったのだが、そこは会社の御曹司、安藤らベテランがお膳立てをしてくれ、挨拶に行けば契約してくれる相手をいくつか作ってくれた。結果的に一週間で百を超える数字を積み、新人の中ではダントツの成績となったわけだが、表彰されて妙に決まりが悪かったのを憶えている。

よくよく見ると、西関東チームの者たちも、あと二百、三百の数字を積むのは簡単ではないとばかりに頭を抱えている。

「ちょっと、病院の予約があるので、失礼していいですかね?」安藤が申し訳なさそうに言って席を立つ。

「あ……どうぞ」

新人研修の頃には頼りになるベテランという存在だった安藤も、今はロートルという言葉が一番しっくりくる。身体を壊して病院通いに忙しく、会社には定年までしがみつくのがやっとという様子だ。先月の実績は七百程度。おそらくそれも、過去の貯金で食いつないでいる状態で、上積みは望めないだろう。

「一応、私が主任ということになってますが、体調とかあって難しいですし、成功さんに引っ張ってもらうのがいいかと思います」

安藤にそう託され、成功は「分かりました」と応じたが、引っ張るというほどには、まったく気持ちが高まっていない。

「いやあ、言っても成功さんは未経験だし、荷が重いんじゃないかな」

安藤を見送った視線を戻して大沼が言う。

「そういうお前は何だ」成功は月報の数字を指して言ってやった。「三年近くやってるのに百五十って」

「いやあ、それは百五十取ってきてから言ってくださいよ」

そう言い返され、成功は相手をするのも馬鹿馬鹿しくなった。

やる前からあきらめ気分が先に立つ。キャリアの浅い人間と無能とロートルをわざと一つのチームに集めて、達成不可能な数字を吹っかけてきている。成功への嫌がらせも混じっているように感じられる。西関東のチームにノルマを達成させれば、負け犬ぶりも際立つという算段か。

「とりあえず、今月はもう捨てて、今日から来月の数字を取りに動きましょうよ」

星奈が現実的なことを言い、栗原らが「そうだな」と立ち上がった。


それから十日ほどが経ち、十二月に入った。

その間は、成功も気が乗らないなりに、外回りに精を出した。もちろん、大沼のあとを付いている場合ではなく、独自に新規開拓に励んだ。

その結果、十二月分の契約として受注したのは六十ほどだった。

スーパーもドラッグストアも、大手チェーンは本社のバイヤーが一括して商品を買い付ける。そういう大手チェーンはすでに〔シガビオ〕とも取引があり、販売一課の担当が付いていることが多い。

だから、販売二課が当たるのは、必然的に地域の小規模チェーン店や独立店となる。成功もそういう店舗を探して当たった。大沼が得意にしていたようなら寂れた店ではなく、そこそこ活気のありそうな店を選んでいるだけに、行けば、せっかく足を運んでくれたのだからと二、三ケースくらいは義理で注文してくれる。しかし、逆に言えば、それで千もの受注を積み上げるのは至難の業だと言えた。

「どうよ?」

栗原らに調子を訊いてみるが、彼らからは苦笑いしか返ってこない。せいぜい積めて三百というところらしい。

「それより忘年会はどうしますか?　中岸たちもぜひぜひって言ってますけど」

子安は仕事よりそちらのほうに気が向いている様子である。

「子安に任せるよ」

十二月に入ったばかりだが、チームは早くも終戦ムードだ。その日は成功も一度は腰を上げて営業部を出たものの、どうにも戦闘気分が高まらず、ＭＴＧエリアの椅子に座りこんだ。これから千葉まで行かなければならないのかと思うと、それだけでげんなりする。

星奈が成功を見つけて近づいてきた。いつもは誰よりも早く外回りに出るのに、まだ社内にいたのかとぼんやり思った。

「このままでは駄目だと思います」

星奈は成功のはす向かいに座って、そう談判してきた。

「むしろ、今まで行けると思ってたのかよ」成功は皮肉混じりにそう返す。

「茨城の〈マルマート〉さん、十二店舗で本社はつくばです」星奈は生真面目な表情でそんな話を始めた。「[エネウォーター]と[リカバリー]五十。[黒酢ビー][エネビー]三十。[果物狩り]のぶどうとみかん二十ずつ。合計二百ケース握ってもらえますから、成功さん、行ってきてください」

「え？」

「先週当たって話は付いてます。行ってくるだけで大丈夫です」

「ちょっと待って。それは君の数字に積む分だろう」

「チームでやってるんだから、誰の数字に積んだって同じです」

「じゃあ、なおさら君が積めばいい」

新人研修のとき、先輩にお膳立てされたことすら思い出すたび気恥ずかしくなるのだ。星奈のような後輩社員に自分の数字を整えてもらいたいと思うほど、プライドのない人間ではない。

「成功さんが本気にならないと、栗原さんたちもその気になりません。成功さんが千積めば、栗原さんたちもあとに続こうってなります」

「あいつらも別に遊んでるわけじゃないだろ」

「あの人たちは適当にやってたって、成功さんがいずれ事業部に戻れば自分たちも戻れると思ってます」

「それは知らないけど」成功は言う。「君も人事考課云々はあんまり気にしないほうがいいよ。あれは村井さんが俺をいたぶりたいから言ってるだけのことで、本気じゃないだろうし」

「今回のは課長の発案じゃなくて、上から下りてきた話ですよ」星奈は言った。

「え？」

「あの日の前日、滝川さんと村井さんが打ち合わせしてるのを聞きました。村井さんが『一人千はきついですよ』って言ってて、滝川さんが『いいからそれでやってくれ』って」

成功は眉をひそめた。滝川は、いくつか契約を取ったら社長も矛を収めるだろうと、成功を元気づけに回っていた。その彼がどういうつもりでそんな指示を出したのか。

「どちらにしても、数字をもらうつもりはない。君のほうで積んでくれよ」

成功がそんな返事をしていたところ、不意に実行《さねゆき》が姿を見せた。彼はちらりと成功に視線を向けた。復帰して以来、遠目に見ることはあったが、近くで顔を合わせるのは初めてだった。

実行は成功のそばを通りすぎ、自販機でコーヒーを買い求めた。星奈がなおも成功に食い下がってきていたが、成功の耳にはほとんど話が入ってこなかった。

紙コップを手に実行が戻ってきて、成功たちのそばで立ち止まった。

「営業がこんなところで油を売っててていいのか？」冷ややかな声が投げかけられた。

「打ち合わせです」

星奈が小気味よく言い返す。相手など誰でも関係ないという様子だ。清々しいほどに勝気である。

「ならいいが」実行が冷静に応じる。「社長も成功には期待をかけてるはずだ。もちろん私も……ともに手を携えて会社を大きくしていきたいと思ってる」

「ともに？」成功は呆れて、吐き捨てるように言った。「誰かさんにポストを奪われた出戻りの営業部員に何を言ってるんです？『蹴落とし合いたい』の間違いでしょう」

「自分を卑下して、得することは何もない」実行は表情を変えることなく言う。

「卑下じゃねえよ」

「地道に努力していれば、誰かが見ているし、チャンスもめぐってくる」

「それはその通り」星奈が感じ入ったように反応した。

「うるせえ」成功はそれを一蹴し、実行をにらんだ。「社長にどう取り入ったのか知らないが、兄貴面するのは勘弁してくれ。志賀の名を使われるだけでも迷惑だ」

「相変わらずだな」

実行は口もとに薄い笑みのようなものを浮かべ、成功に背を向けた。

相変わらずとは何だ。相変わらずと言われるほどには会ってもいない……成功はその背中をにらみつけた。

「仲いいんですね」

星奈の皮肉には「はっ」と鼻で笑って応じておいた。


その日、外回りから帰社したあと、成功は営業部長の滝川を捉《つか》まえた。

「二課のチームごとにノルマを課す話、滝川さんの指示なんですか？」

彼の机に手をつき、身を寄せるようにして訊いたところ、「え……うん、いや」と曖昧な答えが返ってきた。

「何の嫌がらせですか？　すぐに戻れるようなこと言っといて」新人の頃から成功には甘かった相手だけに強気に出た。「もしかして監禁の件も滝川さんが絡んでるんですか？」

「馬鹿なこと言うな」滝川はぎょっとしたように否定し、軽く咳払いした。「ノルマは社長から下りてきた話だ」

「え？」

「許してもらいたいなら、それくらいクリアしてみろってことだろ」滝川は語りかけるような口調になった。「何とかしてやりたいが、手助けも禁じられてる。実行くんがすっかり信用を得てる様子だからな。君も有無を言わさない結果を残して信用を取り戻さなきゃならない。だから、とにかくがんばってくれ」

疑ってかかったものの、妙な形で励まされ、成功は調子が狂った思いのまま彼の席から離れた。滝川が実行に付いていている様子はない。ただ、実行が着々と父に食いこんでいるのは間違いない。ある意味、今回のノルマは実行から仕掛けられた勝負の一つだと捉えるべきかもしれない。どうやら、受けざるをえないようだと思った。

翌朝、出社したところで、成功はチームの面々に声をかけた。

「ミーティングやるから、向こうに集まってくれ」

彼らを引っ張っていき、MTGエリアの一角に集めた。

「何すか?」子安は何事かとそわそわしている。

「いろいろ考えたが」成功は切り出した。「何とか六千をクリアしようと思う」

「ほう」栗原や子安は他人事のように感心している。

「正直、これは社長が俺に課した罰ゲームみたいなもんだ。みんなはそれを苛酷にするための出しにされてるようなもので、とばっちりもいいところだろう。けれど、こうやって巻きこまれた以上、結果が出なかったときに、課長が口にしたようなひどい評価を一緒に受けない保証はない。社長はおそらく本気だ」

栗原や子安らの表情がにわかに引き締まった。

「だから、こうなったら、みんなにも覚悟を決めて勝負してもらおうと思う。今のままじゃ到底無理だ。特に俺を含めて栗原、子安、大沼の四人は大幅に積み増さなきゃならない」

「ほとんど全員ですね」大沼が呑気に言う。

「安藤さんは昔のようには動けないかもしれませんが、キャリアがあるわけですし、こうしたらいいんじゃないかという営業のコツがあれば、共有させてもらえませんか？」成功は安藤に水を向けた。

「そうですね……」安藤が考えながら答える。「冬場ですし、冷蔵棚に置いてもらうのは、最初から捨てたほうがいいかもしれません。特売でフロアに段ボールごと積んでもらうのをイメージして営業をかけたほうがいいかと」

「私は、商品が来たら自分でフロアに出して、POPも立てますって言います」星奈が肩を張って言う。「たいていはそこまでやらなくてもと言われますけど、やってくれと言われたら、やりに行きます」

彼女のような華奢《きゃしゃ》な女性にそこまで熱意を示されたら、注文もしたくなるだろう。

「営業先はスーパーやドラッグストアの小規模系や独立系が中心になってるけど、ほかにこういうところを当たったらというのはないかな？」

星奈が手を挙げた。「[エネウォーター]や[リカバリー]は、リカーショップも狙い目です。家飲みでチェイサー代わりにする人や、二日酔いに効くと言って買う人がいるみたいです。ここのところ当たってますけど、手応え悪くないです。広く当たれば五百以上は積めるんじゃないかと思ってます」

「いいね。大沼も手分けして当たってよ」

「家電量販店も食料品を扱ってるとこありますよね。〈ササキ電機〉とか」安藤が言う。

「ああ、そういうとこも手つかずか」

「ええ。ただ、本社のバイヤーが買い付けてる形だとは思いますけど」

「じゃあ、本社に営業かけてみましょうよ。安藤さん、お願いしていいですか」

「あと、日光や鬼怒川なんかのホテルや旅館はどうかな?」栗原が言う。「関東営業のテリトリーではあっても、あのへんまで営業することはないらしいし、売り場があれば少しくらい取ってくれるかも」

「温泉入りに行きたいだけなんじゃないか?」成功は栗原をからかいつつ続けた。「でも、それも馬鹿にできないな。宿泊室の冷蔵庫に入れてもらえたらでかいし。栗原と子安で出張してきてくれよ」

「分かりました」子安が嬉しそうに請け合った。

「よし、がんばっていこう」


ミーティングを終えると、成功は営業部に戻り、販売一課長の佐分佳伸《さぶりよしのぶ》を捉まえた。二課長の村井とは違い、紳士然とした男である。

「ちょっと相談なんですが、〈イシゲヤ〉さんの年末年始の売り出し分、僕に当たらせてもらえませんか?」

〈イシゲヤ〉は北関東を中心に三十八店舗を有するチェーンストアだ。監禁事件の前には同社主催のゴルフコンペに成功も参加しており、社長とも面識ができている。佐分も本来はコンペに参加するはずだった立場だが、そのときは所用があったようだった。

「〔イシゲヤ〕さんはもう受注取ってますよ」佐分が答える。

「追加でさらに取ってもらおうと思います」

なりふり構ってはいられない。

佐分は迷惑そうに表情を曇らせた。

「うーん、どうですかね。〔イシゲヤ〕さんとの付き合いは一課が担当してますから、そこに手を突っこんでこられても」

「今月だけです」成功は言う。「ゴルフコンペにしても、自分は休んでおいて、僕を動員させたわけでしょう。営業の都合のいいときだけ僕を使うんですか？」

「いや、あれは私の差配じゃありませんし」佐分は困惑の表情を浮かべながら、なお返事を渋った。「こういうやり方は感心しませんね。成功さんも以前の立場じゃない。今は同じ営業部で、一兵卒から出直してるわけだから、部内の秩序というのは乱さないようにしてもらわないと」

佐分はもともと、成功の将来性を見越して控えめな態度で接してくる人間だった。しかし彼のような者こそ、将来が危ういとなれば見切るのも早い。

それとも、それ以上の裏が彼の言葉に隠されているのだろうか。監禁事件のからくりが解けていないだけに、自分に非協力的な人間に対しては、その関わりをどこかで疑わざるをえない。

「佐分さんは、実行とはどういう関係なんですか？」

「え？」

「彼に追われて今の状況に陥っている僕からすると、そういう言い方は、実行に付いてるからこそのものに聞こえますよ。だとしたら、僕が別荘に監禁されたのも、何か関係してるんじゃないかって疑いたくなりますが」

「か、勘弁してください」佐分はぎょっとしたように言った。「私は本当に家の用事があってコンペに出られなかっただけですし、何も知りませんよ」

成功はその表情から胸の内を探るように彼をじっと見つめたあと続けた。「僕はやられっぱなしでは終わりませんよ。返り咲くつもりですし、そのときまでに誰が味方で誰が敵なのか、ちゃんと見極めるつもりですから」

「いやいや、待ってください」佐分は慌てて言った。「別に成功さんを邪魔するつもりで言ったわけじゃなく、単に課ごとの担当職務の話をしただけで……分かりましたよ。追加注文が取れれば、それだけ営業部としての数字が上がるわけですし、私が止める筋合いのものでもないでしょう」

「ご理解ありがとうございます」

成功はほとんどにらみつけていた視線をようやく外して、小さく頭を下げた。佐分が実行と通じているのではという疑いは言いがかりに近く、少々無作法にすぎた感もあるが、今はやはりやり方を選んでいる場合ではなかった。

這い上がらなければ、蹴落とされたままになってしまう。這い上がるには、格好など構ってはいられない。

考えてみれば、成功は〔シガビオ〕に入社して以来、必死になって何かを成し遂げようとしたことがなかった。必死にならなくても、誰かが目鼻を付けてくれた。それに色を塗っていれば、それらしく形になったのだ。

そんなふうに悠長に構えていたから、寝首をかかれてしまった。

これからは、そうはいかない。

成功は早速〔イシゲヤ〕の石毛会長にアポを取り、前橋へと飛んだ。

〔イシゲヤ〕は息子の石毛治郎が社長に就いているが、七十代半ばの父・石毛寛治《かんじ》が大いに健在であり、実権も握っている。同族経営で共感する部分も多々あるのだろう、ゴルフコンペの際も成功に何かと声をかけてきて、困ったことがあったら相談に乗るから遠慮なく言いなさいと言ってくれていた。

約束は十二時半だった。昼休みを割いて会ってくれることになったようだが、実際訪れてみると、石毛会長は会長室の応接ソファで弁当をかきこんでいた。

「おう、成功くん」

箸を持った手を上げ、前に座るよう促す。頭はだいぶ薄くなっているが、ストアの上着を羽織った身体は分厚く、肌の血色もいい。いかにも田舎のエネルギッシュな経営者といった風貌である。

「昼飯はまだだろう。うちで作ってる弁当だ」

いきなり弁当を差し出されて面食らったが、遠慮なくいただくことにした。

「おいしいですね、これ」

おかずの唐揚げやコロッケを頬張ってそんな感想を口にすると、石毛会長は目を細め、そうだろうというようにうなずいた。

「君は会社を辞めたと聞いて心配してたんだが、何か事情でもあったのか?」石毛会長が訊く。

「言いたくないことなら言わなくてもいいが」

「ご心配おかけしまして」成功は箸を止め、うやうやしく頭を下げた。「事情はあったんですが、話しても信じてもらえないかもしれません」

「というと?」石毛会長は興味深そうに眉を動かした。

「いえ、それが、別荘の地下室で寝ていたら、ドアが開かなくなってしまったんです。そのまま誰にも気づかれず何カ月も」

「何カ月もって、食い物はどうしたんだ？」

「たまたま備蓄してあった缶詰やレトルトで食いつなぎました」

「そんな馬鹿な」石毛会長は豪快に笑い飛ばした。「子どもでも、もう少しまともな言い訳考えるぞ」

「父にもそう言われて、信じてもらえませんでした」成功も仕方なく笑って応じる。

「そりゃそうだろう」

「それで、営業で一からやり直せと」

「それはしょうがない。まあ、愛の鞭《むち》というやつだ」石毛会長は言った。「それでも戻してくれるというのは、それだけ期待をかけてる証拠だよ。この際、営業の勉強もしろということだな。もう一人腹違いの息子がいると聞いて、君はお父さんに見切られたかと思ったが、あの人もそんな非情な人じゃないからな。もう一人のほうは、ゴルフは趣味じゃないのか秋のコンペにも顔は出さなかったな。なかなかの切れ者という噂だが、私は君を応援してるよ」

「ありがとうございます」

「うちのせがれも若いときはふらふらとして、モノになるんかなと疑わしかったよ」

まるでその息子を見ているようだと言いたげな石毛会長の言葉に、成功は苦笑する。

「ただまあ、尻をたたき続ければ、何とかなるもんだ。経営者というのは、そりゃ経営能力が大事なんだが、そればかりでもない。自然と人が付いてくるとか、こいつのために何とかがんばってみようと思うとか、そういう魅力があればいい。あとは運だな。私も、資金繰りが苦しくなっていよいよ駄目かと思ったところに貸し手が見つかったとか、奇跡みたいなことがいくらでもあった。会社という一国一城が続いていくのは、それの連続だ。だけど、待ってるだけでは運も転がってこないよ。うんとがんばらにゃあね。その姿勢を見せてる限り、道は開けてくる」

「ちょうど私も、そうした気持ちになっているところです」弁当を食べ終わった成功は、箸を置いて切り出した。「それで今日は、一営業部員として、年末売り出し分の注文をいただきに参りました」

「発注はもう済んでると思うが」

「追加でいくらかお願いできればと思います」

「なるほど」石毛会長はそう呟いてから訊いてきた。「どれくらい欲しいんだ？」

「三百ケース、お願いします」

「三百!?」石毛会長は声を上ずらせる。「三百なんて真夏でも捌《さば》けんぞ」

「そこを何とか」成功は彼から視線を離さず言った。「もちろん［エネウォーター］や［リカバリー］だけでなく、［黒酢ビー］などほかの商品を含めてのお願いです。会長は日頃［黒酢ビー］を愛飲していて健康の源だとおっしゃっていましたよね？」

ゴルフコンペの際に聞いた話を向けると、石毛会長はかすかに頬をゆがめた。「まあ、確かにそうだが」

「熟年層の支持も広がっていますが、まだまだ広げられると思っています。〔イシゲヤ〕さんの力をお借りして、がんばっていきたいんです。それこそ、フロアにスペースをいただければ、私が箱を積み上げて、『イシゲヤ会長も愛飲！』というPOPを立てさせてもらいます」

「いやいや、それはほかのメーカーの手前もあるからな」石毛会長は微苦笑を浮かべて言う。「意気込みは買うが」

「いかがでしょう……百五十を［黒酢ビー］で、あとの百五十を［エネウォーター］などほかの商品で、お願いできないでしょうか」

石毛会長は成功の顔をじっと見つめ、ソファの背もたれに身体を預けた。ゆっくりとお茶をすり、おもむろに首をこくりと動かした。

「分かった。いや、［黒酢ビー］を三百取ろう」

「ありがとうございます！」成功はほっとして頭を下げた。

「あれはもっと売れていい。心配するな。全店挙げて捌いてやる」

「そのほか、［エネウォーター］［リカバリー］［エネビー］も、一店一ケースずつ追加でどうでしょう？」

「馬鹿野郎」石毛会長は気色ばんで声を上げた。「こっちは［黒酢ビー］をどう売るかで頭の中がいっぱいだ！」

「失礼しました」成功は首をすくめる。

「勝手にしろ」

「え……」一蹴《いっしゅう》されたと思ったが、違ったようである。「ありがとうございます」

「だいぶ追いこまれてるみたいだな」石毛会長は呆れたように笑っている。

「お察しの通りです」成功も合わせて笑う。

「この注文が取れたら元に戻れるのか？」

「後釜がいるので何とも」成功は言う。「ですが、戻るつもりです」

「来年のコンペには清々しい顔で出てきなさい」

「そうします」

成功の返事に満足したように、石毛会長はうなずいた。

「ところで、志賀社長のその後はどうだ？」彼はそんなふうに話を変えた。

「その後……ですか？」

「夏頃、入院したと聞いたが」

初めて聞く話で、成功は戸惑った。その様子を見て、石毛会長は「おいおい知らないのか」と嘆いている。

「放蕩息子じゃあるまいし、後継者の端くれなら、それくらいのことは把握しとかないと。志賀さんとも仲がいい経営者仲間から聞いた話だから間違いないはずだ。病状までは詳しく聞かなかったが、手術したようだし、軽くはないと思うぞ」

確かに半年ぶりに会った父は痩せて見えた。と同時に、夏に父が別荘を使わなかった理由も、そのあたりにあるのかもしれないと思った。

「ちょっと確認してみます」

成功はそうとだけ答えて、会長室をあとにした。


夕方まで前橋周辺のリカーショップやドラッグストアを回り、いくつかの注文を積んだ成功は、十九時をすぎた頃になって会社に戻った。

営業部の販売二課の島では、星奈がチームのメンバーのグラフを作っていた。栗原と子安は出張に飛び、大沼と安藤は仕事を終えてすでに帰ったようだ。

「四百四十握ってきた」

鼻息を抑えず言うと、星奈はちらりと成功を見てから、淡々とグラフにその数字を書きこんだ。

「千超えてから威張ってください」

「別に威張ってねえよ」

一日で四百以上の注文を取ってきたのだから多少なりとも感心されるかと思ったが、すげない反応で調子が狂う。

「大沼さん、今日は十だそうです」

「ほう、あいつもなかなかがんばったな」

成功が思ったままを言うと、星奈はじろりとにらんできて深々と嘆息した。

「休みだってあるんですし、一日十ってことは、積めて二百ですよ」

「あいつはそんなもんだろ」

「じゃあ、誰かが二人分積まないと。栗原さんや子安さんだって、どれだけ積めるか……」

「まあ、心配するな」成功はからりと笑って言った。「俺も甘く考えてるわけじゃない。だけど、今日一日やってみて、何とかなる気がしてきた。村井さんが言ってたように、無茶な数字ではない。要はやる気だ。そのスイッチが入ったらこっちのもんだ。伴内さんは今日いくつ取れたんだ？」

「今日は五十です」

「お、すげえな」

「すごくなんかありません。三十は先月からの継続注文ですし、新規は玉砕ばかりでした」

「何だよ、自分の仕事がうまくいかなかったからすねてんのか」成功は笑い飛ばした。「新規で一日二十取れてたら、千超えるだろ。十分すごいじゃねえか」

「だとしても……」

「大沼の分か。大丈夫だよ。あいつだっていつ覚醒するか分かんねえし、いきなり四百取ってくるかもしれねえぞ」

「そんなことありますか？」

星奈は軽く失笑している。悲観的に考えているのが馬鹿馬鹿しくなったようでもある。

「あるある」成功は無責任に請け合った。「だからまあ、とりあえずは、自分ができることをやればいいんだ。てか、それしかない」

「ですね」

最後には星奈もさっぱりしたように言い、グラフを壁に貼って帰っていった。


実家の母・七美子には、東京に戻ってきたことだけはメッセージで伝えてあった。おそらくは、どこかを放浪していたくらいに考えているだろうと思い、説明するのも面倒くさく、落ち着いたら電話するから心配しないでくれと書いておいた。父からも成功の様子は聞いたはずであり、軽い文句のような返信はあったものの、とりあえずはそれで収まっていた。

休日の朝、その母に電話してみると、〈今までいったい何やってたの？〉と成功を咎《とが》める言葉が飛んできた。

「違うんだよ。半年間、別荘の地下室に閉じこめられててさ……」

成功としてはそう説明するしかないのだが、母は案の定、理解してくれなかった。

〈あなたは昔から、習い事サボるのにも、気を失って気づいたら時間をすぎてたとか、電車が勝手に反対方向に行ったとか、変な言い訳してたけど、本当、変わんないわね〉

成功本人も憶えていないような話を持ち出されてしまい、ただただ閉口した。

「そんなことより、父さん、夏場に入院してたって聞いたけど本当？」〈本当？　じゃないわよ〉母は大きな吐息を成功に聞かせた。〈今日にでも一度、帰ってきなさい〉

そう言われて成功は車を出し、午前中のうちに世田谷の実家へと向かった。

出迎えた母は掃除の途中だったのか、布巾を手にしていた。シンクでそれを洗ったあと、ダイニングテーブルに着いた成功にお茶をいれてくれた。

父は自室で昼寝をしているようだった。毎朝五時すぎには起きて、近所を散歩するのが日課になっている。休日でもそれは変わらず、ただ昼前後に最近買ったマッサージチェアで身体を休めるのがルーティンとして加わっているらしい。

「胃を三分の二、切ったのよ」

母は父の病気についてそう触れた。がんが見つかったのだという。

「まさかとは思ったけど、ずっと調子は悪そうだったからね」

思い返せば、会社で顔を合わせる父はここ一、二年、しかめっ面のような険しい表情が当たり前になっていたし、顔色もよくなかった。ただやはり、一緒に暮らしているわけではないので、それが仕事の悩みから来るものなのか、健康を蝕《むしば》まれているからこそのものかということまでは、なかなか分かりづらい。

「でも、詳しいことは周囲にも言ってないのよ。健康飲料を扱ってる会社のトップが胃がんで手術だなんて格好がつかないって」

がんなど、何を飲んでいようと、患うときは患うものだろうし、周囲の目まで気にしている場合ではないとも思うのだが、実際、トップの座にいると、そういうわけにもいかないという思いが勝つのかもしれない。

「まあ、しばらくお粥ばかりだったのが、最近はようやく普通のご飯が食べれるようになって、ちょっとほっとはしてるけどね。あとは再発とかがなければ……」

母がそんな話をしているところに、父が姿を現した。

「来てたのか」成功の顔をちらりと見て、素っ気なく言う。

「本当に……雪が降るんじゃないかしら」母はいたずらっぽく、そんな言葉を返した。

「外で食べるが、お前も行くか？」

父に言われ、成功も同行することにした。

成功の運転で父のベンツを出した。代々木の馴染みのイタリアンレストランに行き、店の前で二人を下ろす。

コインパーキングに車を停め、店に入ってみると、窓際の席で、父母と一緒にテーブルを囲んでいる男がいた。

実行だった。

なぜ彼がここにいるのかと成功は呆気に取られたが、一方で実行は会社で見たことのない微笑を成功に向けていた。

「やあ」

どうやら成功が来る前から、彼と会食する予定になっていたらしい。

「実行くんは、お父さんの入院中も何かと力になってくれてね。お見舞いだけじゃなく、うちのほうの、エアコンの修理や排水管のトラブルなんかの手配もしてくれて。あなたがいないときだったから、余計に頼りになったわ」

いつの間にか、すっかり母の信頼をも得ている様子である。

「成功がいても、変わらず頼ってください。社長はもちろんですが、お母様の力になれることも私の喜びです」

歯の浮くような台詞《せりふ》に加え、もはやこの家の一員のような実行の態度に、成功は早速気分が悪くなった。

「二人は、会社では仲よくやってるの？」母が成功と実行の顔を見比べながら訊く。

「部署が違うものですから、顔を合わせる機会が少なくて」実行が言う。「ですが、互いに力を合わせて会社を盛り立てていこうという話はしています」

「はっ」成功は呆れ笑いが混じった息を吐いた。「自分を別荘に閉じこめて、その隙にポストを奪った人間とどうやって仲よくしろっていうんだよ」

「何の話をしてるんだ？」実行が芝居がかった仕草で首をかしげてみせる。

「成功」父が一瞥《いちべつ》を向けてくる。「自分の境遇を人のせいにしているようでは上がり目がないぞ」

言われて成功は、それ以上の言葉を呑みこんだ。理解される余地は微塵もないようだった。自分の家族のはずだが、自分だけよそ者のような気さえしてくる。

「林先生の論文がようやく完成したようですね」

料理が運ばれてくる頃、実行が仕事の話に触れた。

林先生というのは、〈シガビオ〉と〈食農研〉が共同で行っている乳酸菌研究に参加している東北農水大学の林建紀《たてのり》教授であることは成功も把握している。〈食農研〉を〈シガビオ〉が買収したことも聞いたが、成功が不在中の出来事であり、実感は薄い。

「うん、いよいよ土台は整った」父が前菜のポテトをゆっくりと嚙み下しながら言う。「商品開発のほうもそろそろ動き出さなきゃならんな」

「そうですね」実行が呼応するように相槌《あいづち》を打つ。

「胃を切ると、腸の大事さというのが身をもって分かる」父はしみじみと言った。「文字通りの命綱だ。その腸の働きを助ける優秀な乳酸菌を製品化するのは私の使命なんだろう」

「〈シガビオ〉全体の悲願でもあると思います」実行が合の手を入れるように言う。

「そうだな」父もそれにうなずいた。「〈食農研〉を手に入れるのにも莫大な金がかかった。プロジェクトは〈シガビオ〉創業以来の悲願であり、会社の行く末を左右する一大事だと言っていい」

「その重要なプロジェクトに携わることができ、幸せに思います」実行が言う。

本来であれば、研究の先の商品化は、成功の指揮で進むはずだったのだ。プロジェクトの重要性を考えると、携われない悔しさもひとしおだった。

「実行くんは、そろそろ身を固めてもいい歳よね」パスタが運ばれてくる頃になると、母から好奇心たっぷりにそんな話題が持ち出された。「誰かいい人はいないの?」

「あいにく、仕事ばかりの毎日で」実行はさらりとかわすように言った。

「職場で探してもいいのよ」母は言い、意味ありげに父を見た。「この人なんて究極の近場主義なんだから。あなたのお母さんともそうでしょう。私だって、今の会社にこの人の秘書として入ったら手を付けられたのよ、ふふふ。仕事一筋だと、案外そうなっちゃうものよ。誰か気になる人はいないの?」

なおもそう問いかけてくるのに対し、今度もあっさりかわすかと思いきや、実行は束の間目を伏せ、それから意を決したように口を開いた。「気になるということであれば、近くにいないわけではありません」

「あら」母が目を光らせる。

「私が投げたボールを期待以上に打ち返してくれて、もっとその能力を伸ばしてやりたいと思わせてくれる人がいます。活きた反応というんでしょうか、そういうものが確かに受け取れて、仕事をする上でも一つの楽しみになっているんです。人柄も、無理に飾るところがなく、好ましく感じています」

話を聞いて、成功はすぐにぴんときた。若葉だ。実行は成功に代わって事業部長に就いてから部内の人事改革を施し、若葉をマーケティング課長に就けている。顔立ちや表情には独特の愛嬌があり、人当たりもいい。実行が惹かれても不思議ではない。

それはともかく、課長に抜擢したのもそういう下心があってのことかと、成功は彼の底の浅さが見えた思いがした。

「いいじゃない。そういう気持ちは大事にしなさい」母はそんなふうによき理解者を決めこんでみせ、それから少し困ったように成功を見た。「成功はまあ、そのふらふらしたところを直すことから始めないとね」

別にふらふらなんてしてねえよ……成功は内心で毒づきながら、黙々とパスタを絡めるフォークを回した。

勝どきのマンションに戻ってきた成功は、ソファに寝転んで一息ついた。

父はゆっくりながらも一人前のランチを食べていた。手術をして以降、少し味覚が変わったとぼやいていたが、当面はそれほど心配しなくてよさそうではあった。

母は帰り際、成功に再度、実行と兄弟仲よくしなさいと言い聞かせるように言ってきた。あの子は玉手の家で邪険に扱われて可哀想なところがあるんだからと同情的だった。自分の腹を痛めた子でもないのに、よくそこまで肩が持てるなと思ったが、それだけこの半年の間に、実行が巧みに母の懐に入りこんできたということなのだろう。母は成功に手がかからなくなってからは、ボランティア活動などに熱心に取り組んでいる。博愛主義と言えば聞こえはいいが、抜け目のない人間からはお人好しに映るタイプだと言える。

ただ、今の成功は、与えられた仕事をこなさないことには、反撃の足がかりも作れない。営業で設定されたノルマは父の意向が働いている。実行のことはいったん脇に置いておくしかない。

頭はすぐに、週明けからの仕事のことでいっぱいになった。

〔イシゲヤ〕のように、数百単位の注文を取れる当てはもうない。新たな販売チャネルを開拓しなければならない。観光地のホテルや旅館、リカーショップ……それらは有望だが、それだけでは足らない。

いい考えが浮かばず、成功は気晴らしに汗を流してくることにした。近所のスポーツジムには、半年間、会費を引き落とされるだけになってしまっている。

「あ、久しぶりですね」

ウェアやシューズを入れたバッグを携えて行くと、受付にいた馴染みのインストラクターにそんな声をかけられた。

「仕事が忙しくて」

適当に返事をして更衣室に入り、トレーニングウェアに着替える。ランニングマシンで汗を流し、さらにサウナに入ってリフレッシュするつもりだったが、ここに来るときにはいつも冷蔵庫から持ってきていた［エネウォーター］をバッグに入れてこなかったことに気づいた。久しぶりなので、そんなルーティンすら忘れてしまっている。

仕方なく、自販機で他社のスポーツドリンクを買うことにする。スポーツドリンクは自社で扱っていることもあるが、普通の水と比べても運動後の身体の回復度が違うという実感があって、成功も身体を動かすときには好んで飲んでいる。自販機で売られている他社製品も悪くはないものの、アスリート並みの運動をするわけではない身としては、少々糖分が強い気がする。

その点、［エネウォーター］や［リカバリー］は、ダイエット志向の週末スポーツ愛好者をターゲットにしていることもあり、糖分が抑えられている。［エネウォーター］はローヤルゼリー、［リカバリー］はクエン酸が配合されているなど付加価値も高い。

難点は大手のようなスケールメリットが利かないため、他社製品と比べても値段が若干高いことである。ただ、味にしても値段にしても、かえって特別感があると受け取る向きもあり、大学や実業団などの選手層にも愛飲者が根付いている現実も生じている。

売り方によってはまだまだファンを広げられる余地は残っているのだ。〔シガビオ〕が自販機事業を手がけられるほどの体力があれば、こういったジムにも［エネウォーター］や［リカバリー］を置けるのだがと、夢物語にも似た思いを抱かざるをえない。

スポーツドリンクとタオルを手にしてフロアに出る。チェストプレスやバタフライなどの筋トレマシンで筋肉に刺激を与えてからランニングマシンに乗った。走りながらも頭の中では、販売チャネルをどう開拓すべきか考えている。しかし、十分走り、二十分走るうち、考え事をする余裕はなくなった。

三十分走ったところで足を止める。液晶画面が表示する走行距離は五キロ少々というところだ。久しぶりに走ったこともあり、このあたりが限界だった。

スポーツドリンクを飲み干し、サウナと水風呂を往復する。もはや仕事のことは頭から離れている。ひたすら汗をかき、茹《ゆ》だった身体を冷やし、整う感覚とともに無心が深度を得ていく。

服を着て、日常に戻る。すっきりしていた。新しいアイデアは浮かばなくとも、週明けからまたがんばろうという気持ちにはなれている。

帰り際、受付の前を通って、スタッフの挨拶に応える。がらんとしたカウンターの上に何やらチラシが置かれている。見ると、グループの店だろうか、スポーツ整体院の案内だった。

整体院というのも、営業先としてありうるだろうか……そんなことをふと考える。何回か行ったことがあるが、施術を終えたあとは水分をよく摂るように勧められる。しかし、物販をしているところは少ないだろう。販売用の冷蔵庫がないことには話にならない。

そう考えているうちに、ふと思考が先に拓けた感覚があった。

自販機は無理だとしても、小さなショーケース型の冷蔵庫はこちら側で用意できるのではないか。

例えば、こうしたスポーツジムのカウンターにも。

最低一年は置いてもらう契約でやれば、冷蔵庫代くらいはペイできるのではないか。

確か、大学の同級生だった山形一彦が厨房《ちゅうぼう》機器を扱う専門商社で働いているはずだ。

そこまで考えると、成功は居ても立ってもいられなくなり、ジムを出ながら山形に電話した。

〈よう、久しぶり〉という山形の挨拶には適当に応じ、「お前の会社、ショーケース型の小さな冷蔵庫は扱ってるか？」と単刀直入に尋ねた。

〈小さいってどれくらい？〉

「カウンターに載るくらいで、ペットボトルが十本、十五本、入る感じの」

〈卓上型のディスプレイクーラーだな。四〇リットルくらいの〉

「いくらだ？」

〈安いやつなら三万五千。高いやつなら七万円だ〉

「どう違う？　壊れやすいとか？」

〈冷やすだけだから壊れやすいも何もない。高いやつはＬＥＤ照明が付いてて、ディスプレイとして見映えがいい。おしゃれなバーなんかから引き合いがある〉

「なら三万五千のでいい。二割引きで買えるか？」

〈まあ、サクセスの頼みなら〉山形は苦笑している。

「今月中に何台確保できる？」

〈一台じゃないのか？〉山形が怪訝《けげん》そうに言う。〈五台や十台ならすぐに手配できると思うが〉

「いやいや、そういうレベルじゃない」成功は言った。「二百台は欲しい」

〈二百台？〉山形は声を裏返らせた。〈そういう話ならメーカーに問い合わせないと答えられないし、割引きも俺の一存じゃ決められない〉

「じゃあ、明日電話くれ」

成功はそう頼んで電話を切った。


卓上型のディスプレイクーラーを無償レンタルし、設置時に「エネウォーター」と「リカバリー」、パウチゼリーの「エネビープロテイン」を二ケースずつ取ってもらう。東関東のスポーツジムやスーパー銭湯、サウナ、あるいは整体院というところまでくまなく当たれば、二百件くらいは捌けるのではないか。それが成功の描いた青写真だった。

月曜日、出社して法務部を訪ね、契約書の形を相談していたところに山形から電話がかかってきた。

〈百台なら何とかなる。ほかからの注文もあるし、それ以上は年明け以降の話になる〉

年明け以降など、この際どうでもいい。

「じゃあ百台でいい」

〈一台三万だ〉

「分かった。注文書を送るから、とりあえず一台、会社に送ってくれ」

成功は営業部に戻ると、注文書と稟議書《りんぎしょ》を作り、村井課長に出した。

「三百万!?」村井は書類の数字を見て、目を剝いた。「新規営業で三百万もコストかけられるわけないだろ」

「二年、三年、売ってもらえると思えば、十分見合うコストです」成功は負けずに言う。「切られたらほかに営業かければいいだけですし、何のリスクがあるんですか?」

村井は険しい顔つきのまま、ちらりと成功を見やった。

「百件、取ってこれるのか?」

「もちろんです」

彼は小さくうなったあと、稟議書に判子を押し、成功に突き返してきた。

「自分で部長に回してこい」

事業部長の頃であれば、三百万程度の案件など自分の決裁でどうにでもなったが、今はそうもいかない。滝川部長に回すと、営業本部長を兼ねる常務の小松勝之に諮るとのことだった。一日二日はかかるだろう。

その間、成功はスポーツジムなどに向けてのチラシや、訪問先リストを作った。

週の真ん中になって、先週末から観光地のホテルや旅館、土産物店相手に営業に回っていた栗原と子安が戻ってきた。宿泊室の冷蔵庫に入れてもらうなどの注文も取れ、二人で三百近く積み上げることができたようだった。

「えっ、サクセス、いつの間にか五百以上積んでるじゃないか！」

星奈が作ったチームの成績グラフを見て、栗原が驚きの声を上げた。

「すぐに千も行くそうですよ」

星奈が成功をちらりと見ながら、煽《あお》るように言った。彼女は成功が新しい販売チャネルを作ろうとしていることも把握している。

「千は軽く行ける」成功は彼女の言葉を何でもないことのように受け止めた。「お前らもその気になって、さらにギアを上げてくれよ」

「分かりましたよ」子安が改めて気合が入ったように返事をする。

「大沼も頼むぞ」成功はグラフの伸びが鈍い大沼にも声をかけた。

「大沼さん、リカーショップ割り当てても回ってくれないんですよ」星奈が口を尖らせ、そんなことを言った。

「僕には僕のやり方がありますからね」大沼は平然としている。

マイペースな人間は、見方を変えれば頑固でもある。

「付き合いがある店にも、年末売りにいつもの倍取ってもらえ」

「年末だからって、いつもの倍、スポドリ飲んでくれるわけじゃないですからねえ」

成功にも口答えしてくる大沼を、子安が「いいから、黙って売ってこいよ」とどやしつけた。

営業部長の滝川が姿を見せ、成功を呼んだ。

いのだろう。

「決裁が下りたよ」

「ありがとうございます」

ほっとする一方で、机に置かれた稟議書を見て、おやと思った。父の判子まで押されている。さすがに社長の決裁まで必要とする案件ではない。暗に、しっかり見ているということを伝えたいのだろう。

やはり試されているのだ……そんな思いを強くして、早速営業に取りかかることにした。

荒川を越え、葛西《かさい》や浦安あたりの臨海部から攻めていく。大手のスポーツジムは自販機があるからと反応はよくなかったが、パーソナルジムやダンススタジオなど、小規模な施設では思った以上に手応えがあった。

それらのオーナーは小さな商機も逃すまいとしている。身体づくりに役立つと思われる機器やサプリメントがあれば、会員に勧めたいと思っている。［エネウォーター］や［エネビープロテイン］はメジャーすぎず、高付加価値感もあって、扱いやすい商品のはずだった。

傾向が分かってからは、小規模施設に的を絞って営業をかけた。一年間置いてもらうだけでいい。最初六ケース取ってもらえれば、あとは月々、売れた分を追加注文してもらうだけでいい。たとえ売れなくても、新規入会者に特典として付けるのもいいし、スタッフで飲んだとしてもほかで買うことを思えば損にはならない……商品説明に加えてそんなセールストークを交ぜていくと、三軒に一軒は契約が取れた。見送ったところも、新規入会者の特典にどうかと勧めると、卸値で買えるならと一ケース、二ケース買ってくれた。

「成功さんは営業やらせても抜群ですねえ」

日々伸びていくグラフを見て、子安が感心する。

「お坊ちゃん育ちがいいほうに転んで、割と人当たりがいいんでしょうね」

星奈の言い方は素直に褒めてはいないが、それでも成功の奮闘を認めざるをえないようである。

「ひねくれた伴内さんでもこんなにがんばってるんだから、俺もがんばんないとと思ってね」

そう言い返してやると、星奈ににらみつけられた。

「成功さん」

日報を付けているところに声をかけてきたのは、西関東チームで新規開拓に駆け回っている糸川利次《とし つぐ》だった。四十代の中堅社員である。

「冷蔵庫を付けてスポーツジムに営業してるって聞いて、面白いなと思ってね」彼は言う。「こっちも数字的になかなか厳しくて。できたら冷蔵庫の仕入れ先、教えてもらえませんかね？」

「あ、ごめんなさい」成功は言った。「これ以上は手配できないらしいんですよ。僕も二百欲しいって言ったんですけど、百しか集まらないって言われて」

「ああ、そうなんだ。じゃあ、しょうがないね」

糸川はあっさりと引き下がったが、その顔はいかにも残念そうであり、戻っていく背中には哀愁が漂っていた。

西関東チームは飛び抜けて成績が落ちるメンバーはいないが、基本的には彼らもこつこつと築いてきた人間関係で数字を維持しているだけに、そこからひと月で二百も三百も新規で積み上げろというのは厳しい要求なのだろう。

糸川は販売一課にいたとき、営業先を回るのに二度ほど続けて車の自損事故をやらかしてしまい、二課に回されたと聞いている。根は真面目で、成功が新人研修で新規開拓に挑んだときも、安藤とともに開拓先のお膳立てをしてくれたものだ。

彼らにも守らなければならない生活がある。困っているなら力になってやりたいが、今は成功も自分たちのことで精いっぱいであり、どうすることもできないのがもどかしかった。


成功は日に二十軒以上、朝から晩まで営業に駆け回った。休日も返上した。その結果、十二月も半ばをすぎて、風の冷たさとともに年の瀬の慌ただしさが高まる頃には、ディスプレイクーラーを付けた契約も八十以上成立し、成功の数字も千を超えた。

ただ、チーム全体の数字で言えば、まだまだノルマまでは遠かった。

「このまま行っても、千は足らなそうです」

星奈がその日の数字を足したグラフをにらみつけながら言う。

仕事納めまでは二週間を切っている。順調に積んで栗原、子安、安藤は七百ずつというところ。大沼は三百。千を超えた成功と星奈がこれから三百ずつ上乗せしたとしても、千は足らないという計算だ。

ちょっとやそっとで埋まる数字ではない。これだけがんばっても、なお程遠いのかと途方に暮れる思いだった。

「大沼が足を引っ張りすぎなんだよ」

「そうっすよ。この期に及んでもやる気出さないし、何考えてんだか」

栗原や子安は大沼に責任を被《かず》けなくては気が済まない口ぶりである。彼らも数字は足りていないが、営業のキャリアが浅い中、懸命に外回りしての結果であり、これが精いっぱいというところなのだろう。必死にやっても見通しが立たないことで、フラストレーションが大沼に向かうようでもあった。

「いやいや、僕もやる気出してやってますよ」

一方で大沼は彼らの不満など意に介さないように言い返している。

ここまで何とか、チームの面々の気持ちを鼓舞しながらノルマに挑んできたが、こうして先行きの困難さが浮き彫りになってくると、結束力も崩れていく。早々にあきらめモードに陥り、営業成績にも一気にブレーキがかかるおそれがあった。

次の日、成功は自分の立ち寄り予定をいったん脇に置き、大沼に付いていって、一緒の電車に乗った。

「今日はどこを回るんだ?」

成功が訊くと、「柏ですよ」という答えが返ってきた。

「柏にも回ってないリカーショップがけっこうある」成功は星奈からもらってきたリカーショップのリストを広げた。「一緒に回ろう」

「僕は大丈夫です」大沼はあっさりと断ってきた。「付き合いのある店が二百軒近くありますし、何回も通ってようやく取ってくれそうなところも何十軒かあります。それらを回るのに手いっぱいなんです」

「どこもせいぜい、ひと箱ふた箱取ってくれるかどうかの個人商店だろ。とりあえず年末まで、そこらは置いとけよ」

「個人商店は切り捨てろって言うんですか?」大沼は鼻息を荒くして言い返してくる。

「そんなこと言ってんじゃないよ」

「小さな店だって一生懸命やってるんですよ」

「分かってるよ、そんなことは」成功は言う。「だけど、小さな店こそ、売り場を有効活用しないとやってけないんだ。うちの商品のために冷蔵コーナー空ける余裕もないし、段ボール積むスペースもない。こちらの勝手な営業努力なんかに応えてる余裕はないんだよ」

「余計なお世話ですよ。僕には僕のやり方があるんです」

星奈がこぼしていた通り、人から押しつけられるやり方は受け入れたくないようだった。

それでも成功は一日つぶす覚悟で、大沼の外回りに付いていった。大沼は相変わらずのマイペースさで個人商店を訪ね歩いたが、先月とは違い、年末売りに何ケースか取ってくれないかと営業らしい押し方をしていた。しかし、それでまとまった数を取ってくれるところはなく、せいぜいが一、二ケースという注文だった。今月はもう余裕がないから、来月また来てくれという店もちらほらとあった。

「そうですか。じゃあまたお願いします」

大沼はそう言って、〔マルハナ〕のホットレモンを買い、店を出てぐびりと飲んだ。冬の日は足早に暮れてしまっている。何も応えてないように見えていたが、温かい飲み物を喉に流してふうとついた吐息に、彼なりの虚無感が感じ取れた気がした。

「これ、やっぱり売れてるみたいですね」

大沼はホットレモンのボトルを掲げ、どこか取り繕ったように言った。

「そろそろ帰りましょうか」

「なあ、大沼」歩き始めた彼に肩を並べながら、成功は声をかける。「一日足を棒にして注文取って十二ケースって、空しくないか?」

「え?」

「別に馬鹿にしてるわけじゃない。今日は俺にいいとこ見せようとがんばってたのも分かる」

「いつもがんばってますよ」

「だけど、やっぱりやり方が違うと思う」成功は言う。「分かってるだろうけど、品物には原価ってものがかかってる。月に二百、三百売ったところで、お前の給料分も稼げてないんだ。その歳で会社の荷物になろうとすんな」

「ほっといてくださいよ」大沼は気分を害したように言った。「だったらクビにすればいいでしょう」

「俺にそんな権限はないし、あったところでお前みたいにがんばってるやつをクビになんかするわけがない」成功は仏頂面を作っている大沼を見た。「何でそんな頑固なんだ。別に、個人商店の力になりたいと心から思って、この仕事をやってるわけじゃないだろ。今までそれでやってきたから、変えたくないだけだろ。でもな、俺たち営業は、商品を企画した人間や開発した人間、作った工場の人間や、上の経営陣を含めて、会社の中にいる連中を食わせていくだけ、稼いでやらないといけないんだ。そうじゃないと会社が回っていかない。何より先に、それを果たすためにはどうするか考えて動かなきゃいけないんだ。お前も会社を背負ってるんだよ」

「そんなこと言われたって困りますよ」大沼は肩を震わせながら、身をよじるようにして首を振った。「僕は別に営業が向いてるわけでもないし、営業がやりたいわけでもない。商品企画がやりたいのに、ずっと聞き入れてもらえずに、営業やらされてるだけの人間なんですから」

「事業部だって人を選ぶんだよ。お前は入社以来、考課がDなんだ。向き不向き以前にそういう成績を見られてる。そこを何とかしようとしないやつにほかからの引き合いがあるわけないだろ。俺が事業部長やってたときも、お前の異動希望なんて目にも留まってなかった。腐ってたら、何のチャンスも来ないぞ」

「別に腐ってるわけじゃありませんよ。僕程度の人間が必死になったところで、何も変わらないし、代わりなんかいくらでもいる。だったら自分のペースで無理せず楽しくやろうと思ってるだけです」

「それを腐ってるって言うんだよ」

「だったら、腐ってるでもいいですよ」大沼は開き直ったように言った。「入ったときから将来が約束されてる人に、僕の気持ちなんて分かりませんよ」

「分かるから、一日くっついて何とかしようとしてんじゃねえか」成功は彼の肩をつかんで言った。「俺だって、代わりなんかいくらでもいる。実際、ほとんど会ったこともない兄貴が俺の後釜に座って、会社は何もなかったように回ってる。社長もそれで何か問題あるかって顔だ。俺だってお前だって、しょせん替えの利く歯車なんだ。その歯車がいっちょ前に腐ったところで、拾ってなんてもらえるもんか。相手を振り向かせたいなら、自分の力を示さなきゃいけねえんだよ。そうだろ？」

思いに任せて、肩で息をしながら言い立てたものの、大沼に響いたかどうかは分からなかった。

大沼は感情を消したような顔で成功を見ている。

「何なんですか？　そんな必死になって」

そう言う大沼の目から、不意に涙がこぼれ落ち、成功ははっとした。

「僕みたいなどうしようもない人間に、あなたみたいなのが必死になって……」

「そんなの、俺の勝手だろ」

成功は大沼の肩をつかんでいた手を離し、彼の背中をたたいた。

「どっか一杯、寄ってこうぜ」

前夜、大沼とはしご酒をして二日酔いの重い頭を押さえながら出社した成功は、ＭＴＧエリアのショーケースから「リカバリー」を出し、営業部のフロアに入った。

「昨日の数字出してください」

顔を合わせて早々、星奈から挨拶代わりにそんな言葉が飛んできた。

「大沼が十二で、俺はゼロ」

グラフに向きかけた星奈のペンが止まった。

「あきらめた……？」

「あきらめてねえよ」成功は「リカバリー」を喉に流しこんで言う。「今日からまたがんばるぞ」

「おはざまーす」

大沼も「リカバリー」片手に営業部に入ってきたのを見て、成功はにやりと笑った。

「伴内さん、リカーショップのリスト、もらえますか？」

「え？」

大沼の言葉を聞いた星奈は狐につままれたような顔をして成功を見る。成功は渡してやってくれというようにジェスチャーだけして、外回りの準備を始めた。

「うっ……」

成功の隣で椅子から立ち上がりかけた安藤が、不意にうめき声を上げて腰を押さえた。

「大丈夫ですか？」

「だ、大丈夫……昨日ちょっと、腰を痛めちゃって」

安藤は糖尿病持ちでしばしば肝臓の数値がよくないと聞いている。疲れやすいようで、顔色も冴えないことが多い。腰の痛みもそれと関係しているのかと思ったが、どうやら別のようだった。

「病院行ったほうがいいですよ」

「はい」安藤は痛みのない体勢を保つようにじっとしたまま、首だけを動かした。「子安くん、ちょっとお願いがあるんだけど」

「何すか?」

「〈アワーストア〉の船橋店に行って、商品出しを手伝ってくれないかな」

「え?」

「あそこは社長が顔を出す。全部で十三店舗あって、以前から、[エネウォーター]なんかを取ってもらってるけど、顔出さないと続かないんだ。今回行ったら、ちょうど社長の機嫌の悪いときに当たってね。年末の忙しいときに突っ立ってるだけの人間は、邪魔なんだから来るなって。それで商品出し手伝って帰ったんだけど、それだけじゃ認めてもらえないし、ここんとこ毎日通ってるんだよ」

「えっ、商品出し手伝いに行って腰やられたんすか?」

「うん……まあ、安静にしてれば大丈夫だと思うけど」安藤は決まりが悪そうに言う。

「いやいや、ちゃんと総務に言って労災で整形外科にでも診てもらってください」成功は口を挿んだ。「その〈アワーストア〉の件、僕が行きますよ」

「いや、それは……」

「僕が行くからいいですよ」迷惑そうな顔を作っていた子安も慌ててそう言った。

「いやいい」成功は言う。「〈アワーストア〉って、新人研修のときに契約を取ったとこでしょう。

社長のことも憶えてますし、僕が行ってきます」

新人研修のとき、安藤にお膳立てしてもらって［エネウォーター］の契約を取った先が〔アワーストア〕だった。普通は一定期間をすぎれば一課に担当が移るが、〔アワーストア〕はすぐに注文が切れてしまうので、安藤がずるずると担当しているらしい。社長は確かに短気そうではあった。


成功は早速、船橋へ向かった。〔アワーストア〕の船橋店は十時のオープンを迎えたばかりで、スタッフは終わらない商品出しに動き回っている。

「おはようございます。〔シガビオ〕です」

バックヤードに入り、スタッフの中年女性に声をかける。

「あら、今日は安藤さんは？」

「ちょっと体調を崩してしまったもので、僕が手伝いに来ました」

「まあ、悪いわね。この時期、本当人手が足りなくて」中年女性は申し訳なさそうに言った。「じゃあ、ドリンクの補充、お願いしていい？」

「分かりました」

成功は上着を脱ぎ、台車にドリンクを積んでフロアに運んだ。冷蔵棚に置かれている商品をいったん外し、運んできた商品を奥に詰めてから、冷えている商品を前に置き直す。ラベルがきれいに前を向くように微調整を加えて、隣の商品も同じように並べていく。

何度か倉庫とフロアを行き来して、商品出しに励んだ。バックヤードで台車を押しているとき、ちょうど事務室に入ろうとしているジャンパー姿の中年男性と目が合った。〔アワーストア〕の岩岡達久社長だ。

誰何《すいか》するような視線に、成功は会釈を送った。

「おはようございます。〔シガビオ〕の志賀です」

「ああ、〔シガビオ〕さん」岩岡社長は淡泊にそう呟いてから事務所に入りかけたが、また思い出したように足を止めた。「志賀さんって息子さんの？」

「はい。ご無沙汰してます」成功はもう一度、小さく頭を下げる。

「あなた、まだ営業にいたの？」

「最近、戻ってきました」

「あ、そう。お父さんもなかなか厳しいね」

岩岡社長はそんなふうに言い、若干表情を和らげた。

こうした小売店は同族経営が多く、共感を覚えるのか、成功には対応が甘くなる経営者が少なくない。岩岡社長も二代目である。

「いつものあの人は……安藤さんだったっけ？」

「ちょっと腰を痛めまして」成功は彼への視線に含みを持たせて言った。「代わりに誰か手伝いに行ってほしいということだったので、私が参りました」

岩岡社長は成功が言葉の裏に匂わせた意味を敏感に感じ取ったようで、少しばかり頰をゆがめてみせた。

「別にこっちから手伝ってくれと言ったわけじゃないよ。だいたいあの人はいつも電話注文で済ませるだけなのに、年末のこのくそ忙しいときになって、正月用品でもないものを取ってくれってやってきて、そりゃ言葉は悪いかもしれないけど、邪魔だって感じるのも無理はないと思うよ」

「安藤は持病のため通院しながらということもあって、なかなか足を運ぶことができなかったのは事実だと思いますし、率直にお詫びいたします。ただ、熱意がない人間ではないことは、ここ最近の彼の姿を見てもらってもお分かりいただけると思います」

岩岡社長はどこか気まずそうに小さくうなずき、「まあ、入りなさい」と事務室に誘った。

「で、何を取ってほしいの？」

彼は事務室の椅子に座って、そんな問いかけを向けてきた。

「以前からたびたび取っていただいている［エネウォーター］と［黒酢ビー］、そしてビタミンCを高濃度配合した炭酸飲料で［スパーキー］というのがあります。いずれも健康志向の老若男女に根強い支持を受けています。これらを各店舗三ケースずつ取っていただけないかと」

岩岡社長は成功が差し出した［スパーキー］のサンプルを一瞥し、何回か小さくうなずいた。

「あなたに免じて取るけど、来月は売れ行きを見て決めさせてもらうよ」

「けっこうです」成功は頭を下げた。「ありがとうございます」

「まあ、いつまでも外回りさせられてないで、早くお父さんの座を代われるようになりなさい」岩岡社長は目を細めてそんな言葉を添えてきた。「前よりは、らしい顔になってきてるから、さらにがんばって……な」

「はい」成功はもう一度小さく頭を下げた。「がんばります」

午後からパーソナルジムを回っていくつかの契約を取ってきた成功は、二十時をすぎた頃になって会社に戻ってきた。

営業部の販売二課の島には、安藤が一人残っていた。

「まだいらしたんですか？」

「おかげさまで、整骨院で治療してもらってきました」安藤が言う。「しばらく通うことになりそうですが」

「早く帰って休んでください」

安藤は成功の言葉にうなずいてから、尋ねてきた。「〔アワーストア〕さんのほうはどうでしたか？」

それが気になっていたのかと気づいた。確かに安藤の性格では、成功を代わりに行かせて、そのまま帰ることはできなかっただろう。

「大丈夫です。百十七ケース、握ってきました」

「そうですか」安藤は大きく息をついてみせた。「よかった……ありがとうございます」

「ええ、僕もほっとしました」

安藤は浮かせていた腰を椅子に落ち着かせて、しばらく放心気味の様子だったが、成功が壁のグラフの彼の成績に数字を足そうとすると、「それは成功さんのほうに」と慌てて加減の声を上げた。

「安藤さんの数字ですよ」

「いや……」

「チームでやってるんだし、困ることじゃないでしょう」

成功はグラフの安藤の棒を伸ばして、彼に笑いかける。

「ちょっとだけ、新人研修のときの借りを返せた気がしますよ。コツがまるで分からなかったとはいえ、何から何までお膳立てしてもらって、新人の成績トップにしてもらって、今振り返っても小っ恥ずかしい思いがしますけどね」

安藤も言われて思い出したようで、くすりと笑った。

「確かにあのときは少々張り切りすぎましたけど、私たちは、成功さんの面目を立たせようというだけで動いたわけでもないんですよ。手助けしたら楽することを覚えてしまうんじゃないかって声もありました」

「当然でしょう」

「でも、成功さんはいずれ、会社を率いる立場に就く人です。そういう立場になったとき、社員が自分を助けてくれるということを知っていてほしいと思ったんです。社員を信じられる人になってほしいと思ったんです」

今まで聞くことがなかった彼の思いを知り、素直に嬉しいと思った。一方で、今の自分はそれを受け止めて結果に変えられる土台を失っていることもあり、成功はただ何度もうなずくことでしか応えられなかった。

「そう言いながらも、今の自分は足を引っ張る存在になってしまっていて、申し訳ないんですが」

自嘲する安藤に対し、成功も苦笑を合わせる。

「僕も期待に応えられるような人間にはなれてなくて歯がゆいですよ」

「いえ、ここ最近の様子を見ても、私は相変わらず希望を持ってます」

安藤はそう言い、その言葉に嘘がないことを示すように穏やかな笑みを浮かべてみせた。

成功は礼を言う代わりに小さく肩をすくめた。

「帰りましょうか」

変わらぬ期待を感じ取っても、自分は言葉でなく結果で返す以外ないのだと思った。

翌朝、出社して外回りに出かける準備をしていると、大学時代の同級生である山形から電話がかかってきた。

〈例のディスプレイクーラー、卸先にキャンセルが出て、五十台くらい浮いてるらしいがどうする？〉

「ラッキー。こっちにくれ」成功はそう言って飛びついた。

〈年明けの納入でいいなら、あと三十台くらいも何とかなりそうだが〉

「おう、それもくれ」

先に商品だけの納品という形になるが、年内にディスプレイクーラーが届かなければ契約しないという相手もいないだろう。それも確保しておくことにした。

これで商品も五百ケース近くは捌ける。自分一人では回り切れないから、誰かに手伝ってもらったほうがいいかもしれない。納入実績も出始めているから、営業も難しくはないだろう。

誰に頼むか考えながら周りを見回すと、西関東チームの糸川が目に入った。そう言えば彼にディスプレイクーラーのことを訊かれていたのだと思い出した。

一瞬どうしようかと躊躇《ちゅうちょ》したが、前夜、安藤と昔のことを話したのを思い出し、成功は彼に譲りたくなった。新人研修のときには糸川にも助けてもらった。

「糸川さん」

彼に声をかけ、ディスプレイクーラーが八十台確保できたことを伝えると、彼は驚きと喜びの色を同時に顔に浮かべた。

「でも、こちらに回してもらっていいんですか？」

「気にしないでください」成功は言う。「こちらはこちらで何とかします」

「ありがとうございます」糸川は感謝に堪《た》えないという口ぶりで言った。「これでちょっとノルマ達成の可能性が見えてきた気がします」

「お互いがんばりましょう」

成功はそう言って、気分よく外回りに出た。


クリスマスを前にして、成功はディスプレイクーラー付きの契約を売り切った。数字は千三百まで積み上がった。

「おお、大沼もだいぶ本気出してきたな」

三百程度が精いっぱいと思われていた大沼もリカーショップの営業に回り出してから数字が伸びるようになり、すでに四百を超えている。最終的には五百に手が届きそうな勢いである。

「まあ、これくらいはできますよ」大沼も胸を張りながらそんなことを言う。

「安藤さんもすごいっすね」

八百を超えて、九百をうかがうところまで伸ばしている。今までの取引相手だけでなく、新規開拓の数字をこつこつ積み上げているのが分かる。

ただ、仕事納めまで、外回りに出られるのは残り四日である。以前から付き合いのある取引先からは注文を取り切っており、この先、新規開拓で数字を積もうにも、年の瀬の慌ただしさの中ではいよいよ思うに任せないに違いない。

「五百、足りませんね」

それらの見込みを念頭に、頭の中で弾いた数字を星奈が口にする。中旬までの「千足らない」状態からは前進しているが、残り日数が少なくなってのこの数字は、達成の困難さをより突きつけられているとも言える。

「クリスマスだって返上してんですけどね」子安がそう愚痴る。

「それは単に誘いがないだけでしょう」

星奈の冷ややかな一言に、子安は「出た出た。リア充の高慢ちき発言」と憎らしげに頬をゆがめてみせた。

「まあ、最後まで何が起こるか分からん」成功は無理やりそうまとめた。「がんばるしかない」

仕事を終えて、チームの面々と会社を出る。クリスマスイブのオフィス街は北風もやんでいて、仕事終わりの人々が軽やかに行き交っている。

「星奈さん!」

不意に、ビルの前で人待ち顔をしていた男が星奈を見つけて声を上げた。いつかのテスラの男だ。

「食事に行きましょう」男は近づきながら、星奈に話しかけてきた。「麻布にフレンチのいい店があります。予約してあります」

「予定がありますから」星奈は迷惑そうに応えた。「ストーカーじゃあるまいし、こんなとこで待たないでください」

「何の予定ですか?」

「何だっていいじゃないですか」星奈はけんもほろろに言った。「関係ないんだから、ほっといてください」

ひじ鉄を食わされた男は悲痛な表情で立ち尽くしていたが、ふとその視線を成功に向けてきた。前にも見た男だと、その眼差しが反応している。

「寒い中、お疲れ様です」

少々皮肉めいた言い方にはなったが、実際のところ、成功は、星奈に果敢にアタックしているこの男の努力をねぎらいたい思いが湧いていた。自分が営業に駆けずり回っているのと同じく、この男も星奈のことでがんばっているのだ。

ただ、男はやはり素直には受け取らなかったようで、敵意のこもった目でにらみつけてきた。

「あんた、星奈さんとどういう関係だ？」

「いや……」

「どうだっていいでしょう！」星奈が一喝した。「おとなしく相手してる間に帰ってください！」

さすがに男もそこまで言われては粘れないと悟ったようで、振り返る視線に成功への敵意を残しながら、悔しそうに離れていった。

「あれで、おとなしく相手してたのか？」

「そこそこイケメンだったのに、やっぱリア充は違うわ」

栗原や子安が呆れ半分に冷やかし半分で、そんなことを言い合っている。

「お疲れ様です」

星奈はそんな彼らに素っ気ない挨拶を向け、一人歩き始める。

「お疲れ」「お疲れさん」

成功たちも毒気を抜かれたまま苦笑を交わして別れる。栗原らは三田駅に向かって歩いていく。

成功は大門駅を使うので、星奈のあとを付いていく形になる。

不意に星奈がこちらを振り返り、立ち止まった。

「お腹がすきました」成功が追いつくと、彼女はそう口を開いた。

「え？」

「たまにはラーメンか何か、後輩におごってくれてもいいじゃないですか」彼女はしれっとそんなことを言った。「クリスマスイブなんだし」

「誰かと約束があるんじゃないのか?」

「誰もそんなこと言ってませんよ」彼女は面白くなさそうに言う。

「いや……まあ、いいけど」

成功は星奈を連れて芝大門の裏通りに行き、何回か訪れたことがある店に入った。カウンターに彼女と肩を並べて座り、ラーメンのほかにメンマや手羽先などのおつまみを注文する。ビールも一本頼んだ。

運ばれてきたビールの瓶を成功が手にしかけると、星奈は半ば強引にそれを奪って成功のグラスに注いだ。こんな所作の一つ一つにも気の強さが出るのだなと、成功は小さな笑いを噛み殺した。

「あの彼、何が気に食わないんだ?」

乾杯してビールを一口喉に流してから、成功は訊いてみた。

「その話はいいです」

「どこぞの御曹司なんだろ」成功は少し冗談っぽく言ってみる。「熱心なんだし、もったいないなくないかと思ってさ」

「成功さんだって、御曹司じゃないですか」星奈はそう言い返してきた。「自分が言い寄った相手が袖にしてきたら、もったいないなって思うんですか?」

「そうじゃないけど」成功は彼女の反論を軽くかわして続ける。「あの彼、前にうちのことをちっぽけな会社みたいにディスってただろ。どこの誰か知らないけど、俺なんかより、よっぽど将来性あるんじゃないか?」

「私はそんなスペックで人を見たりはしません」

「そうか」

歯切れよく返され、成功はそれ以上この話題を引っ張るのはやめることにした。

「訊いたことなかったけど、何でうちの会社選んだの？」そんな質問を向けてみた。

「私、週末に皇居の周りよく走るんです」

「へえ」

「今年に入った頃から前の会社で行き詰まりを感じるようになってて、その反動で皇居ランの自己タイムを更新するのに熱中してました。ベストを更新すれば、ガラスの天井が破れない会社のことも忘れて、まだまだ先に進める力が自分にある気になれたんです」

ガラスの天井か……〔ゼネラル珈琲〕にもはたからは見えない、大手ならではの旧弊が残っているらしかった。

「でも、タイムもなかなか伸びなくなって……そんなときに見慣れないスポドリ持って颯爽《さっそう》と走ってる人がいたんです。あれ何だろうって調べてみたら［エネウォーター］でした。パラアスリートとパートナーシップを結んでることとかも分かって、次のときに飲んでみたんですよ。そしたら自分に合ってたっていうか、すごく気分よく走れて、久しぶりにベストを出せたんです」

「へえ……どれくらいで走るの？」

何気なく訊いたつもりだったが、張り合いに来たと取られたのか、ちらりと横目で見られた。

「成功さんはどれくらいですか？」

そんなことを逆に訊いてくる。

「まあ、気候のいい時期にたまに走るだけだけど、二十四、五分ってとこかな」

そう答えて彼女の返答を待ったが、視線を外された。

「まあ、それでしばらくは前向きにがんばってたんですけど、それも限界が来て、会社を辞めたときに［エネウォーター］作ってるとこが募集してるって知ったわけです」

勝手に話を戻し、彼女はそう結んだ。

「なるほど、もともと愛飲してたわけね」

そんなふうに応じながらも、あちこちに垣間見える彼女の気の強さが何ともおかしく、成功は笑いをにじませる。

「そんなことより、ノルマ達成の秘策はあるんですか？」

星奈は気まずそうに咳払いしてから、話を変えてしまった。

「ない」成功は運ばれてきた手羽先を手に取り、正直に答えた。「頭にあったことは全部やった」

「西のチームも成功さんと同じショーケースを使って営業かけてますよね。向こうで独自に手配したのかと思ったら、成功さんが分けてあげたらしいじゃないですか」

「ほかがキャンセルしたのが回ってきたからね」

「うちのチームで使ったら、ノルマも達成できたのにって思わないんですか？」星奈は責めるようににらんできた。「自分が回れなくても、栗原さんたちに回ってもらえばよかったじゃないですか。向こうのチームはノルマ達成の目処《めど》が立ったそうですよ」

「そりゃ、よかった」成功は言う。「こっちで使ってたらと思わなくもないけど、糸川さんから手配できないかって問い合わせ受けてたからね。それに応えただけのことだよ」

「お人好しなんですね」星奈はかじった手羽先の骨を皿に置いて、独り言のように言った。「その判断で、自分のチームのメンバーが割を食うとは思わなかったんですか？」

その言葉は成功の耳に、確かな痛みを伴って刺さった。ノルマ未達がほぼ確実になった今、それまで何とかしようと懸命になっていた星奈がそう言いたくなるのは当然だと思った。

「ごめん」

小さな声で、しかし真面目に謝ると、彼女はちらりと成功を一瞥してから顔を背けた。

「そんな簡単に謝らないでください」星奈は困ったように言った。「何か、私が嫌な人間みたいじゃないですか」

「いや、伴内さんの言う通りだ」成功は言った。「糸川さんには昔、新人研修のとき、下駄を履かせてもらった借りがあってさ、それを少しでも返せたらって思いで、こっちのチームがどうなるかとか考えずにあげちまった」

「そんな事情は、私、知らないんです」星奈はうろたえたように早口になって言った。「知ってたら、私だって呑みこむときは呑みこみます……普通の人は別に事情を知らなくても、呑みこむんでしょうけどね」

「いや、はっきり物を言うのは悪いことじゃないよ」成功は口もとを緩めた。「むしろ君の美点だ。急に自己嫌悪に陥ってどうした？」

「だって、急に謝るから……」

「そんなに舌鋒《ぜっぽう》鋭いのに、謝られるのが苦手なのか」

おかしくなって成功が笑っていると、星奈は小さく頰をふくらませ、腹いせのように自分のグラスにビールを注いで口にした。ラーメンが運ばれてきたが、彼女はすぐには手を付けず、ぼんやりそれを見つめている。

「子どもの頃、私が人を責めてばかりいるから、おばあちゃんに言われたんです」星奈はそう話し始めた。「謝ってる人は許してあげることを覚えなさいよって」

「子どもの頃からそんなふうだったのか」成功はラーメンのスープをすすりながら笑う。

「サンタさんからクリスマスプレゼントでお店屋さんセットみたいなおもちゃをもらったんです。嬉しくて、お正月におじいちゃんの家に行くとき、見せびらかしに持っていきました。でも、おじいちゃんが立ち上がるときによろけて尻もちをついたら、セットのパラソルが折れちゃって」

「あらら」

「私は泣いておじいちゃんを責めました。おじいちゃんはごめんごめんって謝って、新しいのを買ってあげるからって言ったんですけど、私からしたらサンタさんがくれたおもちゃは特別で、おじいちゃんが買い直してくれてもそれは違うんです。おばあちゃんも、お母さんも、わざとじゃないんだから許してあげなさいって言うんですけど、私は、何でみんな、そんなよろよろして人に迷惑かけるおじいちゃんなんかの味方するんだって思って、絶対許さない、おじいちゃんなんて大嫌いって言いました。

　それから間もなくしておじいちゃんは入院しました。脳卒中で、私がお母さんたちと見舞いに行ったときは、もう意識不明でした。結局、正月からその徴候が出てたんです。大嫌いって言ったのが最後に交わした会話になっちゃいました。お葬式のときに、おばあちゃんが新しいおもちゃをくれました。入院する前、おじいちゃんが買い直してくれたそうです。それを私に渡しながら、おばあちゃんが言ったんです。心から謝ってる人は許してあげなさい。それを許さないなら、あなた自身、一生引きずっていく覚悟が必要なのよって。子どもに言い聞かせるっていうより、一人の人間に対して忠告しているような言葉でした。だからこそずっと憶えてるんです」

「そう……」成功は頬を引きつらせて言う。「俺のごめんは、そこまで重くないけど」

「でも、そういうことなんで許します」

「ありがとう……」成功はぽつりと言った。「伴内さんのおばあちゃん」

10

十二月の中旬頃、乳酸菌を使った商品開発プロジェクトに関する社内会議があった。早恵里も実行に指名され、その会議に出席することになった。つまり、プロジェクトチームに参加することになったのだ。八人ほどが会議室に集まった。

会議が始まって、そのプロジェクトが今までになく大がかりなものであることを知った。平木専務ばかりか志賀社長も姿を見せ、この商品開発が自身の悲願であることを出席者に語ってみせた。

「この乳酸菌株はラクトバチルス・イージスと名付けられたものだ。研究室では〝イージス乳酸菌〟と呼ばれ、特許や商標登録の手続きも進んでいる。いい乳酸菌は腸の盾（イージス）となり、健康を守ってくれる。その働きがいかにもイメージしやすいことと思う」

研究結果から高い機能性が示され、発酵乳などにしたときの味の面でも、筋のよさが確認されているとのことだった。

「この優秀な菌株をもって、我々は乳酸菌市場のトップランナーに躍り出る。何としても成功させなければならない」

自分が招集されたのは何かの間違いではないかとも思ったが、部外秘のプリントに記されたチーム編成には、プロモーション担当としてプロモーション課長の光山圭司《みつやまけいじ》とともに早恵里の名前が載っていた。

会議そのものは顔合わせ程度の意味合いだったが、事業部員には、コンセプトを含めた商品企画案を考えてくるという課題が与えられた。プロモーション担当という従来の役割とは別に、そういった企画などは部員全員で出し合い、揉み合うことになる。

「年明けは忙しくなるなあ」

同じくチームのメンバーとなった若葉などは、そんな言い方にも前向きな気持ちをにじませている。

早恵里もやるしかなかった。

しかし、商品企画案にしろプロモーション案にしろ、何をヒントに考えればいいか分からない。ひとまず他社の例を研究するところから始めることにした。

しばらくは他社の商品開発で用いられたコンセプトなどをひたすら調べた。同業だけでなく、ジャンルが違う商品についても何か参考になりはしないかと、研究書や専門誌などを当たって開発秘話を探った。

加えて、来春の「エネウォーター」のノベルティ企画など、手持ちの仕事も進めていかなければならない。年の瀬だから忙しいわけではないのだが、世間の気忙《きぜわ》しさに共感できるような毎日が続いた。

クリスマスイブの日も、気がつけば日が落ち、フロアに残っている社員もまばらになっていた。人と会う約束はおろか、ケーキを買う予定もない。去年は学生時代の友達とディナーに繰り出したが、今年は夏に会ったとき、彼氏ができたという報告を聞いている。そして当然のように、今年のディナーの誘いはなかった。

十九時半をすぎた頃、どこかで打ち合わせを終えた様子の実行がフロアに戻ってきた。

「それは今日中の仕事なのか?」

「いえ、もう帰ります」

長時間の残業は好ましくないという会社の方針もあり、実行は時々こんな声をかけてくる。早恵里は帰り支度をすることにした。

「最近残業が多いようだな」実行も同じように帰り支度をしていた。「キャパをオーバーしてるようなら、考えるから言ってくれ」

「いえ、大丈夫です」安易に音を上げれば、たちまち無能の烙印《らくいん》を押されかねない気がして、早恵里は首を振った。「大きな仕事は初めてなので、いろいろ研究しないとと思って」

実行は軽くうなずいたあと、「どこかおいしい店を知らないか? 食べて帰ろう」と言ってきた。

一緒に社を出ることがあっても、そんな誘いを受けたことはなかったので、珍しいと思いつつ、早恵里は内心で苦笑した。

「こんな日に、おいしい店はどこも空いてませんよ」

「こんな日……?」

実行は壁のカレンダーを見やり、今まで気にも留めていなかったように「ああ」と洩らした。

「こんな日だから混んでない店とかもあるだろう」彼は冷静に言う。「ラーメン屋とか」

「部長、ラーメン好きなんですか?」

似合わない気がして思わず訊くと、実行は首をかしげてみせた。「君は嫌いなのか?」

「いえ、そういうわけじゃないです。ただ、意外な気がしたもので」

「ラーメンが嫌いな者はいないと思うが」

「そうですね」

断る理由もなく、早恵里は彼と一緒に会社を出ると、「あっちのほうに何軒かあると思います」と芝大門の裏通りに足を向けた。

昼食に近くのラーメン屋を使うことはたまにあるが、いつも一人だ。誰かと連れ立ってラーメンを食べることはほとんどない。最近だといつだったか……そう記憶をたどり、研修旅行から何日か経った頃、成功と残業帰りにラーメンを食べたことを思い出した。

タイプはまるで違うが、兄弟、食の好みは似ているのだろうか……どうでもいいことを考えながら、以前訪れたことがある店の一つに当たりをつけてドアガラスから店内の様子を覗いた。

あ……。

「空いてないみたいです」

早恵里はドアノブに手をかけたところで踵《きびす》を返した。

「ん……？」

実行はドアの向こうに視線を残しながらも、早恵里に従うようにUターンした。入口近くに空いている席は見えたので、訝《いぶか》しく思ったのかもしれない。

カウンターの中ほどに成功の姿があった。それが早恵里に入ることをためらわせた理由だった。

隣には三カ月ほど前から社内で見かけるようになった営業部の女性がいた。歳は早恵里と同じくらいか。部署が違うので顔を合わせることはめったにないものの、姿を見るときはいつもきびきび歩いていて目を惹く。勝気そうな顔つきがそう思わせるのかもしれないが、自分とは違って、自信にあふれているタイプなのだろうなと見ていた。

成功とはこの一カ月、会話らしい会話を交わしていない。話しかけられないように、早恵里のほうから距離を取っていたと言ってもいい。エレベーターホールに彼がいるのを見つけたときは同乗しないよう引き返すこともあったし、廊下で偶然すれ違っても、視線を外して会釈するだけにしていた。

そうした振る舞いがどういう心情に基づくものなのか、早恵里自身、よく分かっていない。今後一切関わりたくないという気持ちであれば簡単だが、それではあの彼女と肩を並べて座っている彼の姿を見て少なからず胸のざわつきを覚えたことの説明がつかない。

こんな夜にラーメン屋にいるあたり、何か特別な関係というわけではないだろう。自分と実行と同じである。ただ、わざわざそんなことを推し測るように考えるのもおかしい気がする。距離を取っている間に彼を取り巻く環境が変わっていくのは当然であるし、それについてどうこう言う資格などないではないか。

博多ラーメンの店を覗くとカウンターが空いていたので、そこに入った。

「変なことを訊いてもいいか？」

自販機で買った食券を出し、コップに水を注いでいると、実行が口を開いた。

「成功はどんな部長だった？」

「え？」

先ほどの店に成功がいたのを彼も目にしたのだろうか……どういう意図でそんな問いかけを寄越してきたのか、よく分からない。

「優秀だったとか、親しみやすかったとか……」

「どうなんでしょう」早恵里は考えながら言う。「割と気さくな感じはあったかもしれません」

「部の連中の話を耳にすると、『成功さん』と呼ばれてるようだが」

「そうですね。みんなそう呼んでいるので、自然と」

早恵里も当初は「部長」と呼んでいたが、自分だけ堅苦しいような気がし、途中から変えた。若葉などは同期の気安さで〝サクセス〟と呼ぶこともあるのだから、悪目立ちはしない。

御曹司だからこその呼び方ではあるのだろう……それを口にしかけたものの、実行が何やら屈託を抱えているようにも感じられ、そのまま呑みこんだ。

「部長も、面と向かってはあれかもしれませんけど、話題に上るときは『実行さん』と呼ばれてるのを聞きますよ」

「それはたぶん、成功と区別するためのことだろう」

「部長」や「志賀部長」では紛らわしいからではないかと言いたいらしい。

確かに、実行は成功のような取っつきやすい人間ではない。しかし、彼自身、そんなことは気にも留めないタイプかと思っていた。

「あれは苦労知らずだから、その分、人に対しての垣根がないところがある」

どこか、そうした成功の気質を羨《うらや》んでいるような響きがある言い方だった。

「二人で話されることはよくあるんですか？」

「ほとんどない」

育てられた家が違い、実行も本名は志賀ではないということは聞いている。兄弟仲もそれほどよくはなさそうだ。

「小さな頃は？」

「一度しか会ったことがない」

「そうなんですか」

成功のことをそれなりに知っている口ぶりだったから、もっと交流があったのかと思っていた。

実行はしばらく、何かに思いを馳せるように口をつぐんだ。

「祖母の葬儀のときだ」

豚骨ラーメンが出され、早恵里がスープをすすっていると、彼は静かに話し始めた。

「私が小学六年生で、成功は三年生だった。家庭は別になっていたが、母も祖母には世話になったという思いで、私を連れて葬儀に参列した。社長と会ったのも、私の記憶の中ではそのときが初めてだった。その少し前に、母から実の父のことを聞かされていた。私は、育ての親である玉手の父がどうして私に冷たく、弟ばかりを可愛がるのか分からずに悩んでいたから、そういうことかと納得した思いだった。

葬儀場で会った社長は優しかった。お前のおばあちゃんだと言って、すぐに棺に眠る祖母に会わせてくれた。ただ、実際の葬儀で私が座ったのは、親族席の一番後ろだ。社長夫妻の次に焼香したのは成功だった。あいつは私が葬儀場にいる間、ずっと社長のそばから離れようとしなかった。

葬儀が終わって出棺前に、棺に花を入れることになった。まず社長夫妻から順に祖母が好きだったという胡蝶蘭を入れていったんだが、続いて、何を思ったか葬儀会社のスタッフが私に花を渡そうとしてきた。私のほうが年長で、長男だと見たのかもしれない。それはあながち間違ってはいないわけだが、成功がさっと手を伸ばしてそれを奪った。私は祖母を囲む輪の外に出て、出棺後は火葬場に行かず母と帰った」

それが、実行と成功が子どもの頃に唯一会った日の出来事だという。

一度しか会っていない成功を苦労知らずと言い切る理由は分かった。実行のほうがあまりにも複雑な環境の中で育てられているのだ。

「玉手の家では、私はノーチャンスだった。けれど、人生一度もチャンスがないということはない。社長がそれを与えてくれた。私はもう遠慮しているわけにはいかないし、成功に負けるわけにはいかない。だから、今度のプロジェクトも失敗は許されない」

表には見えてこない実行の心根を覗いた気がして気圧《けお》される思いだった。それほど成功に対して闘争心を持っているとは思わず、またそれほど崖っぷちに立たされた心境で仕事に当たっていると も思っていなかった。

「でも、そんな重要なプロジェクトのメンバーに、どうして私を選んだんですか？」早恵里は実行の重い吐露《とろ》を持て余したあげく、気になっていたことを訊いてみた。「実績のある人がほかにもいるのに」

「今回のような大きなプロジェクトは誰も経験してない」彼は言う。「実績という意味では同じだ」

「でも……」

「見込みがないなら、私は任せない。そんな疑問に頭を使うのは時間の無駄でしかない」

「そうですね」

確かに実行なら、弱音を吐いている暇があれば、良案を考えることに時間を費やすだろう。チャンスに飢えている人間なら、どうして自分がなどという考え方はしないのだ。

「どちらがやりやすい？」

「え？」

「私と成功だ」

答えに詰まるような質問だったが、ちらりと横を見ると、実行の眼鏡はラーメンの湯気で曇っていて、早恵里は冗談を聞いたようにふっと笑ってしまった。

「いや、成功が部長のときとは勝手が違って戸惑うことがあるなら、私も善処しなければと思っている」

実行は早恵里の小さな笑いをどう取ったのか、咳払いをしながら、ことさら生真面目にそんなことを言った。

「どうなんでしょう」早恵里は笑いを収めて答える。「実行さんに代わってやりにくくなったって声は聞きませんけど」

「君はどうだ？」

「私は……」早恵里はラーメンの汁の中にある具を探しながら考えた。「成功さんの頃はただ仕事に慣れるだけで精いっぱいでした。だから比較はできないんですけど、今は大きな仕事も任せていただいて、やりがいはすごく感じます。毎日充実してます」

そう言うと、実行は「ならいい」と満足げにうなずき、やはり眼鏡を曇らせたまま麵を静かにすすった。

11

あっという間に仕事納めの日がやってきた。

「今日は三時に会議な」

朝、村井課長が姿を見せると、成功たちにそう言い渡した。

今月の営業成績を報告する会議である。その時間までがタイムリミットということだ。

ただ、何時がタイムリミットだろうと、年の瀬がいよいよ押し迫ったこのような日にもなると、まともにこちらの営業に付き合ってくれるような相手も少ない。ここ二、三日はみな、これまで付き合いがある相手に年末の挨拶と称して会いに行き、どさくさに紛れるようにしていくつかの追加注文を取ってくるのがやっとというのが現状だった。

「ほう」

村井課長は壁に貼られた西関東チームの成績グラフを見て、感心したようにうなった。

西関東チームはノルマ達成まで三十ケースほどを残すのみになっている。達成は固い上、一説によるとすでに数字的には達成しているものの、それを早々と積むと課長から野暮用を押しつけられるおそれがあるため、まだ積んでいないだけとも聞く。チームのメンバーは、これから半日どこで時間をつぶそうかと考えているような顔をしている。

「こっちは、もうどうにもならんな」

東関東チームのグラフの前に来た村井は、鼻で笑うようにしてそんな言葉を洩らした。

成功たちのチームはほぼ星奈の見立て通り、ノルマまで五百近くを残して最終日を迎えてしまった。一日でどうこうできる数字ではない。

「社長も注目してたようだが、未達を報告するのはつらいな」村井はむしろ愉快そうな口調でそう言った。「誰がいくつ積んだとか関係ないよ。報告するのは、チームとして達成か未達かということだけだから」

達成が不可能になった今、何を言われたところで仕方がない。そう思って聞き流していると、村井課長は薄笑いの顔を成功に近づけてきた。

「ただ、ここまでがんばってきたのを見て、何の助け舟も出さないのは忍びないな。一つ、情報をやろうじゃないか。埼玉に〈カツドラッグ〉っていう三十店舗ほどのドラッグストアチェーンがある。本社は大宮だ。ここのグループとは前に取引が成立しかけたことがあったが、ちょっとしたトラブルがあって今は切れてる。ここを当たってみたらどうだ。お前の力で何とかできるかも分からないぞ」

この男も嗜虐《しぎゃく》的に構えているばかりかと思いきや、それだけではないらしい。ここに来て力を貸すような話を持ちかけてきたのは意外だった。

「当たってみます」

まったく見込みのない話ではないように思えた。〈カツドラッグ〉は、以前受注段階でのトラブルがあった相手であり、課のブラックリストに入っているとベテランの安藤から聞いていた。村井が当たってもいいと言うのなら、それを考慮する必要はない。仮に［エネウォーター］［リカバリー］［エネビー］［黒酢ビー］を一店舗に四ケースずつ取ってもらったら、それで四百八十という数字が積めることになる。

村井課長が自席に戻ったあともそんな皮算用を弾いていると、安藤が浮かない顔をしてそばに寄ってきた。

「大丈夫ですかね」彼は心配そうに口を開いた。「〈カツドラッグ〉は課長自身がキレて営業禁止にした相手のはずなんですけど」

成功は怪訝に思い、村井の席に足を向けた。

「ちなみに、そのトラブルというのはどんなものだったか、教えていただけませんか？」

「大したことじゃねえよ」村井は軽く笑いを混ぜて言った。「俺もその頃は血の気が多かったからな。成績トップを懸けてやってたときにそこから注文を取って万歳してたら、ほかの仕入れで金が足りなくなったってキャンセル連絡が入ってさ。そりゃ、馬鹿野郎の一言も言いたくなるよな。こっちは別に悪くないし、もう五、六年前の話で時効だから、謝る必要はないぞ。堂々と行ってくればいい」

「相手は誰でした？」

「社長だ。さすがに何百ケースもの注文は鶴の一声じゃないと決まらない」

謝る必要はないと言っても、「馬鹿野郎」などの悪態をついたのであれば、ある種の低姿勢的な態度は必要だろう。

ただ、逆に言えば、注意すべきはその程度だということも分かった。態度を間違えなければ、注文を取れる可能性はある。

村井が社長の名刺を貸してくれたのでコピーを取り、さっそく電話してみた。

〈カツドラッグ〉の社長・勝伸彦はすぐに捉まった。存外明るい声音の持ち主で、〈ああ、〈シガビオ〉さん。何でしょう？〉と用向きを訊いてきた。

成功は、本日そちらの近くに行くことになっているので、少しの時間でも会っていただくことはできないかと少々強引に切り出してみると、思いのほか〈ああ、いいですよ〉と了承の返事があった。

「何時頃がご都合よろしいでしょうか？」

〈今日は一日会社におりますから〉

「では午後一におうかがいいたします」

〈はいはい〉

簡単にアポが取れ、何とも手応えがない感さえ湧いたが、営業の訪問に対していちいち慎重に対応することもおかしいということなのだろうと受け取った。

こちらはあくまで気を緩めず、慎重に事を運ぶのみだ。

「よし、望みはあるぞ」

成功はチームの面々を鼓舞するようにそんな声を出し、最終日の外回りに出ることにした。


さいたま市にあるいくつかの店を回ったあと、十三時に〈カツドラッグ〉の本社を訪れた。事務の女性が出てきて小さな応接室に案内されたが、勝社長は店舗のほうに出ているという。いい加減なものだなとは思ったが、向こうからすれば厳密なアポの意識はないのかもしれない。しばらく待たせてもらうことにした。

「やあやあ、どうもどうも」

三十分近く経ってから、勝社長が現れた。五十絡みの男で、小太りで頬もむっちり肉がついている。声は朗《ほが》らかで愛想がよさそうだった。

「年末の挨拶に回っておりまして、こちらにも以前うちの村井がうかがったことがあるということで、一度社長にご挨拶したくお邪魔いたしました」

成功はそう言って、名刺交換ついでに会社近くの老舗和菓子店で買った最中を差し出した。挨拶の品と取ってもらってもいいし、村井の件のお詫びのしるしと取ってもらってもいい。

「そうそう、前は村井さんだったね」勝社長は何のわだかまりもない口調で言った。「元気にしておられますか?」

「ええ、社長にもよろしくお伝えするようにとのことで」

「あの頃はまだ〈シガビオ〉さんと聞いても、ああそういうメーカーもあったなっていうくらいだったけど、最近はあちこちでおたくの商品を目にする機会も増えてますし、一段とがんばっておられるようですな」

「ありがとうございます」成功は頭を下げる。「社長にそう言っていただけると、励みになります」

「この歳になると健康にも気を遣うし、そうするとおたくのようなメーカーも気になってくるんですな。特にあの黒酢ドリンク、あれは口当たりもいいし、私もときどき飲んでますよ。うちで扱えたらとも思ったんですが、村井さんのときにちょっと悪いことをして気まずかったもんですから、なかなかそれも言い出せずにね」

村井の件では勝社長のほうにも多少の後ろめたさがあると分かった上に、取引についても向こうから触れてきてくれたことで、成功としても俄然《がぜん》話しやすくなった。

「うちとしましても、〈カツドラッグ〉さんとは今後、いいお付き合いができたらと思っています。現在我々、ご新規様に向けたキャンペーンに励んでおりまして、これを機会にうちの商品を取り扱いいただければ」

「うん、そうだね」勝社長も呼応するようにうなずいた。「おすすめはどんな感じですか?」

「はい」

成功はキャリーバッグから「エネウォーター」や「黒酢ビー」など四種類の商品を出し、その説明を簡単にした。

「数量に関しては、様子を見てという考えもあるかとは思いますが、これらの商品は好調な販売実績をもとに、我々が自信を持っておすすめするものです。ご提案というか、一つのお願いにはなるんですが、それぞれの商品、一店舗につき四ケース取っていただけないかと」

「百二十ケースずつってことか」勝社長は腕を組んだ。「その分、仕入れ値は考えてもらえるんですか？」

「表向き、そこは動かせないんですが、一種類につき十ケース、見本として付けさせていただきます。それでご理解いただければ」

「なるほど……でも、それはそれで捌《さば》くのが大変そうだな」

「賞味期限は半年ありますし、以後の注文は売れ行きを見てやっていただければけっこうです。最初だけ、冷蔵売り、常温売りを取り交ぜて大きく扱ってもらえればという思いでこうした提案をさせていただいています」

「ふむ」勝社長は納得したようにうなずき、組んでいた腕をほどいた。「まあ、一度考えてみてもいいかな」

「社長」あと一押しだと、成功は身を乗り出した。「このキャンペーンは今月限りで、うちは今日が仕事納めになります。この年の瀬にうかがった意味もそこにあります」

「そうか、今決めなきゃいけないわけか」勝社長ははっとしたように言ってから、ぽんと膝をたたいた。「分かりました。それで行きましょう」

その一言を聞いて、成功は突っ張っていた肩から一気に力が抜けた。

「ありがとうございます！」

ほとんど崩れるようにして、頭を下げた。

帰りは達成感を嚙み締めながら、カフェで一休みする余裕があった。

会社に戻ったのは十五時少し前だった。営業部の販売二課の島には、すでにチームのメンバーがそろっていた。

「握ったぞ」

実際の注文は〈カツドラッグ〉が取引している卸経由で入ってくるが、成功はその注文確認書をもらってきた。その紙を掲げてみせると、チームのメンバーから歓声が湧いた。

「やった！」

「さすが成功さん！」

チームの成績グラフには、総計で五千五百四十という数字が積まれている。そこに〈カツドラッグ〉の四百八十と午前中の外回りで拾った十を加える。

ノルマの六千を超えた。

成功がペンでそれを書き記したところで拍手が起こった。東関東チームの面々だけでなく、西関東チームも互いの健闘を称え合うように手をたたいている。

「よし、会議室に移動」

村井課長がどこかしらけた口調でそんな号令をかけた。助け舟は出したものの、自分がかつて関係をこじれさせた相手であり、これほどうまくいくとは思っていなかったのかもしれない。

「勝社長が課長にもよろしくと」

礼を言いがてら、村井にそう伝えると、彼はことさら興味なさそうに「あ、そう」と口にしただけだった。

「じゃあ、西関東のほうからそれぞれ商品ごとに受注数を報告してくれ」

会議では、課員たちがこの一カ月で取ってきた注文が、［エネウォーター］が何ケース、［リカバリー］が何ケースというような形で報告された。

「西関東は総計で六千と七ケースで目標数達成と。これくらいできるんなら、普段から本気出してやってほしいよな」

村井はそんなふうに、彼流のねぎらいの言葉を西関東チームに向けた。

不意に、ミーティングテーブルの上に置いていた成功のスマホの画面が着信を告げた。マナーモードにしてあったので、画面表示だけの知らせだったが、〈カツドラッグ〉の名が見えて、成功は小さく眉をひそめた。

「どうした？　急ぎか？」

「いえ、大丈夫です」

スマホに気を取られているのを見咎《みとが》めた村井から声がかかった。

何の用事かは気になるが、あとで連絡すればいいだろうと思った。

「じゃあ、次は東関東チーム」

東関東チームのメンバーが受注報告を始め、成功も総数にして千八百を超える成果を報告した。圧倒的な数に西関東チームから「おー」というどよめきも起こった。どちらもノルマを達成しているだけに場の空気が軽い。

「こちらのチームも総計で六千と三十か。まあ個人成績はばらつきがあるが、今回問われるのはそこじゃないから文句ないだろう。大沼なんかも過去一がんばったんじゃないか。この程度で満足してもらっちゃ困るけどな」

村井がそんな話をしているところにノックの音がして会議室のドアが開いた。販売一課の岡谷が顔を覗かせた。

「〈武蔵フーズ〉からの注文が、回ってきた確認書の数量と違うんですけど、どうしましょう？」

〈武蔵フーズ〉は〈カツドラッグ〉が取引している卸だ。そこから実際に注文された数量が、成功が取ってきた確認書の数字と違うというのだ。

見ると、それぞれの品種につき百二十だったはずが三十になっている。

成功は愕然《がくぜん》として、思わず喉からうめき声を洩らした。

「どうした？」

異変を察知した村井が、岡谷が手にしている紙を覗きこんだ。

「うはは」村井が肩を揺すらせて笑う。「あの社長、相変わらず適当だな。どうせまた安請け合いして、あとから奥さんに駄目出しされたんだろ」

「ちょっと待ってください」

成功はスマホをつかんで廊下に出た。〈カツドラッグ〉に電話して社長を呼び出してもらうと、社長ではなく年配の女性の声が耳に届いた。

〈〔シガビオ〕さん？　社長が受けたようですけど、こんな無茶な注文、通りませんから、訂正させてもらいましたよ〉

「奥さまですか。社長にはご説明しましたけど、決して無茶な数字として提案はしていません」

〈うちは堅実経営でやってますからね。新規の食料品は全部ひとケースから始めて様子を見ることにしてるんです〉

「しかし、社長は……」

〈おたくは以前も同じようなことしたでしょう〉社長夫人は凝りない会社だと言わんばかりにそう畳みかけてきた。〈訂正が気に入らないんだったら、注文自体なしにしてもらって構わないですよ。うちは何も困りませんから〉

駄目だ。ここでこちらが強気に出たところでいいことは何もない……成功はあきらめた。

「分かりました」声を絞り出すようにしてそう応じた。「訂正された数量でお受けいたします。今後ともお付き合いのほど、何とぞよろしくお願いします」

社長夫人は拍子抜けしたように一瞬沈黙を挿《はさ》んだあと、〈はい、じゃあそういうことで〉と言って電話を切った。

成功は深々とため息をついた。会議室に戻る足取りが重い。チームのメンバーは肩の落ちた成功の様子を見て結果を悟ったように、沈鬱《ちんうつ》な表情を見せた。

「あの奥さん、まったく話が通じねえだろ」村井がニヤニヤしながら声をかけてくる。「馬鹿野郎の一言くらい言い返してやったか？」

「いえ」成功は力なく首を振って席に着く。「今後の付き合いもあるので」

「ほう、さすが御曹司は違うな。俺なんかよりよっぽど人間ができてる」

沈んだ空気の中、村井の異様に明るい声が会議室に響いた。

「しかし、そうすると、数字はどうなる？　六千三十から三百六十引くわけだから、五千六百七十か。うわ、全然足りねえじゃねえか。未達だよ、未達」

村井は乾いた笑みを顔面に張りつけたまま、成功を見やった。

「どうすんだよ、これ。社長もがっかりだろうな。西関東がクリアしてるだけに一層格好つかないけど、しょうがねえよな。これで報告するしかねえもんな」

成功は何も言い返せなかった。

「よし、じゃあそれぞれ月報をまとめて、今日は終わりな」

村井がそう言って会議を終わらせようとしたとき、星奈が「待ってください」とそれをさえぎった。

彼女はおもむろに手もとのクリアファイルから一通の書類を抜き取った。そしてそれを広げ、村井に見えるようにして掲げた。

「〈ゼネラル珈琲〉の自販機における委託販売の契約書です」

「は？」

村井は何のことかというようにぽかんとしている。彼だけでなく、成功も似たようなものだった。

「私がかつて在籍していた〈ゼネラル珈琲〉には自販機事業部門があって、全国の街中や公共施設、商業施設内などに自販機を設置し、自社製品を販売しています。ですが近年はコンビニコーヒーの人気化などによって自販機需要が低下したことから、機械に入れる品を自社のコーヒー飲料だけでなく、他社の清涼飲料水なども委託販売の形で取り扱うことで需要変化に対処してきました。他社の飲料はミネラルウォーターやお茶、スポーツドリンク、炭酸飲料、果汁飲料やホットスープなどがありますが、加温販売から冷温販売に切り替わる四月から五月にこれらの契約も順次切り替わります。〈ゼネラル珈琲〉の自販機は現在、首都圏に約二万台あり、設置場所の意向に関係なく〈ゼネラル珈琲〉側の任意でコラムの切り替えができるのは一万二千台ほどです。これらすべてというのは他社との関係もあって無理ですが、このうち四千台について、うちの［エネウォーター］と［スパーキー］を入れることで話がついています。最初の納品はそれぞれ二千ケースです。四月からの契約ですが、こちらの代表者のサインが入れば今日にも成立するものなので、今回の数字にこの四千を加えていただきたいと思います」

星奈は立ち上がって、村井の前にその契約書を置いた。村井は口をあんぐり開けたまま、その契約書と星奈を交互に見ている。

「何で、お前がそんな契約取ってこれるんだ？」村井はその契約書の真贋《しんがん》を疑うように言った。

「何でって、私が元いた会社だからです」

「嘘だ。そんなことでこんな契約が取れるわけないだろ」

「向こうの社印がちゃんと押されているのを見てください。嘘でそんなのは作りません」

「いや、ありえない。こっちも最低限、部長クラスが顔を出さないとまとまるような話じゃないだろ」

頑《かたく》なに疑われ、星奈は憤慨《ふんがい》するように鼻から息を抜いた。

「〈ゼネラル珈琲〉の社長は私の父で、前社長は私の祖父です。そこまで言わないと信じてもらえないんですか。勘弁してください」

村井は「うっ」と喉が詰まったような声を出して沈黙した。

成功にもにわかには信じられない感覚があったが、どうやら土壇場で逆転の一打が放たれたようだった。

しかし、そんな思いをよそに、村井は正気を取り戻したような表情に戻り、「いや、駄目だ」と言い放った。

「どうしてですか？」星奈が問い返す。

「どうしても何も、数字に乗せられる契約ってのは期間内に納品できるものに限るからだ。お前も知らないわけじゃないだろ」

確かに、法的にも売上に計上できるのは納品された取引であり、営業の数字もその理屈で弾き出されている。

「法的な売上の話をしてるんじゃありません」星奈が食らいつくように言う。「課内で設定されたノルマに、特別に入れてくださいと言ってるだけです」

「課内の話も同じだ。そのルールでやってるんだから、特別扱いなんてものはない」村井は正論を口にするように言った。

今度は星奈が黙りこんだ。みるみる表情が険しくなり、何やら悲壮感さえ漂わせるような顔つきになった。

「では、この契約書は破り捨てていいんですね？」

「何だと？」村井の顔色が変わった。

「ノルマに反映されないなら意味はありませんから破棄します」そう言って、実際に破ろうとする。

「馬鹿、勝手なことするな！」村井が慌てた。「〔ゼネラル珈琲〕の社長令嬢か何か知らないが、お前はここの一社員なんだ。契約を破棄するなんて、お前一人の判断で許されることじゃないぞ」

「私の判断ではなく、課長の判断なんですが」星奈は皮肉混じりに言った。「もちろん、そこまでする以上、私はこの会社にいられないでしょうし、今日中にも退職願を出したいと思います。何より、これくらいの融通も利かせられない上司のもとで働くことはできません。〔ゼネラル〕側も無理にこの契約を結ぶ理由はありませんし、私が辞めればなおさら必要性を感じなくなるでしょうから、破棄しても問題は生じません」

星奈の口調ははったりではなく、本気の覚悟がにじんでいた。

「待て待て待て」

村井もそれを敏感に嗅ぎ取ったらしく、怯《ひる》んだようになだめに回った。

「とりあえず、大きな契約だから部長に報告する。目標販売数の企画ももともとは上から下りてきた話だ。一緒に報告して判断を仰ぐ。それでどうだ？」

「分かりました」星奈はひとまず納得したように言った。

報告会議は散会し、村井と星奈だけが残った会議室に営業部長の滝川が入っていった。それと入れ替わるようにして、成功たちは先に営業部に戻った。

「本当だ。〈ゼネラル珈琲〉の社長、伴内だって」

「どうりで成功さんが御曹司だって聞いても動じなかったはずですよ」

星奈の決死の覚悟に圧倒されたような空気が漂う中、栗原と子安はあえてそれを紛らすように、スマホでネット検索しながら、そんなやり取りをひそひそと交わしていた。

やがて星奈が一人で帰ってきた。ひそひそ話をしていた栗原らも口をつぐんで彼女の報告を待ち受けた。

「ノルマ達成と認められました」

星奈の言葉を聞き、チームの面々がわっと沸いた。

「何だよ。伴内さんが四千積むって知ってたら、俺たち遊んでたのに」

重圧から解き放たれた反動からか、栗原が早速軽口を飛ばした。

「いやあ、よかったよかった」

「これで年末年始も気分よくすごせますね」

大沼や安藤もそれぞれ喜びを口にする。西関東チームの面々も改めて拍手で祝福してくれた。

「伴内さんも人が悪いな。社長令嬢だなんて、わざわざ隠しちゃって」

子安の言葉に、星奈は「別に隠してたわけじゃありません」と素っ気なく応じ、何もなかったように月報の作成に取りかかった。

星奈はあの契約書をできれば出したくなかったのではないかと、成功は思った。彼女が〈ゼネラル珈琲」を飛び出した理由は詳しく分からないが、以前、ガラスの天井がどうとか、行き詰まりどうこうということを話していた。その跳ねっ返りな性格からして、社長である父に借りを作るような真似はしたくなかったのではないか。

「悪かったな」成功は彼女に声をかけた。「でも、助かったよ」

星奈は「いえ」と応えてから、すぐにパソコンに視線を戻した。ただ、その口もとに思いがけず小さな笑みが覗いている。

「みんながんばってたんで……」

緊張が解け、これでよかったと満足しているような表情だった。こんな和らいだ顔もするんだなと、成功はその横顔を見つめながら思った。


年が明けて元日、成功は芝大神宮で初詣を済ませたあと、電車に乗って昼頃、世田谷の実家を訪れた。

実家には父の妹である叔母夫婦が年始の挨拶に来ていた。叔母の夫は弁護士をしていて、「シガビオ」の顧問にもなっている。

二人の子どもたちに対しては、成功も数年前までお年玉をあげていたものだが、今はみな成人して、友人との約束があるのか、ここに顔を出すこともなくなった。

そんな大人たちだけの静かな志賀家のリビングのソファに、実行が当たり前のように座っていた。三つぞろえのスーツ姿で隙がない格好をしている。成功はラフなセーター姿であり、叔母の夫でさえフランネルのシャツにカーディガンという休日の装いである。

叔母夫婦に新年の挨拶をしたあと、実行が「今年もよろしく」と成功にわだかまりのない兄弟仲を演出するような声をかけてきた。

「事業部は今日から仕事始めか？」

その格好を成功が揶揄《やゆ》してみせると、彼は「仕事始めは五日だ」と、あくまで生真面目に返してきた。父の前ではいかなる失点もしまいという気構えが見て取れる。

昼食は取り寄せのお節料理のほか、母が作った切り干し大根など、実家暮らしの頃にはよく食べていた手作り料理も何品か出された。

成功は朝食の残りであるお雑煮の汁に自分で勝手に餅を入れて作り、あとはお節などを適当につまんで食べた。

実行はひたすら母の手作り料理だけに箸を伸ばしている。そしてときどき、「うまい……」と、成功の耳には白々しく響く感想を感に堪えない口ぶりで呟いている。

「ごめんなさいね。作り置きの上にそんなに量もなくて」

母は実行の様子を見て、どこか嬉しそうに言う。

「いえ、私のほうこそ申し訳ないです。相変わらずの絶品で、ついつい夢中になって食べてしまいました」

そんな夢中になって食べるほどの料理かと、成功は冷めた思いで聞いている。成功自身はいくら懐かしくても、一口二口食べれば、ああこういう味ねと昔を思い出してもう十分という気持ちになる。

「営業のほうは何とか及第点を取れたようだな」

食後のコーヒーを挿んで叔母夫婦が帰ったあと、父がお代わりのコーヒーを母にいれてもらいながら、成功にそんな話を向けてきた。

ノルマ達成の件は父にも報告が上がっているらしい。もともと今回のチームごとのノルマ設定は父の意向も反映されているという話だったから、それも不思議はないことだった。

「チームのメンバーに助けられました」

成功がそう返すと、父は承知しているとばかりにうなずいた。

「〈ゼネラル〉の伴内さんとは団体の会合で挨拶をするくらいの面識はあったが、まさかそこの娘さんがうちにいるとは思わなかった。自販機という新たな販売チャネルに食いこめたのは大きな収穫だな。それにしても、どうしてまた〈ゼネラル〉を飛び出してうちに移ってきたのか……本人は何て言ってるんだ?」

「行き詰まりを感じたようなことは言ってました。けっこう勝気なタイプなんで、自分の力で道を切り開くような生き方を選びたかったのかもしれません」

「成功と同じね」母がいたずらっぽく口を挿む。「ふっと会社を飛び出して姿を消しちゃって。あなたは半年ですぐご戻ってきたけど」

「俺は実行に、別荘に閉じこめられてただけだ」

成功が実行を一瞥して言うと、実行は「また訳の分からないことを」と一笑に付すようにしてかわした。

「創業家から飛び出したってことなら、実行と同じです。心境は実行に訊けばいい」成功は面倒な話題を実行に押しつけた。

「実行くんは聞いてるわよ」母は言う。「優秀なのに冷遇されて、ねえ?」

「私の実家はもはやここだと思っています」実行がことさら真面目な口調で言った。「養子の身でもありませんが、帰る家はここだけですし、この歳にして、初めて故郷を見つけた思いです」

よくもまあ、これだけ歯の浮くような台詞を吐けるものだと、成功は呆れ気味に彼の言葉を聞いていた。「養子の身」という言葉を持ち出すあたり、腹の底ではそれを欲しているのが丸分かりである。

「まあいい。確かに事情など人それぞれだろう」父も話が妙な方向に飛びかねないと感じたのか、その話題を半ば強引に終わらせた。「成功も一応の結果を出したことだし、年明けからの処遇はまた考えよう」

「何度も言いますが、別荘での監禁は不可抗力です」成功は言った。「多少の油断があったとはいえ、我が家も同然の建物の中でああいう目に遭わされるとは、普通誰も思いません。僕の希望は元のポストに戻してもらうことです」

「それは無理だ。実行がすでに入っているし、新しいプロジェクトも始まっている。イージス《Aegis》乳酸菌の新商品開発プロジェクト。名付けて〝Aプロジェクト〟だ」

「壮大なプロジェクトに相応《ふさわ》しい名前です」実行が合の手を入れる。

そのAプロジェクトのマネージャーに実行を据える考えに変わりはないらしい。

「ただ、大きなプロジェクトなだけに、お前にも力を貸してもらおうと思ってる」父は言った。

「どういう形かはまた考える」

実行の下に付く形は勘弁してほしいと思ったが、プロジェクトに携わることはかねてからの希望でもあった。成功は余計な言葉を呑みこんで、「がんばります」とだけ返した。

「お互い力を合わせてがんばろう」

実行には曇りのない目で見つめられ、そんな言葉をかけられた。

12

多くの企業が仕事始めを迎えたその日、虎ノ門の〈ホテルオーヤマ〉では経済団体主催の祝賀パーティーが開かれ、英雄もそれに顔を出した。

親しい経営者仲間の何人かと挨拶を交わしたあと、〈ゼネラル珈琲〉の社長・伴内雄彦《たけひこ》の姿を見つけたので、彼のもとに行き、新年の挨拶とともに自販機契約の礼を言った。

「しかし驚きました」英雄は笑顔を向けて言う。「伴内家のお嬢さんがうちに来ているなんてことは、まったく承知していなかったものですから」

「勝手に出ていっておたくにお世話になっているのが正直なところでして、私がよろしくお願いしますと言うのも違う気がしましてね」伴内社長はそう言って苦笑いを見せた。「跳ねっ返りなので、粗相をしていなければいいがと、それだけは心配してましたが」

「いやいや、さすが一味違うというか、本人の希望で新規開拓を手がけてるようで、現場でも大いに目立っていると聞いています」

「まあ、せいぜい遠慮なくこき使ってやってください。〈ゼネラル〉に戻ったほうが楽だと思ってくれれば、それはそれでいい」

伴内家は一人娘だと聞いている。鷹揚《おうよう》に構えながら、その娘が飛び出してしまった寂しさを隠し切れない様子が垣間見え、どこの家でもそれぞれの事情があるものだなという共感を重ねて、英雄は彼と笑みを交わし合った。

伴内社長から離れ、出口に向かって歩いていると、立ちはだかるようにして英雄を待ち受けている人影があった。

〈東京ラクト〉社長の玉手忠徳だった。

「痩せたと聞いたがそれほどでもないな」

玉手忠徳は粘り気のある視線で、立ち止まった英雄を顔から足もとまで見やってみせた。

〈東京ラクト〉時代の英雄の同期である。研究部門と事業部門で出世を競い、プライベートでは英雄の先妻・千登勢《ちとせ》の後夫となって、英雄からすべてを奪っていった。

「重い荷物を背負って、会社のほうがぶっ倒れるのが先かな」玉手忠徳は口もとをゆがめてにやりとする。

〈東京ラクト〉の横やりが入って買収資金がかさんだ〈食農研〉の件を言っているのだ。

「〈ラクト〉も喉から手が出るほど欲しがってたものが手に入ったんだから満足してるよ」

英雄が言い返すと、忠徳は薄笑いを作って首を振った。

「欲しがってたなんて冗談じゃない。うちは〈食農研〉が〈シガビオ〉に足もとを見られて買いたたかれそうになってるから助けてくれと言われて、どういうことかと首を突っこんでみただけだ。それがコップの中の嵐みたいな話だったから、馬鹿馬鹿しくて手を引いた……それだけのことだ」

自身を正当化しながら、巧みに相手を揺さぶるような言葉を撒いていくのは、昔からの彼の常套手段だ。英雄は聞き流した。

「これからは商品開発の競い合いだ」英雄は言う。「そちらも何やら乳酸菌の新商品を開発してると聞く。うちの菌株を横取りできなくて残念だろうが、〈ラクト〉ならそのへんのものでも、それっぽくしてうまく売るんだろう。いずれにせよ、これ以上の邪魔はごめんこうむるよ」

「邪魔なのはそちらだろう」忠徳の声が低くなった。「競い合いなんてのは、力が均衡して初めて成立するものだ。弱小が吠えたところで羽音がうるさい虫でしかない。たたきつぶされても文句が言える筋合いじゃないぞ」

「相変わらずの〝喧嘩忠徳〟らしい言い草だな」英雄は肩をすくめて受け流すように言った。「私はまあ、平和主義者だから、これ以上は遠慮しておくよ」

「たたきつぶされたくなかったら、弱小は業界の隅っこでおとなしく砂糖水でも作ってろ」

忠徳は最後にそう言い捨て、それで気が済んだのか英雄から離れていこうとした。

「海老沢や船見は元気でやってるか?」

「知らんな、そんな連中」忠徳は素っ気なく答える。

「使い捨てか」英雄は首を振り、嘆いてみせる。「実行の様子は訊かないのか?」

「どうでもいい」

忠徳は冷笑とともに言って背を向けた。

13

関東営業部新商品プロジェクト担当課長。

仕事始めの日、成功《なりとし》に下りてきた辞令には新たな肩書がそう記されていた。

「栗原、子安、伴内。その三人は今月から新規開拓の営業を外れてもらう。これまでの取引先との受注業務以外は志賀課長に付いて新商品プロジェクトに携わってもらうことになる」

村井が朝のミーティングでそんな説明をした。

「はあ、やっと外回りから解放された」

「長かったっすね」

ミーティングのあと、栗原と子安がほっと胸を撫で下ろしたように言った。

「どうして私までプロジェクトチームに？」

星奈《せいな》はプロジェクト担当に加えられたことに戸惑っている様子だった。

「自販機の件は社長の耳にも入ってるし、社内で〔ゼネラル〕の娘さんがうちにって気にしてたくらいだから、不思議ではないよ」

成功がそう言うと、星奈は「ちょっと出すぎたかな」と、後悔するようなことをぶつぶつと口にした。

成功が開拓した取引先の今後の注文は安藤と大沼に振り分けて担当してもらうことになった。

「いいっすねえ。そうやって新商品の開発に携われて」

大沼からは羨ましげな視線を向けられた。

「まあ、そう言うな。お前も一気に取引先が増えて、格好がつくようになる。前向きにやってれば、チャンスも出てくるだろ」

「大きな置き土産をいただきまして」安藤は成功に感謝の言葉を向けてきた。「成功さんの開拓した取引先は精いっぱい守っていきますから、どうぞご心配なく」

「安藤さんにはずいぶん励まされました。これからもお身体には無理のないようになさってください」

成功はそんな言葉を返し、当面は彼らに引き継ぎをしながら、プロジェクトチームの活動に臨むこととなった。

その日の午後、プロジェクトチームの会議があった。

通常、新商品のプロジェクトチームは六、七人の規模で組まれるが、会議室に集まったのは、成功たちを含めて十二人だった。いかにこのプロジェクトが大きいものかという証である。

人数が多く、課長の成功には席が用意されたが、栗原たちは壁際にパイプ椅子を並べて座ることになった。成功の隣には若葉がいて、「社長のお許しが出たみたいね」といたずらっぽく笑いかけてきた。

「まだ、元には戻ってねえよ」

そう言い返していると、早恵里が入ってきて、壁際の空いているパイプ椅子に腰かけた。彼女もチームに加わっているらしい。

会社に復帰して以来、早恵里との会話はほとんどない。先月は成功も営業ノルマを達成するのに忙しく、それどころではなかった。

参加者の中には、成功とは面識のない者もいた。おそらくは実行《さねゆき》が〈東京ラクト〉から引っ張ってきた子飼いたちだろう。

奥の席に実行が座り、会議が始まった。

「今回から四人のメンバーがチームに加わりました」

進行役を務める実行に促され、成功たちは簡単に挨拶をした。

そのあと、実行が引き締まった口調で本題に入った。

「元日、志賀社長は今回のプロジェクトについて、イージス乳酸菌の頭文字を取って〝Aプロジェクト〟と命名され、プロジェクトの成功という新年の誓いを立てられました。イージス乳酸菌は人々の腸を守り、健康を守る盾となる善玉菌です。我々はいかにそれを商品化し、多くの消費者の手に取ってもらうようにするか考えていかなくてはなりません」

元日のひとときを社長とともにしたという関係性を、これみよがしに織りこんでくる。実行の話を聞く機会はまだ多くはないが、それでも毎回鼻につく思いだった。

「差し当たって、一月中を目処に、コンセプトを含めた商品企画案を出してもらうスケジュールに変わりはありません」

渡された前回資料を見ると、商品企画は事業部に属する者たちが二つの班に分かれ、案を出し合う形になっているようだった。

「今回から加わる志賀課長以下、営業部の方々には販売展開の戦略を立ててもらうことになりますが、動き出すのは商品化の目鼻が付いてからになります」

販売展開の担当には営業本部とだけ記されている。当座は会議のオブザーバーくらいの役割しかないらしい。

一通り実行の話が終わったところで、成功は「いいですか？」と切り出した。

「我々営業部の人間も時間があるので、一つの班として商品企画案を出したいと思います」

実行は成功を見たまま、すぐには返事をしなかった。

「基本的に、営業部門の方々がそこまで立ち入るのはいかがかと思います」成功の目の前に座っている知らない顔が手を挙げて言った。「収拾がつかなくなりますし、商品企画のノウハウは事業部にあるので、そこは任せていただけたらと」

「我々営業の人間とはいえ、事業部でのキャリアを持った者が多数です」成功は反論した。「それに、営業経験がこうした商品開発に役に立つこともあるはず。大きなプロジェクトですし、幅広くアイデアを集めたほうがいいのではないかと思います」

「事業部でのキャリアと言ったって、それが務まらなかったから営業に回ってるんじゃないんですか」

ほう、言うなと、成功は知らない顔をにらみつけた。なかなか相手も好戦的な目つきをしている。成功の後ろでは子安が「は？」と神経に障ったような声を上げ、たちまち会議室に不穏な空気が生じた。

「私は他社の事業部門で商品開発を手がけてきましたが、この会社の過去のやり方を聞くと、その時々の何となくの感覚で商品化しているとしか思えないものが多く、そういうやり方ではこの先通用しないと思いました」

「具体的に何のことを言ってるんだよ？」子安が応戦するように問い返す。

「もういい」実行が収拾をつけるように言った。「この場は議論する場であっても、喧嘩する場ではない」

「仕掛けてるのは、そっちだろ」子安が実行に聞こえないような声でぶつぶつと言った。

「志賀課長の意気込みは買いますが、現時点でもあらゆる方向から複数の案を出す形で動いています。もちろん、その案に対して意見を言う場は用意されるし、そこにおいての営業的な視点は十分期待しています。だから、今回はひとまず、企画案が出そろうのを待ってもらいたい」

実行が強引に裁定し、そのまま会議も終わった。

成功は内心で舌打ちした。プロジェクトチームに加わるのが何より重要だとの考えだったが、実行との役職の上下関係が早速足かせになってしまった感がある。期待するようなことを言いながら、その実、ほとんど何の役目も与えられないのではと思えてきた。

「あいつ誰だ？」

営業部に戻りながら、子安に訊く。

「梶本って言って、実行さんが企画課長に据えた男ですよ。〈東京ラクト〉から連れてきた一人です。ほかの二人は研究部門の出身でまあまあおとなしいんですけど、彼はもともと事業部門の人間らしくて変に弁が立つし、何かっていうと〈ラクト〉ではこうやってるとかって、イキりまくるんですよ」

そんな子安の話を、星奈はニヤニヤして聞いている。

「何だよ？」

「いや、案外、プロジェクトチームって楽しそうだなと思って」

「ああいうギスギスしたのがいいのかよ」子安が呆れたように言う。「性格悪いな」

「燃えるじゃないですか」星奈は意に介さないように言った。「事業部長はああ言ってましたけど、こちらでも案を作りましょうよ。そうしたほうが、出てくる案がどれだけの出来なのかも分かりやすいですし」

「そりゃいい」栗原が言った。「向こうの案が大したことなかったら、いくらでもけなせる。その上でこっちの案を出してやればいい」

「よし、そうするか」

栗原たちがやる気になっているのを見て、成功も乗ることにした。

商品開発に当たっては、父の意向であらかじめ一つの方向性が定められている。

それは健康志向に特化した商品であるということだ。

具体的には砂糖、果糖を使わず、低脂肪、低コレステロール、低カロリーを目指した商品開発である。

乳酸菌を使った飲料は、大きく分けて二つのタイプがある。

一つは発酵乳。いわゆるドリンクヨーグルトであり、牛乳を乳酸菌で発酵させたものだ。砂糖や果糖ぶどう糖液糖を使って甘さを出すものや、無糖で牛乳本来の甘さだけで勝負するものなど、他社製品も様々である。使う乳酸菌株や発酵度合によって酸味や味わいが違ってくるので、今回使う〝イージス乳酸菌〟でどんな味に仕上がるかはまだ分からない。ただもちろん、研究段階では味への手応えもあって、この菌株を選んでいるはずではある。

もう一つは発酵乳以外のものであり、業界的に乳酸菌飲料というと、発酵乳を含まないこれらの商品を指すことになる。近年は野菜ジュースを使って植物性を謳《うた》うものなども出てきて、バリエーションは広がってきている。

発酵乳もそうだがこれら乳酸菌飲料も、砂糖や果糖ぶどう糖液糖などで味が調整されていることが多い。特に果糖ぶどう糖液糖は安価に調達でき、飲料だけでなく多くの加工食品に使われている。そうした意味では飲料だけにことさら目くじらを立てるのもおかしな話ではあるが、無自覚でいれば糖分の取りすぎにつながりかねないことも事実であり、父は今度の商品開発ではこれを使わない方針を打ち出している。その場合、若干の甘みを出したいときは、乳酸菌とも相性がいいオリゴ糖を使うことなどが考えられる。

今回の商品開発では、使う乳酸菌株が決まっているだけで、発酵乳にするのか乳酸菌飲料にするのかも決まっていない。発酵乳にするのであれば、おのずと形的なものは定まってくるので、あとはネーミングや商品特性をどういう言葉でアピールするかという勝負になる。

乳酸菌飲料となると、そこにどんな素材を入れるのか、例えば野菜であればどんな野菜を入れるのかというところも考える必要がある。そして、なぜそれを入れるのかということも、コンセプトからさかのぼって説明できなくてはならない。

プロジェクトチームは通常、事業部の企画課、マーケティング課、プロモーション課から一人ずつ、商品デザイン部、開発研究部、営業部から一、二人が参加する。もちろん、それだけの人数ですべてをこなすわけでなく、部署に持ち帰ってその部署のスタッフ総出でこなす職務というのも出てくる。実際に中味を作る開発研究部などはそうであり、チームには代表者が顔を出すにすぎない。

プロジェクトチームを回していくのは事業部三課の人間だ。企画課の人間はプロジェクト全般の運営を主導し、予算編成に目を配る。マーケティング課の人間は市場データなどを使いながらプロジェクトに方向性を持たせ、どうすれば売れる商品になるかという課題に立ち向かう。プロモーション課は発売前後における販売促進策を立て、新商品が広く衆目を集めることを狙っていく。

そのように基本的な役回りは違っているが、商品企画の立ち上げなどはアイデアを持ち寄って練り上げる形を取る。営業部など他部署のチームスタッフは、それぞれの立場から企画案に対して意見を言うことはあっても、企画案そのものを作ることはしない。

しかし、実行主導のこのチームにあっては、多少強引にでもプレゼンスを示していかないことには始まらない。

成功たちは二週間ほど、企画案を練るために各々、ああでもないこうでもないと頭を悩ませた。星奈などは乳酸菌に関する書物を買い、林教授の研究論文も読みこんでいるようだった。

その間、開発研究部からはチームスタッフに、イージス乳酸菌を使ったドリンクヨーグルトや乳酸菌飲料のプロト品が配られた。いずれも甘味料で味を調えただけのものであり、それを基準に考えるというほどのものではないが、味わいの筋がいいのはうかがい知れる。

そして、乳酸菌の効能については身をもって知ったとする声があちこちで上がった。

「これ、すごくないですか？」

星奈などもどこか嬉しそうに言った。それほど便秘に悩んでいたのかとは訊けないが、成功自身、プロト品を飲み始めてすぐ、通じがよくなったのは実感できた。

「心なしか、気分が落ち着いて寝つきがよくなった気もして」

「じゃあ、怒りっぽい性格も直ったかな」

子安が茶化すように言うと、星奈はたちまち笑みを消して彼をにらみつけた。その性格は簡単には直らないらしい。

ともあれ、効果を体感すれば、その商品を世に出したいという熱意も高まる。乳酸菌は医師にも摂取を推奨する声が多いなど、健康への寄与度が明らかな善玉菌であり、健康志向を標榜《ひょうぼう》している〔シガビオ〕にとっては、やはり何としてでも柱にしていきたい商品なのである。

一月も下旬に入ったある日、成功たち四人は独自に会議室にこもった。それぞれが考えた企画案を披露する場である。

「いいの、考えてきたか？」

「僕から行きましょう」

子安が先陣を切るように言い、ワープロで簡単に作った企画書を成功たちに配る。彼は事業部にいたときから、そうやって会議に勢いをつける役を買ってきた。ただ、逆に言えば、出してくる案はそれ以上でも以下でもないものばかりではある。

「商品名は［兆活］としました。腸活とかけ、乳酸菌の多さを字に表したものです。形としては乳酸菌飲料で半透明のプラスティック容器。一〇〇ミリくらいが飲みやすいかと。ふたはアルミで伸縮タイプのストローを付けます。『快腸生活』『ストレス軽減』などのコピーを躍らせて、とにかく健康効果をアピールしたものにします」

「一〇〇ミリ程度なら、入れて八百億くらいなんじゃないですか？」星奈が、開発研究部が作成した参考資料を繰りながら言う。「一兆は盛りすぎでしょう」

「まあ、そこはイメージ的なものだから。別に乳酸菌が一兆個入っているとまでは謳わないわけで」

「いやいや」星奈は呆れている。「駄目でしょう」

「もう一つはドリンクヨーグルトタイプでずばり［イージス］。〝イージス乳酸菌〟の名称を商品名でも押し出していく方向です。一〇〇ミリのプラスティック容器で、キャッチコピーは『カラダまもる、飲むヨーグルト』」

「菌株の名前だから受け入れてますけど、ちょっと語感が強すぎる気がするんですよね」星奈がこれにも口を挿んできた。「商品名までっていうのはどうなんでしょう」

「まあ、イージス艦とか、そういうところでしか聞かないワードだからな」成功も彼女の言いたいことは分かる。「商品名としては、ちょっと偏差値高いかな」

「じゃあ、俺のを」

次は栗原が企画書を配った。

「一つは［那須高原　飲むヨーグルト］。これはドリンクタイプのヨーグルトで、一二五ミリのストロー付き紙パックで考えてます。キャッチコピーは『おいしさは健康』。健康効果にそれとなく触れつつ、どちらかというとおいしさを押し出す方向性です。生産本部がある那須のイメージを使うのも、その方向性の延長ですね」

栗原は案外堅い企画をいつも出してくる。

「王道っていうか、事業部からも出てきそうだな」成功は言う。「それと、那須高原って謳うと、那須以外の牧場から牛乳が調達できなくなるのがネックかな」

「北海道だとかブルガリアだとかっていうライバル商品に対して、那須高原が勝てるかっていうのも疑問ですよね」星奈が言う。「アルプスとかなら勝負できるかもしれませんけど」

「伴内さんは本当厳しいな」栗原が頬を引きつらせながら言う。

「でも、おいしさを打ち出す方向性は、私も悪くない気がするんですよね。結局、何だかんだ言ってもおいしさが一番で、若い人にはそっちのほうが刺さると思いますし」

星奈がそう言い足したので、栗原は何とか気を取り直したようだった。

「もう一つは「マルチ」。乳酸菌飲料で一〇〇ミリのPETです。マルチビタミン配合、健康効果も研究結果が出てるものを羅列して、キャッチコピーは『いいこといろいろ』。味もグレープ味やブルーベリー味、メロン味など複数ラインナップします。商品ロゴは筆文字の〇にしたいと思います」

「単純にマルチっていうと、マルチ商法のイメージがあって、必ずしもポジティブなワードじゃない気がするんですけどね」星奈がそんな指摘をした。

「そんなことないよ」栗原が反論する。「野球でマルチっていや、マルチヒットのことだし」

「むしろ、コピーの『いいこといろいろ』のほうが商品名としてよくないですか?」星奈はそう言いながらも考えこむ。「うーん、でも弱いか」

「次、俺行くか？」成功が企画書を配ろうとすると、星奈はトリはごめんとばかりに「やめてくださいよ」と言った。

「私は今までにないタイプの商品で、事業部からは出てこないだろうという方向性で考えました」星奈が企画書を配って説明を始める。「一つ目は〔コーヒー牛乳ヨーグルト〕」

「さすが、〔ゼネラル〕の令嬢」

子安が軽く茶化したものの、星奈に鋭い一瞥《いちべつ》で返され、彼は首をすくめて黙りこんだ。

「中味はそのものずばりの、コーヒー味のドリンクヨーグルトです。コーヒー牛乳という誰もが知るおいしさのイメージを使いました。一五〇ミリのＰＥＴで中味の乳褐色が見えるようにしたいと思います。キャッチコピーは『やすらぎ封入しました』」

聞いたとたん、栗原と子安が小さく吹き出した。

「何ですか？」

「いや、伴内さんの口から言われてもって感じで」

星奈は彼らをひとにらみしてから続ける。「乳酸菌の機能性はストレス軽減に絞って表示します。働き盛りの三十代から五十代の層が一日の仕事を終えて、リラックスモードに入るときに飲む一杯を意識しています」

「そうやって聞くと、すごくおいしそうではあるんだけど、実際作ってみたら、普通のコーヒー牛乳のほうが全然おいしいってことがありそうなんだよな」栗原が言う。

「まあ、確かに」星奈もそこは認めざるをえないというようにうなずいた。「試しにプロト品のドリンクヨーグルトとコーヒーを混ぜてみても、こういう味もありかなという感じで、普通のコーヒー牛乳よりおいしいとは言えないですからね」

「低脂肪だと、こくも出ないからな」

星奈は一応の配合処方も書いている。しかし、研究者ではないので、その通りに作ったとしても味の保証はできないだろう。

「もう一つは［森の恵み］。クルミやアーモンド、ココナッツ、大豆などの植物性ミルクを乳酸発酵させて作ります。はちみつも入れて、手頃さは捨て、あえて高級志向でライバル商品と差別化を図ります。一〇〇ミリのPETでキャッチコピーは『からだに収穫』。働く女性が自分へのご褒美に飲みたくなるようなものをイメージした商品にしたいと思います」

「味はどうなるんだろ。豆乳ヨーグルトに近い感じかな」

「そこそこおいしそうだけど、どこかに商標取られてそうだよね」

栗原と子安が口々に言う。

「名前はともかく、高級路線っていうのは、一つの道ではあるよな」

成功もそんな感想を口にする。〔シガビオ〕はもともと規模の優位性がなく、スポーツドリンクの［エネウォーター］や［リカバリー］にしても、健康志向の付加価値をつけて他社より高い値付けで勝負する道を取っている。その分、シェアはいつまで経っても拡大しないが、ブランド価値が徐々に浸透していることは、イメージ調査のデータなどからも読み取れる。今回の新商品においても高級路線を狙うのは、決して間違っているとは思わない。

「じゃあ、俺のを」

最後に成功が企画書を配った。

「一つ目は［飲むヨーグルト　絹］。なめらかな味わいとおいしさを打ち出す方向で、若干の高級路線も含みます。容器は一〇〇ミリのPETでいいでしょう。キャッチコピーは『やさしく、おいしい』。口当たりの優しさ、身体への優しさ、両方を含みながらも、やはりおいしさを押していく意味合いがあります。ラベルの表側のデザインは高級感のあるなめらかさをイメージさせて、裏側を見るとしっかり機能性が表示されているというような形にしたいと思います」

「外見だけじゃなく、中味もちゃんとすごいよっていう二段アピールですね。いいじゃないすか」子安が成功を乗せるように言う。

「絹感を打ち出すんだったら、いっそ美容的な方向に振るのもありだと思いますけどね」星奈が思案気味に言う。「でも何気に、『やさしく、おいしい』っていうコピーはいいんですよね」

「『コーヒー牛乳ヨーグルト』のコピーに欲しいんじゃない?」

栗原が冗談めかしてそんなことを言うと、星奈は真面目な顔をして「いや、欲しいです」と返した。

「もう一つは乳酸菌飲料で『ビオアライブ』。一八〇ミリのパウチゼリータイプにしたいと思います」

「なるほど、パウチで来ましたか」子安が感嘆したように言う。

「生きて腸まで届く乳酸菌の多さをアピールするとともに、ローヤルゼリーやマルチビタミンなんかも詰めこんで、栄養補助食品的な色合いも持たせます。キャッチコピーは『カラダに利く理想の乳酸菌』」

「いや、さすがの視点ですね」子安はまだうなっている。「うちは『エネビー』がありますし、パウチゼリーの扱いには慣れてますからね。価格にしても他社の乳酸菌飲料と無理に勝負する必要もなくなりますし」

「どうなんでしょう」星奈は逆に首をひねっている。「パウチゼリーの市場は普通のペットボトルの飲料と比べてもまだ大きくないですし、この品だけ賞味期限が二週間となると、小売店も扱いにくいんじゃないですかね」

「いや、パウチゼリーの棚に置いてもらってもいいけど、普通に乳酸菌飲料の棚に並べてもらってもいいと思ってる」

「うーん、どうだろ」星奈は何とも言えないような顔をしている。「それに、生きて腸まで届く乳酸菌っていうのは、他社もよく謳ってますし、それが一般的な他社製品より多いとしても、アピール内容としては一周遅れの感があると思うんですよね」

「伴内さん、何でもケチつければいいってもんじゃないよ」

子安が眉をひそめて言うのに対し、成功は愉快な気持ちで「いや」と制した。「忌憚《きたん》のない意見は大事だ」

事業部にいた当時、子安ら後輩は何かにつけて成功を持ち上げようとした。上司もそれが教育方針であるかのように成功の企画をいちいち褒め、どんどん通した。早く功績を立てさせなければという思いもあったのかもしれない。しかしほとんどは専務か父のところで突き返された。

何が駄目だったかは自分で考えなければならなかった。特別扱いは自身の立ち位置を見失わせる。人の意見は大事であり、星奈のような存在はそれだけでありがたい。

その後、それぞれの企画について、改めて意見を出し合った。いったん家に持ち帰り、各々で検討し直して、次の日、再び会議を開いた。

最終的に、成功の発酵乳の案と、星奈の乳酸菌飲料の案が残った。

成功の案のネーミングは、ブレインストーミングの中で、[絹]から[絹どけ]に変わった。口溶けのようなまろやかな感触を想起させる造語である。中味もまろやかさを出すためにはちみつを使うなど、出てきたアイデアを取りこんだ。

星奈の案も他社が出している飲料に似た名前があり、乳酸菌株の採取地から「アルプスの恵み」とすることになった。もちろん、企画が通ったとしても実際の商品化までに名前が変わることはあるが、当座の顔であり、おろそかにはできない。

細部も詰めて企画書を作り直し、あとはこれを引っ提げて打って出る機会をうかがうだけとなった。

14

「じゃあ、山科さんからお願いします」

新商品開発の企画をまとめるにあたり、実行はチームに参加する事業部員を二つの班に分けて、それぞれで案を練り上げる形を取った。早恵里は企画課長の梶本久洋《ひさひろ》を筆頭とする班に入れられ、企画案を持ち寄るブレインストーミングに参加することになった。

「私が考えたのは、乳酸菌飲料で、商品名は「エネビオ」としました」

まだプロジェクトチームとしてのコンセプト会議の前段階なので、パワーポイントも使っていない。ワープロでざっと打っただけの企画書を配っている。

「各種ビタミンにローヤルゼリー、プロテインを配合します。乳酸菌飲料というと、体調を整えるために飲むようなイメージが強い気がしますけど、もっとアクティブな感じ、エナジードリンクを意識したような作りのほうが、〈シガビオ〉のイメージにも合っていて、いいのではと思いました」

梶本含めて三人の班だが、ブレインストーミングには実行も立ち会っていて、ぴりっとした緊張感がある。

「[エネビオ]は[エネビー]と紛らわしくないかな」梶本がしかつめらしい顔をして言う。

「いや、逆に[エネビー]の姉妹品の響きがあっていいんじゃないか」

実行がそう言うと、梶本もすぐに「なるほど」と前言を撤回した。

「いっそのこと、パウチゼリータイプも出したら面白いかもしれない」

実行の思いつきに、梶本が「その手がありますか」と乗った。「そのほうがエナジー系のカラーもはっきり打ち出せますしね」

発酵乳としては、[那須高原の飲むヨーグルト]というのを出したが、誰でも思いつくネーミングらしく、梶本とかぶってしまった。しかし、それにも実行は前向きな反応を示してくれた。

「勝負を賭ける商品に奇をてらう必要はない。ある意味、王道でいいんだ」

全員が発表を終え、意見を出し合ったあと、梶本が実行に総括を求めた。

「発酵乳は梶本くんの[那須高原の飲むヨーグルト]、乳酸菌飲料は山科さんの[エネビオ]。この二つを月末の会議に出してもらおうと思う」

早恵里は実行の言葉を聞いて息を呑んだ。[那須高原の飲むヨーグルト]は早恵里も出している。コンセプト説明などは梶本のほうがこなれているので、彼の案を取ったのだろうが、実質、早恵里の案が二つとも評価されたと言ってもよかった。

「月末の会議は専務も出席する。プレゼンは両方とも梶本くんに任せよう。それまでこの班で細部を詰めておいてほしい。夏目さんの班も二つ出してくる予定だ。それで専務の意見を聞く」

梶本がプレゼンを受け持つと聞いて、早恵里は少しだけほっとした。自分がやらなければならないとなれば、眠れなくなりそうだ。

「よし、向こうの班には勝つぞ」

梶本が自らに気合を入れるように言った。


班でブレインストーミングを繰り返し、企画案を練り直したところで月末のコンセプト会議を迎えた。

当初は社運を賭けたこのプロジェクトに自分の案が通用するだろうかと疑う気持ちのほうが強かったが、ブレインストーミングで細部が補強され、自分の手からほどよく離れた感覚も手伝ってか、会議を迎える頃には、自然とこの案が採用されてほしいと思うようになっていた。梶本が班のメンバーの士気を高めるのがうまかったことも大きい。

会議では、早恵里は前回と同じように、壁際のパイプ椅子の席に座った。成功から前回から加わった営業部の四人も来ている。早恵里自身、成功のことを気にしている余裕はなかったが、向こうも早恵里に視線を向けてくる様子もなかった。

平木専務が実行の隣に座り、実行の進行で会議が始まった。

「今日までに事業部で編成された二つの班が新商品の企画案をそれぞれ発酵乳と乳酸菌飲料に分けてまとめてきています。今日はそれを発表してもらい、みなさんの忌憚のない意見を聞いた上で、専務に、その先に進める案があるかどうか判断していただきたいと思っています」

出席者に企画書が回り、若葉の班から企画説明が行われることになった。若葉自身がプレゼンを受け持ち、軽快な口調で説明がなされた。

若葉の班が出してきたのは、［ビオビー］という乳酸菌飲料と［ヨーグルビー］という発酵乳だった。いずれもはちみつを使った商品企画である。

「ヨーグルトとはちみつの相性がいいのはよく知られるところでありまして、うちははちみつやローヤルゼリーを使った商品を多く出しています。今回もこれを使わない手はありません」

〔ビオビー〕のコンセプトコピーは「おなか、はたらく」。働きバチのイメージに腸を活性化させる乳酸菌のイメージをかけ合わせ、健康効果をアピールする方向性を強く打ち出したものだ。〔ヨーグルビー〕のコンセプトコピーは「カラダはぐくむおいしさ」。メインターゲット層を二十代から四十代の女性と定めて、美と健康維持に寄与する商品と位置付けてきた。

さすが若くしてマーケティング課長を任されているだけあり、そのプレゼンは軽快でそつがなかった。もしかしたら自分たちの班は負けるのではという気さえした。実行が、「何か質問なり意見があれば」と出席者たちに発言を促しても、早恵里には何も思い浮かばなかった。

成功の後ろのパイプ椅子に座っていた伴内星奈が手を挙げた。成功と肩を並べてラーメンを食べていた女性だ。名前はこのチームに入ってきたときの自己紹介で初めて知った。〔ゼネラル珈琲〕の創業家の娘だという噂も耳にしている。

「〔ビオビー〕〔ヨーグルビー〕という商品名はうちの既存商品である〔エネビー〕〔黒酢ビー〕の姉妹品のように受け取られるおそれがあります。つまり、社運を賭けた乾坤一擲《けんこんいってき》の新商品というインパクトが薄く、従来の流れで、何となく乳酸菌にも手を出してみましたという印象を与えかねないのではと思います」

いきなり辛口の意見が飛び出してきて、若葉も面食らったようだった。しかし、彼女はすぐに笑みを取り戻した。

「〔エネビー〕や〔黒酢ビー〕を出しているメーカーの商品だという認知はしてもらいやすくなる

と思いますけど、姉妹品という理解にはつながらないと思います。そもそもパウチゼリーの［エネビー］は二、三十代のスポーツ愛好者や食生活が乱れがちな独身男女、［黒酢ビー］は四十代から六十代の中高年女性がコアな購買層となっていて、それぞれが独自の消費行動の中で求められている商品です。消費者ははなから姉妹品という捉え方はしていないと思います」

「［エネビー］と［黒酢ビー］だけだと独自性が保てていても、［ビオビー］や［ヨーグルビー］が入ってくると、そこにグループ感が出てきて、新商品の新鮮さが埋もれかねないのではないでしょうか」

「新商品が第一に意識すべきことは、競合他社の発酵乳や乳酸菌飲料と比べた中で独自性を発揮することであって、自社製品とのネーミングの共通性が、何かの足かせになることはないと思います」

若葉は巧みにかわしてみせたが、星奈はなおも意見を続けた。「それから、どういう味を目指すかという点への言及が少ないのも気になりました。［ヨーグルビー］にしても、『カラダはぐくむおいしさ』としながら、どういう味にしたいかというのが見えてきません。はちみつを入れれば何とかなるだろうという感覚でいるとするなら、それが開発段階での落とし穴になりかねないのではと感じました」

「ええと、味についてはバランスという言葉で表現しているのでイメージしにくいかもしれませんが、甘すぎず酸っぱすぎず、多くの人がちょうどいいと感じるところを、試作品評価を繰り返すことで追求していきたいと思います」

そこまで突っこまれるとは思っていなかったのか、若葉は少しばかり弱ったような反応を見せた。早恵里もひやひやしながら聞いていたが、星奈はそこで矛を収めたように発言を終えた。

若葉は自分の班のメンバーに顔を向け、おどけたように首をすくめている。星奈は何事もなかったように澄ましているが、その前に座る成功の顔がどこかほくそ笑んでいるように見えるのが気になった。

「では、次に梶本課長、お願いします」

実行に促され、梶本が［那須高原の飲むヨーグルト］と［エネビオ］のプレゼンを行った。若葉以上に堂に入った企画説明で、早恵里は聞いていても、自分の案がベースになっているものとは思えないほどだった。

しかし、プレゼンが終わって実行が出席者に意見を求めると、成功が待ち構えていたように手を挙げた。

「那須高原という地名を使ってブランド価値を得ようとする考えがあるように思いますが、他社製品に北海道や十勝、さらに言えば、ブルガリアやギリシャというような地名が並ぶ中で、那須高原という地名がどれだけ消費者に訴求力を持つのか、私は甚《はなは》だ疑問に思います」

「那須は別荘地、観光地としても人気ランキングに上がるエリアであって、自然豊かであり、空気や水がおいしいというイメージもあります。そのブランドイメージを商品名に借りることは十分なメリットがあるものと考えます」梶本は取るに足らない難癖であるかのように、成功の意見をはね返した。

「ご当地ものとして観光客に売る商品としてなら、それもいいでしょう」成功は続ける。「しかし、全国に流通させる商品として、北海道を超える訴求力があるとはお世辞にも言えないんじゃないでしょうか。たまたま那須に工場があるから那須の名を使おう……あまりにも安易なんじゃないですか」

成功が事業部にいた頃でも、これほど厳しい口調で駄目出しをする彼を見たことはなかった。梶本の背中が小刻みに揺れているのは動揺か怒りか。

「それに、那須高原の名を冠するからには、その地域の牧場から牛乳を調達するのが筋でしょう。那須の工場で作るのだから、どこの牛乳でもいいだろうという考えでは、ブランドの信頼を失います。全国流通の商品として、素材《シーズ》がちゃんと確保できるのか……これも疑問に思います」

「それは、企画が決まれば、何が何でも確保しますよ」梶本がムキになったように言った。「当たり前でしょう」

まだコンセプト会議の段階であり、那須の牧場に打診を入れているわけでもない。梶本としてはそう言うしかないだろう。しかし、成功はその回答に根拠がないとばかりに首をひねってみせた。

場の空気が落ち着く間もなく、今度は星奈がまた手を挙げた。

「[エネビオ]は誰に向けて売りたい商品なのかがよく分かりません。イメージ調査のデータを見ても分かる通り、乳酸菌はお腹の調子を整える、ストレスを軽減させる、花粉症などのアレルギー症状を軽減させるというような効果で多くの人に認知されています。その鎮静、調整というイメージの乳酸菌を使って、アクティブに動くためのエナジー系商品を作るというのは、ちょっとピントがずれているんじゃないでしょうか」

「従来のイメージを超えて新しい価値を創造することで、他社製品とは違う新たなユーザーを開拓するというのが、この企画の狙いなんです」

「いやいや、口では何とでも言えますが、そんな簡単に新しい価値とやらが創造できたら誰も苦労しませんよ」成功が鼻で笑いながら言う。「アクティブに動きたいなら、普通に[エネビー]を買えばいい。この案のコンセプトは破綻しています。梶本さんは以前、この会社の商品開発は何となくの感覚でやっていると、上から目線の評論めいたことをかましていましたが、どうしてこんな、素人が考えたような企画案がここに上がってくるのか、僕は不思議でなりませんね。ちゃんと部内で揉んだんでしょうか。商品開発は遊びじゃないんですよ」

梶本がプレゼンした企画ではあるが、発案者は早恵里である。それが無残なほどに酷評され、血の気を失う思いだった。

「さらに言えば」成功は容赦なく続けた。「パウチゼリータイプというのは思いつき以外の何物でもなく論外ですね。パウチゼリーはどれも半年以上の賞味期限のものばかりです。賞味期限など気にせず、スポーツをしたり、小腹がすいたりというときのために買い溜めしておく人も多いでしょう。それがこの［エネビオ］だけは賞味期限が二週間しかないということであれば、消費者も取扱店舗も混乱してしまいますよ」

梶本からの反論がなく、会議室は沈黙に包まれた。梶本は頭に血が上ってしまったのか、それともパウチゼリーは実行の案だったことで返答に窮しているのか……早恵里からは彼の背中しか見えず、表情はうかがいしれない。

「パウチゼリーというのは、一つの提案であり、そういう選択肢もあるという程度の理解でいいでしょう」実行が話を引き取るようにして言った。「大方、意見は出尽くしたでしょうか。それらは今後の過程で役立てることとして、次は専務に各案を講評していただき、その中から実現化すべき案についての言及をいただければと思います」

「ちょっと待ってください」成功が大きな声で実行の進行を止めた。「本当にこれだけの案で先に進むつもりなんですか？　この中から選べと言われても、専務が困るだけでしょう」

「志賀課長」実行がやや不快そうな声を出した。「何の不満があるのか分からないが、今日出た案は、事業部員たちがそれぞれ何十という中からこれというものを出してきて、そこからさらに検討し合った結果残ったものです。そのブレインストーミングの場には私も加わっているし、十分な検討がなされていることは保証します」

「前回の会議で、我々も企画を出したいと申し出たとき、部長は、それは事業部員の仕事であって彼らに任せておいてほしいというようなことをおっしゃいましたね。あれだけ大見得を切ったのだからさぞかし立派な企画が出てくるのかと思いきや、今日は心底がっかりしました。どれもこれもオフィスに閉じこもって頭の中だけで考えたようなものばかり。我々、小売りの現場を日々駆け回って商品棚のせめぎ合いを目にしている営業の側からすると、本当にこれで他社商品と勝負するつもりなのかと正気を疑いたくなります。どうして現場の目線を頑なに企画に取り入れようとしないのか理解できませんね」

「あんたはこのプロジェクトを引っかき回して、部長の足を引っ張りたいだけだろ」梶本がそんな声を飛ばした。「営業部は黙って売ってりゃいいんだよ」

「何だと!?」

成功の後ろに控える栗原や子安も気色ばんでいる。

「志賀課長の意欲は買うが、プロジェクトはスケジュールに沿って進めていかなければなりません」実行が荒れた空気を鎮めようとするように冷静な口調で言った。

「何か案は用意してきてるのか?」

不意に平木専務が口を開き、その場が静まり返った。

「そこまで言うからには、何かそちらでも用意してきてるんじゃないのか?」

平木の言い方は、成功の頭を押さえつけようとするものではなく、彼の意図するところに気づいたというものだった。

「もちろんです」案の定、成功はそう答えた。

「聞いてみよう」

平木の言葉を合図に、星奈が立ち上がった。出席者たちに企画書が配られる。

「我々も、発酵乳、乳酸菌飲料ともに一つずつの案を提出します」

発酵乳の［絹どけ］。

乳酸菌飲料の［アルプスの恵み］。

成功のプレゼンには、彼らなりの意気込みが確かに感じられた。早恵里たちの班や若葉たちの班が出した企画とはアプローチの仕方が違い、味わいや特別感へのこだわりが強い。成功たちが自信を持って出してきたのもうなずけるし、正直なところ、事業部側の企画の分の悪さを意識せざるをえなかった。

ただ、事業部員を中心として出席者たちにそれを認めたくないような空気があるのも事実だった。早恵里自身、少なからずそれを共有していた。あれだけ自分の企画案を酷評されたのだから、複雑な気分が先に立つ。

「何か、質問なり意見なりあれば」

成功はそう言って出席者たちの顔を見回したが、誰の手も挙がらなかった。明快な粗《あら》が見つからず黙るしかないようにも見えるし、しらけて無視を決めこんでいるようにも見える。

実行が平木に視線を送った。平木はしばらく腕を組んで考えこんでいたが、やがて「こうしよう」と口を開いた。

「今日出た案については、私のほうから社長に説明する。これだけのプロジェクトだ。どのみち社長の判断を仰がねばなるまい。それでこれはという企画を選んでもらうことにしたい」

肩透かしの感はあったが、沸騰したこの場を鎮めるには、専務といえどもそうするしかほかに道がなかったのかもしれない。

「了解しました」実行がこくりとうなずいた。「ただ、一つお願いがあります。それぞれの企画案に誰が関わっているかは伏せてご説明いただき、社長にはニュートラルな見方の中でご判断いただければと思います」

「望むところです」成功も呼応するように言った。

「そうしよう」平木は短く言って請け合った。

15

紛糾を極めたコンセプト会議から三日が経った二月の初旬、プロジェクトチームの招集があった。十六時から会議を開くというメールが実行から回ってきたのを午前中に確認してから、成功は自分を落ち着かせるのに苦労した。

現状を打開しようともがいてきて、ここまでは何とか狙い通りに事態を動かしてきた。しかし、ここから先は父の判断一つが成功の行く末を左右することになる。成功が実行に伍してプロジェクトチームでのプレゼンスを得ていくためには、少なくとも成功たちの企画が選ばれる必要がある。落ちれば実行は、その結果を盾にして、成功を冷遇し続けるだろう。

もはや、栗原や子安、星奈らとの会話もほとんどなかった。彼らも彼らでどこかそわそわしているのが伝わってくる。

そうして会議の時間がやってきた。

数分前には会議室にチームのメンバーがそろった。誰もがほとんど口を利かず、鼻をすする音や咳払いだけが響き、小声でささやくのもはばかられるほどだった。

ロングテーブルを隔てて座っている梶本との間には、三日前から持ち越している緊張感がそのまま残っていた。梶本の隣には、奥の席を譲るようにして実行が座っている。

十六時を少しすぎたところで、父と平木が入ってきた。奥の席に二人が座ると、いよいよ咳払いする者もいなくなった。

「よろしくお願いします」

実行が父に一礼し、それが会議が始まる合図となった。

「六本の企画案について、専務から説明を受けた」

父は一同にざっと視線をやったあと、厳《おごそ》かな口調で話し始めた。肉親といえど、こういう席での父には触れがたい迫力を感じる。

「イージス乳酸菌を使った商品という前提上、企画案の趣向を凝らすにもなかなか苦労したとは思うが、バリエーションとしては一通りのものが出ているように感じられた。発酵乳で行くのか、乳酸菌飲料で行くのか、シーズは何を使うのか、消費者には何をアピールするのか、私も以前から考え悩んでいたし、それぞれの案を前にしても悩み続けた。そして、その上で一つの結論を出した」

父はその結論の重みを十分意識させるような沈黙を挿んでから話を続けた。

「他社の動きとの兼ね合いもあり、このプロジェクトでは乳酸菌飲料に取り組んでもらうことにする。発酵乳より菌数も増やしやすく、イージス乳酸菌の効果を消費者に実感してもらいやすい。

「ビオエール」のノウハウもある程度は生かせるだろう。生きた乳酸菌を初めて扱うだけに、製造管理のリスクは少ないほうがいい。
シーズも我が社では扱い慣れたはちみつがいいだろう。はちみつはそれ自体オリゴ糖を含み、乳酸菌との相性もいい。味もイメージしやすく、その点でもリスクが少ない。健康志向の消費者へのアピール、〔シガビオ〕らしいカラーも持ち合わせている。「ビオビー」を新商品の企画として採用する」

若葉の班が出した企画だ。成功は身体から一気に力が抜けていく感覚だった。反対に若葉は、この張り詰めた空気の中で、一人顔がにやけるのを必死に抑えているように見えた。

「商品名については正式決定ではないが、これを第一候補として考え、商標登録も進めてもらう。しばらくは部外秘とし、このプロジェクトはイージス《Aegis》乳酸菌の「ビオビー」、『ABプロジェクト』と呼ぶことにする」

父の口調はいつになく熱のこもったものだった。しかし、それを受け止めるだけの気力が今の成功には残っていなかった。

「また、イージス乳酸菌を〔シガビオ〕の新たな看板にするには、「ビオビー」を世に出すだけでは終わらないつもりだ。追って、ほかの商品、発酵乳なども市場に投入したいと考えている」

ぼんやり聞いているうちに父の話が方向を変え、成功は知らず伏せ気味になっていた顔を上げた。

「発酵乳についても、はちみつを使うのがいいと思う。コストが上がるが、もともとイージス乳酸菌を安売りするつもりもない」

はちみつを使う発酵乳の企画案と言えば、やはり若葉の班の「ヨーグルビー」だったか。しかし、成功の「絹どけ」もブレインストーミングの過程ではちみつを使う仕様に変えている。

「そういう意味では、ある種の高級感をまとったこの案はイージス乳酸菌の第二弾として、また、〔シガビオ〕の今後の方向性を打ち出す商品として相応《ふさわ》しいように思えた。〔絹どけ〕を〔ビオビー〕に続く新商品として選んでおきたい。これを『AKプロジェクト』としておこう」

やった……思わず握った成功のこぶしがテーブルをどんとたたいてしまい、その音が部屋に響いた。

父は成功をちらりと見やったが、表情を変えることなく話を続けた。

「それから、同じ方向性で〔アルプスの恵み〕も面白いと思った。豆類を使った飲料は味の面で課題はあると思うが、〔ビオビー〕ともかぶらない。とりあえずは性急な商品化は考えず、『AAプロジェクト』として開発研究部での研究対象としておくことにする」

成功たちが提出した案が二つとも評価された。強引に企画出しに割って入ったのはある種の賭けではあったが、それに勝ったと言ってもいいのではないだろうか。

ちらりと後ろを振り返ると、星奈と目が合った。特には何の表情も浮かべてはいなかった。彼女の性格からすれば、一番手に採用されなかったことで悔しさのほうが勝っているのかもしれない。ただ、交錯した視線には、努力が無に帰すことがなかったという安堵の色合いがこもっているようにも感じ取れた。

「以上だが、今後はこのチームでABプロジェクトに邁進《まいしん》してもらうことになる。引き続き志賀実行部長のもと、それぞれ与えられた役割を果たして、素晴らしい商品を世に送り出してもらいたい」

父はそんな言葉で、自らの話を締めた。浮かれかけていた成功にはやや引っかかった。わざわざ実行の名前を出し、彼がマネージャーであることを改めて周知させるような言い方に聞こえたからだった。「与えられた役割」というのも、スタンドプレーを牽制するような響きがあった。「絹どけ」に対する成功の反応を見て、成功が立案者であることを察したのかもしれない。それで、まだ出戻りのお灸も据え終わっていないのに出すぎた真似をするなと頭を押さえつけたくなったのか……。

少なくとも、父はまだまだ実行と成功を同等には見ていないのは確からしく、成功は結局のところ、心からすっきりした気分では会議を終えることはできなかった。

「本当、サクセスも調子がいいよな。パウチゼリーは思いつき以外の何物でもないとか、サクセス自身が出してた案じゃねえかよ」

「ははは、あれがあったから、逆にすらすらとディスれたよ。あと、那須高原のもな、栗原が出してたから」

「あれは伴内さんに一刀両断されたときのトラウマがよみがえってきて、聞いててすげえ胸が苦しかったよ」

年末年始と忘年会や新年会を開く暇もなかったが、コンセプト会議を終えて何とか一山越えた感があった。そこに栗原が久しぶりにと、麻布十番の居酒屋で同期会を開いてくれた。

しばらくはそれぞれの近況に花を咲かせていたが、やがて仕事の話へと話題が移り、そうなるともともと事業部で机を並べていた成功と栗原、若葉の三人が固まることになった。話のネタは当然のように、先日のコンセプト会議での一件だった。

「本当、あれはひどいっていうかさ、サクセスって、こんなに口が悪かったっけって思ったくらいよ」

若葉も会議を引っかき回した成功たちの言動には一言言わずにいられないという様子だった。

「いや、俺は一応、夏目のプレゼンには同期のよしみで遠慮してたんだよ。その分、伴内さんが言ってくれたから同じなんだけどさ」

「あの子、すごいよね。怖いものなしっていうか」

若葉としては、腹立たしさより感心する思いのほうが強いようだった。結果的に自分たちの案が採用されたのも手伝ってのことだろう。

「俺たちも事前会議でけっこうぼろくそに言われてるからね」

成功は笑い混じりに言い、ビールに代えて日本酒を店員に頼んだ。このところ、ずっと戦闘態勢でいたこともあり、こうやってリラックスできていること自体が酒の肴になる。

「まあでも、ABで決まった以上、それでいったんノーサイドなんだから、あとはワンチームでやっていけばいいのよ」

若葉は早くもプロジェクトに付いた符丁を使い慣れたもののように口にして、前向きな反応を示してみせた。

「まだ、そんな簡単にはいかねえよ」成功はつくねを頰張って言う。

「まだ何か引っかかってるの？　サクセスらしくない」

「俺らしいなんてものは、何か忘れたよ」

今の成功を衝き動かしているものは、地位を奪われたがゆえのルサンチマン的な恨みであり、まだまだ自分らしさなどは取り戻せていない。

「実行さんだって、一緒にがんばろうって言ってんでしょ。兄弟仲よく力を合わせればいい話じゃない」

「あれは口ではそう言っても本心は別だ。梶本たちの態度を見れば分かる。手を握るふりをしても、俺に力を与えようとは思ってないんだ」

「それはでも、今までだって、営業が新商品の立ち上げ段階から口出ししてくるなんてことはなかったわけだから」若葉は正論を振りかざす者の目をして言う。「あれ、専務だからサクセスの言うこと聞いちゃったけど、社長があそこにいたら、黙ってろの一言で片づけられててもおかしくなかった気がするよ」

想像すれば、そうだったかもしれないという思いは成功にもある。

「まあ、社長も実行のもとにそれぞれの役割を果たせなんてこと言ってんだから、そのへんは俺も分かってるよ。俺じゃあ物足りないんだろ」

「そんなことは思わなくていいわよ」若葉が苦笑いを浮かべて言う。

「だけど、夏目だって釈然としないだろ。本来なら、企画を採用されたお前がプロジェクトマネージャーを任されたっていいんだ。それを実行は当たり前のように続けてるんだから」

「普通のプロジェクトとは規模が違うんだから、本来も何もないでしょ」彼女はさばさばとした口調で言った。「私に任されても困るわよ」

「夏目は欲がねえな」成功は運ばれてきた冷酒を、若葉が注ごうとするのを制して、自分の手でおちょこに注いだ。「でも、お前だって、例えば明日会社に行って、マーケティング課長の席に伴内さんが座ってたら、何でって思うだろうよ」

「何、その乱暴なたとえ」若葉は成功が酔って暴論を言い始めたというように呆れている。

「俺はそれをやられたんだよ」成功は構わず言う。「要は誰の仕事かってことだ。自分の仕事だと思ってたのを誰かに取られたら、黙ってる場合じゃねえんだよ。俺は営業で外回り必死にやってて実感したんだ。仕事ってのは、与えられるのはごく一部であって、作るか奪うかなんだ。大きな意味でも小さな意味でもな。営業は新しい売り場を作ってそこに置いてもらうか、他社のスペースだった棚を奪ってそこに置いてもらうかだ。店に置いてもらうにしても、その店の仕入れ予算がある。それを奪わなきゃいけない。品物が売れたら、新しい予算が作られる。そしたらまた余計に仕入れてもらえる。それもまた、作るか奪うかだ。

会社の中も一緒だろ。与えられたもので満足してたら、奪われたときに何も残らない。まあ、奪うのも才能だ。それに長《た》けてるのがいる。だから、作ったら奪われないようにしないといけないし、奪われたら奪い返す気でいなきゃいけないんだよ」

「はあ」若葉は感嘆気味に声を上げた。「サクセスも変わったねえ。与えられる一辺倒のお坊ちゃんだと思ってたのに」

「そう思われるような境遇に甘んじてたのは否定しないが、今は違う」成功は言う。「俺なんかいくらでも替えが利くってことを思い知らされた。俺がいなくたって、誰も困らない。でも、だからってあきらめたら、俺という存在はどうなるんだって話だ。答えは簡単だ。自分で取りにいかなきゃいけない。自分の力で地位を築いて、替えの利かない人間にならなきゃ駄目なんだ」

「サクセス見てると、御曹司って立場もそれはそれで大変なんだなって思うわ。はなから持ってない者には関係ないとこでいろいろ悩まなきゃいけない感じ」

「それを分かってくれりゃあいいよ」

いつの間にか成功の酔いに任せた語りに付いてきているのは若葉だけとなり、栗原は隣の総務部の女性たちの話の輪に加わっている。

それに気づいて、成功は話を変えることにした。

「それはそうと、山科さんに何か距離を置かれてるのを感じるんだけど、そろそろ何とかならないかな」

そう切り出してみると、若葉はかすかに頰をゆがめてみせた。

「そろそろって、むしろ難しくなってると思うよ」彼女は心持ち声をひそめて言う。「サクセスがけちょんけちょんにけなした『エネビオ』って、どうやら山科さんが出した企画だったみたいだし」

「えっ」

成功は絶句した。あのときはプレゼンを担当していた梶本にしか目が行っていなかった。

「会議が終わったあと、あの子、めちゃくちゃ落ちこんでたんだから」

「いや、あれは主に伴内さんが言ったんじゃなかったかな」

成功がうろたえ気味に言うと、若葉は白い目で見てきた。

「サクセスも言ってたでしょ。コンセプトが破綻してるだの何だのって」

「うっ……」

自分の口からそういう言葉が出た記憶は残っており、言い逃れようはない。

「いや、俺も『ビオアライブ』って、マルチビタミンの似たような企画出してたんだよ。それで言われた意見なんかをついつい……」

そんな言い訳を若葉に言ったところで何も始まらないことは分かっている。成功は頭を抱えた。

「参ったな。夏目のほうでフォローしといてよ。俺の立場じゃ、ああせざるをえなかったんだって」

「フォローしたところで、どうなるかは分かんないけどね」若葉は冷ややかに言う。

「時間がかかるのは仕方ない。とにかく頼むよ」成功は言い、そう言えばと思い出した。「いや、頼むだけじゃない。一つ教えてやるよ。俺と実行は知っての通り微妙な関係だけど、夏目には関係ない話だ」

「まあ、そうよね」

「だから言うけど、あいつはどうやらお前のことをかなり気に入ってるらしい」

「えっ⁉」

若葉の驚いた声が大きく、栗原たちが「何、何？」と視線を向けてきた。

「何でもない。こっちの話」若葉は慌てて火消しに回っている。

場を取り繕《つくろ》ったところで、若葉は成功に顔を寄せてきた。

「それ、本当の話？」

「嘘を言うかよ。気になる子はいないのかって、うちのお袋がお節介なこと訊いてたら、優秀で頼りになるし正直気になってるって言ってたんだよ」

「や、やだ、急にそんな話をされても……」

困惑しているような言葉とは裏腹に、まんざらでもない思いが緩んだ頰に出ている。

「まあ、あいつとの関係上、俺が後押しするわけにもいかないけど、夏目が俺のことを気にする必要もない。こういうのは敵も味方もないからな。あとはお前の気持ち一つだ」

「そりゃまあ、もとからサクセスの顔色なんて気にして生きてないけど」若葉はどぎまぎとした様子でそう言い繕った。

「だから、山科さんのほうは何とか頼むよ」

数秒、契約を交わすような視線の交錯があり、若葉はこくりとうなずいた。

「今度集まるときは、サクセスも部長に返り咲いてるだろうな」

三時間近く続いた同期会も会計が終わって締めの空気が漂う中、栗原が明日からの景気をつけるように、そんなことを言った。

「部長どころか、役員になってるんじゃない？」

調子に乗って、はやし立てるように言う者もいる。

二十人以上いた同期も何人かは辞め、何人かは那須の研究所や地方の営業所で働いている。今日集まったのは七人だけだが、変に気を遣われることもない同期の存在は貴重であり、成功としても十分に英気を養うことができた。

「また雲隠れするのだけはやめてね」

そんな声も上がり、みなが笑う。成功は「だから、好きで消えたわけじゃないって言ってんだろ」とその軽口に付き合ってやる。

「でも、元に戻れてよかったよね。いなくなったときは携帯すら通じないとか聞いて、どこに行っちゃったのって思ったけど」

元に戻れたわけではないが、はたから見ている感覚というのはそんなものだろう。それをいちいち聞き咎めるのはやめておいた。

「半年は長かったもんねえ」若葉もしみじみとした口調で言い、それから何かを思い出したように栗原を見た。「そう言えば、サクセスがいなくなって一カ月くらいのときかな、栗原くんと子安くんが、成功さんがどうこうとか二人でこそこそ話しながら慌てて会社から出ていったことがあって
……」

「そんなことあったか？」

当の栗原はまったく憶えていないようで首をひねっている。

「あったよ」若葉はそう言って続ける。「私、サクセスがどこかで見つかったのかなと思ったもん。でも、次の日には何もなかったみたいになってて、サクセスも相変わらず消息不明で……いったい何だったたのって感じ」

「何かの勘違いだろ。全然記憶にないんだけど」

つかみどころのない話に思えて聞き流しかけたが、栗原の視線がちらりと成功に向いたのが引っかかった。

「あ、そうだ」栗原がどこかわざとらしく声を上げた。「サクセスのお母さんから、サクセスと連絡取れないかみたいなことを相談されたんだ。そのときのことだろ」

「え、お母さんが会社に来てたの？」

「いや、電話電話。社長は、いいからほっとけみたいなこと言うんだけど、心配だからって」

「へえ」

若葉はそれで納得したようだったが、成功には違和感が残っていた。栗原の視線がまたこちらに向き、その違和感がさらに増す。

そして思い出した。

あれではないか。

監禁されて一カ月ほど経った頃、成功は監視カメラを意識して、突然体調不良で倒れる芝居を打ってみた。しばらくはその芝居を続けていたものの、誰も助けに来ることはなく、馬鹿馬鹿しくなってやめた。しかしそのあと、別荘の敷地に車が入ってきた音が聞こえたのだ。建物に入ってこなかったのは、外でカメラの映像をチェックし直し、芝居だと気づいたからだろう。

成功のはっとした思いは栗原に伝わったようだった。彼はすぐに成功から視線を逸らし、「さて、帰るか」とおもむろに立ち上がった。

成功は店を出たところで栗原の腕をつかんだ。

「まだ帰るなよ」

栗原は何も言わなかった。

「じゃあ、俺らはここで」

栗原と二軒目に行く体《てい》で若葉らと別れると、麻布十番の駅を通りすぎて大通りを渡った。二月の冷たい夜風が頬を切るように吹いている。

成功はそのまま首都高の高架下、古川に架かる一之橋まで歩いたところで足を止めた。

「説明しろよ」栗原に向き直ってそう迫った。

「な、何がだよ?」栗原はまだしらばっくれようとしている。

「お前らだろ。監禁したの」

考えてみれば、栗原たちは一緒に別荘に泊まったのだから、一番それをしやすい立場にいたのだ。ただのいたずらの範疇《はんちゅう》なら、成功も疑いなく彼らの仕業だと考えただろう。しかしあれは計画的であり、半年にもわたる長期的な陰謀だった。栗原たちがそれを仕掛ける理由が分からず、怪しもうともしていなかった。

「何言ってんだよ。酔っ払ってるのか?」

栗原は引きつった笑みを顔面に貼りつけ、なおもかわそうとするが、成功は首を振って許さない。

「酔いも醒めたよ。どういう理由か知らねえけど、俺とお前の仲だ。ばれた以上、いつまでも白を切るのはやめろ」

そう言うと、栗原も笑みを消し、つらそうに目を伏せた。

「何か言えよ」

栗原は応える代わりに、腕時計を外して差し出してきた。

「これ、返すよ。俺がもらっていいもんじゃない」

「今さら、いらねえよ」

こんなのを賞品にしてゲームをし、浮かれていたことがあったのだ。あまりに今の自分の気分と乖離《かいり》していて、何だか嘘のような気がする。

栗原は自分が手にしているその時計を持て余すように見ている。それが自分の罪の時間を刻んできたもののように思っているのかもしれない。

「サクセスを裏切ろうとか、そういう気持ちはなかったんだ」栗原は弱り切った声で言った。「やりたくはなかったよ。だけど、俺だって雇われの身だし、やれって言われたら断れるもんじゃない」

「誰に雇われた？」

成功が訊くと、栗原は少しだけ顔を上げた。

「雇われってのは、そういう意味じゃない。〈シガビオ〉の一社員だってことだ」

成功は眉をひそめて訊き直す。「誰に命令されたんだ？」

「断れない相手なんて決まってるじゃないか」

「……社長か？」

成功はまさかという思いで口にしたが、栗原は否定しなかった。

「どうして?」

「そりゃ、実行さんの存在が関係してるんじゃないか。それ以上の社長の思惑なんて、俺に分かるもんじゃない」

そうまでして実行を取り立てたかったのか……成功にも父の思惑は分からない。何より、自分で仕組んでおきながら、成功の油断でそうなったと言わんばかりの仕打ちを向けてきているのだから、父の腹の内など到底理解できるものではない。

怒ればいいのか、悲しめばいいのか。

栗原とどう別れたのかも思い出せないまま、成功は気づくと芝公園の前の道を一人ぼんやりと歩いていた。


一晩経って残ったのは、怒りのほうだった。

どう考えても、自分がこんな目に遭わされる理由がない。

成功は出社すると、社長室があるフロアに上がり、秘書室を覗いた。

「社長いますか?」秘書室長の市村に訊く。

父は普通の日であれば七時すぎには会社に出てきている。今日もすでに出社しているようで、市村は答える代わりにデスクの受話器を取った。

「来ました」

その一言で通じるのか……どうやら栗原からすでに連絡は行っているらしい。

「どうぞ」

市村は立ち上がり、成功を案内しようとする。成功は「一人でけっこうです」とそれを嫌ったが、彼は「そういうわけにも」と聞き入れなかった。社長室で暴れかねないとでも思われているのか。市村も立場上、父の所業は承知しているだろうし、別荘の食料備蓄などに一枚嚙んでいてもおかしくない。

ただ彼は、そんな後ろ暗さをおくびにも出さず、背筋を伸ばして成功の前を歩き、社長室をノックした。

市村がドアを開け、成功は中に入る。父は落ち着いた顔をして執務席に着いていた。

「栗原たちは許してやれ」成功の顔を見るなり、父はそう口を開いた。「私の指示に従っただけだ。営業に先回りして移り、お前の復帰後のケアも買って出た。悪気はない」

「責任はすべて社長にあるということですか？」成功は訊く。

「そう思って構わない」

「理由を聞かせてください」

「お前には知らせなかったが、去年の春、検診で引っかかって、がんの疑いが出てきた。おそらくそうだろうという見立てで精密検査を受けることになった。まだその時点ではどういう治療で、それが治るとも治らないとも分からない状況だったが、私が気にかけたのは会社の今後だった。今の時代、簡単には死なないにしても、長期間、仕事の現場から離れざるをえない可能性は考えておかなきゃならない。後継者育成を急ぐ必要があった。そう考えたとき、現状は二つの問題があると思った。一つはお前が経営の中枢に据える人間としては、まだまだ物足りないということだ。これから十年、二十年かけて育ってくれればいいと考えていた私にも責任がある。荒波をくぐらせず、レールを敷いてやって、よくも悪くも典型的な二代目のボンボンにしてしまっていた。

もう一つは、私を頼ってうちの会社に移ってきた実行にチャンスをやれていないということだ。

働きぶりからもその有能さは分かっていた。研究畑じゃなく、事業部門で使えばどんな力を見せてくれるか。その思いを残しながら、後継候補を成功一人に絞るのは違うのではないかと思うようになった。

ただ、事業部門で力を見ようにも、そこにはお前がいる。大した失点もないままお前の首をすげ替えたら周囲にも混乱が生じる。一定期間だけでも実行に存分に力を発揮させてやるにはどうしたらいいか……そう考えた末のことだ」

淡々と説明する父の顔に心苦しさはうかがえない。

「いったい自分の息子を何だと思ってるんですか?」成功はこぶしを握り、感情的に言い立てた。「まるで取り替えが利くモノのように扱って……僕は一人の人間ですよ」

すると父は薄く笑った。

「少しはたくましくなったかと思ったが、まだまだ甘ちゃんの言い草だな」

小馬鹿にするように言われ、成功は父をにらみつける。

「御曹司という立場がそんなに甘いものじゃないってことは、お前もこの数カ月で身に染みただろう。確かにお前は大事な息子だ。期待をかけて育ててきた。しかし、それを前提にして言うが、会社の将来のためにお前がつぶれるようなことがあっても、私は構わない。私は社員三百六十人とその家族の生活を背負っている。そちらのほうが重要なのは当たり前のことだ」

父の言葉の迫力に、成功は一瞬気圧《けお》されかけた。

もちろん、ほかの社員とは違う出世コースに乗せられていたのを考えても分かるように、自分が父からそれなりの期待をかけられていたことに疑いはない。ただ成功としては、父の思い通りに動くのが自分の役割とまでは思っていない。

そもそも成功が小さかった頃の父は会社を立ち行かせるのに必死で、息子のことまでは構っていられないという様子だった。〈シガビオ〉への就職を決めたのも、父に何か言われたからではない。お父さんががんばって会社を大きくしたのだから成功くんがそれを助けられるといいわよねと、叔母たちが事あるごとに口にするのが刷りこみのような効果を及ぼしていた。周りの者がそう言うからには、よほど父もがんばったのだろうという理屈での敬意が生じていた。会社の中枢に入って事業を動かすことへの興味も湧いていた。いったんは外で社会経験を積む考えもあったが、将来君の支えになるだろう同期がいる新卒で入ってきなさいと平木に勧められた。父は成功の決断を聞いて「そうか」とうなずいただけだった。

あるいは成功が〈シガビオ〉に入ることなど当然だと思っていたのかもしれないが、そうなら自信過剰だと言わざるをえない。今に至るまで、成功は成功の意思で生きている。そこをないがしろにされては困る。

「けっこうな覚悟だとは思いますが、僕も捨て石になるつもりはありません」ここで負けては駄目だと気持ちを奮い立たせた。「元のポストに戻してもらうのが筋だと考えます」

「部長待遇には戻してやろう。ただ、営業部付のままだ。事業部長は実行に任せる」

「それでは困ります。優秀なほうを後継者に据えるのはいいでしょう。けれど、今のままでは公平な競争になっていない。僕も事業部長をこなしたのは一年にも満たないですし、大きなプロジェクトも任されていません。実行にチャンスを与えたいという思いが僕を不利にしています」

「ABプロジェクトは実行に任せることに決めている。AKはお前の企画だろう。あれをお前に任せるから、それまで待ってろ」

「では、AKをABより先行させてください」

イージス乳酸菌を使った新商品の第一弾か第二弾かでプロジェクトの重要性はまったく違ってくる。第二弾などは予算も下がり、言ってみれば通常の商品開発と変わらないだろう。当然、会社への功績という意味でも差が出る。

「それはできない。経営判断だ」

「だったら、ＡＢを僕に任せて、ＡＫを実行の担当にしてください。誰が企画したかということはこの際関係ありません」

「それも無理だ。実行は研究員時代の〈食農研〉との共同研究段階から計画に関わっている。その人間が担当するのが自然な流れだ」

自然な流れと言いながら、要は実行にアドバンテージを与えたいだけだろう。それだけ実行が父の懐に入りこんでしまっている表れなのかもしれないが、成功としては黙っているわけにはいかない。

「考え直してください」成功は言う。「この件に関しては交渉させていただきます」

「思い上がるな」父は言った。「お前は経営陣の一員でも何でもない。私に意見できる立場じゃない」

「ですが、社長の違法な計画の被害者です。外部の弁護士を雇って告訴したらどうなるでしょう？」

「何だと？」父の顔色がにわかに険しくなった。

「何の用意もせずにここに来ていると思いますか？」成功はポケットからスマホをちらりと出してみせた。録音はしていなかったが、はったりをかました。「経営陣の一員でも何でもない以上、会社より自分を守りますよ。このことが公になって困るのは誰か考えてください」

父は無言で成功を睨《ね》め上げるように見ている。

「僕が本当に甘ちゃんなのかどうか、試してみるのもいいでしょうね」成功も父の鋭い眼光をはねつけるようににらみ返した。

しばらく沈黙の時間が続いたあと、父がすっと視線を逸らした。

「分かった。悪いようにはしない」

「公平に競えるようにしてください」

無理な注文をしているわけではないと、矛を収めるように言っておく。念を押す意味もあった。

父はこくりとうなずいた。


翌日、成功は再び社長室に呼ばれた。出向くと、そこには実行も来ていた。

「辞令だ」

父が成功に紙を差し出す。

営業本部・営業推進部部長。

無理やり作ったような部署のトップが今度のポストだった。

「文字通り、AB、AK、AAの各プロジェクトを推し進めるために動いてもらう。新商品の販売網を構築することはもちろんだが、商品開発段階にも積極的に関わってもらう」

これまでは、商品が形になるまではおとなしくしておけと言われる立場だったが、その枷《かせ》は外すということらしい。

「実行にも話したが、お前の意向を無視してプロジェクトの諸々が進むことはない。その点で二人は対等だ。ただ、船頭多くして何とやらということにはしたくない。ABの責任者は実行のままだ。

それぞれの仕事ぶりは平木を通じてしっかりと見ている。いたずらに計画の足を引っ張るような言動があるなら、遠慮なく外す」

そうするつもりなどないと、成功は首を振る。

「買収で体力が削られた中、この規模のプロジェクトを組む意味を考えなさい。失敗すれば〈シガビオ〉は傾く。二人で力を合わせて、何としても商品のヒットにつなげてもらいたい」

「もともと成功とは、互いに手を携えて会社を盛り上げていきたいと話していました」実行が言う。

「社長の期待にお応えできるよう、ともに精進して参りたいと思います」

父の監禁計画に、実行本人の意向は働いていなかったようである。だとすれば、実行の兄弟で会社をという言葉は、あるいは本心から言っているのかもしれない。

実行を一方的に敵視するのは筋違いとなるのか……成功としてはまだ彼にどう相対したらいいのか分からない。

「精いっぱいがんばります」

成功は自分の感情にとりあえずの留保をつけて、社長室を辞した。


「この会社、部署の改編が忙しいですね」

辞令を知らせると、星奈からは呆れたような言葉をもらった。

部員には星奈、栗原、子安のほか、販売一課から中岸大輔と岡谷学の二人も新たに加わることになった。かつては事業部にいたものの、実行の人事編成で追い出された二人である。成功から見ても能力は並といったところだが、成功を盛り立てていこうという姿勢は強く、事業部時代は可愛がっていたものだ。

「早速、成功さんの部長復帰祝いやりましょうよ」

中岸たちが浮かれたように提案してくるのを、成功は「そうそう飲み会ばっかやってられるか」と一蹴する。

「いや、僕らは去年の復帰祝い以来、参加してませんし」

「まずは仕事だ。今の事業部になめられることしてると、俺だってお前らを見切るぞ」

そう言うと、中岸たちは「うえっ」と首をすくませ、「がんばりますよ」と返してきた。

成功が飲み会など開く気になれないのは、同期会があったばかりだということ以上に、栗原や子安とそういう席でどう接したらいいか分からなくなったからである。

栗原も子安もすっかり決まり悪そうにして、成功とは視線も合わせない。

彼らは成功を裏切っていたのであり、本来であれば一緒に仕事をするのも無理な相談である。

しかし、父からは許してやれと言われている。立場の違いというのも理解してやらないといけない。成功を鍛え直すにはこうするしかないなどと妙な信念を持ち出され、君たちしか頼めないと言われれば、断りづらくはあるだろう。彼らを従わせることなど、父からすれば赤子の手をひねるようなものだ。

さらには、中岸や岡谷らとは違い、栗原たちは実行に力を見切られたわけではなく、成功の復帰後を手当てするために先回りして販売二課に入っていたらしい。自分たちだけぬくぬくとしていたわけではない。

今後のことを思えば、ここは全部水に流しておくべきなのだろう。

ただ、それほど簡単に気持ちが切り替えられるものでもないので、今は気まずい空気に成功自身も我慢して身を置かなければならない。

そんな微妙な人間関係の中で営業推進部は立ち上がった。関東営業部の隣に小さな島を作り、半年後の新商品発売に向けてプロジェクトを動かすことになった。

16

「プロモーション関係としましては、まずCM。今回は予算規模からテレビCMも視野に入ってきますし、代理店に投げる前にチームのほうで方向性を固めておきたいと思います。それから発売前後のマスコミ向け発表会や販促イベント。規模や場所、内容を含めて詳細をこれから考えていきたいと思います。あとは発売時のキャンペーン企画、各店舗での試飲キャンペーンなどの小規模イベントなどについても、あわせて案を出していきたいと思います。私と山科のほうでたたき台を作り、来月頭を目処にこの場で報告したいと考えています」

プロモーション課長の光山圭司の報告を早恵里は壁沿いのパイプ椅子に腰かけて聞いている。ロングテーブルの奥の席には実行と成功が並んで座っている。

「これについては特に問題なさそうですが」

実行がそう言いながら、ちらりと成功を見やる。

「プロモーションについては小売現場でのイベント等、営業サイドとの連携が欠かせないものもあります。営業推進部からも一人、担当を付けておきたいと思います」

成功の発言に実行は一つうなずき、「担当は誰に？」と確認する。

「伴内さんにやってもらいましょう」

実行はまた一つうなずき、「では、伴内さん、よろしくお願いします」と星奈に声をかけた。

「承りました」

〔ゼネラル珈琲〕の令嬢と一緒に仕事をすることになるのか……何となく気後れする気分でその事実を受け止める。それにしても成功は彼女をことのほか買っているようだ。

上層部で何が起こっているのか分からないが、営業部の課長になってプロジェクトチームに入ってきた成功は、一カ月で元の職階である部長に戻った。そうなると実行も彼に配慮してプロジェクトを進めざるをえないようだった。どこかやりにくそうであり、決定権も曖昧《あいまい》になるようでいい形とも思えないのだが、これからはこの形でやっていくらしい。

成功が率いる営業推進部は星奈がプロモーションの担当に加わったほか、栗原と子安が主要取引先に対して開く商談会を担当することになった。いよいよ商品コンセプトも定まり、そうなると開発デザイン、プロモーション、販売計画と、諸々の動きも具体性を帯びてくる。早恵里もうかうかしていると置いていかれるような焦りを感じる。

「よろしくお願いします」

会議が終わると、早恵里と光山のもとに星奈が挨拶に来た。せっかくなので、MTGエリアに移って、簡単な打ち合わせをすることになった。

「伴内さんはプロモーションを手がけた経験はあるの？」光山が互いの紹介がてら、そんなことを訊く。

「前の会社で少しだけですが」

「前の会社って〔ゼネラル珈琲〕？」

「そうですね」

少ししか経験がないと言いながら、それに何の問題があるのかとばかりに堂々としている。聞けば、早恵里と同じ二十七歳だという。

「コンセプト会議ではだいぶ目立ってたけど、まあ、お手柔らかに頼むね」光山が冗談っぽく言った。「山科さんなんか、自分の企画を厳しく言われて、けっこうへこんでたみたいだから」

「そうですか」星奈は早恵里をちらりと見たものの、その目に申し訳なさそうな色は浮かべなかった。「私が何か案を出したときには遠慮なく駄目出ししてください。いい企画を立てるには、ブラッシュアップが必要ですし」

「まあ、そうだよね」

光山も鼻白んだように言うしかないようだった。


このところ若葉が冬の挨拶のように「鍋食べたいね」と口にするので、「食べたいですね」と返していたら、この日、「行こうよ」と急にスイッチが入ったように誘われた。

若葉は六本木の薬膳火鍋の店を取ってくれた。早恵里もいつもより早く仕事を終わらせ、彼女に付いていった。

ハイボールで乾杯し、鍋と具材が運ばれてきたところで早恵里が箸を取る。鍋を作るのは自分の役目だろうと、野菜やキノコ類をせっせと煮立ったスープに放りこんだ。

「あれ、山科さん、そっち派？」

早恵里が鍋の中央で仕切られた白湯《パイタン》スープにばかり具材を入れているのを見て、若葉が訊く。

「え……ええ、どっちかっていうと」

「私はこっち派」若葉はいたずらっぽく辛そうな麻辣《マーラー》スープを指差した。

「あ、こっちですね」早恵里は麻辣スープにも具材を入れた。

「辛いの苦手だった？」

「あんまり辛すぎるのは」早恵里は言う。「白湯にちょっとだけこっちのを足すのが好きなんです」

「何かそれ、山科さんぽいね」

若葉はくすりとして言い、早恵里の言う通り、おたまで麻辣スープをすくって白湯スープに加えてくれた。

鍋の好みに自分らしいとか、らしくないとかあるのだろうか……そう思いつつも、彼女の言っていることも何となく分かる気がして、早恵里は「そうかもですね」と応じた。

「もうすぐバレンタインじゃない」

しばらく鍋に舌鼓を打ちながらたわいもない話をしていたが、若葉はその延長のようにしてそんな話題を持ち出してきた。

「そうですね」

「今度、一緒にチョコ買いに行かない？」

「あ、もちろん」早恵里は二つ返事でOKした。「今年も去年みたいな形ですか？」

去年は若葉が部内でお金を集め、男性女性関係なく、みんなに行き渡る分のチョコを買ってきてくれた。

「いや、今年はどうしようかと思って」若葉は迷っている口ぶりで言った。「去年はまあ、サクセスもそうしようって、ぽんと十人分くらいのお金出してくれたから、ああいう感じで行けたけど、部内もだいぶ変わったでしょ」

「そうですね」

「実行さんは、サクセスとはまた考えが違うかもしれないからね」若葉は言う。「それをいちいち訊くのもどうかと思うし」

「でも、去年の形が一番無難な気もしますけどね」早恵里は思ったままを言った。「実行さんが成功さんみたいに出してくれなかったとしても、その予算の中で買えばいいことですし」

「そうだけど、その義理チョコの風習自体必要ないとか、もしかしたら言い出しかねないじゃない？」

「ああ、まあ、確かに」

実行は効率主義っぽいところがあるから、そう言われる可能性もないとは限らない。

「そうすると、まあ、部内はお徳用チョコでも配って、あとはそれぞれの判断でってことでどうかなという気もして」

「そうですね……でも、そしたら、私の場合、買いに行くものがなくなっちゃうような」

事業部の全員に個人で用意するのは財布が持たないし、課ごとに大きな垣根があるわけではないから、課内だけというわけにもいかない。そう考えると、すっとぼけて何もしないのが一番ということになる。

「でもさあ、これは私の提案でしかないんだけど」若葉はそう前置きして続けた。「このへんでサクセスに渡してあげたらどうかな」

「え……？」

「向こうも復帰以来、仕事に打ちこんで部長に返り咲いたとこだし、いろいろわだかまりはあったかもしれないけど、山科さんのほうから歩み寄ってあげてもいいんじゃないかなって。余計なお世話かもしれないけど」

成功のことになると、早恵里は自分の気持ちがよく分からなくなる。うーんと困惑気味にうなることしかできなかった。

「この前、同期会で一緒に飲んだんだけど、サクセス、相変わらず山科さんのこと気にしてんのよ。何か距離取られてるって感じてるし、あれでけっこう繊細なとこあるからね。あと、コンセプト会議でケチつけた企画が山科さんので、彼女へこんでたよって言ったら、めちゃくちゃうろたえてたよ」

あの件は早恵里も正直引きずった。多少なりとも自分は事業部の戦力になれていると自信を持ち始めていた時期だけに、冷や水をぶっかけられたような思いだった。

落ちこみようがよほど顔にも出ていたのか、若葉だけでなく、実行にも励まされた。あれは批判のための批判だ。気にすることはない。私は見込みがあると思って通したのだから、私の責任だと思ってくれていい。これからも怯《ひる》まずやってほしい……彼のそうした言葉にすくわれ、何とか気持ちを立て直すことができたのだった。

成功の好意に嘘はないのだろうが、彼は自分の何を見ているのだろうと早恵里は思うこともある。早恵里が生み出すものを全否定するということは、今後距離を縮めたとしても、早恵里の内面については合わないとか理解できないとか、そういうネガティブな感想に行き着くのではないか……あの件を経ての感情的なしこりは、そんな形としても残っている。

うろたえていたと聞いて、多少胸がすく思いや、そういう成功に可愛げを感じる部分もある。その一方で、でもあれが彼の率直な意見だったのだろうと突き放したい感覚もある。成功に対する自分の気持ちが分からないというのは、そういうところである。

「どうしても気が乗らないなら、もちろん無理には勧めないけど」若葉が早恵里の表情をうかがうようにして言う。

　気が乗らないというほどでもない。そこが自分でも難しい。

「まあ、それはゆっくり考えてもらうとして、こういう話ができる山科さんだから、ちょっと聞いてほしいことがあって」

　ハイボールと麻辣スープの鍋で、若葉の頰はほんのりと赤みが差している。それを手で扇ぎながら言うので、早恵里は「はい」と先を促した。

「その同期会のときにサクセスから聞いたのよね。どうやら実行さんが私に気があるみたいだって」

「えっ？」

　思わずそんな声が出た。実行の意外な本心を知ったことに対しての驚きが一番だったが、どうしてそれを成功が知っているのかと訝《いぶか》る感覚も多少混じっている。さらには、つかみどころのない、もやっとした感情も生じていた。

「驚くでしょ？」若葉は早恵里の反応も当然だとばかりに言う。「彼と実行さん、反目し合ってるだけかと思いきや、家族が集まる場ではおとなしく一緒にご飯食べたりしてるらしいのよ。その席で、社長の奥さんが実行さんに、誰か気になってるような女性はいないのかって興味半分で訊いたんだって。そしたら、頼りになるし、気になってるって、私の名前が出てきたらしいの」

　自分のもやっとした感情を探り、嫉妬ではないはずだと言い聞かせる。早恵里自身、実行をそんなふうには見ていない。

　ただ、彼のこれまでの優しい言葉が、結局、子どもを手なずける類のものと変わらず、最初から一人の大人としては見られていなかったのだと気づかされたような気がして、それについては何となく寂しい気持ちが湧くのだった。

「そう言われてみれば、私も三十そこそこで大した能力もないのに課長に抜擢されて、何でだろうとは思ってたのよね。まあ、人事にそういう感情が混じってるのがいいかどうかは分かんないけど」

「いや、それは夏目さんが普通に優秀だからだと思いますけど」

いかにもなキャリアウーマンではなく、雰囲気も柔らかいが、きわめて有能な人間であることは同じ職場で働いていれば分かる。課長への抜擢に実行の私情がまったくなかったかどうかは分からないにしろ、若葉と同い年で〈東京ラクト〉出身の梶本を企画課長に据えた以上、プロパーの若葉をマーケティング課長に据えるのはバランス的にも自然だと思えた。梶本は多少高圧的なところがあって、ベテラン社員に陰口をたたかれているのを耳にすることもある。その点、若葉は人あしらいがうまく、そういったこともない。

若葉は「いやいや」と謙遜《けんそん》してから話を続けた。「私も聞いたばかりだし、だったらどうするのってことは何も決めてないんだけど、全然脈がないって思わせるのも違うかなって気もしてて。私、案外、ああいうきりっとした真面目そうな人、嫌いじゃないんだよね。まあ、ちょっと堅物すぎる気もするけど、好意示されたらまた見方も変わってくるじゃない。だから、とりあえずお世話にもなってるし、チョコくらいは渡しといたほうがいいのかなって」

それで今年のバレンタインはそれぞれの判断でという話につながるのか……早恵里は納得がいった。

「分かりました」早恵里こそ若葉には日頃世話になっているので、ここは気持ちを切り替えて後押ししようと思った。「一緒に買いに行きましょう。私も成功さんに全然脈がないって思わせるのも違う気がするんで、渡しておくことにします」

そう言うと、若葉は目を輝かせ、「うん、そうしようよ」と弾んだ声を上げた。


星奈を交えたプロモーション担当の打ち合わせは連日のように行われた。

星奈は小売店舗でのプロモーション企画だけでなく、広告や発売イベントなどに関しても積極的に意見を出してきた。早恵里の意見もときには鋭い反論ではね返されるものの、総じて真面目に聞いてくれるので、早恵里としても刺激的な時間だった。

ＡＢプロジェクトは大型企画に相応《ふさわ》しく予算も潤沢に取られている。〈シガビオ〉は今までテレビＣＭを打ったことがないらしいが、発売後の一定期間ならそれも可能となる。発売イベントと連動してタレントを起用することも不可能ではない。起用するなら誰がいいだろうかなどということを真面目に考えるのは楽しいものだった。

プロジェクトチームの全体会議も週に二度は開かれた。開発研究部の東京ラボからは会議に合わせて試作品が運ばれてくるようになり、メンバーが試飲して味や香りをチェックする官能評価も始まった。

そんな中でバレンタインデーがやってきた。

直前の週末、若葉と銀座で待ち合わせをして、チョコレートを買った。部内に配る分も、若葉はお徳用でと言っていたが、おしゃれな個包装のものが売られていたので、二人でお金を出し合ってそれを買った。

その日、十五時少し前の実行が部長席に着いているところを見計らって、若葉が部員たちにチョコレートを配りに回った。本来は早恵里が受け持つべきだろうが、その流れで実行に渡したいらしく、若葉に任せた。

若葉は部員たちに配り終えたあと、最後に実行のもとに行き、その机の上にチョコを置いた。ちらりとそれを見てうなずいた実行に、若葉は小脇に抱えていた自分のチョコレートを差し出した。一言二言笑顔で何か言っているが、早恵里の席からは聞こえない。ただ、その仕草はとても自然で爽やかだった。実行は一瞬虚をつかれたように若葉を見返したあと、クールな表情を崩さないまま、短く言葉を返してそれを受け取った。

若葉が自席に戻っていく中、じろじろ眺めていたのに気づかれたのか、実行がこちらに視線を向けてきたので、早恵里は慌てて目を逸らした。

早恵里のほうはと言えば、まだ成功に会えていなかった。営業推進部のフロアまで行って渡すのも気恥ずかしく、そのあたりの廊下で姿を見かけたらと思っていたが、こういうときに限ってなかなかそういう機会に出会わない。

十七時をすぎ、うかうかしていると帰ってしまうだろうし、スマホで連絡するしかないかと思っていたところ、どこかから戻ってきた若葉が何やら外を指すような合図を送ってきた。

成功がそのあたりにいるらしいと気づいて、早恵里はチョコレートが入ったポーチを手にして、フロアを出た。

成功は休憩中なのか、MTGエリアのテーブルに一人着いて、コーヒーを飲んでいた。早恵里の姿を見ると、はっとしたような顔をし、焦ってコーヒーをこぼしたのか、濡らしたテーブルを拭くものを探している。

早恵里はポーチからティッシュを取り出して、彼の前まで歩いていった。

「あ、ありがと」

彼は差し出されたティッシュを受け取ってテーブルを拭いた。

「これもどうぞ」

そう言ってチョコレートの小さな包みを差し出すと、彼は顔を上げて目を瞠《みは》った。

「あ、ありがと」

驚いたような顔は、すぐに嬉しそうに緩んで目尻も下がった。若葉からチョコレートをもらったときの実行と比べても、やはり成功のほうが表情が豊かで愛嬌がある。

包みに付けたメッセージは「ABプロジェクト、がんばりましょう」という無難なものだが、今はそれくらいでいいだろう。小さく一礼して立ち去ろうとすると、「あ、山科さん」と成功が呼び止めた。

「コンセプト会議のとき、悪かったね。[エネビオ]、調子に乗ってあれこれ言っちゃって」

「いえ、気にしてません」早恵里は少し強がって言った。「結果的に採用もされませんでしたし、ああいう指摘を受けても当然だったかなって思ってます」

「実は俺も、課内のブレインストーミングで似たようなの出してたんだよ」

「え?」

「[ビオアライブ]って名前で、マルチビタミン入れてとか、パウチゼリータイプがいいんじゃないかとか、本当に」成功はそう言って笑う。「それがけっこう辛辣《しんらつ》に言われてさ。俺もへこんだんだけど、まあ一理あるかなと納得してね。そしたら会議で似たような方向性の案が出てきたから、思わず言われた意見言っちゃったんだよ」

そんないきさつがあったと聞くと、気に病んでいたのも馬鹿馬鹿しく思えてくる。

「うちもプレゼンス出すためにはガツガツいかなきゃっていうのがあったからね。だから、あれは気にしないで」

「本当はめちゃくちゃへこんでました」早恵里は言ってやった。「成功さんもずいぶん変わったなって思って」

「いやいや」

成功が困惑したように顔を引きつらせたところで、早恵里はふっと笑って矛を収めた。

「お詫びに今度誘わせて」

再び背中を向けようとして、そんな成功の言葉に引き留められた。早恵里は素直に返事をするべきか笑顔だけで煙に巻くべきか、一瞬考えかけたものの、そこに実行の姿が目に入ってしまった。

実行はコーヒーを買いに来たようだったが、立ち止まってこちらをじっと見ていた。その目つきが妙に鋭く、見咎められている気がして早恵里は戸惑った。

特にはしゃいで話しているつもりもなかったが、何となく決まりが悪くなり、成功を見返さないまま中途半端な会釈を送ってその場を立ち去った。


十八時を回る頃、早恵里はそろそろ帰ろうかと思い、パソコンを閉じた。事業部はすでに半数以上が帰途についている。

「山科さん」

そこに実行から声がかかった。彼の席に行ってみると、USBメモリを手渡された。

「君は確か英文科だったね？」

「はい……」

「ここに〈ケーティービバレッジ〉社CEOのニール・トンプソンがマーケティング戦略を語った

講演動画が入ってる。アメリカの飲料業界で注目されている経営者だ。ただ、翻訳アプリにかけてみたんだが、早口だからか、うまく訳し切れないところが多いし、抜けもあって意味がつかめない。君のほうで一度やってみてくれないか」

早恵里は英文科と言っても、エリオットやオーデンなどの英米詩を学びたくて入った口であり、高い英語力を持っているわけではない。帰国子女でもなく、特にリスニングは弱点の一つだった。

しかし、実行はそんなことはお構いなしに続けた。「完璧に訳してくれとは言わない。意味の通る要約を作ってもらえば十分だ」

「分かりました」

自信がないとは言いづらい。翻訳アプリの訳をチェックしながらやれば何とかなるかと思い、早恵里は返事をした。

「今日のうちに」

「えっ?」

「早く確認したいんだ。お願いする」

「……はい」

会社の方針もあるだろうが、実行はこうした残業をさせたがらないタイプの上司である。珍しいことだった。

仕方なく、席に戻って作業に入った。パソコンにUSBメモリを挿して動画を出す。講演は四十分程度のもののようだった。ざっと前半部分を再生して、音声翻訳が使えるスマホのアプリにかけてみたが、音声もクリアとは言いがたく、確かに早口で話しているところや聴衆の拍手や笑い声が入っているところなどでは翻訳機能が反応しなかったり、意味の通らない訳が生じたりする。

〈私は最高の仕事の一つに就いていますが、それはあなた自身の靴のようなもので、あなたは何か違うものを感じます〉

〈それらの人々のうちの何人かは、それがその人々であり、それが私たちの目指していたものです〉

こういう誤訳部分を何度も繰り返し聞き直して、意味の通るものにしていかなければならないわけだ。本当に今日中に終わるのだろうかと途方に暮れる気分だった。

とりあえず全体を把握するため、音声翻訳の結果とにらめっこしながら動画を最後まで再生した。話の中身は分かったような分からないような感覚である。マーケティング戦略の哲学やヒット商品を作る上で大事なことを、いくつかの例とともに語っているのは分かる。ただ、要約を作るには取っかかりでしかない。

動画をもう一度頭から再生していく。集中して聞きながら音声翻訳の訳文を見ていると、ここは抜けなくきれいに訳されたなというのも何となく分かってくる。強調するようにゆっくりと話している部分は早恵里でも聞き取れるし、訳文にも納得がいく。そうした箇所を紙に書き出していく。

その後は翻訳の不安定な部分を繰り返し再生して、出てくる訳文と自分の耳をすり合わせながら最適解を見つける作業となった。何度聞いても聞き取れないフレーズは捨てないと進まない。要約には影響がないと思うしかない。

早恵里と実行だけがフロアに残る中、二十時をすぎた頃になって何とか半分ほどが終わった。残り半分を訳し、要約にまとめるとなると二十二時近くにはなるかもしれないが、終電の心配はしなくてよさそうだった。

ただ、食事休憩など取っていたら、そんな余裕もすぐになくなってしまう。こんなことなら配られたチョコを残しておくんだったと思いながら、空腹を我慢し、翻訳作業に没頭する。

不意に音声の合間を縫うように実行の大きなため息が聞こえ、早恵里は集中を途切れさせた。注意を彼に向けると、その動きがどこか忙《せわ》しない。そしてまた大きく息をついた。何か我慢の限界に来ているような様子だった。

アプリに音を拾わせるためにだいぶ音声のボリュームを上げているが、まさかそれが気に障るというわけでもあるまい。自分の指示した仕事なのだ。

早恵里の作業が遅いために怒っているのではないか。

焦りながら作業を続けていると、「山科さん」と実行が呼んだ。

呼んだまま、早恵里をじっとにらむように見つめている。

「すみません」早恵里は腰を浮かせて言う。「まだちょっと……」

実行は何かに耐えるようにこぶしを固めて沈黙し、それからおもむろに口を開いた。「もういい」

「え？」

何か用事があり、それに間に合わなくなるから苛立っているのだろうか。

「今日中には終わりますから、メールしておきましょうか？」

「いや、いい」実行は声を絞り出すようにして言った。「私が間違っていた」

「え？」

「残業させるような仕事じゃない」

急ぎの仕事ではないということらしいが、彼自身、何かと格闘しているような苦しげな表情を浮かべている理由が分からない。

「では、明日続きを……」

早恵里がそう言うのに、実行は「今日」と声をかぶせてきた。

「成功に何か渡してたね」

「はあ……」チョコレートのことだ。

「君はあいつと何か特別な関係なのか？」

「いえ……そういうわけでは」早恵里は戸惑いながら言う。「以前、お世話になっていたので」

「今は私がここの部長だが」実行は早恵里から目を逸らし、それでも言わずにはいられないというように続ける。「彼にだけ渡すというのは、特別な関係じゃないのか？」

実行と成功は腹違いの兄弟で、育った環境も異なり、実は仲も悪いらしいという噂は耳にしている。

その腹違いの弟と早恵里が特別な関係かと疑って、無理やり残業を言いつけたということか。とんだとばっちりだし、パワハラ以外の何物でもないではないか。

「部長にもお世話にはなってますが、いろいろ差し障りがあるというか、特にお望みではないだろうと思い、お渡しするのは遠慮させていただきました」

勢い、口調がつっけんどんになった。めったに腹を立てることがない分、一度かちんとくると、それを抑える術が分からない。

「差し障りというのは、成功に対してということか？」

「違います。部長には個人的に気に入られてる方がいるとお聞きしましたので、私が出しゃばるのは違うだろうと思いました」

「誰のことを言ってるんだ？」実行は眉をひそめて訊いてきた。

「今日、その方からチョコをもらってましたよね？」

「夏目さんか」実行はそう口にして首を振った。「あれこそ、普段世話になっているからというこ
とでくれたものだ。こちらからも後日お返しするつもりだし、それ以上でもそれ以下でもない。あ
れを見てどうこう考えているなら、見当違いも甚だしい」
早恵里の怪訝《けげん》な思いを顔つきから見て取ったらしく、実行は「いや」と続けた。「そういうこと
じゃないのか。誰かから聞いたと言ったな。誰から聞いたんだ?」
「誰というか」若葉からとは言いづらく、言葉を濁した。「家族の席で、誰か気になっている人は
いないのかと社長の奥さんから訊かれて、部長自身がそう答えたと……」
「なるほど、成功か」実行は合点したように言った。「そういう手を使ってきたか」
そういう手とはどういう意味なのかよく分からないが、彼が憤《いきどお》っていることは間違いないようだ
った。
「もしあれでしたら、今からでも部長の分、買いに行ってきますが」
こんなことで兄弟の確執に巻きこまれたくはない。馬鹿馬鹿しさを突きつけたい思いで、早恵里
はそんな言い方をした。しかし、それで実行が冷静になるかと思いきや、彼は少し考えるような間
を置いたあと、「そうしてくれ」と信じられない返事を寄越してきた。
「分かりました」
まったく馬鹿げていると思いながら、早恵里は口にした手前、財布を持ってコートも羽織らず、
オフィスを飛び出した。冷たい夜風が吹く中、近くのコンビニに行って売れ残りのバレンタインチ
ヨコを買い求め、会社に戻った。
「どうぞ」
部長席にほとんどたたきつけるようにしてチョコレートを置いた。空調の利いたオフィスに戻っ

て、やけに身体が火照《ほて》る。憤りで熱を帯びているようでもあった。

「ありがとう」

実行は礼を口にしたが、まったく嬉しそうではなかった。

「怒ってるのか？」

「当たり前です」早恵里は冷ややかに言った。「こんな目に遭わされて怒らない人がいるんですか？　馬鹿にしないでください」

躊躇《ちゅうちょ》ない早恵里の言葉に、実行の顔がゆがんだ。上司相手にさすがに言いすぎた気になり、とたんに気まずくなった。

かといって謝るのもおかしく、とにかくもう帰ろうと思った。

「悪かった」

実行に背を向けかけたところで、彼の口からそんな言葉がこぼれてきた。

「こんなことをさせて、君に軽蔑されるだけなのは分かってる。私はまだまだ未熟だ。成功の策略に嵌《は》まったのを承知しながら、いいように翻弄されてしまった。いったん崩れた精神状態を立て直すことができない。君にこんな醜態をさらして、まったく忸怩《じくじ》たる思いだ」

日常会話で「忸怩たる思い」などと言う人を初めて見た。早恵里を残業させ、チョコレートを買いに行かせたことをさすがに反省しているようだが、言い方が大仰《おおぎょう》で逆に戸惑う。

「成功とは会社のために手を取り合ってがんばっていきたいと思っているし、競い合うところでは、力と力でぶつかり合いたいと思っている。しかし、彼にとっては私が邪魔な存在であるのも事実なんだろう。それでこうした奸計《かんけい》を仕掛けてくる。まったく嘘偽りなく言うが、私は社長夫妻の前で夏目さんの名前など出していない。夫人に誰か気になっている人はいないかと訊かれて、私がいると答えたのは事実だ。けれど、相手の気持ちも知りえないうちから、そんなところで名前まで出すわけがない。それをいいことに、その場で聞いていた成功に利用されてしまった」

「夏目さんのことじゃないんですか？」早恵里は曖昧なままのそこを訊いた。

「違う。でも、成功はそれに気づいたはずだ。だからこそ、こんなやり方をしてきた」

実行は重そうな吐息をついてから、視線を下に落とした。

「私の頭にあったのは君のことだ」

早恵里には返す言葉がない。若葉が意中の人であり、自分は歯牙《しが》にもかけられていないのだと思ったときは、何となく寂しさも感じたものだが、実は自分こそが本命なのだと言われても、困惑のほうが勝ってしまう。何より、こんな告げられ方をしても、どう応えていいのか分からない。

「気持ちの伝え方としては、考えられうる限り最悪の形だな」

実行としてもその自覚はあるらしかった。

「全部忘れてくれていい。申し訳なかった。この埋め合わせは必ずする」

彼はそう言うと、かばんを手に取り、足早にオフィスを出ていってしまった。

17

〈ゼネラル珈琲〉との自販機契約を機に、ＭＴＧエリアに設置されているドリップ式のコーヒー自販機も、〈ゼネラル珈琲〉社製のものに替わった。

金曜日の夕方、成功がその自販機で買ったコーヒーを手に、ＭＴＧエリアの一角で書類に目を通していると、どこかで打ち合わせを済ませてきたらしき星奈が成功を見つけて近づいてきた。

「お疲れ」成功は声をかけ、紙のカップを掲げてみせる。「さすが〈ゼネラル〉のはうまいな」

「わざわざオセロまでして、社長もけっこう義理堅いんですね」星奈は新しい自販機をちらりと見て言った。

「まあ、これくらいは当然だろ」

自販機が他社製のものに切り替わることを業界ではオセロと言うらしい。〈シガビオ〉ではこのフロアだけでなく、経営本部がある上階や那須の工場に研究所、あるいは地方営業所など十カ所の自販機が〈ゼネラル珈琲〉のものにオセロされた。

「それはそうと」彼女はテーブルに手をつき、成功の顔を覗きこんできた。「仕事とは関係ないんですけど、成功さん、日曜の夕方以降、何か用事あります？」

「日曜は友達の結婚式の二次会が入ってるな」

学生時代の友人で、今は大手広告代理店の〈一広堂〉に勤めている石黒翔太という男が結婚するのだが、その二次会に呼ばれている。披露宴は身内で済ませ、二次会は知り合いを多く呼んで派手にやるらしい。

「それ、いつ終わります？」

「二次会だけだったら、六時頃には終わると思うけど」

星奈は少し考えるような間を置いたあと、珍しくためらいがちに切り出してきた。「二次会で抜けてもらうことできますか？　ちょっと相談事があるので」

「全然いいよ」

「お願いします」

つい先日、バレンタインデーのときには、早恵里だけでなく、星奈からもチョコレートをもらった。そういうイベントごとは素知らぬ顔で流しそうなタイプにも見えるのだが、そう言えば、クリスマスイブも会社帰りにラーメンを食べたいと誘われた。彼女なりにささやかにイベントを楽しみたいと考えているようであり、そういう姿はどこかいじらしく思えるし、また、贈り物をされれば単純に嬉しいものである。そんなこともあって、相談事があるなら二つ返事で乗ってやりたいと思った。

早恵里のほうには、チョコレートのお礼とともに、また近々ご飯にでもというメッセージを送っている。その返事はまだないが、彼女から一歩歩み寄ってくれたことには違いなく、雪解けは近いのではないかと希望を持っている。


日曜日、石黒の結婚式二次会に出席するために自宅で着替えていると、母から電話があった。

〈お父さんと久しぶりに〔八兵衛〕に行こうと思って予約してたんだけど、お父さんの昔の友達に不幸があって、通夜に顔を出すことになったらしいのよ。せっかくだからお前だけでも行ってこいって言われたんだけど、あなた、今夜空いてない？〉

「今日は無理。約束が入ってるから」

〔八兵衛〕は銀座の老舗鮨店でそそられはするが、今日は二次会のあと、星奈と会う約束がある。それで断ると、母は〈じゃあいいわ〉とあっさり引き下がった。〈実行くんなら来るだろうって言われたけど、あなたがやきもちを焼くといけないから、とりあえず先に声をかけてみたのよ〉

「何で、そんなことにやきもちを焼かないといけないんだよ」

〈あなたけっこう、仕事でも実行くんを意識してるみたいだって聞くし〉

気がついたら自分の後釜に座っているのだから当然意識はするが、母の相伴《しょうばん》に与《あずか》ることなど勝手にしてくれという話である。

〈じゃあ、実行くん誘ってみるわ〉

母はどこか嬉しげに言い、あっさりと電話を切った。

〈それでは本日の主役、新郎新婦に入場していただきます。みなさん、盛大な拍手を〉

タキシード姿の石黒翔太とともに、ロイヤルブルーのドレスに身を包んだ新婦が会場に姿を現した。

〈みなさん、どうぞ拍手を〉

しかし、司会者の呼びかけに反して、五十人はいる参加者から拍手はまったく起こらない。新郎新婦を見ることなく、めいめいの会話を楽しんでいる者たちがほとんどだ。

司会者も戸惑ったように黙り、新郎新婦も少々決まり悪そうに自分たちの席に着いた。

「いえーい!」

そこでようやく誰かが歓声を上げて立ち上がり、それを合図に参加者たち全員が笑顔で拍手を始めた。

〈はい、みなさんご協力ありがとうございました〉

サイレントトリートメントが決まり、青山のレストランを借り切った二次会は和やかに始まった。

大手広告代理店の社員同士の結婚とあって、開かれるパーティーも趣向が凝らされている。サイレントトリートメントも会場に入るときに協力を求められたものだ。

石黒の同僚たちには芸達者が多く、本格的なかぶりものやコスチュームなどを使って一芸を披露し、笑いを取っていく。成功ら学生時代の友人グループは、軽食をつまみながらそれを見ているだけだ。

成功らのグループには栗原も交じっているが、席は少し離れている。仕事の上でも元の関係に戻れているとは言いがたいし、こうしたプライベートの時間でも一緒にいるのは向こうも気を遣うだろうと、成功もあえて距離を置いている。成功の隣にはディスプレイクーラーの調達で世話になった山形一彦が座り、彼と旧交を温めながら出し物を楽しんでいた。

ビンゴ大会の景品も、ロボット掃除機やブランドバッグなど豪華なものがそろっていた。

〈そして一位の景品ですが、〔東京ラクト〕様より高級チーズの豪華詰め合わせセットが提供されております〉

司会者の紹介を受けて、新郎新婦の同僚たちが沸く。妙に白々しい盛り上がりだった。どれだけ高級か知らないが、チーズの詰め合わせがロボット掃除機やブランドバッグより喜ばれるわけがない。おそらく新郎新婦のどちらかが〔東京ラクト〕をクライアントに受け持っているのではないか。石黒自身は数年前に会ったとき、自動車メーカーを担当していると言っていた。そこから替わったか、あるいは新婦が担当しているのだろう。

ビンゴ大会そのものはさくさくと進み、一位のビンゴが出てチーズの詰め合わせセットが渡されると、再び拍手喝采が起こった。成功は数字がそろう気配がなく、景品が片づいていくのを見ているだけだった。

「ビンゴ！　ビンゴ！」

三位で中央の席に陣取っていた男が手を挙げた。すると、彼を取り囲んでいた女性陣がわっと沸いた。

男は景品のロボット掃除機を受け取りながらも、司会者からマイクを奪い、「うちに同じのがあるので、これは新郎新婦に」と言った。それでまた周囲が沸いた。気が利いているとも言えるが、ずいぶん気障《きざ》だなとも思った。石黒の同僚たちが出し物をしているときも、ひときわ甲高い笑い声が目立っていた男だった。

ビンゴ大会が終わると、ゲーム大会がそれに続いた。

〈実は翔太さんから、美咲さんのストッキングを借りております〉

司会者がストッキングを掲げ、新婦が「えー!?」と驚いている。

〈大丈夫です。ちゃんと洗ったものだそうです〉

宴もたけなわというべきか、だいぶ下品になってきた。中央に陣取った男が手をたたいて喜んでいる。

〈勝者には、この美咲さんのストッキングと、〔東京ラクト〕様から先ほどと同じ高級チーズの詰め合わせが贈られます。翔太さんはストッキングを奪われないよう、命がけでがんばるそうです〉

ストッキングをかぶって新郎と引っ張り合うゲームらしい。

〈どなたか挑戦したいという方はいらっしゃいませんか?〉

みなが様子見を決めこむようにして、手は挙がらない。

「おい、〔シガビオ〕」

中央の男が不意に成功のほうを見て声を上げた。

「お前だよ。知ってるぞ。お前やれよ」

何だ、こいつ……酔っ払っているのかと思い、成功は返事をしなかった。

「おいおい、〔シガビオ〕のくせに無視かよ」男は嘲笑混じりに言い、周囲の女性陣に話し始めた。

こなんだよ」

「〔シガビオ〕って、〔ラクト〕のパチモンみたいな会社なんだよ。俺の親父に〔ラクト〕を追い出されたのが社長やっててさ、俺に追い出されたうちの兄貴もそこに逃げて、吹き溜まりみたいなとこなんだよ」

石黒が身を屈めて、成功の席にやってきた。

「悪い。サクセス、一緒にやってくれよ」そうささやいてくる。

「嫌だよ」

「うちの奥さんの大事なクライアントなんだよ」

話を聞いていれば、関係性はおおよそ分かる。しかし、そのクライアント様の態度が気に食わないのだ。

「俺がやるよ」栗原が手を挙げて言い、中央の男に声をかけた。「俺も〔シガビオ〕です」

「何で、そんな何人も〔シガビオ〕がいるんだよ」男はそう言って笑った。「どうなってんだよ、新郎の学校は」

「就活でつまずいたところを拾ってもらって」栗原が愛想笑いを浮かべて言う。

「下っ端に用はねえよ。〔シガビオ〕の志賀くんがやるから面白いんだろ」

「いやいや、でもやりますんで」栗原は必死に食い下がろうとしている。

「サクセス、頼むよ」石黒が手を合わせ、拝み倒すように言う。「ストッキング、本当は新品だからさ。頼むよ」

「……分かったよ」

栗原が自分を守ろうとしていることに少しばかり心を打たれ、成功はしぶしぶ応じることにした。

前に出て、ストッキングを顔までかぶる。中央の男が、これ以上ない見世物を見るように、スマホを掲げてその様子を撮っている。

「よういスタート！」

司会者のかけ声とともに、同じくストッキングをかぶった石黒に後ろから引っ張られ、成功はまぶたがめくれ上がった。

いてててて。

「ぎゃははは！」

中央の男の甲高い笑い声が耳に突き刺さった。


歓談の時間が来たところで石黒夫妻がそろって詫びに来たが、成功は適当にそれをあしらい、そそくさと会場のレストランを一人出てきた。星奈と約束したときは、多少三次会への未練が湧きそうな気がしていたが、実際にはそんな感情は皆無だった。

カフェに寄って無理やり気分を切り替えたところで、星奈に時間ができたとのメッセージをスマホで送った。彼女からは虎ノ門の〔ホテルオーヤマ〕に来てほしいとの返信が届いた。

すっかり日が落ちた日曜の都心をタクシーで走り、〔オーヤマ〕に向かった。タクシーがホテル前のロータリーに入ったとき、エントランスから建物に入っていく人影が実行に似ていておやと思った。しかし、料金を払ってホテルに入ってみると、その人影はすでになく、気のせいかどうかも確かめられなかった。

星奈はロビーラウンジのソファに座って待っていた。

「嵐にでも遭ったんですか？」

会うなり、彼女には真顔でそう訊かれた。

「え？」

「頭が爆発してますよ」

頭を触ると、ストッキングで引っ張られたまま、髪が逆立っていた。

「嵐くらいならよかったんだけどな」成功は言いながら、髪を手で撫でつけた。「相談事とか言ってたけど、飯でも食いながらにする？」

「上の中華料理に行きます」星奈はそう決めているように言った。

「あ、そう」

「父が来てるんで、会ってもらいたいんですけど」

「えっ？」

「あと、早野さんとそのお父さん。私にちょくちょく付きまとってる人です。〈ゼネラル〉の社員で、お父さんは常務です。父の側近で、息子の尻をたたいて私とくっつけようとしてます。そうすれば、自分も息子も将来が安泰だからです」

「そんな席に何で俺を呼ぶの？」場違いも甚だしく、成功は腰が重くなって星奈の隣に座りこんだ。

「父もそうなったらいいと思ってる口です。私のことを、婿養子を取る材料くらいにしか思ってないんです」

「そんなことないだろ」

「いいえ。少なくとも、将来私に会社を任せるようなことは考えてません。私の役目はそういうことではなく、伴内家の跡継ぎを早く作ることだって思ってます。だから私は会社を出ました」

「うーん」

そういう行動に結びついているなら、そう考えざるをえない節も父親の言動に見られるのだろう。

「それで、俺にお父さんたちを説得させるみたいなこと？」

「早野さんは私と成功さんの仲を疑ってます。今までは下らないと思って相手にしてきませんでしたけど、いっそのこと彼氏面してもらえたら、話も早いんじゃないかって思いまして」

「えっ？」

「父もそういう仲を引き裂いてまでとは思わないでしょうし、ご協力お願いします」

「まじか」

思った以上にややこしい頼み事で、気持ちが追いつかない。

「駄目ですか？」

「いやいや」愚図っていると、じゃあいいですと簡単にそっぽを向きかねない。成功も星奈の性格はだいぶ把握してきている。「分かったよ。早野さんが疑ってるなら、確かに俺にしかできない役目だろうし、何とかやってみるよ」

「ありがとうございます」

星奈は少しほっとしたように頭を下げた。

「そうなら、もうちょっと身だしなみ整えさせてくれ」

星奈もいつになくシックなベロアのワンピースで決めている。成功もフロアを上がる前に手洗いに寄ることにした。

手洗いに入り、鏡の前で髪にくしを入れていると、個室で用を足していた男が出てきて、成功の隣で手を洗い始めた。ふと鏡越しに目が合ったその男が実行だったので、成功は「うっ」と声を洩らした。

「何してる？」実行も少なからず驚いたようで、警戒するように訊いてきた。

「何してるって、プライベートの用事だよ」成功はそう答えて訊き返す。「そっちこそ何だよ?」

「私はお母様に夕食に誘われて来たんだ」

「〈八兵衛〉って、ここの〈八兵衛〉かよ」

本店は銀座にあるが、このホテルにも支店が入っているのだ。

「お前は用事があるからと断ったと聞いたぞ」実行は言う。「急に気が変わって押しかけてきたということではないんだな?」

「そんなことするかよ」成功は馬鹿馬鹿しく思って言った。「面倒だから、お袋には俺がここに来てることは言わなくていいぞ」

実行はふんと鼻を鳴らしただけで、どうする意思も覗かせなかったが、彼ならわざわざ食事の席に成功の話を出して、母の気を散らすようなことはしない気がした。

「それより、あんたの弟、何だよ」成功は二次会のことを思い出して言った。「とんでもねえな」

「殊勝にも自己批判か」

「違うよ」

「私も話す機会があったら、ちゃんと言っておかなければと思ってた」実行は話の流れをさえぎるようにして言った。「私のことを邪魔に思う気持ちは分からないでもないが、汚い手を使って揺さぶりをかけるような真似はやめることだ」

「は?」成功は鏡越しではなく、隣の彼をきょとんと見た。「何の話だ?」

「全部分かってる」実行は成功の反応に構わず続けた。「今回はいいようにやられたが、私もそれで引き下がるつもりはない。仕事もそれ以外も、競い合うのは望むところだ。それが我々の宿命なんだろう。ただ、正々堂々とやるべきだ」

実行はそれだけ一方的に言うと、手洗いを出ていった。成功には、何の話か最後まで分からなかった。

ネクタイを締め直して手洗いを出る。

「会社のトイレかと思ったよ」

手前で待っていた星奈に肩をすくめてみせる。彼女も実行が先に出てきてそれなりに驚いただろうが、今はそれどころではないという気持ちなのか、表情で軽く受け止めただけだった。

「行きましょう」

星奈がそう言い、不意に手をつないできたので成功は戸惑った。

彼女は言い含めるような視線を向けてきた。ここからはもう彼氏面でと、その目が訴えている。何より、彼女のてのひらにうっすらと汗がにじんでいるのが分かり、その懸命さを感じると、拒む気にはなれなかった。

ただ、同時に彼女の色気のようなものも敏感に感じ取ってしまい、成功は何となく目を逸らした。

ロビーのほうで実行が立ち止まり、こちらをじっと見ているのが見えた。妙なところを見られている気もしたが、やはり星奈の手を振りほどくことはためらった。

「そう言えば、伴内さん、実行の弟って知ってる？」

意識を切り替え、エレベーターホールに向かいながらそんな話を持ち出してみた。

「変わった自己紹介ですね」

「だから、俺のことじゃないって」成功は言う。「〈東京ラクト〉にいる弟だよ」

「ああ、勢司さん」

「やっぱ知ってんだ」

「会ったことはありません。前に縁談の話が来て断りました」

「伴内さんは鼻が利くな。それ、断ってよかったよ」

「あとから父も本人と会う機会があったらしくて、大手の次男坊だから惜しいことしたと思ってたけど断ってよかったって言ってました」

名のある企業のトップ相手にもそういう印象を持たせるらしい。ある意味、裏表がない男とは言えるのかもしれない。

エレベーターでフロアを上がり、中華料理のレストランに入った。星奈が名前を告げ、スタッフに案内される。フロアを進むと、円卓に着いていた年配の男二人と若い男一人の三人組がこちらを見て固まっている光景に行き当たった。若い男は例の早野である。

早野は驚愕《きょうがく》したように目を見開き、口をパクパクと動かしている。追いかけていた女性が男と手をつないで現れたのだから無理もない。空いている席は一つだけだ。四人の会食に成功が押しかけてきた格好である。

「〈シガビオ〉の志賀成功さんです」

星奈がつないでいた手を離し、いつになく緊張した声音で成功を紹介した。

「志賀成功です」

奥の席に座る六十絡みの男が星奈にも似た鋭い眼差しを成功に向けている。彼が伴内社長だろうと見当づけながら、成功は挨拶した。

「椅子をもう一つ用意してほしい」

伴内社長は落ち着いた口調でレストランのスタッフに頼み、そのあとも成功を観察するように見ていた。

「志賀社長のご子息かね？」

成功に椅子を勧め、腰かけるのを見届けてから伴内社長が訊いてきた。

「はい」

「志賀社長には自販機契約のことで丁重に挨拶をもらった。よろしく伝えておいてほしい」

「承知いたしました」成功は小さく頭を下げる。「その件では大変お世話になりました。今後も末永くお付き合いのほど、よろしくお願いします」

伴内社長は一つうなずき、成功に飲み物を勧めると、スタッフに料理を始めるよう言った。声には明るさこそないが、かといって、不機嫌さも見当たらない。持ち前と思われる適度な重さがあるだけだ。

早野常務はどこか居心地悪そうにして、成功と伴内社長を交互に見やっている。何か言いたそうだが、社長の手前、口をつぐんでいる様子である。

一方、早野は哀れなほどに動揺していて、荒い呼吸を抑えようともせず、テーブルのどこかを見つめながら、ビールに口をつけ、グラスを置いたと思ったら、またすぐそれを取り、ということをひたすら繰り返している。

成功も居心地はよくなかったが、乗りかかった船であり、どうにかこの席をやりすごすしかなかった。

「志賀社長もうちの娘が自分の会社にいることを驚いていたが、何も武者修行をさせようと送り出したわけではなくてね。娘の意思で飛び出していったものだから、私が挨拶を入れるのもおかしな話になる」

「僕も同じ課にいながらうかつにも気づかず、しばらくは、優秀な人が入ってきたなというだけの認識でした」

「優秀かどうかは知らんが、まあ、バイタリティーはある」伴内社長は言う。「ただ、何でも自分でできると思っている。万能だと思っている。そこが大人になればと思いながら見てるが、なかなか難しい」

「別に万能だなんて思ってませんし」星奈が独り言のように反論した。

「これから研鑽《けんさん》を積めば、あるいは将来的に〔ゼネラル〕の経営を担うことはできるかもしれない。本人もそれくらいの自負はあるんだろう。しかし、経営を担いながら、家庭を持ち、子どもを作り、そこからまた後継者となりうる人材を育てるとなると、それらがすべてうまくいくかどうか。あいにく、そこまでのリスクは負えない。そうなら、経営を担える人材はほかにもいるから、星奈の代は彼らに経営を任せ、星奈には家を守ってもらうというのも一つの道だ。伴内家は〔ゼネラル〕の礎《いしずえ》であって、間接的に〔ゼネラル〕の将来に貢献する生き方には違いない。私も周囲もそう考えてお節介を焼いているのだが、本人はそれが気に食わないらしい」

「私はもう〔ゼネラル〕から離れてますから、会社の将来に貢献する生き方とか言われても困ります」

伴内社長は星奈の文句を聞き流すようにして成功を見た。

「これは私の頭が古いとかそういう問題ではないと思ってるんだが、成功くんはどう思う？」

「頭が古いとかそういうことではなく、ある種のリスクマネジメントとして、そう考えられているのは理解できます」

成功がそう言うと、伴内社長は小さくうなずいた。

「ですが、星奈さんを知る一人として言わせてもらえば、その考えは結局のところ、一番高いリスクを負ってしまっていると思います。つまりは、星奈さんにへそを曲げられるリスクです」

伴内社長はかすかに口もとを緩めて聞いている。

「僕も社長である父から、理解に苦しむようなことを仕掛けられ、振り回されることがよくあります。会社の将来を考えてのことのようですが、ともすると、そこには一人の人間としての僕がおざなりにされているのを感じなくもない。僕らは創業家の一人として会社の発展に貢献することも含めて、すべては自己実現のために生きています。自分も会社もと思っているから、自己犠牲だけを強いられれば当然反発します。星奈さんのような人なら、なおさらでしょう。だったらいっそのこと、彼女が自分の力で何もかもこなしてしまうことに賭けたほうが、まだ可能性があったんじゃないかと思います」

伴内社長は無言で一つ二つうなずき、その話を終わらせた。成功が話している間、すでに前菜を食べ始めていた星奈が、もう話はいいから食べてというように、手つきで成功に料理を勧めてきた。

「どうやら、健太郎にチャンスの芽はないということかな」

早野常務が息子をちらりと見て言う。当の早野自身は、もはや一人の世界に閉じこもるようにして、誰を見ることもなく黙々と食事をしている。

「もちろん、結婚を前提にしてのお付き合いということでしょうね?」

早野常務に問われ、成功は返事に戸惑った。

「そうですが、常務には関係ないことです」星奈が引き取って答えた。

「〔ゼネラル〕の将来にかかわることだから、関係は大いにある」早野常務は言う。「伴内家の一人娘が〔シガビオ〕の御曹司と結婚したとして、その後、どうするつもりなのか。成功さん自身が伴内家の婿養子になる可能性はあるのか。聞いた話だと、志賀社長の息子さんは腹違いで二人いるというが、成功さんは兄のほうですか、弟のほうですか？」

「弟です」成功はそう答えて続ける。「ですが、どこであれ、婿養子になることは考えていません」

「そうすると、星奈さんも当然、志賀家の一員として〔シガビオ〕に尽くしてもらおうという考えですかな？」

「だから私はもう、〔ゼネラル〕を離れていると言ってるじゃないですか」星奈がうんざりしたように口を挿んだ。

「もちろん、優秀な人なので、このまま〔シガビオ〕で力を発揮してもらいたいと思いますが、将来どうするかはすべて彼女の気持ち次第でしょう。僕を含めて誰かの希望がそれに優先することはないと思ってます」

「そうは言ってもね……」

なおも愚痴っぽく続けようとした早野常務に対し、伴内社長が「まあ、いいだろう」ととりなすように言った。「今の時点で気を揉んだところで始まらない」

それで早野常務も口をつぐみ、あとは時折、散発的な世間話が出るだけの静かな会食となった。

食事を終えると、成功としては、どうやら無事に役目を果たせたようだとほっとする思いが湧いてきた。伴内社長は会食当初こそ成功の人間性を見定めるように鋭い視線を向け続けていたが、いつの間にかそれもなくなり、意外と穏やかな人物だという印象を抱かせるまでになっていた。

帰りはホテルのエントランスに出て、ハイヤーに乗りこむ伴内社長を見送った。

「本日は急にお邪魔したにもかかわらず、温かく席に加えていただき、ありがとうございました。お気をつけてお帰りください」

成功の言葉に小さく首を動かし、彼はハイヤーの後部座席に乗りこんだ。しかし、ドアが閉まる前に「成功くん」と、みなが居並ぶ中で成功だけを呼んだ。近づくとさらに彼は手招いてきて、成功は屈みこむように顔を寄せる形になった。

「大方、君は、星奈に恋人のふりをしてくれと頼まれて来たんだろう」

成功は彼を見返した。認めるわけにはいかないが、彼の目には確信の色があり、否定してもわざとらしく取られるだけの気がした。

「私が知る志賀社長は、筋が通っていて信頼に足る人物だ。その父親の背中を見て育った君も、それなりの分別はあるだろう。話していてもそう思う。そういう人間は、恋人の父親に初めて会うのに、手をつないで来たりはしないというのが私の常識だ」

何も言えない。早くドアを閉めて走り去ってくれと思ったが、まだ話には続きがあるようだった。

「ただ、星奈が本気だということも分かった。あんなに緊張した娘を見るのは初めてだ。自分の意中の人を私に紹介しようとするとき、あの子はまさしくああいう顔をするんだろう」

「え……？」

思わず声が洩れ、それはおそらく伴内社長にも聞き取られた。

「だから私も最初は、どういうことかつかみかねた」彼はにやりとして成功の肩をぽんとたたいた。

「ちゃんと見てやってくれ」

ハイヤーのドアが閉まる。返す言葉もなく、成功は走り出す車を見送った。

早野親子も成功とはほとんど目を合わせることもなく、星奈に「じゃあ」とだけ声をかけてタクシーに乗りこんだ。それを見送りながら、星奈が「何の話をしてたんですか？」と訊いてきた。

「いや……」

成功は答えられなかった。

融通の利かない厳しい父に会うからこそ緊張し、手にも汗をにじませているとばかり思っていた。

18

週明けの朝、早恵里をはじめほとんどの部員が席に着いて仕事を始めようとしている中、企画課長の梶本が何やらにやにやとしながらスマホを手にして、新聞に目を通している実行の席に歩いていった。

「つかぬことをうかがいますけど」梶本は機嫌のよさそうな張りのある声を発した。「実行さんはストッキングをかぶる趣味とかあります?」

素《す》っ頓狂《とんきょう》な問いかけを耳にして、早恵里は意識が完全にそちらに向いた。ほかの部員たちも同様らしく、梶本を見ている。

実行も朝っぱらから何の話だというように眉をひそめている。

「あるわけがない」彼は馬鹿馬鹿しそうに答えた。

「ですよねえ」梶本は当然だというように言い、スマホを掲げてみせた。「いや、勢司さんのSNSに動画が出てるんですよ」

「え?」

「昨日どこかであった結婚式の二次会らしいんですけど、〈シガビオ〉の御曹司だって。ただ、ストッキングをかぶってるから、実行さんなのか成功さんなのか分かんなくて」

そう言って、梶本はその動画が映っているらしきスマホの画面を実行に見せている。

「何ですか？　何ですか？」

若葉が興味をそそられたように席を立ち、梶本にその動画を見せてもらっている。

「何だ、これー!?」若葉は動画を見て目を丸くしている。「さすがに実行さんはこんなことやらないでしょ」

「そうなんだけど、でもこれ、勢司さんのSNSなんで、どうかなと思って」

勢司というのが誰なのか、早恵里は知らない。ほかにも何人かが梶本のもとに集まり、動画を見せてもらっている。

「勢司さんなら、『〈シガビオ〉の御曹司』だなんて言わず、『兄』って言うでしょう」

そう言ったのは、梶本と同様、〈東京ラクト〉出身の島岡という男だった。それで勢司という男が〈東京ラクト〉にいる実行の弟であると察しがついた。

梶本はご丁寧に、事業部内の全員に見せるようにスマホを掲げて回っている。早恵里のところにも来た。〈シガビオの御曹司ウケるｗｗｗ〉というコメントが躍っており、動画にはパーティーの余興か、成功と思しき男がかぶったストッキングを後ろから引っ張られて悶絶している様子が映し出されていた。

「俺ではないが、成功でもないだろう」

実行がふと、冷静な口調でそんなことを言った。

「そうですか？」梶本が意外そうな顔を見せた。

「成功とは昨日の夕方すぎ、虎ノ門のホテルでばったり会った」

「それが二次会の前とか帰りだったたんじゃないんですか？」

「いや、あいつは営業の伴内さんと一緒だったんだ。それも仲よく手をつないで。一日デートしてたとしか思えない様子だった」

早恵里は思わず耳を疑った。

「ええっ、あの二人、そういう仲だったんですか」

梶本が驚きの声を上げる中、実行の視線がちらりと早恵里に向いた。バレンタインの一件から早恵里に当てつけて、適当に話を作っているのだろうかとも思ったが、出任せでこんなことを言うとも思えない。

若葉とも目が合ったものの、どういう顔を見せればいいのか分からず、早恵里はパソコンを開いて仕事を始めることですべてをごまかした。

「夏目さん、ちょっと打ち合わせいいかな？」

「あ、はい」

実行が若葉に声をかけ、二人でフロアを出ていく。

「へえ、あの二人がねえ」

「例の〔ゼネラル珈琲〕の令嬢でしょ。性格きつそうだけど、えぐ可愛いっすよね。やっぱり御曹司はモテるわ」

梶本が持ちこんだ浮ついた空気は、しばらく事業部内に漂い続けていた。ただ、それが落ち着いても、早恵里はなかなか仕事に集中できなかった。

成功からは、チョコレートのお礼とともに近々ご飯にでも行こうというメッセージが届いているが、あの夜の実行のこともあって、周りが落ち着かないことには誘いにも乗りづらく、返事は保留している。

しかし、周りが落ち着く前に、当の成功が何を考えているのか分からなくなった。若葉に相談したいところだが、実行の意中の相手が早恵里だということが問題をややこしくしている。若葉には話しかけることさえ、今は気まずい。

気もそぞろなままキーボードをたたいていると、打ち合わせを終えたらしい若葉が一人先に戻ってきた。

ところが、普段は鼻歌でも歌っているような顔で仕事をしている若葉が、妙に虚《うつ》ろな目をしているのが気になった。

若葉は自分の席の前で突っ立ったまま、なかなか座ろうとせず、顔を伏せたかと思えば、ぼんやりフロアを見渡したりしている。

その虚ろな目が一度、早恵里を捉え、すぐに行きすぎたものの、また戻ってきた。その瞬間、早恵里は察してしまった。

実行から誤解を解くような話があったのだ。早恵里の名前こそ出さなかったのかもしれないが、自分の頭にあったのは君ではないと伝えたのではないか。よく見ると、彼女の手には、バレンタインのチョコを清算するような包みが握られている。

若葉は表情こそ変えなかったものの、何かを悟ったように早恵里から視線を外し、ようやく席に着いた。自分に世間で言う女の勘なるものが備わっていると思ったことはなかったが、これに関しては間違いなさそうだった。

その後は、若葉を目で追うのははばかられた。

まったく気まずい。

19

昼食は久しぶりに栗原を誘って、近くの定食屋で鯖の塩焼きを食べた。

栗原とは監禁事件の真相が分かってから、仕事の用件以外で会話することはなくなっていたが、前日の結婚式の二次会で成功を守ろうとした一幕があり、成功としても溝を埋める頃合いかと考えた。

食事中、弾むような会話はなかったが、実行の弟である玉手勢司がとんでもないやつだったという話ではひとしきりうなずき合った。

「おい、サクセス」

食事を済ませて会社に戻ると、ビルのエントランスロビーで若葉に待ち伏せされていた。

「おう、どうした？」

「どうした、じゃないよ」

目を細めて成功をにらんでいる。童顔なのでまったく怖くはないが、不機嫌そうなのは分かる。

彼女は栗原を追っ払うように手を振ると、成功の袖をつかんで問答無用に引っ張った。

「何だよ？」

エントランスの隅っこまで引っ張ってきたところで、彼女は成功に向き直った。

「嘘つき」

「何だよ、いきなり」

「勘違いしないでくれって言われたわよ」若葉はぷりぷりと怒って言う。「大恥かいたんだからね」

「え？」

「実行さん。私の名前なんか出してないって」

成功は狐につままれたような気分だった。

「いや、名前は出してなくても、夏目のことだろ。優秀で期待以上の結果を出してくれるから一緒に仕事をしていて楽しいとか、自分の手でその能力を伸ばしてやりたいと思ったとか、実際それであいつが夏目を課長に引き上げたわけだから」

「そんな曖昧な言葉で、よくもまあ、私の名前が出たみたいに言ってくれたわね」

「え……まじで違うの？」

若葉はこれ見よがしに大きく嘆息し、やにわにスマホを取り出して操作すると、その画面を成功に見せつけた。

ストッキングをかぶって引っ張られている男の動画が流れている。〈シガビオの御曹司ウケるwww〉という文字が泣き笑いの絵文字とともに躍っている。

「あっ……」

絶句する成功をよそに、若葉は「いいね、しといたから」と言い放った。

そのまま背中を向けかけて、若葉はもう一度成功を見た。

「実行さんの頭にある人が誰かは知らないけど、誰であろうと、もうサクセスの肩は持たないからね」

言い終えると、彼女は外に出ていった。

最後の言葉の意味がつかみ切れなかった感覚があり、成功はぽかんとしたままその場に残った。

そして、まさかな……という思いがじわりと心の中に広がった。

午後、営業推進部で仕事をしていると、秘書室長の市村から社長が呼んでいるとの電話が来た。秘書室では実行が待っていた。一緒に呼ばれたらしい。二人で社長室に行き、ドアをノックした。

「失礼します」

父は執務席に着いていた。成功たちがその前に立つのを待ってから、机の上に置いてあったタブレット端末の画面を見せてきた。

画面に映っていたのは、若葉に見せられた例の動画だった。

「誰だ?」

実行は涼しげに立ったままである。

「私です」成功は仕方なく答えた。

父は苦々しそうに成功を見て、小さく鼻から息を抜いた。

「本当にお前だったのか」実行も呆れたようにぼそりと呟《つぶや》いた。

「結婚式の二次会のゲームで新郎から頼まれ、断るのも無粋ですし、仕方なく応じました」

「玉手の息子がいることは知ってたのか?」

「まあ、何となく」

父は嘆かわしそうに首を振った。

「連中の前では弱みを見せるな」

連中とは具体的に誰々を指しているのか分からなかったが、成功は黙っていた。

「あれの父親には、私も〔ラクト〕時代、してやられた。狡猾《こうかつ》を絵に描いたような男だ」

〈東京ラクト〉現社長の玉手忠徳《ただのり》が、もともと父の同僚だったことは知っている。細かいいきさつまでは聞いていないが、父が実行の母でもある玉手の令嬢と離婚して会社も追い出されたのち、後釜のように婿養子に収まった。

「〈シガビオ〉を立ち上げたあとも、何かと横やりを入れてきた。私や私に付いてきた者たちが研究情報を流出させたと訴えたりして、〈シガビオ〉での乳酸菌研究を滞らせた。生乳の供給も邪魔をされた。何とか［ビオエール］を作ったものの、ある意味、妥協の産物だった」

これまで深くは聞いてこなかった相克《そうこく》の関係が〈東京ラクト〉との間にはあるようだった。

「［ビオエール］は細々としか売れず、〈シガビオ〉は十年余り低空飛行が続いた。いつつぶれてもおかしくなかった。その後、［エネウォーター］や［エネビー］など、ローヤルゼリーやはちみつを使った商品が当たったことで、ようやく成長軌道に乗ることができた。そして今、長年の準備が整い、今度こそはと勝負に出ようとしているのがABプロジェクトだ」

三十年来の悲願というわけだ。

「〈東京ラクト〉は多摩工場を増設している。聞くところによれば、新たな乳酸菌飲料の生産に使われるということだ。あそこも発酵乳は一通り出しているが、乳酸菌飲料は昔に一度出したきりだ。おそらく昨今の健康志向によりフォーカスしたものが出てくるだろう。うちがプロジェクトの第一弾をABにしたのは、それに対抗する意味が大きい。やる以上、勝つつもりがなくては、逆にやられてしまう。〈ラクト〉より先に、いいものを出す」

大手に戦いを挑む人間に相応《ふさわ》しい決死の色が父の表情にはあった。

「向こうの社長は、こちらが弱小だからと手加減してくれるような相手じゃない。その息子は実行を追い出して、三十の若さで大手の取締役まで上ってる。性格は実行に訊けば分かるだろう」

わざわざ実行に訊かなくても、昨日の一件で十分把握できている。

「昔のように、サプライヤーに手を突っこんで嫌がらせをしてくる可能性だってある。プロジェクトの保秘は徹底して、弱みは見せるな。実行も向こうの元同僚との付き合いは慎重にすることだ」

「心得ています」

父は実行の返事に小さくうなずいてから成功を見た。

「ところでお前、例の〈ゼネラル〉の娘さんと付き合ってるのか？」

「え？」

「母さんが言ってたぞ。向こうの家族らしき人たちを交えて飯を食ってたらしいな」

実行が言ったのだ。そして、母があちこち探し回り、中華料理店にいるところを見つけたのだろう……案外口が軽いなと思いながら隣に立つ彼を横目でにらんだが、澄ました顔で受け流された。

「それは成り行き上のことで、付き合っているとかそういうことでは……」

「私も、何も知らなかったではいろいろ支障が出てくる。すぐに結婚がどうとかということではないにしろ、向こうとの関係もあるから、機が熟す前に一言くらいは報告を入れなさい」

「いやいや……」

父は言いたいことを言い終えると、「以上だ」と短く言って二人の退室を促した。

「失礼します」

実行がさっさと出ていくので、成功もすっきりしない思いを抱えながらあとに続いた。

「言うなって言ってんのに」社長室を出たところで実行に愚痴《ぐち》る。「どう取ってんのか知らないけど、昨日のあれはそういう話じゃないんだよ」

「血がつながってるとはいえ、私はお前のことが理解できない」実行は立ち止まり、成功を見て言った。

「何だよ、いきなり」成功は困惑する。「俺だって、あんたのことは理解できないよ」

「仕事上で力を合わせることはもちろんやぶさかではないが、それ以外のことは無理だ。これ以上、お前に振り回されるつもりはない」

「言い方が大仰なんだよ。あれだろ、夏目のことだろ。あれは本当に……」

「私を振り回すつもりだったろうが、お前の都合で無関係な夏目さんまで振り回したのは万死に値する行為だ」

「いやいや、あんたがお袋に答えてる言い方からして、彼女のことだろうって思いこんじまったんだよ」

「言い訳は聞きたくない」実行は首を振った。「魂胆はだいたい分かってるが、お前は自分本位すぎる。〔シガビオ〕の御曹司として甘やかされて育って、何でも手に入る気になっている。伴内さんとの仲があるなら、よそ見などするべきじゃない」

「だからそれは誤解だって言ってるだろ」

「やめろ。昨日のあの姿を見せておいて、誤解は通用しない。それで例えば、山科さんあたりもたぶらかそうとするのは許せることじゃない」

「何だと?」早恵里の名前が出て、成功もねじれた話をそのままにしておくわけにはいかなくなった。「ちょっと待て。俺はもともと、山科さんが中途で入ってきて部下だった頃から気にかけてて……」

「いつからどうだったとか、そんなことは関係ない。彼女に関しては私のほうが本気だ」

若葉が匂わせてみせた可能性は、どうやら当たっていたらしい……成功は思わず舌打ちしたくなった。

「それは違うな」かろうじて、そんな言葉を喉から絞り出した。

「いや、違わない。最初は、お前の気持ちも同じかと思った。だからこそ、夏目さんを使って私を揺さぶるような真似をしてきたと。しかし、昨日の光景を見て、お前が私と価値観を同じくするような人間じゃないということがはっきり分かった。理解できないというのは、そういうことだ」

「勝手に言ってろ」成功はそう吐き捨てた。

「どちらに理があるかは、いずれ分かるだろう」実行は確信に満ちた顔で言った。「最後は正義が勝つ」

言いたいことを言ってさっさと背中を向けた実行に対し、成功は「勝手に悪役にするな」と言い返すのがやっとだった。


三月に入り、ABプロジェクトも各方面の施策が具体性を持って検討されるようになってきた。中味配合も三月中に固める予定になっていて、連日のように試作品がラボから運ばれてきた。処方のシーズとしては、はちみつが決まっているだけである。開発サイドとしてはフレーバリングを利かせるためにも果実系のシーズを入れたいらしく、タイプAはりんご、タイプBはバナナというように、バリエーションを出してくる。甘さや酸味を足し引きしたり、乳成分を増してコクを出したりということをしながら、評価が高い試作品を残していく。ときには他社の乳酸菌飲料と飲み比べてみたりすることもあった。

一方、早恵里とはABプロジェクトの会議でちょくちょく顔を合わせるものの、仕事以外での会話は何もなかった。バレンタインのお礼メッセージにも結局反応はなく、そうなると、成功としても動きづらい。仕事の用事で話しかけても態度はどこかよそよそしく、ホワイトデーのお返しも素っ気なく受け取られただけだった。星奈との噂が彼女にまで流れてしまっているとしか思えなかった。

若葉も仕事の話は以前と変わらないやり取りができるが、プライベートの話となると、関わり合いにはなりたくないとばかりにかわされる。

つくづく感じるのは、自分はこじれた人間関係を元に戻すのが苦手だということである。そうしたいと思っていても、働きかけるのに慣れていない。

学生時代から自分を立ててくれる者たちを周りに集めていたきらいはある。成功が輪の中心にいることを快く思わない者たちは自然と離れていったが、それをわざわざ追おうとはしなかった。そばにはいつも誰かしらいて、何も寂しくはなかったからだ。

だからと言うべきか、この歳になって戻したい関係があっても日にち薬しか使えない。栗原とはそれで何とかなったが、それは学生時代からの付き合いがあったからこそだろう。

プロジェクトチーム内の人間関係は微妙にぎくしゃくとしていて、ただ、誰もがそれを意識しないように仕事に集中しているがゆえ、結果としてプロジェクト自体は順調に進んでいるような形だった。

しかし、ひとたび対立の種が生まれると、たちまちプロジェクトの進行が滞ってしまうのも、このチームの性質だった。

三月の終わりまでに、中味配合については二つのパターンが案として残った。

一つは柚子エキスを使い、いわゆるはちみつ柚子風味に仕上げたパターンである。柑橘系のさわやかな味わいが混ざり、すっきりとした飲み心地である。成功はこれが気に入り、さらに酸味や甘さなどのバランスを調整しながら何パターンか出してもらって、酸味も甘さもちょうどいいと思えるものに落ち着いた。プロトタイプDの改良八パターン目なので、〝D8〟と呼ばれている。

もう一つはブルーベリー系統の〝F9〟である。発酵乳ほどのミルク感はないが、タイプDより乳成分が多く、ミルキーでコクのある飲み心地にまとまっているのも特徴だ。

このタイプFも成功は最初評価していたが、派生パターンが出てくるごとに、よりコクのある味わいにはなったものの、甘みも強くなっていった。F4、F5あたりで甘さがまだ足りないという声があり、甜菜糖《てんさいとう》を使って甘みを足したのである。父が不使用の方針を打ち出している砂糖というのは高精製の白砂糖を指していて、甜菜糖は使用にも問題はないのだが、砂糖の一種には違いなく、甘みも普通の砂糖に近い。成功はそれが少々くどく感じられるようになった気がして、途中から評価点を下げた。

しかし、このタイプFは改良を重ねるごと、実行のコメントがポジティブなものになっていった。そうすると、それに影響を受けたのか、あるいは勝ち馬に乗ろうという者がいるのか、F9まで来たところで評価点がD8を抜いた。

F10はさらに甘みが増したが、そこで実行は試飲後、首をひねった。すると集めたチーム全体の評価点も見事に下がっていて、平凡な点数が付いたのだった。

「やはり、Fはバランス的にも9が一番いいようですね」会議の中で、実行は官能評価の結果をそう総括した。「F9はこれまでのプロトの中でトップの点数ですし、このあたりでF9に決めてもいいかと思いますがどうでしょう」

このチームの検討事項は成功と実行両者の合意がなければ決定しない形になっているので、実行の言葉はチーム全体に投げかけられながら、その実、成功に向けられたものである。そして成功は、それに対して「いや」と異議を唱えた。

「F9がトップとはいえ、D8との差は三点ほどでしかありません。これで決めてしまうのは少しばかり拙速ではないかと」

実行はほとんど表情を変えなかったが、うなずきもしなかった。

「たとえ三点だけでも差は付いてますし、もう三月も終わりですから、決めどきかと思いますが」

「いえ、私自身、F7までは評価してましたが、F8以降は甘みも含めて少々くどいというか、重さが気になるようになりました。F9で決めてしまうのは疑問があります」

実行は理解しがたそうに首をかしげてみせる。「F10なら分かりますが、F8やF9にくどさですか……ほかにそういう感想を持っている人はいますか？」

誰も手が挙がらない上、怪訝そうな顔をしている者もいる。自分の味覚がおかしいのかと、成功は不思議な気持ちになった。

少し遅れて、星奈の手が挙がった。

「くどいとまでは思いませんでしたが、F9とD8を比べたら、私はD8のほうが好みです。日程的に許されるのであれば、F9とD8を比較する試飲をやったらどうでしょう」

「分かりました」実行は少し考えてから言った。「では一両日中に比較評価をやりましょう。それでいいですか？」

実行からの確認を受け、成功は「けっこうです」と答えた。

会議が終わったあと、成功は事業部に戻ろうとする実行を通路で捉《つか》まえた。

「試飲をするときは努めて表情に出すなよ。だいたいが無表情のあんたが少し顔色を変えたり首をひねったりすると、それだけでほかに影響が出る」

「妙な言いがかりはやめてくれ」実行は冷静な口調ながら、そう反論してきた。「私は別にF9をごり押ししようと思ってるわけじゃない。総意がD8ならD8で構わない。点数が低いD8を採用するのはおかしいと思ってるだけだ」

「その総意があんたに影響されてると言ってるんだよ」

成功はそう言ったが、実行には「おかしな話だ」と返されただけだった。


二日後、ラボからD8とF9の試作品が運ばれてきて、比較の官能評価が実施された。

官能評価も初期のものは試作品がペットボトルで持ちこまれ、個々のメンバーには一口分くらいの量が小さなプラスティック容器に分けて配られるだけだが、こうした比較評価の段階になると、商品化したときと同様、一〇〇ミリの容器に詰めて出される。一口では感じなくても、一本分飲んだときに感じるくどさや物足りなさというのも出てくることがある。

成功の一言が効いたのか、実行は両者を飲み比べている間、どんな表情も見せなかった。

成功もむろん同様にしていたが、一方で戸惑いも感じていた。F9に前回ほどのくどさを感じなかったのだ。気合を入れて水分を控えていた影響もあったか。あるいは、F10を試したことで、F9がほどほどに感じられるようになったということはあるかもしれない。これが官能評価の難しさでもあった。

ただ、そうは言っても、D8のほうが好みには違いなく、成功はD8を十点、F9を九点とした。

今回の比較評価では、甘味や酸味など項目ごとの評価は飛ばし、全体評価点のみをコンマ五点刻みの十点満点で付ける形になっている。メンバーの評価用紙が回収され、若葉が総合点を計算して実行に持っていった。

「今回の評価ですが」実行が若葉からもらった紙を一瞥《いちべつ》して言う。「F9が百六点、D8が九十一・五点という結果が出ました」

「ちょっと待ってください」成功は驚いた。「三点差だったものが、どうしてそんなに開くんですか?」

成功は実行の手もとにあった評価用紙の束を引き寄せて見た。F9に十点をつけている者の中に、D8には二点や三点しかつけていない者がいる。

「F9が十点でD8が二点というのはどういうことですか?」

成功は記入者の名前を確認して、梶本を見た。

「比較評価ですから、点数は絶対評価ではなく、相対評価になるのが当然でしょう。F9とD8ではそれくらいの差があるということです」

「それをやったら、大きな点差をつけた者勝ちになるじゃないですか」子安が反論する。

図らずも、F9とD8の比較評価が実行と成功の派閥争いにすり替わってしまっている。

星奈が手を挙げた。「相対評価なら相対評価で構いませんが、その場合は高い点数をつけたほうを一票として、どちらのタイプを支持した人が多いか数えるべきだと思います」

「やってみましょう」

実行が言い、評価用紙を手早く仕分けた。

「F9が五票。D8も五票。同点が二票です」

「F9ではないってことだ」

子安がそれ見たことかと言わんばかりに声を上げたが、同票ではどちらに決めることもできない。

「専務に下駄を預けるか」

実行がそう言って成功を見る。

「相談してこよう」

異論はなく、成功は席を立った。専務には承認を得る形で考えていたが、現場で決められない以上、判断を委ねるのはむしろ無難だと言えた。

ところが二人で専務室を訪ねて事の次第を話しても、平木専務の腰は上がらなかった。

「俺は実を言うと辛党で、甘いものはだいたいどれも一緒って感覚だし、偏食家で参考にならないから官能評価には関わるなって、昔から社長には言われてるんだよ」

初めて聞く話だったが、言われてみれば、これまで平木が新商品の味を判断したことはなかったし、お墨付きを得るために飲んでもらうときも、彼のコメントは決まって「面白い」というものだった。

「社長に頼んだほうがいい。［エネウォーター］も［リカバリー］も、大きなプロジェクトは社長が最終的な決定をしてる。うちの社長兼ソムリエだ」

そう言うので秘書室を覗いて市村に父の在室を尋ねたが、外出中で一時間しないと帰ってこないという。市村に用件を伝えてもらうことにして、成功たちは会議室に戻った。

解散するわけにもいかず、会議を中断したまま一時間ほど待った。時間を埋めるためにその場で違う仕事を始めたり、電話で外部と打ち合わせをしたりする者もいたが、何となく集中が続かない様子でもあった。

やがて不意にドアが開き、父が入ってきた。私語がやみ、それぞれの仕事をしていた手が止まった。

実行が席を譲ろうとするのを、「一口飲むだけだ」と父が制した。

「どれだ?」

開発研究部の担当がD8とF9が入った二つの容器を父の前に運んだ。父は立ったまま、それぞれ一口ずつ口をつけ、さらに交互に何回か飲んだ。

表情は何も変わらない。

父は無言のままその場にしばらく立っていたが、やがて軽くうなってみせた。

「……面白い」しみじみとそう口にする。

成功は耳を疑った。

そしてそのまま、父は会議室を出ていってしまった。

実行が少なからず動揺したように成功を見る。成功は首をひねってみせるしかない。

「どういうこと?」ぼそりとそんな声が上がる。

部屋の内線電話が鳴った。

「実行さんと成功さんに、社長室に来てほしいそうです」

電話を取った早恵里がそう告げた。

仕方なく、二人で会議室を出てフロアを上がった。

社長室のドアをノックして開けると、父は手前の応接ソファに座って目を閉じていた。成功たちの気配に薄目を開け、それから小さく吐息をついた。

「駄目だな……」小さな声でぽつりと言う。

「すみません」実行が突っ立ったまま、探り口調で謝った。「方向性が違ってましたでしょうか?」

「そうじゃない」父は元気のない声で言う。「胃の手術をして以来、味覚がおかしくなってる。多少戻ってきたかと思ってたが、こういうときには使い物にならん」

「ああ……」

父が落胆している理由は分かったが、それがあまりにも寂しそうなので、成功たちはかける言葉も見つけられなかった。

「味は商品の命だ。昔は私が決めてた。万人に好かれる味を見つけるという意味では、それなりの自信があった」

「専務からもお聞きしました」実行が言う。「しかし、これぱかりは仕方ないことです」

「チーム内は意見が割れてるのか？」

「はい」

「お前たち二人の意見はどうなんだ？」

「それも割れています」成功が答える。「ただ、どちらにしても微妙な差だとは思いますし、納得できる形で決まれば、それでいいとは思ってます」

問題は成功と実行の意見が割れたことで、その下の者たちも多少なりとも意地になってしまっていることだった。鶴の一声があればそれで済むのだが、期待できなくなってしまった。

「ＣＬＴで評価を測りましょうか？」実行がそう提案する。

ＣＬＴというのは、社外から調査対象者を何人か集めてきて、製品の評価を収集する方法である。

「成功が言うように、納得というのが大事だ」父は言った。「その結果で決めて、先に進む推進力が得られるかどうか……外部の意見など、参考にはしても、それを決め手にするべきではないというのが私の考えだ」

「おっしゃる通りです」実行はすぐに意見を引っこめた。「やはり、専務に決めていただくのが自然かと」

「あれは参考にもならん」父は冷ややかに首を振った。「仕事ができるのと味が分かるのは別の能力だ」

こういう状況であっても、平木の舌はまったく頼る気になれないらしい。

「分かりました」実行は冷静に受け止めてみせた。「では、外部ではなく、チームに加わっていない事業部員に試飲させましょう。みな、ほかのプロジェクトでは経験があるでしょうし」

「それでまとまるなら、それでもいいだろう」父もそれが落としどころだと見たように言った。

「ちょっと待ってください」成功はふと思いついて、口を挿んだ。「一人、信頼できるのがいます」

二人が成功を見る。

「営業にいる大沼という男で、仕事はまるで駄目ですが、外回りの合間にもあらゆる飲み物を買って飲むのを趣味にしてるんです」

「村井がお前をお荷物と組ませたと言ってたが」父が怪訝そうに問う。「その男か?」

「そうです」成功はうなずいた。「大沼がこれは売れると言った他社の新商品が実際その後、評判を呼んで売れたりしてるんです。〔スパーキー〕のジンジャーバードック味のときなどそうですが、事業部の中であれこれやりすぎても方向が狂うことはあります。僕はそれより、大沼一人の意見を聞いてみたいです」

父はふっと口もとを緩ませ、今度は実行を見た。「実行は知ってる男か?」

「いえ、まったく」

知らない相手だけに実行の口調には疑念の色が覗いている。

「面白い話だが、成功一人が納得するだけでは、それもうまくいかない」父は言った。「チームで納得できるなら、その男でも事業部でもいい。考えてやれ」

結論は二人に預けられた形になった。


成功たちは社長室を出ると、互いに無言で会議室に戻った。

かつては得意にしていた新商品の官能評価に関与できないことを認めざるをえない父の姿は寂しそうだった。その分も責任を持って決定に当たらなければならない。

大沼に任せるという案は酔狂で出したわけではない。ただ、実行は認めないだろうとも思った。

「ひとまず会議は解散します」

席に着いて実行はそう言った。

「社長の意見はどうだったんですか？」星奈がストレートに尋ねてきた。

「どちらも満足できるレベルで甲乙付けがたいということです。先に進むためにはチームで納得できるように決めることが大切だと一任をいただきました」

話にならないと怒っていたわけではないと分かり、場にいる者たちの間には安堵《あんど》の空気が流れた。

「そしたらどうやって決めるんですか？」星奈がなおも訊く。

「ほかの事業部員に飲んでもらう形でいいか？」

実行が成功にそう確認してきたので、成功は「ああ」と小さくうなずいた。結局それが一番無難なのだろう。

実行はそのまま、チームのメンバーにもそれを伝えた。異を唱える者は誰もいなかったが、ある種の脱力感が生じたのは何となく感じ取れた。

「分かりました」

星奈の返事を合図にするようにして、メンバーたちが席を立つ。

「ちょっと待ってくれ」

彼らが会議室を出ていくのを、実行が不意に引き留めた。

「営業の大沼くんの意見を聞くという案があるがどう思う？」

「え……何で大沼？」

事業部での研修時代の大沼を知っているプロパーの何人かから、困惑の笑い混じりにそんな声が上がった。

「私はそれ、名案だと思います」

そう声を上げたのは星奈だった。いたって真面目な顔をしている。

「彼、〈ゼネラル〉のドリップ自販機でもすごくこだわって飲んでるんですよ。これは通好みだけど、一番人気はたぶんこれとか、豆の種類や浅煎り深煎りの人気度合もちゃんと言い当てますし、彼の舌は馬鹿にできないです」

「そう言えば」若葉もはっとしたように口を開いた。「大沼くんが研修で事業部に来てた頃、近くにスムージーの店ができて、彼にお勧めを教えてもらったんですよ。それがやけにおいしかったのを今思い出しました」

「だからって、その何とかくんの意見で決めるんですか？」梶本がありえないとばかりに言う。

実行はそれらの声に反応せず、考えるような間を置いたあと、成功に目を向けた。

「一度話を聞こう」

大沼は外回りに出ているので、帰ってき次第、呼ぶことになった。

「ああ、今日も一日、よく働いたなあ」

十七時すぎ、外回りから営業部に戻ってきて、早速ショーケースから取ってきた「リカバリー」を喉に流しこもうとしている大沼の腕を成功はつかんだ。

「何すか？」

「事業部の実行部長が呼んでる」

「はあ」

相槌《あいづち》を打ちながらもほとんど本能のようにボトルを口に持っていこうとする彼の手を止める。

「だから、とりあえずそれは飲むな。これ飲んどけ」

成功がそう言ってミネラルウォーターを渡すと、大沼は不思議そうな顔をしながらも、それをぐびりと飲んだ。

実行は事業部の自席にいた。成功が大沼を連れて事業部のフロアを訪ねると、帰り支度を始めていた部員たちもその手を止めて成り行きを見守りに回った。

「君が大沼くんか」

「はあ」

気のない返事をする大沼を、実行は眼鏡の奥の目でじっと見据えている。

「君は〈東京ラクト〉の発酵乳を飲んだことはあるか？」

「もちろん」

「どれを飲んだ？」

「どれも飲んでますよ。［ＢＢファイン］も［北の大地ヨーグルト］も［ビューティフルライフ］も」

「どれが一番うまいと思う？」

「うまいのは［BBファイン］の低糖タイプですねえ。あれは機能性を押し出しすぎて、逆に損してますよ。とは言っても、十分売れてるでしょうけど」

「うちでどれか一本出すとしたら、君はどれを推す？」

「どれか一本なら［北の大地］でしょう。コクに欠けるのを砂糖の加減でごまかしてる感はありますけど、癖はないし万人受けする味ですから」

「［ビューティフルライフ］はどう思う？」

「あれはないっすね。よほど身体にいい乳酸菌なのか知りませんけど」

「［BBファイン］の菌株ほどじゃない」

「なら、商品化自体、間違ってますよ」

実行は口もとに小さな笑みを刻んでうなずいた。

「［ビューティフルライフ］は［BBファイン］の開発でお蔵入りした菌株を勢司が引っ張り出してきて商品化したんだが、宣伝攻勢の割には売れてない」成功をちらりと見ながら言う。「［BBファイン］は私が開発の一端を担った」

大沼の味覚を認めるような意味合いながら、半分は実行自身の自慢話が入っているので、成功はただ肩をすくめてそれを受け止めた。

話に出てきた商品は成功も一通り飲んでいるが、［ビューティフルライフ］の酸味が少し強いかなと思う程度で、同じ〔東京ラクト〕の発酵乳であり、大沼が言うほどの大きな違いは感じない。しかし、消費者の舌は正直であり、売れ行きには明らかな差があるらしい。

「D8とF9の話は聞いたか？」

「何すか？」大沼は手にしているミネラルウォーターをぐびりと飲んで言う。「帰ってきたとたん、ここに連れてこられたんですけど」

予断を持たせないために、成功は何も話していない。

実行がまた成功に目を向けた。それで気持ちを固めたのが伝わってきた。

「夏目さん、会議室にＤ８とＦ９を用意してくれ」

実行の指示に、様子を見守っていた若葉が「はい」と席を立った。

「何すか？」大沼はきょとんとしている。

「お前がやりたがってた仕事だ」成功は彼の肩をたたいた。「重要だぞ」

大沼を会議室に連れていき、ロングテーブルの中央に座らせる。その目の前にＤ８とＦ９が入った容器が置かれた。声をかけずともプロジェクトチームのメンバーが集まり、それを取り囲むようにして見守っている。

「開発中の乳酸菌飲料だ。どちらもはちみつが入ってるが果実系のシーズが違う。どちらがおいしいか、どちらが売れそうか、何でもいい、お前の物差しでこっちを商品化すべきだという意見を聞かせてくれ」

「そんなの簡単ですよ」

そう言いながらも、大役と分かったのか、大沼の表情には気負いと緊張が読み取れた。

大沼はミネラルウォーターに口をつけてから、おもむろに試作品が入った容器に手を伸ばした。まず両者の香りを確認したあと、Ｄ８を口に含み、目をつむって長く味わった。それから残りを一気に喉に流しこみ、その喉越しを確かめるようにまた目をつむった。

ミネラルウォーターを挿み、Ｆ９も同じように味わう。

「お替わりする？」

若葉の声に大沼はうなずく。若葉がそれぞれもう一杯用意すると、大沼はあっという間にそれを飲み干した。

「まだいる？」

大沼はこくりとうなずく。

「おい、お前、ただ飲みたいだけだろ」

成功が気づいて言うと、大沼はにやりとした。

「もちろん、答えはもう出てます。こちらです」

大沼はD8が入っていた容器を指差した。それからF9のほうを見て、残念そうに首をかしげる。

「こっちも悪くはないんですけど、〈ヘイワ乳業〉が出してる［ソフトビオ］のブルーベリー味とかぶるんですよね」

「あれは殺菌された乳酸菌だ」実行が言う。「ブルーベリー味はバリエーションの一つにすぎないし、はちみつ感もない」

「いや、あれも果糖で目立たないだけで、実ははちみつ入ってるんですよ」大沼は常識を口にするように言い返した。「どちらにしても、生きた乳酸菌だろうと、はちみつ感が上だろうと、かぶってる以上、新商品としてのインパクトは落ちますよ」

F5、F6あたりでは［ソフトビオ］との違いも出ていたが、その後、F8、F9と経るにしたがって、甘さも増し、［ソフトビオ］に寄ってしまったのは確かかもしれない。

「逆にこっちは柚子が利いてて、普通のはちみつ柚子ドリンクとして見ても十分うまいですから、あえて［ソフトビオ］に似たほうを推す理由はないと思いますよ」

実行は黙りこんだ。

「まあ、柚子のほうも改善点はありますよ。はちみつはたぶん、れんげかクローバーなんでしょうけど、せっかくなんで、みかんなんかのはちみつだと、よりさっぱりしていいんじゃないかって思います。それと、塩キャラメルってあるじゃないですか。塩はちみつって味もあるんですよ。塩をちょっと加えることによって、おいしさが深まるんです。

あと、たぶんこれは売れるんで、下手したら柚子が十分確保できなくなる問題が出てくるかも。レモンやすだちなんかも入れといたほうがいいんじゃないかな。混ぜたほうが味もまろやかになりますしね」

「ただの営業部員が知ったようなことを」梶本が鼻で笑うように言い、無言で聞いている実行を見た。「他社製品と似てるなんて言っても、十分独自性はあるんだし、売り方次第ですよ」

「そこまでしてF9にこだわる理由はあるか？」

実行がぼそりと呟いた言葉に、梶本が「え？」と小さな声を上げる。

「投票し直そうじゃないか」成功は言った。「挙手でいい。D8で行こうという人は手を挙げてくれ」

成功が手を挙げると、それに応えてぱらぱらと手が挙がった。栗原も子安も、星奈も若葉も早恵里も手を挙げた。

実行も手を挙げていた。

梶本だけが残った。その梶本も、最終的には仕方なさそうに手を挙げた。

「よし、全員一致だ」成功は景気をつけるように言って手をたたき、ついでに大沼の肩もぽんとたたいた。「お疲れ」

20

「内田雄太さんは三年前まで〈ゼネラル〉の缶コーヒーのCMにも出てもらってました。人気俳優ですし、評判も悪くなかったです。ただ、少し気分屋の面があるのと、モテ男なので女性関係の話が定期的に出るとこが注意ですかね。〈ゼネラル〉のときは二股交際の記事が出て、商品発表会のときは厳戒態勢になりました。その分、注目が集まってよかったなんて声もありましたけど、ABのときに仮にそれがあったら、イメージにもそぐわないんじゃないかと思います」

「二股交際」という言葉をさらりと使ってみせた星奈《せいな》の話を聞きながら、早恵里は成功《なりとし》のことを頭に浮かべていた。モテ男というのはやはり、二股をかけるくらい平気なものなのだろうか。

成功と星奈が付き合っているという話は、その後、噂としても流れてはこない。星奈とはこうしたプロモーションの打ち合わせでたびたび顔を合わせるが、社内恋愛中をうかがわせるような素振りはまったく見せない。

彼女はいつも堂々としている。周囲を和ませるような隙も作ろうとはしない。早恵里相手にも探るようにじっくり距離を測っていた成功が、復帰後の短期間でそんな彼女とどうやって急接近できたのか分からない。しかし、実行《さねゆき》が嘘をつくとは思えないから、二人がデートしていたという話は事実なのだろう。

「佐久間瞳さんは子役時代からの活躍で、〝国民の娘〟として中高年層にも人気があるのが大きいと思います。今年から大学に進学して知的なイメージも付いてます。私は候補の中でしたら、彼女がいいんじゃないかと思います」

「やっぱりそうだよな。この予算で取れるタレントとしては瞳ちゃんがベストだよな」

ＡＢ発売時のＣＭや発表会イベントにタレントを起用する方針が固まってきて広告代理店に候補を出してもらったところ、何人かが挙がってきた。早恵里らプロモーション担当班に決定権があるわけではないが、会議に諮《はか》るにしても方向性はあらかじめ話し合っておきたい。それでこの日も、プロモーション課長の光山に早恵里と星奈というういつもの三人がＭＴＧエリアの一角に集まって、意見を出し合っているのだった。

そこに社長が秘書室長の市村とともに通りがかった。普段は事業部や営業部があるフロアに下りてくることもまれだから、早恵里ははっとしたものの、星奈はちらりとその姿を見やりながらも、

「彼女は飲料メーカーの仕事も今までなかったですから、そういう意味でもフレッシュさがあっていいんじゃないかと思います」と自分の話を続けている。

社長は早恵里たちのテーブルまで歩を進めてくると、星奈を見てそう言った。

「君が伴内さんか」

「はい」

顔を上げた星奈の耳元でイヤリングの赤い石が揺れるが、返事そのものは落ち着いている。

「自販機の件ではいい働きをしてくれた。いくつか街中のを見て回ったが、もう［エネウォーター］や［スパーキー］が並び始めてる台もあるね」

四月に入って〔ゼネラル珈琲〕の自販機に［エネウォーター］や［スパーキー］が入り始め、社長は早速それらをチェックして回ったらしい。

「これから順次切り替わっていく予定ですし、割と暖かい日が続いてるので、出足も悪くないんじ

ゃないかと思います」

星奈は社長相手にも臆する様子なく受け答えしている。ただ、社長とは初めて顔を合わせるのだということは今知った。少なくとも、成功と星奈の関係が、彼女を父である社長に紹介するような段階ではないということである。

「伴内社長にもよろしく言っておいてくれ」

「年明け、社長からご挨拶をいただいたようで、父も気をよくしていました」

星奈の言葉に、社長自身も気分がよさそうに、うんうんとうなずいている。

「君も、成功とともに、これからもがんばってくれ」

「はい、がんばります」

星奈は、まるで近所のおじさんに話しかけられたかのような調子で、最後まで座ったままの対応だったが、不思議と不遜さは感じられない。これが育ちというものかとも思う。

しかし、早恵里はそれより、「成功とともに」という社長の言葉に引っかかった。星奈が成功の部下だからとも取れるが、そうではない気がした。

二人の交際を承知しているからこそ、そういう言い方をしたのではないか。

やはり、そうなのかなという思いが湧く。

早恵里には関わりがない上の世界で動いている物事があるのかもしれないということをぼんやりと思う。

社長は、早恵里など一顧だにしなかった。山科早恵里という社員がいることも認識していないだろう。

「さて、今日は中打ち上げもあるし、このへんにしとこうか」

光山が言って、打ち合わせは終わった。

「底意地はこいつも悪いんだ。昔、ばあさんの葬式で棺に花を入れようとしたら、俺のほうが先だみたいな顔して花を奪いやがった」

「いつの話をしてんだ。俺はあんたと会ったことすら、記憶が曖昧だよ」

「いやいや、実行さんの記憶に間違いはないでしょう。勢司さんに成功さんと、意地悪な弟に囲まれて、実行さんも幼少期から苦労されたんですねえ」

「おいおい、あんなクレイジーなのと一緒にするなよ。だいたい、意地悪な弟に囲まれてって、俺はその葬式の一回しか会ってないんだよ」

新商品の中味配合は、大沼の意見をもとにD8をさらに改良した末、おおむね固まった。プロジェクトも大きな山を一つ越えた感があり、チーム発足以来初めて、中打ち上げと称しての飲み会が催された。

会議などでは成功派と実行派がぶつかり合うのもよく目にしたが、この飲み会では成功が実行派筆頭の梶本の隣に座ってビールを注いだり、実行を交えて砕けた調子の会話を繰り広げたりするなど、普段は目にしない光景が見られた。最初は警戒心を覗かせてビールを注がれても表情を崩していなかった梶本も、酒が進むにつれて成功に絡み、実行に絡み、意外なお調子者の素顔をさらけ出している。

「サクセスはもともとあんなもんだとしても、実行さんも割とこの頃、味が出てきたよねえ」早恵里の隣に座る若葉が、彼らの様子を眺めながら言う。「前はもっと、AIロボットかっていう硬さがあったけど」

ＡＩロボットというたとえに早恵里はくすりと笑う。確かに、成功がいなくなって、いきなり事業部長の座に就いた頃の実行はどこか謎めいていて、物腰にも一分の隙もないような人間に思えていた。

しかし、今は実行にそうしたイメージはない。相変わらず言葉選びは仰々しいし、堅物《かたぶつ》っぽさも残ってはいるのだが、それよりは、どこか生きづらそうにして、いつも悩んでいる姿が印象的な男になっている。バレンタインデーの一件を思い出すまでもなく、味どころではない彼特有の人間くささを早恵里は十分見知っている。

「あの二人、小さな頃から一緒に暮らしてたら、案外気が合ったのかな」

「どうなんでしょうね」早恵里はそれを想像してみる。「仲よくやってたのかもしれませんね」

「サクセスがもともと、敵を作るようなタイプじゃないからね」若葉が言う。「早とちりなこと言って人を混乱させたりはするけど」

実行の件では若葉も成功に振り回された形となっていたが、今は冗談として触れてくるあたり、すっかり感情的にも吹っ切れたようだった。実行の意中の女性が早恵里であることまで彼女が知っているかどうかは分からない。しかし、実行本人がそこまで言わなくとも、目端が利く若葉であれば気づいているのではないかとも思う。

「どっちがいいの？」

不意に彼女は酔いでぼんやりした目をいたずらっぽく細めて訊いてきた。やはり気づいていたようだった。

「どっちって……」

「いや、私はもう等距離で見るつもりだから、聞いたところで手助けも後押しもしないんだけどね」

あまり触れられたくない話題のはずだったが、ただの好奇心で訊いているだけだという言い方に、早恵里は逆に気持ちが軽くなった。

「分からないです。実行さんにしたって、何か言ってくるわけじゃないですし、成功さんは気が多いみたいですし」

「あれね……」若葉は中ほどの席で光山と話をしている星奈を一瞥して言った。「でも、本当かな。あれ以降、二人の話は聞かないけど」

「実行さんが嘘をつくとは思えませんけど」

「まあ、そうだよね」

実行が目撃したように成功と星奈がそれだけ親しいのであれば、それは単なる遊びではないはずだ。普通に考えて、早恵里のほうが星奈の目を盗んでちょっかいを出されている存在なのである。

ホワイトデーを少しすぎた頃、成功と会社の廊下ですれ違った際、バレンタインのお返しとして小さな包みをもらった。彼としては渡すタイミングをうかがっていたらしいが、早恵里は早恵里で星奈の噂のこともあってどういう反応を示していいか分からず、妙にぎこちないやり取りになった。彼もそうした気分を察してか、言葉少なに離れていった。中身は可愛らしいイヤリングだったが、早恵里は一度も着けていない。

一方で実行からは、ホワイトデーを待たずに、「これで償《つぐな》いになるとは思ってないがひとまず」という言葉とともに、香水のお返しをもらっている。夜のコンビニにチョコレートを買いに行かされたときはあまりの馬鹿馬鹿しさに幻滅の思いが強く湧いたが、同時にさらけ出された人間くささが妙に心に残り、嫌な気分はそれほど後を引かなかった。お返しのプレゼントも抵抗なく受け取った。

　ただ、その香水も会社につけていくことはない。試作品評価の邪魔になるということもあるが、それをつけていって実行に気づかれたとき、何らかのメッセージとして受け取られてしまうような気がするからでもあった。成功のイヤリングも同じである。何かのメッセージをそれらに託せるほど、早恵里の気持ちがどこかに定まっているわけではない。

「まあ、今は無理に選ぶ必要はないかもしれないけど、いずれはどっちなんだって本人たちに迫られる日が来るかもよ」

　若葉のその言葉は冗談として受け取ることにした。今の早恵里には現実感がない話だった。


　十二人からの酒席であり、時間が経つにつれ、あちこち席を移動してはそこで花を咲かせている話題に首を突っこむような者も出始めた。若葉もいつしか早恵里の隣を離れて、栗原や子安ら元事業部の面々と楽しげに話をしている。

　早恵里はもともと酒が強くないので、あちこち歩き回りたくなるような飲み方もしない。自分の席に座ったまま、近くで繰り広げられている話を聞いている。時折話を振られてそれに応え、料理が来たら周りに取り分ける。比較的若いメンバーが多いチームだが、早恵里の下はいないので、自然と立ち回り方としても控えめなものになる。

　また料理が運ばれてきて、早恵里が小皿を並べて取り分けていると、手洗いから戻ってきた様子の星奈がふらりと早恵里のそばに寄ってきた。

「そう言えば、山科さんに言おうと思ってたけど」

「何ですか？」

思いがけない形で話しかけられ、早恵里の受け答えは必要以上に警戒心が覗いたものになった。

星奈はそれが意外だったのか、かすかに眉を動かして反応したあと、一呼吸置いて口を開いた。

「[エネウォーター]のノベルティ、山科さんが担当したんでしょ?」

「ああ、はい」

「あれ、売り場でも評判がいいって、営業でも話題になってますよ」

「あ、ありがとうございます」

そんな話かと、早恵里は軽く拍子抜けした。

「それだけです」

星奈も早恵里の心情を敏感に嗅ぎ取ったように、わざわざそう言って話を締めくくった。

「私も伴内さんに訊きたいことがあります」

早恵里は背中を向けかけた星奈を反射的に呼び止めた。

「何ですか?」

「どうしていつも、そんな堂々としていられるんですか?」

何を訊いているんだろうと心の半分では思っていた。多少なりとも酔っていなければできない問いかけである。

星奈は早恵里をじっと見返し、何度かまばたきした。

「そう見えるだけじゃないですか」

「気を悪くしたらごめんなさい」早恵里は言った。「伴内さんを見てると、そういうのが何か羨ましくて」

「山科さんは普段、私や光山さんの話の聞き役に回ることが多いけど、自分の意見も考えてちゃんと言う人だし、思慮深くていいなって、私も羨ましく見てますよ」

それほど意識して見られている感覚はなかった。意外な人に褒められると、どう応えていいか分からない。つくづく、自分の言い方は喧嘩を売っているようなもので恥ずかしくなる。

「あれこれ考えはするけれど、なかなかうまくまとまらなくて」早恵里は自嘲気味に言う。

「でも、そこから口に出したのは、よほど言いたかったんだろうなってことは分かります。私こそ無自覚で、大した答えも言えずにごめんなさい」

星奈はさらりとそう言うと、自分の席に戻ろうとした。その髪が揺れて耳もとが覗き、右のイヤリングだけが光って見えたので、早恵里はおやと思った。

「イヤリング、片方……」

早恵里の言葉を聞いて、星奈が耳に手をやる。そこで初めて左耳のイヤリングがなくなっていることに気づいたらしく、顔色を変えて足もとを見回した。

「やだ……」

早恵里も床を見たが、視認できる範囲でそれらしきものは落ちていない。

星奈は自分の席に戻ってそのあたりの床も探していたが、見当たらないようだった。そのまま手洗いのほうへと、店のフロアを歩いていく。しかし、それでも見つからなかったと見えて、やがて視線をさまよわせたまま戻ってきた。

「見つかりませんか?」

一生懸命探している様子が気の毒に思えてきて、早恵里は声をかけた。「ええ」という星奈の返事はどこか虚ろだ。普段の彼女からは想像もできないほど動揺している。

「どうしたの?」

二人で一緒に探しているのを見て、若葉が声をかけてきた。

「伴内さんがイヤリングを落としたらしくて」

「あら……どんなやつ？」

「赤い石が付いたのです。打ち合わせのときには着けてるのを見てたんですが」

早恵里がそんな説明をしていると、星奈が「ちょっと会社に戻ります」と言い出した。

「え、今から？」若葉が驚いて顔を上げる。

早恵里も驚いた。よほど高価なものなのかと思った。

「どうした？」

成功も立ち上がって、星奈のそばに近づいてきた。伴内さんがイヤリングを落としてという若葉の説明を聞き、一度会社に戻りますと焦った様子で口にする星奈に、事情は分かったとばかりにうなずいてみせた。

「明日探せばいいんじゃない？」

「……あのイヤリングなんです」

星奈の声は成功にだけ聞こえるくらいの大きさだったが、彼女の口の動きと合わせて、早恵里にはその言葉が分かった。

「いいよ、いいよ……大丈夫」

成功の声も小さくなった。その彼の目がすっとこちらに向いたので、早恵里は反射的に目を逸らした。

そうか、成功にもらったイヤリングだったかと早恵里は腑に落ちた思いだった。考えてみれば、バレンタインのお返しなど自分だけがもらっていると思うほうがおかしい。逆に星奈がもらうようなお返しを自分ももらったと喜ぶべきではないかと皮肉混じりに思った。

成功がなだめて、星奈も会社に戻ることは思いとどまったようだった。ただ、ショックを引きずっている様子ははたから見ても明らかであり、周囲の会話に参加することもなく、時折あきらめ切れないように、一人でそのあたりの床を見回したりしていた。

早恵里もすっかり酔いが醒めてしまった。成功と実行の二人がいる酒席に身を置いて、若葉からは「どっちがいいの?」などと、さも早恵里の一存ですべてが決まるかのような話の向けられ方をして、知らず知らず感情を浮き立たせてしまっていた。あれこれ考えたところで、自分の気持ちだけで答えが出るような問題ではないのだ。そんなことに悩んでいる自分が馬鹿らしくなってくる。

「お疲れ様。明日からまたがんばりましょう」

ようやく会がお開きとなり、チームのメンバーたちも帰り支度を始めた。二軒目を相談する者たちもいたが、早恵里は早く帰りたかった。

「あ、イヤリング!」

フロアの隅に並べられたいくつかの椅子の上にかばんが集められていた。そこから自分のかばんを取り上げた若葉が、座面に赤い石が転がっているのを見つけて拾い上げた。

「そんなところに!」

星奈が跳ねるようにして若葉のもとに飛んでいった。

「かばんを置くときに落としたんじゃない?」若葉はそう言って、彼女にイヤリングを渡した。

「会社に戻らなくてよかったね」

「斜め掛けしてたんで、肩から外すときに耳に引っかかったのかも」星奈は申し訳なさそうに言いながらも、心からほっとしたようだった。「ありがとうございます。みなさん、お騒がせしました」

「よかった、よかった」みんなが口々に言う。

「普段見られない伴内さんの顔が見られて得した気分だよ」栗原がそう言って笑う。「あの伴内さんでもこんなに動揺するんだって」

「あのって、どのですか？」

星奈はそう言い返すが、いつものような鋭さはない。

「いや、見つかったから言えるけど、あんな子鹿みたいに震えてる伴内さん見るの初めてだったよ」若葉も彼女をいじるようにして言った。「何か、可愛かった」

「やめてください」

そうやって文句を言う星奈もいつもより恥ずかしげで、早恵里から見ても可愛いと思った。

成功もその様子を見て笑っている。しかし、早恵里が見ているのに気づくと、少し決まりが悪そうに咳払いして、笑いを引っこめた。

翌朝、出社時に会社のビルに入ってエレベーターホールに向かうと、成功が一足先に来ていてエレベーターを待っていた。

「おはようございます」

「あ、おはよう」

「昨日はお疲れ様でした」

たまにこの日のようにエレベーターに乗り合わせることはあるが、出社時は自社の人間も他社の人間も周りにいるので、挨拶程度の会話しか交わさないものである。

しかし、今朝の成功は早恵里の耳もとにすぐに気づいたようで、「あ……」と小さな声を上げた。

早恵里はショートボブなので、イヤリングが目立つ。今日は成功からもらった青い石のイヤリングを着けてきた。

「どう取られたか分かんないけど、売り場行ってみたら、あれもよさそう、これもよさそうってなって……伴内さんにもお返ししなきゃいけなかったし」成功がぼそぼそと言う。

「確かに、あれもいいイヤリングでしたし、これもいいイヤリングですよね」早恵里は言った。

「なので着けてきました。ついでに実行さんからもらった香水も、素敵な香水だったのでつけてきました」

「え……？」

ぎょっとしたように早恵里を見る成功の視線を受け流していると、若葉がエレベーターホールにやってきた。

「あ、おはよう。昨日はお疲れ」彼女は早恵里と成功を認めると、二人に向けて挨拶を投げかけてきた。

「おはようございます。昨日はお疲れ様でした」

「あら、今日はいい匂い」

若葉は早恵里の隣に立つと、早速香水に気づいたようだった。

「試作品評価も一段落ついたんで、ちょっとつけてきました」

「いいじゃない」

若葉は早恵里の肩に鼻を近づけてくんくんさせ、「この匂い、山科さんに合ってる」と褒めてきた。

「そうですか。嬉しいです」

「ね？」若葉は成功を見て同意を求めた。

「俺、今、花粉症だから分かんないよ」

成功は気のない口調で言い、開いたエレベーターに乗りこんでいく。

「今、何の花粉症？　ヒノキ？」

どうでもいいことを訊きながらあとを追う若葉に続いて、早恵里もそのエレベーターに乗りこんだ。


前日に引き続いて、午後から、星奈や光山との打ち合わせがＭＴＧエリアの一角で行われた。

「昨日はお疲れ様でした」

前夜の中打ち上げのねぎらいが挨拶代わりになった。

「昨日はイヤリング、無事に見つかってよかったね」

「本当にお騒がせしました」

光山の言葉に、星奈は小さく笑って頭を下げる。その耳もとには今日も赤い石が可愛く揺れている。

「僕も信じられないかもしれないけど、昔、飲み会の席で眼鏡なくしてね。やけに今日、周りがぼんやりして見えるな、相当飲みすぎたなって思ってたら、いつの間にか眼鏡がどっか行っちゃってたんだよ。だから、ああいう席では気をつけないと」光山はそう言って自分で笑い、早恵里にもちらりと目を向けた。「山科さんも、それイヤリング？　なくさないようにね」

「はい、気をつけます」

早恵里はさらりと応えながら耳もとに手をやった。アクセサリーのタイプにもマイブームがあり、石やファーが揺れるタイプのものは久しく着けていなかった。だからこそ新鮮であり、悪くない気分だった。

光山の言葉と早恵里の手の動きに釣られるようにして、星奈が早恵里の耳もとに目をやった。そこで彼女の視線が止まり、表情も動かなくなった。

星奈の視線が少しだけ動き、早恵里と目が合った。イヤリングはまったく同じタイプの色違いというわけではないが、同じブランドのものなので、近似感はある。持ち主なら敏感に感じ取るだろう。

交錯した視線の中で会話が交わされた気がした。あなたも彼にもらったの？　と訊かれた気がした。そうなら彼女は早恵里の視線からその答えを受け取ったに違いなかった。

「昨日の続きだけど」光山が打ち合わせの本題に入った。「テレビＣＭと発売イベントについては佐久間瞳さんの起用を軸に考えていくとして、どういう使い方がいいのかってこともある程度、話し合っておく必要があるかなと思ってるんだけど」

「ちょっといいですか？」早恵里はいきなり話の腰を折るようにして、口を挿んだ。

「ん……何？」

「いろいろ考えたんですけど、うちはこれまでプロモーションにタレントを使ったことがありません。そもそもうちのカラーとそういう手法が合うのかなっていう疑問もあります。これから何年も予算を割いて誰かを起用していくっていう展望があるなら、踏み切ってもいいかと思うんですけど、とりあえず発売時だけ予算が取れたからやるっていうのは、場当たり的すぎてどうかなっていう気がするんです」

「もっと長期的展望に立ったプロモーション戦略を立てるべきってことか」光山が言う。「だけど、今の時点で来年、再来年にどれだけの予算が取れるかは分からないし、今回まず、予算が取れたなりのものを仕掛けていかないと、結局のところ来年、再来年にもつながらないって話になりかねないよ」

「その予算をタレント起用に使わず、何かほかのことに使いたいってことですか？」星奈が訊く。

「その予算分、出稿量を増やせばいいと思います」早恵里は言う。「正直、発売時は中味そのもののよさに焦点を当てるべきだと思いますし、タレントに頼らなくても十分売れる商品なんだって気持ちで展開したほうが、消費者にその本気度が伝わりやすいんじゃないかと」

「今日は山科さん、言うねえ」光山が目を丸くしてみせる。

「ごめんなさい。ふと、そう思ったもので」

「いや、全然いいけど」光山は腕を組んで言う。「もちろん、代理店の話に乗る必要はないし、例えば内田雄太さんとかなら僕もわざわざ起用してまでって気はするけど、瞳ちゃんが起用できるなら、乗らない手はないと思うんだよな」

「佐久間瞳さんを起用しない場合、ＣＭや発表会への注目度はそれだけ下がりますし、その中で商品のよさを訴えたところで限界があると思うんですけど、そこをどうするかという案はあるんですか？」星奈が訊く。

「タレントさんほどの注目度は得られないかもしれませんけど、一つの案としては、〝ビーちゃん〟を使ったらどうかなって思います。ゆるキャラみたいなのを作って」

「ビーちゃん？」

「［エネビー］や［黒酢ビー］なんかの容器に描かれてるミツバチです。正式名称ではないかもしれませんけど、〝ビーちゃん〟って呼ばれてるんです」

「いや、あれは正式名称なんだよ」プロパーで二十年近く〈シガビオ〉に勤めている光山が言う。「[エネビー]や[黒酢ビー]の発売当時はゆるキャラ全盛期でね。本当ははちみつだから[エネハニー]や[黒酢ハニー]なんだけど、語感的に[エネビー]や[黒酢ビー]のほうがいいってなったわけ。そのついでにミツバチをキャラに使おうって話になって、デザイナーにコンペさせてビーちゃんが生まれたのよ。最初は着ぐるみとかも作ってたんだから」

「そんな歴史が」早恵里も初めて聞く話だった。「じゃあなおさら、原点回帰ということで、ビーちゃんを使うのはありじゃないでしょうか」

「当時の世間の反応はどうだったんですか？」星奈が冷静に訊く。

「いやあ、当時なんて、うちは今よりもっと弱小だったたし、世間の反応なんてあってないようなもんだよ。うち自身、ゆるキャラブームに乗ってみたってだけの感じだったし、着ぐるみだって、ほとんど使わないまま処分しちゃったんじゃない？」

「でも、私は可愛いと思いますし、今やれば、また違う反応が得られるんじゃないですかね」早恵里はそう押してみる。

「それはでも、希望的観測にすぎないと思います」星奈が首をかしげて言う。「やるならそれこそ二十年、三十年、世間に浸透しなくてもやり続ける覚悟が必要です。そのコンセンサスを社内に形成する自信が山科さんにあるなら止めはしませんけど、どちらが効果を見通しやすいかっていったら、佐久間瞳さんのほうだと思います。うちがタレント使ったことがないっていっても、[エネウォーター]はパラアスリートとパートナーシップ契約結んで広告に出てもらったりしてるわけですし、その手法の延長線上だと思えば、別に二の足を踏むようなことでもないと思うんですよね」

「そうだよねえ」光山も星奈の意見にうなずいた。

星奈にはね返され、いつもなら「そうですね」と引っこめるところだったが、今日の早恵里はそれを渋り、「そうですかねえ」と口をすぼめた。

「まあでも、一つの案ではあるから、それもチームの会議に投げてもいいと思うけどね」

早恵里の様子を見て、光山が丸く収めるような言い方をした。

結果として、チームの会議には佐久間瞳の起用を第一に推すが、こういう案もあるという形でビーちゃんを使うパターンも出しておくことになった。

打ち合わせを終えると、星奈がちらりと早恵里に一瞥を残して席を立った。今日の早恵里の姿を見て、これまでとは見方を変えるというような意思表示がそこにこもっているような気がした。

21

「……という理由から佐久間瞳さんを第一に考えるべきかと思いますが、一方でタレントを起用せず、商品の機能性にもっと焦点を当てたほうがいいのではとの意見もあり、その場合、どういったプロモーション展開がありうるかということを山科さんのほうから説明してもらいます」

光山の話を受け、早恵里が手もとのパソコンを操作する。会議室の壁に掛けられた大きな液晶画面から佐久間瞳の顔写真が消え、〝ビーちゃん〟と呼ばれているミツバチのキャラクターが映し出された。

「ABについては［ビオビー］という商品名が仮決定されています。このまま正式決定された場合、［エネビー］や［黒酢ビー］のようにビーちゃんをイメージキャラクターとして使うことは、特に違和感のないものだと思います」

早恵里が説明するところによれば、タレントを起用しない場合は、着ぐるみのビーちゃんを使って商品の機能性を紹介するようなCMや発表会を考えたいという提案であった。

「十五年以上前のキャラクターですが、可愛らしく、古びてませんし、この先、二十年、三十年、〔シガビオ〕の顔として育てていくべきではないかと思っています」

成功の実家にもビーちゃんのぬいぐるみがあるが、キャラクターの誕生当時、着ぐるみまで作っていたのは知らなかった。そういう意味では、早恵里の話はそれなりに興味深かったものの、冷静に考えれば佐久間瞳を起用したほうが広告効果も出しやすいように思えた。

ただ、長期展望のもとにビーちゃんを〔シガビオ〕の顔として育てていくべきだという早恵里の言葉には意外なほどの熱がこもっていて、この案自体、彼女から出たものだろうということが分かる。成功は以前、コンセプト会議で彼女の案を容赦なくこき下ろして、あとで非常に気まずい思いをしたことがあった。同じ轍《てつ》は踏みたくないので、自分が前面に出ての却下は避けたいところであり、ひとまずはメンバーの意見を聞く側に徹することにした。

ところが予想外に、ビーちゃんの起用を支持する声がちらほらとあった。

「安易にタレントを使うのはどうかと思います。〔シガビオ〕は実直に人々の健康に寄与する商品づくりに励んでいる企業というイメージがあると私は信じていますし、あえてマイナーなイメージキャラを持ってくるところに、〔シガビオ〕らしさが表れてていいんじゃないかと思います」

「今のところ予定されている短期間のCM展開ですと、タレントの顔だけ印象に残って、商品は何だっけということになりかねない気がします。ビーちゃんは私もひそかに気に入ってまして、人気者にできるものならしてやりたいという親心も正直あるんですよね」

二、三人から肯定的な声が上がり、なおさら簡単には切り捨てられなくなった。
しかし、社運を賭けた商品の大事なプロモーションに、今まで一度もブレイクしたことがない自前のキャラクターを使うというのは、なかなか勝算を見出しづらい。発表会もメディアは食いつかず、しらけた光景が広がるのではないか。

「志賀部長の意見はどうですか?」

実行も早恵里の案の扱いには苦慮しているような顔をしていたので、どう思うか訊いてみるのがいいかと思っていると、機先を制するように、逆に意見を求められてしまった。

「そうですね」成功は仕方なく口を開く。「どちらの案も一長一短あって悩ましいというか……ビーちゃんを〈シガビオ〉の顔に育てるという意見はなるほどと思います。ただ、大きなプロジェクトなだけに、果たしてそれで行けるのかと考えると……志賀部長はどう思います?」

結論を濁し、実行に下駄を預ける。

「私としては、ビーちゃんを使う案が魅力的に思えました」実行は意外にもそう言った。「ビーちゃんというキャラクターに歴史があるというのも、私には新しい発見でしたし、使い方によっては無限の可能性があるように感じられました。ただ一方で、ほかのタレントならいざ知らず、高い好感度を持つ佐久間瞳さんを起用できるということであれば、そのチャンスを生かすべきではないかとも思います」

本音では成功と同様のくせに、あたかも早恵里の案を評価するような言い方をしている。嫌らしいなと思っていると、彼の話にはまだ続きがあった。

「そこでふと思いついたのですが、佐久間瞳さんとビーちゃんを共演させるのはどうでしょう。例えば佐久間さんにもミツバチのコスチュームを着てもらうとか」

「それはいい」成功は思わず彼の案に乗った。「並んでドリンクを飲むだけでも絵になる」

実行の案に乗っかるのは彼を評価しているようで多少なりとも抵抗があるが、この際それはどうでもよかった。折衷案でありながら、広告効果も期待できる。

「いいと思います」

「実現すれば、発表会も華やかになるんじゃないでしょうか」

成功が食いついたこともプラスに働いたのか、メンバーの意見も好意的なものがそろった。

「では、この案件については私から専務に報告しますので、問題なければ〈一広堂〉に動いてもらいましょう。同時に、新たな着ぐるみも作るということで」

実行がそうまとめてみせると、光山が「分かりました」と張りのある声で応じた。早恵里もどこか嬉しそうに、目を輝かせて一緒にうなずいている。

会議が終わり、一件落着の思いで営業推進部のフロアに戻る。

「珍しく、煮え切らない態度でしたね」

自席で一息つくなり、一緒に戻ってきた星奈にちくりと言われ、成功はうろたえた。

「いやいや、結果的にはすっきり結論が出たと思うけど」成功はごまかすように言った。「何、伴内さんは不満が残った？」

「いえ、実行さんの案には何の不満もありませんけど」

「じゃあ、いいじゃん」そう言って、強引に話を終わらせた。

成功は立場的にも物事の判断を下さなければならず、いざ会議で自分の意見を明らかにするときには、曖昧な態度を取らないようにしている。

もう一つ気をつけているのは、仕事に私情を持ちこまないことである。判断がぶれるだけでなく、同僚たちに気取られれば自身の言動に説得力を失わせてしまう。だから成功は、早恵里にアプローチする際も、若葉以外の例えば栗原あたりにも感づかれないように注意を払ってきた。

今回は結論自体、ぎりぎり私情に左右されなかった自覚はあるが、その過程では意見を濁し、実行に判断を預けるなど、いつもとは違う態度を見せたのは事実である。そこに何かしらの感情が挿まれていたのでは……星奈がそこまで疑っているかどうかは分からないが、成功としてもあまりつつかれたくはないところであった。


四月の中旬から下旬にかけては、時に平木や父が会議に加わり、いろんなことが決まっていった。商品名も当初の通り［ビオビー］に決まり、発売は七月初週の大安吉日の日が選ばれた。容器の形や内容量、希望小売価格も原価計算をもとにして、幾度かのすり合わせの末に決まった。主要取引先向けの商談会や、マスコミ向けの発表会のスケジュールも立てられ、チームのメンバーもそれぞれの担当について、プランニングから実施段階に進み始めた。

そんな中、生産本部の供給部に所属する森尾という男から実行に一本の電話があった。

「〈有田養蜂場《ようほうじょう》〉が発注分のはちみつを用意するのが難しいと言ってきてるらしい」

成功は電話を受けた実行から、そんな報告を受けた。

「どうして？」

「普通のれんげはちみつなら何とかなるみたいだが、みかんはちみつはよそからも引き合いがあって、十分量は用意できないと言ってるようだ」

［ビオビー］に使うはちみつは、大沼の意見もあり、みかんはちみつと外国産のオレンジはちみつを一対一の割合で使うことになっている。柑橘系の花から取れるはちみつには独特のさわやかさが

あり、［ビオビー］の処方では味の面で小さくない役割を担っている。

はちみつは輸入物のほうが安価であり、〔シガビオ〕でもアルゼンチン産やオーストラリア産のものを使っているが、女王蜂の栄養源であるローヤルゼリーについては、輸入物に加えて〔有田養蜂場〕と安定供給の契約を結んでいる。その昔、父がローヤルゼリーの効能に関心を持っていたとき、〔有田養蜂場〕の社長と知り合う機会があり、そこから［エネビー］が生まれた。今では［エネビー］も販売数量が増えて輸入物に切り替わっているが、［エネビースペシャル］という高級ラインを代わりに作り、［国産ローヤルゼリー高濃度配合］というのを売り文句にしている。パウチゼリーとしては高価な部類に入るが、その分、ブランド力があって、購買層から根強い支持を得ている。

その〔有田養蜂場〕は和歌山にあり、みかんの花を使ったはちみつも作っていることから、今回、そこからみかんはちみつを調達する手筈《てはず》になっていたのだ。

「けど、森尾さんが今年の収穫分を予約したってこの前言ってなかったか？」

「それが一つの落とし穴で、予約であってまだ正式契約ではないということだ」

「馬鹿な。昨日今日の付き合いじゃないんだから、一度首を縦に振ったものをそんな理屈で反故《ほご》にしてもらっちゃ困るよ」

種類的に希少価値のあるはちみつであり、また、昨今の経費の高騰も相まって、〔有田養蜂場〕が出してきた金額もそれなりのものだった。何度かの交渉の末、話はまとまったが、それが気に入らなかったのか。しかし、クオリティーと安定供給のためならばと、こちらとしてもずいぶん呑んだ形だったはずである。

「とりあえず森尾さんには和歌山に行って何とか交渉してもらうことにしたが、成功も一緒に行ってきてくれないか」

〔有田養蜂場〕の高垣社長とは上京時に父と何度か食事をしたことがあり、和歌山の養蜂場にも一度お邪魔したことがある。「分かった」と成功は請け合った。

翌日、成功は森尾とともに飛行機で関空へと飛び、空港線から阪和線に乗り継いで和歌山に向かった。

さらに乗り継いで箕島《みのしま》駅で降り、近くの食堂で昼食をとる。

「先週の時点では社長も任せとけっていうような感じだったんですけどね」森尾は定食のご飯をかきこみながら首をひねる。「今年は陽気のいい日が続いてるし、早めに花が咲くんじゃないかとか言ってましたし」

「解せないですね」成功もそう言うしかない。

「どうしても無理なら、オレンジはちみつだけで行くしかないですか」

いざとなればそれも考えるべきだが、みかんはちみつはオレンジはちみつよりさらにさっぱり感が強く、大沼もこれがいいと太鼓判を押していた。今回の商品開発ではこだわった部分でもあり、話としては面白くない。

昼食を終えると、タクシーを呼んでそれに乗った。丘陵地にはみかん畑が広がっている。白い花を咲かせるのは五月に入ってからで、今はまだ緑の葉が繁っているだけだ。

〔有田養蜂場〕に近づくと、一面が赤紫に染まったれんげ畑に囲まれた。丘側にはみかん畑が望めるが、ふもと側は一色である。四月の今がちょうど開花時期であり、おそらくははちみつの採取にも忙しいことだろう。

個人経営が多い国内の養蜂場にあって、〈有田養蜂場〉は比較的規模が大きく、何人かの従業員を雇って事業を営んでいる。みかんはちみつは密生するれんげと違って採取量も少ないが、〈有田養蜂場〉は市内のみかん農家の協力を得て、あちこちに巣箱を置いては開花する二週間ほどのうちに集めて回っているようだ。

会社は瓶詰め工場に事務所が併設されただけのものだが、景気がいいのか、何年か前に来たときとは違い、新たに建て替えられていた。れんげの花の香りが漂う中、黒いものがちらほらと飛んでいる。蜂に慣れていない成功は森尾とともに首をすくめながら事務所に入った。

「どうも、ご無沙汰してます」

事務所には社長の奥さんが一人詰めていた。彼女は成功から手土産の菓子を受け取ると、はちみつの採取に出ているという社長を呼びに行ってくれた。

やがて、作業服姿の高垣守社長が事務所に入ってきた。

「お忙しい時期に、お邪魔して申し訳ないです」

成功たちが応接ソファから立ち上がって挨拶すると、高垣社長は「いやいや」と半分恐縮したように応じて、座るよう促してきた。

「こちらこそ、こんなとこまで来てもらうことになって、すんませんね」

「今回はちょっとこちらからしても寝耳に水の話でして、事情をお聞かせいただければと思いまして」

成功たちの向かいに座った社長は何度かうなずき、「こうやって来られたからには、お話しせんとあかんね」と口を開いた。「東京のほうで展開されている〈玉手牧場〉という店はご存じですか？」

「はい」

イートインのある乳製品の実売店舗であり、〔東京ラクト〕が運営している。牛乳のほか、高級チーズや高級バター、ソフトクリームにヨーグルトなどを売っていて、主要駅の駅ビルや商業施設のテナントとして四、五十店舗はあるだろうか。

「実は、その〔玉手牧場〕さんから、うちのみかんはちみつを扱いたいという話がありましてね」

「えっ？」

「みかんはちみつはソフトクリームやヨーグルトに合うから、トッピングに使いたいということなんですが、それだけやなくて、瓶詰め商品も店頭販売で扱いたいいうことなんですよ。これまでうちのみかんはちみつは地元の店や道の駅なんかに出しとったんですが、値が張る分、売れ行きもぼちぼちいうところでね、だったら〔シガビオ〕さんに使ってもらうのもええかなとは思ってたんです。でも、そういう話をもらったもんですからね。やっぱり、〔有田養蜂場〕の冠をつけた商品として売りたいやないですか。〔玉手牧場〕さんの高級志向とも相まって、値段も強気に設定できますし、実際、向こうとすり合わせた卸値はおたくとの話で出た値段とは全然違いますから」

成功としては当初の口約束を盾に何とか翻意を図ろうと考えていたが、その気を失ってしまった。単なるサプライヤーではなく、自社製品として売りたいという気持ちは、モノづくりに携わっている者であれば容易に理解できる。おそらくは高垣社長も、この件で〔シガビオ〕との関係が切れても仕方がないという覚悟でこの判断を下したのだろう。無理に予約の履行《りこう》を迫ったところで来年以降供給が途絶えてしまうなら意味がない。

「もちろん、ローヤルゼリーのほうはこれまで通り、納入させていただきますよ」高垣社長は言った。「正直な話、そっちもスムージーに使いたいっていう話があったんですけど、さすがに〔シガビオ〕さんとの長年の付き合いがあるからってんで断ったんです」

「〔玉手牧場〕さんとはどういうご縁で?」成功は不審に思って訊いてみた。

「これまでは何も」高垣社長は言う。「みかんはちみつのことを調べてたら、うちに行き着いたって言ってましたね」

確かにみかんはちみつを安定的に扱いたいのであれば、ここと取引するのが一番だろう。しかし、ローヤルゼリーにまで手を突っこもうとしていたと聞くと、それだけが理由だとはとても思えなくなってくる。


翌日、東京に帰って出社した成功は実行を会議室に呼んだ。

出張の首尾は昨日のうちに電話で報告している。みかんはちみつはあきらめて、輸入のオレンジはちみつでカバーする方針をすでに確認し合っている。だから、話はそのことではない。

「最近、例の勢司とかいう弟には会ったか?」

「いや」首を振る実行も、話の方向性は読めているようだった。「会ってないし、会ったところで仕事の話はしないだろう」

「しかし、明らかにABの中味が〔ラクト〕に洩れてる」

〔東京ラクト〕が多摩工場を増設し、乳酸菌飲料の新商品を開発しているというのは、父も業界の確かな筋から得ている情報である。中味までは判明していないが、発売は七月終わりか八月あたりだろうと見られている。

一方で〔ビオビー〕はそれに勝負を挑む形で商品化が進められている。父の意気込みがそういうものであるし、〔東京ラクト〕の新商品より早くという号令で七月初旬発売が決まっているくらいだ。

それだけに、計画を知った〈東京ラクト〉側が神経を尖らせてくる可能性があり、父はプロジェクトの中身については秘密保持を徹底するよう成功らに言い渡していた。もちろんそれはチームのメンバーにも伝わっている。

「私はこちらに来た以上、向こうの家とも向こうの社員とも一線を引いている」

志賀を名乗っているのは伊達じゃないと言いたいようだ。

「梶本とか、あんたに付いてきた連中はどうだ？」

子分に疑いをかけられ、実行は不快そうな表情を見せたが、言葉だけで一蹴《いっしゅう》しようとはしなかった。

「考えにくいが、念のため確かめてみよう」

彼は低い声で言い、この話を引き取った。


二日後、チームの会議に先立ち、実行が営業推進部のフロアに顔を出して成功を呼んだ。

「やっぱり、梶本くんたちは何も関係してない」

報告は簡単なものだったが、彼なりに注意深く確かめたはずであり、成功はそれに対しての疑いは差し挟まなかった。

「とりあえず、もう一度チーム内に方針を周知させとこう」

実行とはそう話し合い、実際、その後の会議の席で実行の口から、プロジェクト関係の情報を外部に洩らすことがないようはっきりとした注意がなされた。

それでひとまずの手当てをつけたつもりではあったが、四月の終わりになって、また別の問題が上がってきた。

その日、プロモーション担当の打ち合わせに出ていた星奈がフロアに戻ってきて、ちょっと来てほしいと言うので、成功は彼女に連れられて会議室に足を運んだ。

会議室には、実行も来ていた。星奈に早恵里、光山らプロモーション担当に加え、広告代理店〔一広堂〕の〔シガビオ〕担当である福澤裕《ゆたか》の姿がある。事業部長時代には何度も顔を合わせたことがあり、成功の顔を見ると、神妙な様子で頭を下げてきた。

「佐久間瞳さん、事務所から断りの返事が来たらしい」実行が言う。

「え?」成功は福澤を見た。「受けてもらえる見込みがあるから候補に出してきたんじゃないの?」

「すみません」福澤が頭を下げる。「そのはずだったんですが、どうもタイミングが悪かったようで」

相手のあることだから、もちろん絶対大丈夫と考えていたわけではないが、今回は〔一広堂〕側から持ちこまれた案でもあり、そうであれば多少の不都合があったとしても、福澤の手で何とかしてもらいたかった。

「タイミングっていうのは、スケジュールの問題ですか?」

「いや、スケジュールというか何というか」福澤の歯切れは悪い。「他社からもちょうどオファーがかかってしまったようで」

「他社って同業の?」

同業でもない限り、オファーがかぶって受けられないという事態にはならないはずだ。

「そういうことです」福澤は認めた。「飲料系は今までなかったですし、事前に事務所に当たった感触はよかったんで、私自身は行けると思ってたんですが、思わぬ伏兵が出てきてしまったようで」

「まさか、〈東京ラクト〉じゃないですよね？」

何となくそう口に出してみたものの、福澤は、「実は、そのまさかなんです」と答えた。

成功は実行と顔を見合わせた。

「向こうは長期契約前提なのと、やっぱりその、大手であるっていうところで」福澤は残念そうに言った。「私も悔しくて、〈ラクト〉さんの担当には文句を言いましたよ。でも、それでどうなるわけでもありませんし」

「〈ラクト〉の担当って、石黒翔太の奥さんですか？」

「ええ、よくご存じですね」

「交流があるのか？」

成功から情報が洩れているのではないかと疑うように実行が訊く。

「結婚式の二次会に出ただけだ。それ以来、石黒とも会ってないよ」

実行は一応その言葉を信じるというように小さくうなずくと、福澤に目を向けた。

「福澤さんのほうで、向こうの担当にこちらの企画を知られてしまったってことはないんですか？」

「いやあ、それはないはずです。というか、私は社内の手続きをちゃんと踏んでるので、そういうバッティングは起こりえないはずなんです」

「上司にちゃんと話を通してあると」

「簡単に言うと、そういうことです。一方で向こうはかなりの独断で事を進めてしまっていて、先方の事務所のＯＫを取ってから上司もその動きを知るという形だったものですから、それを白紙に戻すのは難しいと。そのやり方がやり方なんで、私も当然抗議をしたわけですけど、謝り方からして、悪いことをしたという自覚はあるようなんですよね。つまり、こちらの動きを知って、あえてそういう動きをしたという」

「〈ラクト〉側の強い意向でそうしたということか」実行が言う。「強引なやり口から見て、勢司の仕業に違いない。彼がうちのどこかから情報を取ってるんだろう」

理不尽だが、ここで文句を言ったところで状況が変わることはなく、善後策に取りかかるしかないようだった。

「早急に代わりの候補を挙げたいと思います」福澤は言った。「ただ、決して取り繕うわけじゃないですけど、今回の企画はビーちゃんを誰かと絡ませる構図でできているので、そこを動かす必要がない以上、やり直しは十分利くのかなとは思います」

彼が言う通り、こうした事態となれば、早恵里が出してきたビーちゃんの起用案を取り入れていたことで、プロモーションの方針やスケジュールが狂わされる事態だけは避けられそうだと言える。

しかし、それでほっとしている場合ではない。

「いやそれ、おかしな話ですよ」

営業推進部に戻って栗原や子安にその話をすると、彼らは一様に怪訝な表情を作った。

「僕、〈ラクト〉から来た連中って、いまだにどこか信用できないんですよね」子安が胸の内をさらけ出すように言った。「こういうことがあると余計に」

「ただ、勢司と実行がつながってるとは考えづらい。勢司に追い出されてここに来てるわけだし、あれは犬猿の仲だ」成功は言う。「そうすると、実行に付いてきた連中が勢司とつながってるっていうのも、無理筋なんだよな」

「誰か、スパイとして送り込まれてるとか」栗原がもっともらしく言ってみせる。「最初から付いてきてた連中と違って、梶本なんか、実行さんが事業部長に就いた時点で〈ラクト〉から引き抜いた人間だからね。向こうで言い含められたものがあってもおかしくない気はするんだよな」

しかし、実行はすでにその疑問を成功に否定してみせている。そこでは彼なりに、自分に付いてきた者たちに勢司の影響が及んでいないかどうかという視点での見極めがなされたことだろう。

ただ、このままでは、またどんな横やりを入れられるか分からない。

その夜、成功は石黒翔太に電話をかけてみた。

「ちょっと奥さんに事情を訊いてみてくれよ」

新商品計画の情報が〈東京ラクト〉側に洩れているらしいことを話し、彼にそう持ちかけてみた。

〈いやいや、そういうセンシティブな話はどうかな〉石黒は尻込みするように言った。〈担当としての守秘義務があるから、夫婦であっても、そういう話はしないんだよ〉

「守秘義務どうこうじゃねえよ。こっちの誰かから情報が洩れてて、それを何とかしなきゃいけないんだ。奥さんだって福澤さんに抗議されて気まずそうにしてたって言うから、汚い真似してる意識はあるはずなんだよ。せめて〈ラクト〉のどこからこの話が出てきたのか、訊いてみてくれよ」

〈うーん、でもな……〉

なおも渋っている石黒に対し、成功は「おい、ストッキングの借りはちゃんと返してもらうぞ」と迫った。

〈分かったよ。でも、あんまり期待はしないでくれ〉

最後には彼もそう折れ、仕方なさそうに請け合った。

そして次の日、石黒から返答の電話があった。

〈例の件は勢司さんから直々に話があったそうだ。他社に取られる前にやってくれってことでバタバタ動いたらしい。相手が〔シガビオ〕だってことも知らなかったし、どこからその話が流れてきたかってことも彼女は承知してない。これくらいで勘弁してくれ〉

やはり勢司が絡んでいるのは間違いないようだった。ただ、彼が〔シガビオ〕のどこに手を突っこんでいるのかは分からない。

「勢司さんに会ってみますか？」

大型連休明け、星奈からそんな話を持ちかけられた。彼女も連休中にいろいろ考えていたらしい。

「会ってみるって、どうやって？」

「大学の先輩でコンサル会社に勤めてる人がいるんですけど、パーティーで会ったとかで勢司さんのこと知ってるらしいんですよ」彼女は言った。「縁談の話があったときも、やめとけやめとけって言ってました」

勢司に直接訊けば、こちらの誰とつながっているか、案外ぽろりと口にするだろうか。情報源の立場まで慮《おもんぱか》るような人間でもなさそうだから、ついつい口が滑るようなことがあってもおかしくない。

実行に相談してみると、彼は「気をつけろ」とだけ言った。実行自身は会おうと思っても、何の話かは勢司も分かるだろうから、避けられる可能性がある。であれば、星奈がつてをたどって会い、そこに成功がしれっと同席するほうが確実であるということを彼も理解したようだった。

「心配しなくても、ストッキングはもうかぶらねえよ」

成功はそう返し、営業推進部に戻って星奈に進めてもらうよう頼んだ。

週末の金曜、仕事を終えた成功は星奈に連れられて恵比寿の和食屋に行った。

「急に玉手さんに会いたいなんて言うからびっくりしたけど」

巽晋介《たつみしんすけ》は成功と名刺交換すると、星奈にそう言って苦笑を向けた。アフターファイブにもかかわらずネクタイに緩みはなく、髪も七三にきれいに分けられている。

星奈とは大学時代の「企業研究会」なるサークルで先輩後輩の間柄だったという。三学年上だというから、現役であれば成功と同い年だ。

「会わせること自体は難しくないよ。実のところ、俺と伴内さんがサークル仲間だってこと知って、あの人、俺と会うたび、伴内さんに会わせろ会わせろって言ってくるくらいだからね」巽はそう言って肩をすくめる。「えぐい美人なんでしょって、縁談断られても、全然あきらめ切れてないみたい。だから、伴内さんと飲むって言ったら、呼んでくれって簡単に食いついてきたよ」

〈東京ラクト〉の本社は恵比寿にある。巽の馴染みのバーもこの街に一軒あり、そこに呼ぶことにしたという。

「私が〈シガビオ〉に勤めてることは知ってるんですか？」星奈が訊く。

「知らないんじゃないかな」巽は言った。「俺もだいたいの事情を聞いて言わないほうがいいと思ったから言ってないよ。とりあえず、伴内さんと飲むから呼べたら呼ぶって言ってあるだけ」

成功と星奈がいる場に何も知らない勢司を呼べば、巽があからさまに嵌《は》めた形に取られかねないので、星奈と巽が飲んでいる場にまず勢司を呼び、少ししてから成功が星奈と連絡を取った体《てい》でその場に現れるのがいいだろうというのが巽の考えだった。

成功から見ればそのほうが作為的であり、堂々と呼んでもらったほうがどれだけかましである。

どちらにしろ最終的には勢司にも狙いはばれるだろうとは思ったのだが、巽に頼んでいる以上、彼がやりやすい方法でやってもらうしかない。

「それこそ志賀さんが伴内さんと付き合ってるみたいな感じで現れてもらったら、彼ももう、伴内さん伴内さんとは言わなくなるでしょうし」

またその設定かと思ったが、星奈はさらりと「分かりました」と言って、成功にも了解を求めるような視線を向けてきた。

成功もおとなしくうなずいておいた。

「しかし、〈東京ラクト〉もああいう人を本気で後継者に考えてるなら、先々厳しいよな」一通りの段取りを確認し終えると、巽が料理をつまみながら本音らしきことを口にした。「立場を与えるだけだと、同族経営の弊害がもろに出るよね。伴内さんみたいに外で揉まれようとする人は違うけど」

「人によるんじゃないですか」

星奈のことはフォローしたはずなのに、そう言い返され、巽はきょとんと彼女を見た。

「中のことはよその人には分かりません。与えられてるだけに見えても、本人はそう思ってないし、身に余る課題を必死にクリアしてその地位に上っていたりするもんですよ」

そこで巽はようやく気づいたように成功を見て、軽く頰を引きつらせながら笑みを作った。

「いや失礼。志賀さんのことを言ってるわけじゃないですよ。確かに一般論で語るのは乱暴ですね。玉手さんの話をしたかっただけです」

「いや、言いたいことは分かります」成功は軽く肩をすくめて言った。「まあ、でも、伴内さんの言いたいことも……玉手勢司の場合は独特ですからね。一緒にしてもらうと困るかなとは思います」

成功としては、星奈が言ったようなことを感じたのは事実だが、勢司の話として聞き流していた。むしろ星奈がわざわざ反論するのを見て、そんなムキにならなくてもと思ったほどだった。

「もしかして」巽はふと思い至ったように成功と星奈を見た。「二人は本当に付き合ってるんですか？」

星奈のムキになった口調から、そう感じたようだった。

「誰もそんな話はしてないです」

星奈が彼女らしい言い方でその問いかけを封じた。

「でも、もし付き合ってるなら、玉手さんを呼ぶやり方、伴内さんを出しにしてるみたいで志賀さんも微妙かなって思ったもので」

巽に言われ、彼のやり方への違和感の正体が分かった気がした。作為的にすぎると思っていたものは、星奈を出しにして彼女に興味がある勢司を呼ぶことへの嫌悪感にほかならないのだった。

しかし、「もし付き合ってるなら」という前提があったことで、成功は自身の意思表示を一瞬ためらった。

「そんなことは気にしないでください」先に星奈が口を開いた。「仕事のうちですから」

「そう？」巽は彼女の言葉を受けて、成功を見た。「まあ、僕もいますから、そこはお任せいただくということで」

「よろしくお願いします」

成功はそう言って頭を下げておいた。

軽い食事が済んだあと、巽は行きつけのバーの場所を成功に伝え、星奈と店を出ていった。

成功は星奈から連絡があるまで一人、和食屋で待つことになっていたが、気分的には落ち着かず、妙にそわそわしながらテーブルの上に置いたスマホを眺めて時間をつぶした。

一時間近く経ち、ようやく星奈から〈電話お願いします〉というメッセージが届いた。電話をすると、中座したらしき星奈とつながった。

〈予定通りお願いします〉

落ち着いた声に少し安心する。彼女は席に戻って「もう一人友人が来る」とだけ二人に伝え、そこに成功が現れるという寸法だ。

成功は会計を済ませると和食屋を出て恵比寿の街を歩いた。代官山のほうから駅の東口に出たあたりで、不意に見知った顔と出くわし、思わず足を止めた。

〈シガビオ〉で財務担当の役員を務めていた海老沢佳介だった。

もともと若々しさに欠けるところがあったが、しばらく見ないうちに肌にも張りをなくし、隈《くま》が浮いて、不健康そうな顔立ちの男になっていた。

「あなた……」

海老沢も成功を見て驚いたようだった。

「ご無沙汰してます」成功は軽く挨拶する。

「いったい、どこ行ってたんだ?」彼は成功を責め立てるように訊いてきた。

「どこって」海老沢とはともに別荘に泊まって以来である。「どこにも行ってませんよ。別荘にいて、今は会社に戻ってきました」

海老沢は理解不能と言いたげな表情を作っているが、成功も詳しく説明するのは面倒くさかった。

「海老沢さんが辞められたと聞いて驚きましたよ」成功は言う。「今はどこにいらっしゃるんですか？」

「そんなの、あなたにはもう関係ないでしょう」

取りつく島もない言い方で返され、成功は呆気に取られた。

「あなたがもっとちゃんとしてれば、こんなことにはならなかったんだ」海老沢がぶつぶつと恨み節を口にする。

そう言われても困るが、海老沢は成功派を標榜《ひょうぼう》しながら、実行によって会社を追われたと聞いた。詳しい事情は上層部で伏せられているようで、成功もそれ以上は把握できていない。

「実行に何をされたんです？」成功は訊いてみた。

「ありもしない罪をなすりつけられたんですよ。社長が彼の肩を持って、私は会社から追い出されたんだ。あなたも彼にとっては邪魔者なんだろうから、そのうち追い出されるでしょう。せいぜい気をつけなさいな」

海老沢は吐き捨てるように言うと、暗い目を成功から逸らし、駅の改札へと歩き去っていった。

気味の悪い言葉が耳に残ったが、久しぶりに目にした彼の容貌が、あまりにも今の不遇な身の上を映し出しているように感じ取れ、追いかけてまで話の続きをしたい気にはなれなかった。

成功もその場を離れて道を急ぎ、巽に聞いていた場所にあるビルの地下に入った。

巽の行きつけのバーはそれほど混んではいなかった。星奈たち三人は奥のテーブル席にいた。

勢司が最初に気づき、怪訝《けげん》そうに眉を寄せた。素知らぬ顔で近づいていくと、星奈が振り返った。

「あ、来た」星奈もとぼけた口調で反応し、隣の空いている椅子を指してみせた。「ここ、座って」

成功が腰かけてもなお、勢司は狐につままれたような顔をして、成功を見つめている。

「〔シガビオ〕……?」勢司が呟くようにそう口にする。

「志賀さんです」星奈が互いを紹介する。「こちらは大学の先輩の巽さんとご友人の玉手さん」

「ああ、やっぱり、どこかで会ったことがあると思ったら〔ラクト〕さんの」成功は今気づいたというように言った。

「何で志賀くんが伴内さんと……?」勢司が警戒心を覗かせて訊く。

「私、今は縁あって〔シガビオ〕に勤めてるんです」星奈があっさりした口調で言う。

「わざわざ〔シガビオ〕に?」勢司は鼻白んだように言い、失笑までしてみせた。「伴内家の娘は気が強いとは聞いてたけど、物好きでもあるんだな。あえて泥水をかぶって自分を鍛えたいみたいなことか」

「〔シガビオ〕はいい会社ですよ」星奈は勢司の皮肉など意に介さないような様子で言う。「成功さんみたいな素敵な方もいますし」

勢司はそんな言葉に敏感に反応して笑みを消した。

その後も彼女は、「注文、何にする?」などと成功の世話に回り、それは少々芝居がかっているようにも思えたのだが、勢司には効果があったようだった。彼はしらけたように嘆息し、おもむろにスマホを手にした。

「もしもし、俺……今、恵比寿で飲んでるから、こっち来いよ。うん、場所送るから」

電話を終えるとしたり顔になって成功を見た。

「このあと、女の子と会う約束してってね。まあ、ここも楽しくなりそうだし、人が多いほうが盛り上がるだろうし、呼ぶことにした」

星奈と親しくなる目がないと判断したとたん、成功に対抗して知り合いの女性を呼ぶことにしたらしい。ずいぶん子どもじみた性格だなということは分かる。

成功が頼んだハイボールが来て、冷ややかな乾杯が交わされた。成功はグラスを差し出したが、勢司のロックグラスとは距離があった。

「実行はがんばってるの？」勢司が世間話をするように訊いてくる。「まあ、興味はないけど」

「迷惑なほどがんばってますよ」成功は答える。「〈ラクト〉さんに居てくれたらよかったものを」

「あれはうちを追い出されて必死だろうからな」勢司は星奈をちらりと見ながら口もとをゆがめる。

「〈シガビオ〉にしがみついて、今度は志賀くんを追い出すんじゃないの。そしたら、志賀くんはどうすんの？〈ゼネラル〉に逃げるか？　案外もう、そのときを見越して伴内さんに近づいてたりして」

「あいにく、そんな知恵が働く人間じゃないんで」成功は言う。「実行とは、会社のために力を合わせるだけですよ」

「そりゃけっこう」勢司は意味ありげににやりと笑う。「あれは陰険だから、どう思ってるか知らないけどね」

「それはそうと」成功は話を変えるようにして切り出した。「せっかくこうして会ったなら、訊いてみたいことがあるんですよ」

「何を？」

「玉手くん、うちみたいな小さなメーカーを意識しすぎてるんじゃないかと思って」成功はそう言って訊く。「それは実行がいるからですか？」

「冗談だろ」勢司はそう言って笑い飛ばした。「自意識過剰なんじゃないの。何で俺が〈シガビオ〉を意識しなきゃいけないんだよ？」

「思い当たる節はいくらでもあるんですよ。何か横やり入れられてるな、みたいな」

「むしろ、意識してるのは〈シガビオ〉のほうだろうよ」勢司が言う。「知ってるよ。新開発の乳酸菌飲料をうちのにぶつけてこようとしてるのは。そりゃ、そんな喧嘩腰で来られたら受けて立つよ。意識するどうこうじゃなくて、蠅にまとわりつかれたら追い払いたくなるのが普通だろうよ」

「こっちは以前からの計画で、ぶつけてるつもりなんてありませんよ。発売時期もこちらのほうが早いでしょうし」

「うちのより先に出そうとしてスケジュール立ててるのは知ってんだよ」勢司はそう言い放った。

「別に知りたくなくたって、それくらいの話は入ってくるんだから」

「ガセじゃないですか?」

「ほう、じゃあ、佐久間瞳の起用もガセなのかな。うちは前から考えてたから、何とか鼻の差で取れたようだけど」

勢司は逆に挑発するようにそんな話を向けてきた。

「誰情報ですか?」

「さあな」

「〈ラクト〉さんからうちに来た連中は、実行はじめ、玉手親子の経営に見切りをつけた者ばかりですからね。連中から話が流れるとも思えない」

「見切りをつけたとか、物は言いようだな。単に居場所がなくて逃げただけじゃねえか」勢司は切り捨てるように言った。「あんな連中、俺が当てにすると思うか?」

その言い方からやはり〈東京ラクト〉出身者は無関係だということは分かった。

「でも、ほかの人たちとどういうつながりがあるんですか?」星奈が口を挿んできた。

「いちいちそんなこと言うわけないだろ」勢司は馬鹿馬鹿しそうに言い、それから少し考えて言葉を足した。「まあ、実行に付いてきた連中を安易に信頼できるとしたら、それもおめでたい話だと思うけどな」

　無理やり煙に巻いてきたなと思った。星奈もその強引さに眉をひそめたように見えたが、それを動揺と受け取ったのか、勢司の顎がくいっと上がった。

「みんながみんな、実行を慕って来たのかどうかだよな」思わせぶりに言い、にやりとする。

「そこは別に疑ってないですけどね」成功が言う。

「志賀くんはお人好しだな。その調子だと実行にはいいようにやられるだけだし、うちの相手にもならねえよ。親父さんも物足りなく思ってるだろ」

　最後の一言には妙にかちんときたが、成功は聞き流しておくことにした。

「うちの父は見どころがあるって言ってましたけどね」

　星奈が成功のフォローに回り、勢司は「ふん」と面白くなさそうに応じた。

「そりゃ、将来、〈ゼネラル〉に拾ってもらわなきゃいけないんだから、志賀くんも必死だったんだろ」

　彼は憎まれ口をたたきつつ、フロアのほうを見て手招きをした。電話で呼んだ相手が現れたらしく、振り返ると、モデルのような女が手を振りながら近づいてくるところだった。

「何の集まり?」

　女は巽が空けた勢司の隣に座ると、早速肩を寄せて勢司に訊いてきた。

「説明するから、飲み物頼めよ」

「じゃあ、勢司さんと同じの」

飲み物を注文すると、勢司は早速、成功を指差してみせた。

「面白えんだよ。俺の兄貴の弟。でも、俺とは赤の他人で血もつながってねえんだ」

「えー、何それ」

女が笑う。紹介されていないので名前も分からない。

「〈シガビオ〉って会社知ってる?」

「えー、知らない」

「彼の親父がその会社やってんだけど」

「えーやば。知らないって言っちゃった」

「普通知らないんだよ」勢司は構わずに言う。「その親父が昔、〈ラクト〉にいてね。社長令嬢だったうちのお袋と結婚して、まあ、会長としても一時は後継者にしようと思ってたらしいんだけど、これが野心だけでお袋と一緒になったような男だったから、案の定、兄貴が生まれてすぐ、浮気がばれて愛想尽かされて、会社からも追い出されたわけよ」

「えー、最悪」

父の〈東京ラクト〉時代の話など聞いたことがないだけに、勢司の話が本当なのかどうか成功には分からない。

「そっから先がまたやばくてさ、自分が悪いから追い出されたのに逆ギレしちゃって、自分で作った〈シガビオ〉に〈ラクト〉から何人も引き抜いてさ、研究データもまるまる持ってって、それで新商品作ろうとするから、さすがにそれはないだろって、〈ラクト〉と揉めに揉めたんだよ。お袋も神経すり減らして倒れちゃってさ。まあ、それを支えたのがうちの親父で、のちに結婚して俺が生まれるわけだけど」

「玉手さん、本人のことならまだしも、さすがに親御さんのそういう話はどうかな」巽が言わずにはいられないというように、そう苦言を呈した。

「いや、単に事実を言ってるだけだし」

「それにしても……」

「親父さんがそういうお騒がせ人間なのに、志賀くんは単なるお人好しだから、そんなんじゃ実行にしてやられるぞっていう俺なりの叱咤激励だよ」勢司は皮肉たっぷりの言い方をした。「それに新商品の情報どうこうって言うからさ、もともと〔シガビオ〕自体が〔ラクト〕のリソース勝手に使ってできたような会社なんだから、文句言える筋合いなのかって話なわけよ」

成功は腹立たしさを何とか嘆息に変えてから、「さて」と口を開いた。

「勝手にお邪魔しといて何ですが、これほどまずい酒も珍しいんで、このへんで失礼しますよ」

「じゃあ、私も」星奈もそう言って帰り支度を始めようとする。

「いや、俺こそ帰らせてもらうよ」勢司が二人を制するように言った。「どうせ志賀くんが一生懸命仕組んで、巽さんに俺を呼んでもらったんだろうし、残ってみんなで反省会でもすればいい」

勢司は席を立ちかけて、ふと思い出したように成功を見た。

「そう言えば何て言ったっけな」彼は言う。「企業に手を突っこんでブランド価値を上げ下げしてるプランナーが〔シガビオ〕に一人送りこんだって噂を聞いたんだよな。名前は忘れたけど、ショートカットのけっこうな美形の子だって」

成功の動揺を敏感に察知したのか、勢司は口もとをにやりと吊り上げた。

「志賀くんもまさかハニトラにかかってないだろうな。伴内さんと二股とかやばいよ。まあ、俺が心配することじゃないけどね」

早恵里のことを言っているらしいが、どうして勢司が早恵里の存在を知っているのか分からない。しかしそのつながりの謎が勢司の言葉にいくらかの信憑性《しんぴょうせい》を感じさせもして、成功はただ頭が混乱した。

勢司は言い終えると、隣の女に「行くぞ」と声をかけて席を立った。女は「まだ全然飲んでないのにー」と来た酒に手を付けないまま、仕方なさそうに一緒に店を出ていった。

「何というか……彼と飲むのはこれが最後かな」

巽は辟易《へきえき》した気分を覗かせて苦笑してみせた。

少しの時間、三人で飲み直した。

「〈ラクト〉から来た人たちは関係なさそうですね」星奈が言う。

「連中を安易に信頼するのはおめでたいとか、あとになって無理やり混乱させようとしてたしな」

成功は勢司の毒気に当てられた気分を引きずりながら、緩慢にうなずく。「実行たちは考えなくていいだろう。まあ、それ以上はあいつもボロを出さなかったから分からないけど」

「これで一つ釘を刺した形になればいいですけどね」

「あるいは、いっそう目の敵にされるかだな」成功はそう言って、疲労感を吐息に変える。

「お父さんのこともそのまま受け取らないほうがいいですよ」巽が成功を気遣うように言った。

「あれも無理やり混乱させようとして言ったんでしょうから」

「言い方が嘘っぽかったですよね」星奈もそう続いた。「話すこと全部」

成功はよほど元気なさそうに見えるらしかった。確かに勢司の話がボディーブローのように効いて嫌な気分になっている感覚はある。父は父であり自分には関係ないとは思っている。しかし、父がどういうキャリアを歩んできたか、〈シガビオ〉がどういう成り立ちだったのかということは、自分自身のルーツとも言える話なのだった。

それに加え、早恵里のことで消化しようのない異物を無理やり呑みこまされたような気持ちの悪さが残っていた。

店を出て、恵比寿の駅まで歩く。

「新商品の成功を祈ってます」別れ際にも、巽は成功を励ますように声をかけてきた。「いずれは〈東京ラクト〉を追い越してくださいよ」

「がんばります」成功は小さく頭を下げた。「巽さんにもだいぶ不快な時間だったと思います。わざわざ骨を折っていただいてありがとうございました」

「いえいえ、興味深い時間でしたよ」巽はさらりと言い、「伴内さんもがんばって」と星奈にも声をかけてから、また成功に視線を戻した。「跳ねっ返りの彼女が、志賀さんとは息がぴったりなんで、相性ってこういうことかって感心しました。僕が言うことじゃないかもしれないけれど、彼女のこと、よろしくお願いします」

「あ……はい」

成功は多少面食らいながら、曖昧に返事をした。

「巽さん、結局、私と成功さんは本当に付き合ってると見たんですか?」星奈がそんな問いかけを彼に向けた。

「ああ、そう見えたね」巽は言い、問い返す。「違うの?」

「本当は付き合ってないんです」

巽には正直に言っておきたかったのか、伴内社長との会食のときとは違い、星奈はそう否定した。

「そうなんだ」巽は言い、少し寂しげに笑った。「騙されたよ……伴内さんも案外役者だね」

「でも、私は成功さんのことが好きです」星奈は言った。「大好きです」

星奈は巽を見ているだけなので、成功は隣で聞いていて、どういう反応をしていいか分からない。彼女の横顔には迷いがなかった。

「よかった。じゃあ、俺の見たままだ」巽は笑顔に爽やかさを足して言い、成功に目を戻す。「なら、なおのこと、彼女をお願いしますよ。これを機にと言ったら変ですけど、志賀さんから素敵な返事を聞けると、僕もいい気分で帰れるんですけどね」

しかし、成功が何か言う前に、星奈が「やめてください」とそれを制した。

「え……?」

「今はまだ駄目です。そんなふうに迫ってもいい返事なんて聞けません」

成功から彼女に早恵里の話をしたことなどない。彼女の前だけでなく、社内においても噂が立たないように気をつけてきた。

しかし、成功と机を並べ、また早恵里とも一緒に仕事をする中で、彼女なりに何かを感じ取っていたようだった。

そう言えば彼女は先ほども、勢司の話すこと全部が嘘っぽかったと口にしてみせた。それは具体的な名前こそ出さなかったが、早恵里を指しての二股云々という話を含んでのことだったのだろう。やはり彼女なりに敏感に感じ取るものがあったのだ。

「そうか」巽はすべてを呑みこんだようにうなずいた。「そのうち、いい報告があるのを待ってるよ」

彼はそう言うと、成功に小さな会釈を送って改札へと消えていった。

翌週末、那須への研修旅行があった。

新入社員を引き連れての那須の工場見学が主目的ではあるが、毎年、どこかしらのレジャースポットに立ち寄る。今年はサファリパークだった。

動物たちを見て回ったあとは、バーベキュー場に移った。焼き場には成功と実行が有志連中とともに張りつき、百五十人以上の旅行参加者たちのために肉や焼きそばなどをせっせと焼いた。まだ空は明るかったが缶ビールなどのアルコールも配られ、そこかしこで楽しげな歓談が始まっていた。

「代わりますんで、成功さんたちも食べてください」

七、八割の食材を焼いた頃、若手がそんな声をかけてきたので、成功は彼らにあとを任せることにした。汗を拭き、自分の分の料理と缶ビールを取って焼き場を離れた。

パラソルの下、専務の平木がビール片手に手招きしている。父は東京に残っており、旅行に参加している中では彼が長老格である。成功は彼の向かいに腰を下ろした。

「お疲れさん」平木は成功を軽くねぎらった。「君らが並んで肉を焼いてるのは、何だか微笑ましいなと思って見てたよ」

「示し合わせたわけじゃないんですけど」成功は苦笑してその言葉を受ける。

五年ほど前にも研修旅行でバーベキューをしたことがあり、そのときには父自ら焼き場に立って成功にも手伝わせた。こういうときは率先して汗をかけというのが父の教えだった。今回もそれが頭にあって自然と焼き場を引き受けたが、実行を誘ったわけではない。彼は彼で、成功に張り合ってそうしたのかもしれない。最初は慣れない手つきで、少々無理しているようにも見えた。

平木が再び手招きし、実行も呼び寄せた。

「君らが仲よく並んで肉を焼いてる姿がなかなか見ものだったという話をしてたんだ」平木が上機嫌で言う。「写真を撮ったから、社長に見せるよ」

「恐れ入ります」

冷やかしにも似た平木の言葉だったが、実行は評価の一つと受け取ったようだった。

「兄弟とはいえ育った環境も違うし、性格も違うし、一緒に仕事をさせて最初はうまくいくんかなと思って見てたが、杞憂《きゆう》にすぎなかったな」

「互いにいい刺激を受け合っています」実行が優等生的な返事をする。

平木は「ふむ」と一つうなずいて続けた。「そう言えば、〈ラクト〉からＡＢのことで横やりを入れられたという話、社長も気にしているようだが、その後はどうだ？」

「新たな横やりというのはありませんが……」

実行がそう言って成功に目を向けるので、成功は勢司に会って探りを入れてきた話をした。実行にはすでに話してある。

「そうか……それが一つの牽制になればいいがな」平木はそんな感想を口にしたあと、成功に問いかけてきた。「玉手勢司という男は成功くんから見てどうだ？」

「敵に回せば厄介ですが、味方にするのも絶対にごめんですね」成功は肩をすくめて言った。「つまり、関わりたくない相手です」

「そういう男と私は兄弟として一緒にすごしてきた」

実行がそう言うので、成功は「それだけは同情するよ」と返した。

「あれの父親もこすっからい男だった」

平木が顔に嫌気を覗かせて言う。彼は父に付いて〈東京ラクト〉を出てきた一人なので、勢司の父である玉手忠徳のこともよく知っているのだ。

「ちょっと聞きましたが、〈シガビオ〉を立ち上げたときにもひと悶着《もんちゃく》あったみたいですね」成功はそう水を向けてみた。

「あった、あった」平木は言う。「［ビオエール］で当初使おうと思ってた菌株にケチをつけてきた。もちろん〈ラクト〉とは関係なく、よそから入手したものだ。私や社長は〈ラクト〉で［北の大地ヨーグルト］の開発に携わったんだが、そのときには候補にも挙がってなかった。しかし、〈ラクト〉ではその菌株で開発を進めてるという。それなら、我々が〈ラクト〉にいた頃から開発の話が出てないとおかしいんだがな」

「嫌がらせですね」成功は言う。「そのときも情報が洩れてたんですか？」

「何となく勢いで付いてきて、やっぱり大手が安心だと戻っていったやつがいた。そこから洩れた。先に特許も取られて、こちらがパクろうとしてるみたいな形になった。仕方なく、開発を白紙に戻して一からやり直すことにしたんだ。それから一年、ようやく発売にこぎ着けたとき、〈ラクト〉もそれにぶつけるようにして、乳酸菌飲料を出してきた。件《くだん》の菌株を使ったものだ。うちは出来たばかりのメーカーだったし、生産管理のしやすさから殺菌された乳酸菌を使った。それに対して〈ラクト〉は大量の広告を打って、生きた乳酸菌が腸に働くというキャンペーンを張ってきた。［ビオエール］が〈ラクト〉の新商品の陰に隠れてしまったのは言うまでもない」

今は乳酸菌の研究が進み、生きて腸まで届きやすい株が選別され、イージス乳酸菌もその結果が報告されている。ただ、どのような乳酸菌であれ、多数は胃酸で死滅するものであり、死滅しても腸に棲みついている乳酸菌の餌となって活性化させる働きがあるわけなので、殺菌された乳酸菌が悪いというものでもない。

しかし、この手のビジネスはイメージの構築が勝敗を分ける。〈東京ラクト〉は莫大な広告費でそのイメージ戦略を行い、結果、［ビオエール］は日陰に追いやられた。

「その〈ラクト〉の新商品も二年ほどであっさり生産を終了した。まるで役目は十分果たしたと言わんばかりにな」

当時は乳酸菌飲料も今ほど脚光は浴びておらず、主力商品として育っていた［北の大地ヨーグルト］に注力するという判断があったのだろう。そのあっさりした扱いが、［ビオエール］をつぶすためだけの理由で生み出された商品であることを何より物語っている。

「それらを主導したのが忠徳だ。事業課長の座からさらに上をうかがい、主席研究員として活躍してたうちの社長とは同期として出世を競ってた。ただ、実直な研究者だった社長にとって、権謀術数でのし上がってきた忠徳は相手が悪かったな。気づいたら夫婦仲を壊され、会社を追い出されていたという感じだった」

「勢司は父の女性関係に問題があったようなことを言ってましたが」

成功が真相を問うように言うと、平木は首を振った。

「それも忠徳の策略で流されたデマだ」

「何と」実行が敏感に反応した。

「千登勢さんが実行くんを身ごもっていたとき、社長は開発研究で残業が続いていた。出産の場にも立ち会えなかったが、当時はそれが当たり前と言えば当たり前だった。しかし千登勢さんは初めての出産で精神的にも不安定だったんだろう。あの人は気が強くて聡明だが根っからのお嬢様で気分の上下が激しかった。そこを忠徳が突いた。何人かの子飼いを使って、旦那が浮気しているような噂が彼女の耳に入るように画策した。それも巧妙で、誰々とデキていると、研究仲間の女性の名前を使った。二人にそんな時間がなかったことくらい、一緒に仕事をしていた私らには分かること なんだが、忠徳一派にコントロールされた千登勢さんの耳にはもう届かなかった。のちに社長と一緒に追い出されたその女性が〔シガビオ〕に入ったことで、それ見たことかっていう声が忠徳一派から流れてきたよ。ただそれは、派閥争いに巻きこまれたその女性を気の毒に思って社長が引き取っただけのことでね。社長は間もなくして七美子さんと再婚したんだし、関係あるはずがない。ちなみにその女性は、今は私の女房だ」

二人の潔白さの証拠はその事実で十分だろうというように、平木は小さく眉を動かしてみせた。

「そんなことだったとは」実行が憤怒《ふんぬ》の息を洩らしながら言う。「私は子どもの頃から、実の父親は浮気で追い出されたと聞かされ、肩身の狭い思いをして育ってきました。勢司にもことあるごとに言われ、引け目を感じさせられてました」

「実行くんのお祖父さんでもある将一郎《しょういちろう》さんは自分の後継者を選ぶにあたって、愛娘の千登勢さんの眼鏡にかなった男にしようと考えてた節がある。彼女を総務に入れて、会社全体を見られるようにしてた。その彼女が社長を選んだことで本来は勝負があったはずだった。しかし、忠徳だけはあきらめてなかったわけだ」

単に仕事の成果を上げて出世を目指すより社長令嬢一人を落とせばすべてものにできると気づいて、そこに知恵を尽くしたのだ。そして父はまんまと足もとをすくわれた。

ある意味、成功が父の画策で味わった後継者候補の交代劇を、父自身も身をもって味わっていたとも言える。非情さにおいては父の経験のほうが上であろうかと思うと、あの監禁事件に対する憤りもいくぶん薄まる気さえする。

そして、父が〔東京ラクト〕に戦いを挑みながらも、その出方に人一倍神経を遣っている理由のようなものも理解できた。

「これからも向こうがどう出てくるかは分からない。発売までは細心の注意を払って計画を進めてほしい」

平木は成功と実行にそう言い、食べ終えた紙皿やビール缶を手にして一人先に席を立った。

「そう言えば」実行と二人きりになり、成功は話を変えた。「勢司に会いに行くとき、恵比寿の駅前で海老沢さんとばったり会った」

「そうか」実行は無感情に反応してみせた。

「あんたに嵌められて追い出されたようなことを言ってた」成功は話を続ける。「詳しい話は聞いていないし、社内からも聞こえてこないから、真実がどうなのかは俺には分からない。俺は別荘に監禁される前、海老沢さんから、人事の船見さんとともに俺を支えていきたいなんてことを言われてた。成功派と思ってくれていいと。その二人が、俺がいない間になぜか追い出された。俺がいればこんなことにはならなかったって、海老沢さんに言われたよ。

ただ、あんたが自分の居場所を作ろうとして、俺のシンパである二人を追い出したのかと考えると、今となっては派閥の論理でそこまでのことをする人間だとも思えなくなってる。実際、何があったのか、教えてくれてもいいんじゃないか？」

「別に隠してたわけじゃない」実行は言った。「訊かれなかったから、言わなかっただけだ」

「何があった？」

「それも結局は〈ラクト〉につながってる。あの二人は今、〈ラクト〉の関連会社にいる。もっといい条件をちらつかされてたんだろうが、結果を出せなかったんだから、向こうでも扱いは散々だ」

海老沢の不遇をかこっているような姿を思い出す。

「二人は〈ラクト〉に何を頼まれてたんだ?」

「〈食農研〉の買収問題で、二人に何か言われたことはなかったのか?」

「いや、別に」

「おめでたいな」実行は皮肉っぽく言った。

「何だよ」

「お前は社長に守られたんだ」実行は言った。「別荘でひたすら食っちゃ寝してるだけで、面倒事に巻きこまれずに済んだ」

「どういう意味だ?」成功は眉をひそめる。「俺が半年閉じこめられてたのは、社長があんたにチャンスを与えるためだぞ」

「もちろん、その一面は承知してる」実行は重い期待を背負っているように言ってから話を続けた。「しかし、もう一面はお前を守るためだ」

「分かるように言え」成功は言う。「買収問題がどう関係してるんだ?」

「決まってるだろう。〈ラクト〉は〈食農研〉を横取りしたがってた。社長はそれに気づいて買収を急いだが、〈ラクト〉は〈シガビオ〉の中に反対派を形成して、それを邪魔する工作を仕掛けてたんだ。海老沢はまず、船見を役員に引き上げることで、役員会の中に確固たる反対派を作ろうと考えていた。ただ、それだけでは社長の決断を止めることはできない。そこで彼らはお前を担ごうと考えた。おそらくは成功派なるものを作り上げてから、買収案件への反対運動に引きこもうと考えてたんだろう。それで社内を分断させるつもりだったんだ」

自分が社内にとどまっていたら、どう立ち振る舞っていただろうか。まだまだ部長職を担《にな》うのに手いっぱいであり、経営陣が抱える問題にまでは意識が行っていなかった。

「お前は苦労知らずの御曹司だ。担《かつ》がれれば気分がよくなって、簡単に連中の神輿《みこし》に乗る可能性があった」

「失礼な」あまりに軽い人間のように言われ、さすがに面白くない。

「いや、少なくとも社長はそう考えてた。連中はいくらでも言い分を用意できたんだ。〔シガビオ〕の体力で買収を決行すれば、財政が一気に危うくなるのは一方の事実だからだ。社長が暴走しようとしてる。会社の将来のためにもどうにか立ち上がってほしいと言われれば、お前はいらない男気を見せて、社長を止められるのは自分しかいないと引き受けたかもしれない。しかし社長は、綱渡りの資金繰りになろうと、ここは勝負に出るしかないと決めていた。お前が行く手を阻《はば》めば、容赦なく切るしかなかっただろう。今頃お前は、ここにはいなかったはずだ」

その可能性を意識して、成功は背筋がすっと寒くなった。

「社長は、連中に取りこまれる前に、お前を会社からいったん引き離すことにした。それが別荘の件のもう一つの真実だ。お前が守られたというのは、そういうことだ」

世の中、いろんな理由で物事は動いている。御曹司を問答無用で会社から引き離す以上、その理由も本人が考えるほど単純なものではなかったということらしい。

「お前が忽然《こつぜん》と姿を消して、連中は空の神輿を抱えたままうろたえた。それで今度は、研究所から本社に移ってきた私に声をかけてきた。見境がないが、もともと玉手家の人間である私なら動かせると簡単に考えたんだろう。特に船見は、私が一研究員の立場から〔シガビオ〕でのキャリアをスタートさせているのを、社長とあえて距離を取っていると見ていたようだ。人事部長として私を採りながら、当初は社長に私の存在を知らせてもいなかった。私の様子を見ながら、どこかで使いようがあると思っていたに違いない。

ただ、私はもちろん、連中の思い通りになる人間じゃなかった。連中の動きも丸分かりになって、あとは役員の前でそれを暴けばよかった」

自分が不在の間にそれほどの暗闘があったとは……変に巻きこまれなかった安堵と、自分は何もできなかったという無力感が交錯して何とも言えない感情になる。

「話を疑うなら専務に確かめればいい」実行はそう付け加える。

「いや、いい」

唯一の救いは、海老沢と実行の話を並べてみて、混乱することなく実行の言い分を信じられることだった。それくらいには実行に信頼感を覚えるようになっている。

「〈ラクト〉も無茶苦茶だな」代わりにそんなことを呟いてみる。

「まだまだ、何か仕掛けてくる可能性はある」

実行の言葉を受け、成功はもう一つ、胸の内にくすぶっているものを意識する。

「一つ訊くけど、あんた、〈起案社〉って会社のことは知ってるか？」

「聞いたことがある」実行は言い、すぐに思い出したように続けた。「山科さんがいた会社じゃなかったか」

「その会社の評判とかだ」

成功が言うと、実行は怪訝そうに眉をひそめた。

22

研修旅行の夜、ホテルのホールで立食パーティーが開かれた。

冒頭、一カ月半にわたって各部署での研修をこなしてきた十九人の新卒社員の正式な配属先が発表され、それぞれが壇上に立って抱負を述べた。その後、専務が乾杯の音頭を取って会食の時間になった。

「最近は山科さんもずいぶん活躍が目立ってきたね」

プロモーション課長の光山と料理を取って食べていると、同じ事業部で企画課に所属している橋爪がそう話しかけてきた。

「いえ、そんな」

「いやいや、山科さんがいなかったら、ABのプロモーションは大変なことになってたでしょう」

橋爪はそう言い、同意を求めるように光山の顔を見た。

「そうなんですよ」光山も部下の出来に目を細めるようにして言った。「山科さんとビーちゃんに救われました」

佐久間瞳のキャスティングが幻となったことから、彼女と一緒に起用する予定になっていたイメージキャラのビーちゃんに注目が集まるようになった。現在、〈一広堂〉の福澤が佐久間瞳の代わりとなるタレント選びに動いているが、プロジェクトチームの中では、いっそのことビーちゃんだけでいいのではという声も上がっている。

〈シガビオ〉では、発案者がその後の実務もメインで担当するという形を取ることが多い。佐久間瞳とビーちゃんの併用という案の段階では星奈と早恵里が実現化を担当していくはずだったが、今は星奈は発表会の企画のほうに回り、早恵里一人がビーちゃんの着ぐるみ制作を見たり、商品のラベルに描かれるイラストをデザイン部の担当と詰めたりと連日にわかに忙しくしている。

「最近は伴内さん相手にも堂々渡り合って、一歩も引かなかったりしますからね」光山がさらに言い足した。

「そりゃすごい。私なんか伴内さんに詰められたらびびりまくりですよ」

橋爪はおどけるようにそう返し、一人で笑っている。四十代のベテラン社員だが、当たりは誰に対しても柔らかい。

「でも、これ以上は何もないといいですね」光山が言う。「発売までもう少しですし、橋爪さんは研究段階から見てきてるから、あとは祈るような気持ちでしょう」

橋爪はプロジェクトチームができる前から事業部の窓口として、〈食農研〉と開発研究部の共同研究を見てきている。それがいよいよ商品化の段階に来ているのだから、思い入れもひとしおだろう。

「そうなんですよ」と橋爪もうなずいた。「まだまだ油断はできないですからね。佐久間瞳の件だって、〈一広堂〉から洩れたわけではないんでしょ？」

「それはないみたいです」早恵里が答える。

「だとすると、誰なんだって話が残っちゃいますからね」

「気味が悪いですよね」光山も顔を軽くしかめて言う。

「いや、ここだけの話」橋爪が声をひそめて続けた。「どうもやっぱり、〈ラクト〉出身者の動きが怪しいって声を聞くんですよね」

「そうなんですか」光山も呼応するように小声になった。「でも、橋爪さんはそれこそ実行さんたちのことも研究所の頃から見てるでしょ。その感じで言うとどうなんですか？」

「いや、実行さんあたりはもちろん、考えにくいと思うんですよ」橋爪は訳知り顔で言う。「ただ、梶本さんは実行さんが事業部に移ってきたときに〔ラクト〕から引き抜かれてきた人だからよく分からない。今は私の上にいますから、悪く言いたくもないんですけどね」

「なるほど。確かにあの人は、まだまだ〔ラクト〕臭がするっていうか、何かにつけて〔ラクト〕ではっていう言い方をしたりしますからね」

光山は橋爪の見方に信憑性を感じたようだった。

一時期、プロジェクトチームは何を話し合うにも、実行派と成功派が対立するような形が目立っていた。今ではそうしたことも影をひそめてきているが、その影響が残っていてこうした見方がされるのか、それともそれなりに真実味がある話なのか、早恵里には分からない。

光山と橋爪はなおもひそひそ話を続けており、一緒になって聞いているのも違う気がしてきたので、早恵里は新たな料理を取りにそこを離れた。成功は営業部の者たちと話が盛り上がっているようで、会場の真ん中で笑い声を響かせている。実行は研究所の研究員たちと旧交を温めている様子だ。

早恵里もその後、若葉ら顔見知りの面々と話をしたり、新卒社員を囲む輪に入って事業部に配属されることになった新人たちと話をしたりした。去年はアスレチックで足を捻挫してホテルの一室に休み、そこを成功や若葉らが訪ねてきて小さな酒宴が開かれた。あれも楽しかったが、それから一年、仕事を通して顔見知りも多くなり、誰かに気を遣われることなく、こうしたパーティーの場を楽しめるようになった。自分の足で立っている感覚がある。最近の早恵里の仕事ぶりを褒めてくれる人もいるし、新人にはちょっとした心構えのようなものを話してやれる。充実感は今のほうが高い。

ただ、ここ最近慌ただしかったことの疲れなのか、それほど多く飲んだはずはないのにアルコールが変な回り方をしたようで、少し気分が悪くなってきた。去年に続いて旅行をリタイヤすることになってはかなわないと思い、いったん手洗いに出てからホールの外にある小さなロビーのソファに座って休んだ。

しばらくぼんやり休んでいるうち酔いが引いてきて気分が落ち着いた。そうすると今度は眠気が襲ってきて、うとうとと夢うつつをさまよった。

「山科さん……大丈夫？」

近くで声が聞こえ、目を開けてみると、成功が屈みこむようにして早恵里の様子をうかがっていた。

「あ、大丈夫です」早恵里は髪をかき上げて姿勢を戻した。

「最近忙しそうだったからね」成功は向かいのソファに座って言う。「もしあれだったら、先に部屋で休んでていいよ」

「ありがとうございます。もう少ししたら戻ります」

必要以上に気を遣われたくない思いで早恵里はそう応えた。成功も大丈夫そうだと見て取ったのか、一つうなずいてそれ以上は言ってこなかった。

「プロジェクトも山科さんのおかげでずいぶん助かってるよ」

彼は窓のほうに視線をやったあと、そんな言葉を向けてきた。ただ、本当に話したいことではないような気はした。

「私もやりがいがあります」

成功は早恵里の返事を微笑で受け止め、また言葉を探すように黙った。

「話したいこともあるけど」彼は言いにくそうに口を開いた。「今の自分じゃ言い方が難しいし、もっといろいろ落ち着いてからそうすべきだと思ってる。だから、こうして話す機会があっても、大したことが言えなくてごめん」

「いえ……」

成功とは気持ちのねじれをそのままにして、日々の忙しさにかまけ、問題を先送りにしている格好になっていた。早恵里には実行の存在があり、成功にも星奈の存在があることを知っている。成功の気持ちがどこにあるかは分からないし、無理に答えを出そうとするにはいろんなものが足りず、その不足分は時間で補うしかないと思っていた。そうするうち、何も解決しない現状のままこそが、ある種の均衡状態であり、気持ち的にも落ち着くような感覚になっていた。

しかし、そうした日々が続く中で、成功の早恵里に対する気持ちには、以前より距離が生じているようだった。彼の言葉から、早恵里はそう取った。

やはり星奈の存在が小さくないのだろう。

ただ、だからといって、自分の手でそれをどうこうしようという気も起こらない。早恵里自身、自分の気持ちがどこにあるのか分からない。

早恵里たちがいるロビーの前の通路を、手洗いに出てきた者たちが時折通っていく。彼らは早恵里たちをちらりと見やって、そのまま通りすぎていくだけだが、実行が出てくると、彼は早恵里たちの姿をすぐに認め、ゆっくりとこちらに歩いてきた。

「どうした？」

「どうもしねえよ」成功が少し気まずそうに言う。「休んでるだけだ」

そう聞いても実行は突っ立ったまま動こうとしない。何やらしきりと成功に問いかけるような目を向けている。それに対して成功は小さく首を振っている。


「何ですか?」

何か二人で示し合わせているものがあると気づき、早恵里は訊いた。

「あんた、所属長だろ」成功が仕向けるように言う。

「話を持ってきたのはお前だ」実行は成功の隣に腰を下ろしながら、迷惑そうに言った。「だいたい、仕事に関わる話かどうかも分からないのに、所属長も何もない」

「仕事に関わる話じゃなかったら、何だって言うんだ?」

「お前お得意の策略かもしれない」実行は真面目な顔をして言う。「私を嵌《は》めるための」

「俺がいつ、そんな策略を得意にしたよ?」

「私はいまだ謹慎中の身だ」実行はかすかに頬をゆがめて言った。「お詫びの香水を山科さんが使ってくれているのは知っているが、許されたとは思ってない。そういう自分が何を言うべきか、慎重になるのは仕方がないことだ」

「謹慎中って、何やったんだよ?」成功が怪訝そうに訊いた。

「あ、いえ、全然大したことじゃないんです」話の流れは見えないものの、それに関しては早恵里が割って入った。

「お前がチョコをもらっていたのを妬《ねた》んだあまり、その場で買いに行かせてしまった」実行は告解するようにそう吐いた。

「何だそれ……最悪だな」成功が呆れたように言い、顔をしかめた。「そんなことしといて、よく彼女に顔を見せられるな」

成功の容赦ない言葉が刺さったらしく、実行はうめき声のようなものを洩らした。

「いえいえ、私は本当に気にしてませんから」早恵里は言った。「香水も気に入ってますし、ありがたく使わせてもらってます」

「申し訳ない」実行は早恵里がフォローすればするほどつらさが増すかのように唇を噛んでみせた。「まったく慙愧《ざんき》に堪《た》えない」

「いや、そんな懺悔《ざんげ》はどうでもいいんだよ」

成功が言い、早恵里も我に返った。

「私に何かあるんですか?」そう訊いてみる。

二人は互いを牽制するように視線を交わし合っている。何かあるとしか思えない。

「一つ訊きたいんだけど」成功が意を決したように口を開いた。「山科さんはどういう事情で前の会社からうちに移ってきたのか、教えてもらうことはできるかな?」

なぜそれを訊きたいのか分からず、また話しにくいことでもあったので、早恵里は戸惑った。ただ、自分に非がある話でもないので、何か後ろめたい過去であるように隠すのも違う気がした。

「言いづらい話なんですけど、前の会社で私、社長の奥さんに社長との仲を誤解されてしまったようで……いえ、本当に何もなかったんです。特別ひいきされてる感覚もなくて、せいぜいたまに褒められるくらいだったんですけど、奥さんはそう取らなかったみたいなんです。それで夫婦仲が怪しくなったらしくて、このままだと会社の経営にも差し障るからって、いったん外に出てくれないかって」

「いったん?」成功が眉をひそめて聞き咎《とが》めた。

「ええ」早恵里は口ごもりながらうなずく。「実際、一年近く経った頃に、そろそろ戻ってこないかとは言われました。〈シガビオ〉に慣れてきてたんで断りましたけど」

「その社長と連絡を取ってたってこと?」

「たぶん、自分たちの都合で出したんで、元気にやってるか気になったんだと思います」

「今は?」

「戻らないって返事をしてからはありません」

答えながらも、早恵里は自分の経歴の何かが問題視されているのを感じ取って、落ち着かない気分になった。酔いもすっかり醒めてしまった。

「〈シガビオ〉にはどういう理由で入ろうと思ったの?」

「それも実は、その社長に紹介されたような形です」早恵里は正直に言う。「以前、仕事をした相手で、雰囲気も悪くないはずだって」

「〈起案社〉とうちが以前、仕事をしたと?」

「違うんですか?」あからさまに疑念のこもった問い方をされ、早恵里は戸惑った。「実際、話も通ってる感じで、面接も形式的なものだけでしたし」

「面接官は船見だ」実行が気づいたように言い、成功と顔を見合わせている。

「なるほど、そういうことか」

何を納得しての「なるほど」なのか分からないが、当時人事部長だった船見はすでに会社を辞めている。それが何か不穏なことを示唆《しさ》しているようで、早恵里は気味が悪い。

「その社長と、うちの内部の話をすることもあったのか?」成功が訊く。

「私が話すまでもなく、いろいろ知ってました」早恵里は答える。「成功さんのことも」

「何を言われた？」

「何って」非を追及されているようで、早恵里は苦しくなる。「ちゃんと部下として可愛がってもらえてるかみたいなことを……」

「がんばって俺に近づけと……？」

「そんなことは……」早恵里は震える声で言う。「言われてません」

しかし、思い返してみれば、宗像《むなかた》社長の話はある意味、そう言っているも同然のものだったかもしれない。

そして、成功の口ぶりから、彼らが何を疑っているのかということもおぼろげに見えてきた。目的は分からない。だが何かのために、早恵里は成功に近づき、ハニートラップかあるいはスパイの真似事をするはずの人間だったという疑いが生じているのだ。しかしその企ては、成功が別荘に監禁されていたという半年間の不在によって宙に浮いてしまった。宗像社長も何もなかったように、戻ってこいと言うしかなくなった。

ありえないと簡単に一蹴できる話ではなかった。宗像社長は早恵里の勤務当時、取引先との会食に同行させるなど、若い女であることを一つの武器に考えているきらいはあった。早恵里だけでなく、ほかの若手女性社員でも同様だったのだ。〔シガビオ〕では成功も実行も、部下の女性社員をそんなふうに連れ回すことはないから、特異なやり方だったと改めて感じることができる。

さらに言えば、早恵里はその業務に関わったことはないが、企業のブランディングや価値向上戦略の一種として、ネットなどを使ったライバル企業のネガティブキャンペーンにも手を出しているという噂があった。実際、それらしき業務で精神的に病み、会社を辞めていく社員もいた。決してクリーンな実業家ではなく、手段を選ばない一面があの社長にはあった。

しかし、おめでたいほどに、早恵里は自分自身には関係がないことと思いこんでいた。

「言われてない」

早恵里の激しい動揺を察したらしく、実行が問題を結論づけるように言った。成功も少し慌てたようにうなずいている。

「いや、何か山科さんを疑ってるような話じゃないんだ」成功は言い訳するように言う。「同業他社の人間から、うちを攻撃するような謀略めいた話をいろいろ匂わされたんで、とりあえず真偽を確認しなきゃいけないと思ったまでのことで。何かあったとしても、悪いのはその社長でしかない」

気を遣うような口調が逆に気まずさを呼ぶ。さらには、自分をいいように利用しようとしていた宗像社長への怒りと、今まで気づかずにいたことの悔しさがそれに混ざり合い、感情がまとまらなくなった。

「私は……この会社にいていいんでしょうか?」

涙があふれ出し、そんな疑問が口をついてこぼれた。

「もちろん」成功は言う。「いてもらわなきゃ困る」

「この話は忘れてくれていい」実行も言う。「成功も私も、訊きたくて訊いたわけじゃない」

「はい……」

早恵里は小さくうなずいたものの、自分が異分子であるかのような突如湧いた感覚は、簡単に消え去りそうにはなかった。

23

研修旅行から東京に帰ってきて代休を挿み、日常業務に戻ったその日、成功は実行とともに旅行の報告を兼ねて社長室を訪ねた。

「旅行はどうだった?」

「大いに英気を養いました」

旅行中は楽しい気分でいられる時間ばかりではなかったはずだが、実行はそれをおくびにも出すことなく、如才《じょさい》ない返事を口にした。

「平木からバーベキューの写真を見せてもらったが、なかなか仲よくやってたようだな」

「おかげさまで。次はぜひとも社長にも召し上がっていただきたいと思います」

父は一つうなずき、わずかに口もとを緩めた。確かに実行の人間性を新たに知るような機会はところどころであり、父が見て取ったように距離が縮まっている感は否定できない。

「工場はどうだった?」

「はい、[ビオビー]の生産ラインも整い、稼働を待つばかりになっていました」

父はその答えにも満足するようにまた一つうなずいたが、いつの間にか表情から笑みは消えていた。

「実はお前たちが研修旅行に行っている間に旧知の経済紙の記者が来て気になる話を聞いた」父は一呼吸置いたあと、そう話し始めた。「[ラクト]が新商品の発売を前倒ししてくるらしい。どうやら〔ビオビー〕の発売にぶつけてくるようだ」

「まさか」実行が思わずというように声を上げた。「増設工場の竣工《しゅんこう》が六月末だと聞いています。そこから機械を入れて稼働させたとして、一週間やそこらで間に合うはずがありません」

「工場は突貫で竣工を早めるらしい」父は言う。

発売時期がかぶれば、小売店は当然のように〈東京ラクト〉の新商品の扱いを優先し、〔ビオビー〕の注文を絞ってくる。そこまでして〔ビオビー〕をつぶしたいと考えているのか……成功は玉手親子の底意地の悪さを改めて感じ、うすら寒くなった。

「竣工時期を早めるなど、ここ一、二週間の動きでできることじゃない。もっと前に、おそらくうちでスケジューリングがなされて大して日も経たないうちに、向こうに伝わっていたんだろう」

シーズの供給手配やタレント起用の方針も洩れているのだから、十分ありうることではあったが、いざこういう形でそれがあらわになると、歯嚙みしたくなる思いだった。

「こちらもさらに早めますか?」成功はそう言ってみる。

「早められるのか?」

成功は実行と顔を見合わせ、視線で目算を確かめ合った。

「一週間なら」実行が答える。

成功はせいぜい三日と思った。実行もそう思った上で、それでは意味がないと考えたのかもしれない。

「少し考える」

父もここまで来てのスケジュール変更は簡単なことではないと分かっているのだろう、その場でやれとは言わなかった。

ただ、社長判断が下っていないとはいえ、現場としてはそれを見越して動いておく必要があった。

「ABのスケジュール、前倒しするかもしれない」

営業推進部に戻ると、成功は星奈や栗原らにそう伝えた。

「どれくらいですか？」星奈が訊く。

「まだ社長の指示は出てないが、一週間程度は考えておいたほうがいい」

「ここから一週間早めるって、きついな」栗原が言う。

通常、新商品の開発には一年近くかけることが多い。〈ビオビー〉は研究に長期を費やしているとはいえ、実際の商品化期間は半年程度である。発売まで二カ月を切った今は、プロジェクトメンバーはほかの仕事を棚上げして、この案件にかかりきりになっている状態でもある。

「仕方がない。〈ラクト〉が新商品の発売を早めて〈ビオビー〉にぶつけてくるという情報がある」

「また〈ラクト〉か」栗原が舌打ちする。「取引先相手の企画はもう日にちを固めちゃってるし、これを動かすのは大変だぞ」

「とはいえ、ただでさえ発売日までに余裕がない日程だ。これ以上詰まると受注にも響く。特に感謝会は会場を使うから、空きだけでも確認しといてくれ」

部内でそんなやり取りを交わしていると、事業部の梶本が顔を出した。

「ラベルの色校が出ました」

〈ビオビー〉に使われる予定の容器にラベルの色校を巻いて持ってきた。

「ん……こんなにくすんだ色だったか？」

成功はそれを手に取り、首をかしげる。全体的に色調が落ち着きすぎている。

「ちょっと渋いっすね」子安も横から覗きこんで言う。

「一応、指定通りではあるようですけど」梶本が言う。

「そっちは何て言ってんの？」実行ら事業部の面々の反応を訊いてみる。

「もう少し明るいほうがいいんじゃないかって声はあります」梶本は言う。「指定し直すことはできますけど、スケジュール前倒しの話が出てるんで、その場合は再校が出ないことになるかと」

ここにもスケジュール再編の影響が出てくるのだ。

「これまで通りのスケジュールで行ければいいですけど、どちらにしてもこの色校は今日中に戻しますんで、午後の会議までに意見をまとめておいてください」

梶本はそう言い残して営業推進部のフロアを出ていった。

その背中を子安が何やら含みのある目でじっと見ている。梶本の姿が消えると、彼はその目を成功に向けた。

「これまで通りのスケジュールで行ければいいなんて言いながら、あの人自身が〈ラクト〉とつながってる説がありますけどね」

「え？」成功は彼の言葉を聞き咎めた。「誰が言ってんだ？」

「誰っていうか、そういう話が流れてますよ」

「まあ確かに、怪しいっていや怪しいよな」栗原もその説に理解を見せた。「あとから〈ラクト〉を出てきてる人だし」

星奈が目配せのような視線を送ってきた。

その意味はもちろん分かっている。

勢司に会って情報流出の件を突きつけたとき、成功は彼の反応から、〈ラクト〉出身者は関わっていないという強い心証を得ている。星奈も同様の思いを口にしていた。

一方で、勢司はあとになって、実行に付いてきた連中を安易に信頼するのはおめでたいと、思わせぶりなことを言い出した。勢司は巧妙に仕掛けたつもりだったかもしれないが、無理に疑念の渦を生じさせようとしていることは明らかだった。

今、プロジェクトチーム内に梶本が怪しいという噂が流れ始めている。だとするとそれは、勢司とつながっている者が彼の意を受けて、チーム内を混乱させるために意図的に流しているのではないか……成功はそう感じたし、星奈もそう言いたいようだった。


少しして、成功は子安一人をＭＴＧエリアに呼んだ。

「何すか？」

子安は怪訝そうに付いてきて、テーブルに着いた成功のはす向かいに腰かけた。

「さっきの話だけどな」成功は切り出した。「梶本さんの噂、誰から聞いた？」

「いや、誰ってことないですけど……」

「重要な話だ。思い出してくれ」成功は言う。「答えられないなら、子安自身が勝手に流してることになる」

「いえいえ、研修旅行中に聞いたんですよ」子安は慌てたように手を振った。「誰だったかな……光山さんだった気がしますけど」

プロモーション課長の光山はプロパーで、〈シガビオ〉の在籍も二十年近い。彼が噂の出どころであって、つまり勢司とつながっているというのはぴんとこない。

とりあえず子安にはこれ以上噂を拡散させないように含ませ、今度は事業部を覗いて光山を呼んだ。

「ちょっとお訊きしたいんですけど」ＭＴＧエリアまで連れてきて尋ねる。「旅行中、子安と、梶本さんの噂のことで話をしました?」

「梶本さんの噂……ですか?」

「〈ラクト〉とつながってるんじゃないかみたいな」

「ああ、まあ」光山は少し気まずそうにしながらも、それを認めた。「社内の話の流れでそんな話題も出ましたかね」

「その話は誰から聞きました?」

「いや、そんな、決めつけるようなことは言ってませんよ」

「怪しいんじゃないかってことですよね。誰から聞きました?」

「私は橋爪さんからですね」

また思わぬ名前が出てきた。橋爪はプロパーではないものの、〈シガビオ〉でのキャリアは成功より長い。しかも、ＡＢプロジェクトには乳酸菌の研究段階から事業部の窓口として関わっていた男だ。プロジェクトへの思い入れもあるだろうし、いたずらに混乱を呼ぶような真似をしたがるとも思えない。

光山にも噂の拡散は慎むように言い、橋爪を呼んでほしいと頼んで帰した。

間もなくして、橋爪が「お疲れ様です」とＭＴＧエリアに現れた。

「お仕事中、すみません。ちょっとおうかがいしたいんですが」

成功は彼にも光山と同じ質問をした。

「ああ、確かにそんな話をしましたね」橋爪は言う。「ちょっと酒が入ってたこともあって……まずかったかな」

「その話、誰から聞きました？」

「誰だったかな」橋爪は思案顔を作った。「誰かが話してたのを聞いたんですよ。話に加わってたわけじゃなくて、聞こえてきたっていうか……」

「誰かと誰かが話していたのを小耳に挟んだってことですか？」

「そうです、そうです」

「その誰かと誰かって、一人でも思い出せませんか？」

「いや、誰だったかな……顔を見てたわけじゃないんで」

「旅行中ですか？」

「そうですね」

「バスの中とか？」

「だったような」

「会話が耳に入ってくるってことは、後ろの席の声ですかね？」

「どうだったかな……そうかもしれませんけど、はっきりとは」

座席を特定してでも情報源をたどるつもりで訊いたが、橋爪の答えは曖昧だった。

「男の人の声でしたか？　女の人の声でしたか？」

会話の内容を憶えているのなら、それくらいのことはすぐに答えられるだろうとの思いで訊いた。

「うーん……男の声だったような記憶はありますけど」

橋爪は一応答えたものの、考える間があり、歯切れも悪かった。

「そうですか。ありがとうございます」

噂の拡散についての注意を与えた上で、聞き取りを打ち切った。

橋爪も誰かから聞いたとのことだったが、たどるべき糸はここで切れた形だった。その先があるのか、それとも、もともとこれ以上はないのか……。

ＭＴＧエリアを出たところで若葉が通りがかったので捉《つか》まえた。

「変なこと訊くけど、ここ最近、梶本さんが〔ラクト〕とつながってるみたいな噂を耳にしたことないか？」

周囲を気にしながらそう尋ねてみると、彼女は不快そうに表情を曇らせた。

「あるけど、何か具体的な根拠があっての話ではないと思うよ」

「誰から聞いた？」

「私は橋爪さん」若葉が言う。「でも、根拠を訊いても、梶本さんはあとになって実行さんと合流した人だからとか、そういう理由でしかないし、せっかく最近はチーム内の変な対立もなくなってきたんだから、無責任な噂はやめたほうがいいですよって私は言ったのよ」

「そしたら何て？」

「いや、僕も疑いたくないんだけど何とかかんとかって」

「誰から聞いたかってことは？」

「それも何とも……方々で聞こえてくるって」

こうなると、橋爪が発信源だと見るのが妥当であるように思える。

「はた目には梶本さんと問題なくやってるように見えるけどね」若葉は首をひねる。「でも、橋爪さんからしたら若い人が上にいるのは複雑なのかな。ああいう話を聞かされると、私も同じ課の人たちに何か言われてるんじゃないかとか考えちゃうよね」

「そうだな……分かった。ありがと」

成功は彼女との話を終わらせ、営業推進部に戻った。

橋爪は〈シガビオ〉に在籍して十二、三年というところだろうか。以前は菓子メーカーに勤めていた。働きぶりは可もなく不可もなく、待遇も主任級にとどまっているが、成功が事業部長だったときも年上だからといって扱いにくい人間ではなかった。

しかし、逆に言えば、そういう人間が直属の上司の噂を進んで広め、プロジェクトチームに波風を立てようとしているのはおかしな話だと言えた。

午後にプロジェクトチームの会議があった。ラベルの色校チェックなどをこなして散会すると、成功は実行をその場に引き留めた。

「どうも、橋爪さんが怪しい」

二人きりになったところで成功が言うと、実行は意外そうに目を見開いてみせた。

「本当か？」

実行も橋爪とは研究所時代からの付き合いがあり、人間性も分かっているつもりだっただろう。それだけに、信じがたい思いが先に立つようだった。

「橋爪さん自身も誰かから聞いたと言ってるが、それが誰かということはごまかしてる。その言い方を含めて、俺は彼が火元だろうと見た」

「どうして、また……？」

実行はうなるように呟いたが、その問いかけには「それは俺にも分からん」と答えるしかなかった。

「とりあえずどうするかだ」成功は話を先に進める。

「明確な証拠があるなら話は簡単だがな」実行も判断がつかないようだった。

「ここまで来れば、様子を見ても一緒だけどな」実行の悩ましげな顔つきを見ながら、成功は言う。

どちらにしろ、多くの情報はすでに渡ってしまっていると考えたほうがいい。今から手当てできることはほとんどないし、プロジェクト自体は粛々と進めるしかない。

「ちょっと時間をくれ」実行も成功の言葉に乗っかるようにして言った。「様子を見ながら考えたい」

「分かった。任せるよ」

成功はそう言った。


しかし、翌日再び二人で社長室に呼ばれ、悠長なことは言っていられなくなった。

「一週間前倒しできそうか?」

昨日の話の確認を取るように、父は訊いてきた。この一日は父自身の検討時間でもあり、またチーム内の見通しを立たせる時間でもあったということだ。

「大丈夫です」実行はそうした意を理解していたとばかりに即答した。

それを受けて、父も決断したようだった。

「よし、それで行こう」

行くのはいいが……父の言葉を聞いて、まず先に浮かんだのは一つの懸念だった。

父は成功の顔を見て、「どうした?」とそれを読み取った。

「いえ……向こうに前倒しの情報が洩れる問題が残ってるものですから」成功は言う。

「誰がってことはまだ分からないのか？」

「だいたいの見当はついてますが、証拠がないので、現時点でチームから外すのは難しいかと思います。もしかしたらこの情報も流れて、向こうに追いつかれる可能性があります」

父は数秒考えこんだあと、大きく息をついて「構わん」と言い切った。「チームから外したとして、発売日くらい洩れるときは洩れる」

「そうですね」実行がうなずく。

「ただ、今後のことを考えたら、そういう輩《やから》に棲みついてもらっては困る。早く尻尾をつかんで追い出しておきなさい。情報漏洩《ろうえい》に厳しすぎる対処などない」

「分かりました」

社長室を出ると、成功は実行とそのまま会議室に移り、今後のスケジュールについて詰めることにした。

「商談会は早められそうか？」実行が訊く。

「問題は東京の感謝会だが、会場は一週間前でも空きはある。ネックはドリンクの見本とＶＴＲが間に合うかどうかだ」

商談会は営業担当者が全国各地のチェーン本部に赴いて行うものだが、東京については今回、「お得意様感謝会」の名のもと、主要チェーンの担当者を集めて［ビオビー］のお披露目をする催しを予定している。営業推進部が立ち上がったからこその企画であり、何としても成功させたいところである。もちろん、ドリンクとＶＴＲが用意できなければ格好はつかない。

「ラベルは再校を飛ばして来週末には見本が出てくる。ＶＴＲも来週いっぱいなら何とかというところだ」

「そしたら、来週末に準備して、再来週月曜に東京の感謝会か」

全国の商談会もその週に行うことになる。

「あとはマスコミ向けだな」成功は言う。「発売前日として、問題はタレントをどうするか」

「プロモーション班で検討が進んでるはずだ。今日の会議で出してもらって決めてしまおう。CMは間に合わないが、発表会でビーちゃんと並んでもらえば一応の格好はつく」

細かい部分でそろわないところは出てくるものの、何とかなりそうではある。

「工場のほうは大丈夫か？」

「昨日確認した感じだと、慌ててはいたが、容器の納入も始まっていて稼働に問題はない。実機を使った試験製造も早めてもらう。ラボではうまくいっても大きな実機では攪拌《かくはん》の調整に失敗することがある。それを乗り越えられたら大丈夫だろう」

諸々のスケジュールを立て直したあと、成功は自分の考えを切り出してみた。「これを使って橋爪さんの動きを見れないかな？」

「どういう動きをするかだな」実行は腕を組んで言う。「分かりやすく〈ラクト〉の誰かと会ったりするのなら、あとを尾《つ》けていけばいいが、この手の情報を流すのであれば、普通は電話かメールで済ますだろう。それを社内でやるとは限らない」

「とりあえず、新しいスケジュールを一覧にしてチーム内で共有しよう」

パソコンで見られる形にして、橋爪が外部にメールしたりメモリーカードにコピーしたりすれば足がつくようにしておく。そしてその動きをカメラで監視する。

「やりたいなら任せる」実行は自身は気が進まないようにそう言ったが、それでは無責任だと考え直したのか、「梶本くんに協力させよう」と言い足した。

成功のほうは栗原に声をかけた。

「俺のときの経験を役立ててくれよ」

栗原は何とも言えない顔をしてみせたが、別荘の一件があることで協力しないわけにはいかないという判断には至ったようだった。早速、使えそうなカメラを買いに出ていった。

梶本には実行が呼んで話をした。意外と潔癖症なのか、カメラを使って証拠をつかむというやり方には、そこまでしなければならないのかという反応を示した。しかし、橋爪が梶本を怪しむ噂を積極的に流していたことを知ると表情が変わり、結果的には進んで協力を引き受ける態度に転じた。

「あの人、一時期、やたら僕に〔ラクト〕の雰囲気を訊いてきたんですよ。言われてみれば、プロジェクトが佳境に入ってもどこか淡泊ですし、引き抜き条件で向こうから話を持ちかけられてたりするんじゃないですかね」

橋爪は〔シガビオ〕でのキャリアは長いものの、出世の面を見ればくすぶっているとも言える。そういう裏があるなら、彼が情報流出に手を貸している理由にも説明がつく。

企画課長である梶本の席から橋爪の席が見通せる。栗原に買ってきてもらった小型カメラは梶本の席に置かれた棚を使い、目立たないようにセッティングすることになった。

十五時からの会議に梶本は遅れてきた。橋爪が会議に出るため先に席を空けたのを見計らってカメラをセッティングしていたからだ。彼は表向き、遅刻を詫びるように成功と実行に頭を下げ、同時に目配せのような視線を送ってきた。

「他社の新商品発売の動向などを検討した結果、〔ビオビー〕の発売日は一週間繰り上げることになりました。生産現場、プロモーション、あるいは営業等、各方面への影響は少なくないこととは思いますが、経営判断で決まったことですので、今日からスケジュールを組み直し、新しい発売日に向けて動いていただきたいと思います。班ごとのスケジュールは［ロードマップ］に上げてありますので、確認していただきたいと思います」

梶本が作ったスケジュール一覧が、チームで共有しているプロジェクト管理ツールに上がっている。メンバーは各々のパソコンを開いてそれを確認し、タイトなスケジュールにため息をついている。

その後、実行は淡々と会議を進めていき、プロモーションに起用するタレントも担当班が候補に出してきた佐藤蒸《じょう》という俳優に決まった。コメディなどで活躍する個性派俳優で、軽妙なトークを武器にしてバラエティ番組にもよく顔を出している。スキャンダルもなく、老若男女に好感度は高い。

会議が終わると、それぞれが受け持ちの仕事を進めるべく、慌ただしく席を立っていった。

成功も早々に会議室を出て営業推進部に戻った。栗原が自分の席に着くやいなや、自分のパソコンの画面に橋爪の席を捉えたカメラ映像を出した。

「栗原も感謝会の準備があるのに悪いな」

しばらく画面を一緒になって覗きこんだあと、成功は自分の仕事に戻ったが、栗原が観察する限り、十七時すぎまで橋爪に不審な動きはないようだった。事業部に戻ってきてすぐ、スケジュールを確認するようにパソコンを開いていたものの、その後はパソコンも閉じられている。

ただ、普段は残業することが少ない橋爪が十八時近くまで居残っていること自体が不審と言えば不審だった。スケジュールが前倒しされたことで、対応に奔走し、残業するメンバーが多かったとはいえ、橋爪自身は収支管理が担当であり、前倒しでこなさなければならない作業があるわけではない。

やがて実行と梶本がフロアを移ってきた。彼らも橋爪が残業していることに違和感を抱き、自分たちがいないほうが橋爪も何か行動を起こしやすくなるのではと、退社を装って事業部を出てきたらしかった。営業本部のフロアも、今は成功たちが残っているだけである。

四人で栗原のパソコンを覗きこんでいると、画面の中で橋爪がおもむろにノートパソコンを開いた。

「動き出したな」

あたりをちらちらと気にしている様子からして、何か企んでいる気配はありありだ。

「一応、録画しときますね」栗原が言って、パソコンを操作する。

「でも、向こうの画面が映らないから、何見てるか分からないですね」梶本が言う。「ちょっと戻って、さりげなく覗いてきましょうか」

「いやいや、今行っても警戒されるだけだ」成功は止めた。

「ここまで来たら、帰るところを押さえよう」実行が言う。「どこかに書類を送ったかどうか、ログを見せてもらえばいい」

「そこはもう賭けだな」成功は呟いた。

なおも観察していると、橋爪はかばんからスマホを取り出した。もう一度周囲を気にしながら、スマホをパソコン画面に向け、パシャリと撮影した。

「そう来たか」

ログを残さないように慎重を期したようだが、見ているこちらにとっては分かりやすい行動となった。

橋爪はスマホの画面を凝視して写した画像を確認する。もしかしたら早速どこかに送ろうとしているのかもしれないが、手の動きだけでは判然としない。どちらにしろ、今から止めに行ったところで間に合わない。

橋爪はスマホをかばんに仕舞うと、パソコンもすぐに閉じた。帰ることにしたらしい。

「行くか」

橋爪が画面から消えたのを見計らって、成功らは立ち上がった。営業本部のフロアを出て事業部のフロアに向かうが、橋爪の帰る足取りは速く、すでにエレベーターホールの前まで来ていた。

「あ、お先に失礼します」

橋爪は成功たちの姿を認めると、何食わぬ顔で挨拶を寄越した。

「橋爪さん、待ってください」

「え?」

成功が声をかけても、彼はきょとんとした表情を作っただけだった。

「ちょっとスマホを見せてもらえませんか?」

「スマホですか?」

彼は上着の内ポケットからスマホを取り出した。

「いや、それじゃなくて、かばんに入ってるプライベート用のスマホです」

そこまで言うと、ようやく橋爪の顔色も変わった。

「ど、どうして見せなきゃいけないんですか?」

「何者かが他社にプロジェクトの情報を流していると思われるのでチェックしています」実行が機械のような冷ややかさで言った。「今しがた席で何を撮ったか、念のため見せてもらいたい」

「何の言いがかりですか⁉」橋爪はにわかに狼狽《ろうばい》しながらも、決して首を縦に振ろうとはしなかった。「勝手に犯人扱いしないでくださいよ。お断りします！」

「橋爪さん、ちょっと別室に行きましょう」

「勘弁してください！」彼はあくまで逆らった。「予定があるんで、早く帰らないと！」

そう言ってエレベーターのボタンを忙《せわ》しなく押す。

「いやいや、帰ってもらったら困りますよ」

成功はその腕をつかんで引き留める。何とか観念させるしかない。

その場で腕を引っ張り合い、もつれ合っていると、エレベーターのドアが開いた。中には父が秘書室長の市村とともに立っていた。

「お……疲れ様です」

成功たちはにわかに動きを止めて、調子外れの挨拶を向ける。

「乗らないのか？」父がぼそりと訊く。

「どうぞ……お先に」橋爪も気まずそうにそう言うしかないようだった。

エレベーターのドアが閉まる。

と思うと、また開いた。

父が降りてきた。

「どうした？」

様子が気になったらしい。成功たちが橋爪の腕などを押さえ、動きを封じようとしているのだから、気になるのも当然だろう。

「例の情報流出の件です」この際、父も巻きこめば橋爪もこれ以上逆らえまいと思い、成功は答えた。「新しいスケジュールの一覧表を彼がプライベートの携帯の写真に収めた形跡があるので、確認したいと言っているところです」

父が橋爪を見やる。「どうなんだ？」

「言いがかりですよ！」橋爪は父から目を逸らして言う。「何の根拠があって言ってるのか」

「なら、見せればいいんです」成功は言う。

「プライベートの携帯を見せろなんて、人権侵害です！」橋爪が言い返してくる。

「梶本さんが怪しいとあなたはチーム内で触れ回っている。その噂は誰から聞いたのか、言わないのはなぜですか？」成功は橋爪にそう迫った。「あなた自身が作ったからでしょう」

「単に失念してたからですよ」橋爪は言う。「思い出したから、今なら言えます。山科さんです」

「何だと⁉」

言い逃れに早恵里の名を使われ、成功は思わずかっとなった。

「馬脚を露《あら》わしたな」実行が珍しく感情的に詰め寄った。「勢司が山科さんの名を使ってこちらを攪乱《かくらん》させる気があることは、とっくに承知している」

「な、何の話だか！」橋爪は下手を打ったとばかりに顔をゆがめた。「何を言っても信じてもらえないなら、話にならない」

「携帯を見せればいいんだ」

「橋爪、応じる気はないのか？」父は威厳のある声で彼に話しかけた。「この連中も、ここまで言う以上、職を賭しているぞ」

「へっ、社長が私の名前を知ってるとは驚いたな」橋爪は興奮気味に笑い、そのことに突っかかってきた。「てっきり、存在すら知られてないかと思ってましたよ」

「何を言ってる」父は眉をひそめる。「十年以上、うちで働いている者を知らないわけがない」

「その割には息子たちが簡単に偉くなっていく中、私なんかにはずっと何のポストも用意されず、ないがしろにされてきましたけどね」橋爪は開き直ったように言い募った。「職を賭してる？　ならば、そういう社長こそ、職を賭すお覚悟で彼らの肩を持つわけですよね？」

父はそんな橋爪をじっと見つめてから、「いいだろう」と答えた。

虚勢を見切られたように返され、橋爪は一転、目を泳がせた。そして無理やり一笑に付すように、「へっ」とまた声を上げた。「社長に職を賭されても迷惑ですよ。どちらにしろ私自身、ここまで疑われてこの会社に居続けることなんかできませんしね」

「そこまで覚悟してるなら、これ以上何を言っても無駄だろう」父は市村がドアを開けて待っているエレベーターを見やった。「行きなさい」

「でも……」

不問にして逃がせば、情報がそのまま〈東京ラクト〉に渡ってしまう。成功はそれを止めようと思ったのだが、父は「放っておきなさい」と一言で制した。

エレベーターを降りる市村と入れ替わるようにして、橋爪が乗りこむ。

「しかし、橋爪よ」父が声をかける。「うちを出るのはいいが、そんなお前を拾ってくれるようなところはあるのか？」

情けをかけられたような一言に、橋爪は一瞬言葉を詰まらせたあと、目の中に反抗心を覗かせた。

「ご心配には及びませんよ。こんな私でも必要としてくれるところはありますからね」

その言い方はもはや、〈東京ラクト〉からの引き合いがあるのを認めているも同然だった。

エレベーターのドアが閉まり、橋爪の姿は消えた。

「新しいスケジュールも向こうに流れてしまいます」実行がその懸念を父に訴えた。「〈ラクト〉といえど、ここからの一週間の前倒しは難しい」父は意に介すことなく言った。「本当の力を試される。うちもよその動きを気にしてる場合じゃない。不純分子を追い出したら、それで十分だ。あとはやるべきことに集中しなさい」

「……分かりました」

白黒つけないままの幕引きとなり、消化不良の思いが残ったが、成功たちは父の言葉を受け入れて矛を収めることにした。


翌日から会社に橋爪の姿はなかった。

〈東京ラクト〉の中途採用の募集が今年の初め頃にあった。それに橋爪が応募して、向こうとつながったのではないか……そう話す声がちらりと聞こえたが、もう確かめようはない。感謝会や商談会を来週に控え、それぞれが担当の仕事を慌ただしくこなす中、橋爪の話をする者もすぐにいなくなっていった。

木曜日の午後、実行が何やら険しい顔をして営業推進部を訪ねてきた。

「実機で重合《じゅうごう》を起こしてる」

「え？　うまくいったんじゃなかったのか？」

那須の工場では実際の製造ラインを動かしてのリハーサルが始まっている。初回のそれはうまくいったと聞いていた。

「いや、軽い重合はあったんだが、調整すれば何とかなると考えてたようだ。だが、実際には逆にひどくなったらしい」

実機での重合は、実行が生産過程の最後の山として懸念を口にしていたものだ。［ビオビー］はpH3・5程度の酸性を示す飲料である。ただ、原材料は酸性のものばかりではなく、脱脂粉乳などは中性であり、酸味料などを混ぜながらpHを落としていく。問題はpHが落ちていく過程に等電点と呼ばれるポイントがあって、そこを速やかに通過しないと、乳たんぱくがどろどろに固まる重合を起こしてしまうのだ。ラボの小規模な製造機で作るときにはうまくいっても、容量の大きな実機では原料の攪拌にも時間がかかり、結果として巨大な卵とじのようなものが出来上がってしまうというわけだ。

「感謝会には実機で作った見本を用意するんだろ？」

関係者に試飲してもらうには流通相当の味をという考えがあり、〈シガビオ〉の場合、チルド商品であれば製造して中二日置いたものを用意することになっている。東京で開かれる月曜日の感謝会に間に合わせるためには、明日には見本が出来上がらなければならない。

「これから那須に行ってこようと思う」実行が言った。「明日、VTRが上がってくる予定だ。帰ってこれない場合は、お前のほうでチェックを頼みたい」

「分かった」

成功に留守を託して、実行は那須の工場に飛んでいった。

翌日の午後、映像制作会社から感謝会に流す［ビオビー］のVTRが送られてきた。

成功はそれをチェックすると、栗原と子安にプロジェクターの準備をしてもらい、一方で父と平木に電話して声をかけた。

やがて二人がフロアを下りてきたので、成功は彼らを栗原らが待ち構えている会議室に案内した。

二人に座ってもらい、早速VTRを流す。〔シガビオ〕が満を持して発売する乳酸菌飲料〔ビオビー〕。そのコンセプト、林教授が語るイージス乳酸菌の高い機能性、他に類似のない味わい、一般消費者を対象にグループインタビューを重ねて集めた評価——それらが三分ほどの映像にテンポよくまとめられている。

「ふむ……いいんじゃないか」

VTRを観終わった父は、表情こそ変えなかったものの、取り立てて不満もないようだった。

「週明けのお得意様感謝会では、このVTRが流れたあと、社長に登壇していただき、挨拶をしてもらいます。一応、スピーチ原稿も用意してありますが……」

父が黙って手を出してきたので、成功はスピーチ原稿を渡した。

「お前じゃないな」

父は原稿にざっと目を通して成功を見た。

「実行が書きました」

成功も事業部長時代、発表会でのスピーチ原稿を用意したことがあった。フランクに話してもらおうと落語のまくらのようなものから作ったところ、何だこれはと父に一蹴された。それもあって、今回は実行に任せた。

「あいつらしい」父が皮肉めいた笑みを口もとに覗かせた。「まるで相撲の伝達式の口上のような硬さだ」

「成功くんと実行くんの感覚がうまく混ざればいい感じなんでしょうが」平木がそう言って笑う。

「私のほうで直しましょうか？」

成功はそう言って出たが、父は「いい」と断った。「ほかにもやることがあるだろう」

結局のところ、父は自分のスタイルでスピーチをするので、原稿があろうがなかろうが大して関係はない。商品に関して触れてほしい点がいくつかあり、それを押さえてもらうために念のため用意しているにすぎない。

「そう言えば、那須の件はどうなった？」平木が訊く。「実行くんはまだ戻ってきてないのか？」

それに反応して、父が「那須の件？」と成功に視線を向けた。父にまでは話が行っていなかったようだった。

「実は実機のほうで重合が起こりまして……」

成功が説明すると、父はみるみる表情を曇らせた。

「週明けの感謝会用には、もう出さないと駄目だろう」

「ええ、今日中には」成功は言う。「ですからおそらく、今日の出来上がりを確認してから、こちらに戻ってくるんだと思います」

「報告が入ったら、私のところにも知らせに来てくれ」

成功は「分かりました」と応えておいた。

週が明ければ東京での主要チェーンの担当者を集めたお得意様感謝会が開かれ、同時に大阪や名古屋、福岡、仙台、札幌と、各地の営業拠点でも営業部員が商談会に繰り出すことになる。お得意様感謝会も社長挨拶や試飲会などがあるものの、実質は商談会の一部であり、当日は関東営業部の販売一課が総出で客対応に当たる予定になっている。出席企業の確認や段取りの打ち合わせなどが今も続いている。

成功も夜までそうした打ち合わせのいくつかに立ち会ったあと、十九時すぎになって実行からの電話を受けた。

「どうだ？」電話を待っていた成功はねぎらいも早々に改善結果を尋ねた。

〈攪拌の時間を変えたり、安定剤の量を変えたりして、加減を探ってる。まだクリアはできてないが、だいぶよくなった。現場は連日張りついて疲れてるから、今日はこれでおしまいだ〉

「感謝会用のはどうするんだ？」

〈同時進行で、ラボの装置を使って作った。とりあえず今回はそれを出すことにしたい〉

「そうか……分かった」

明日には東京に帰るという実行の言葉を聞いて、電話は終わった。

報告の指示を受けていたので、成功は社長室に内線をかけた。すでに帰宅しているかとも思ったが、報告を待っていたのか父はすぐに電話に出た。しかし、実行から聞いたままを話すと、沈黙されてしまった。問題が完全にクリアにならなかったことが引っかかったらしい。実行の口調から察して解決にはそれほど時間がかからないだろうという見込みを強調するべきかと思ったが、その前に父の沈黙は破られた。

「ちょっと上がってこい」

成功は多少の小言があるのは覚悟して社長室に行くことにした。スケジュールがタイトなのだから何でもかんでもうまく運ぶはずもない。そういう開き直りもあった。

「失礼します」

社長室に入り、執務席に着いている父の前まで進み出る。成功が立ち止まったところで、父がすっと息を吸いこんだ。

「発売日の前倒しは撤回だ」吐息とともに、父はそんな言葉を発した。

「えっ⁉」さすがに成功は驚きの声を発した。

「試験製造でこれほどあたふたしてたら話にならない」

「待ってください」成功は言う。「解決の目処は立ってます」

「綱渡りすぎる」父は厳しい顔をして言った。「新商品は綱渡りで作るもんじゃない。人の口に入るものだ。本来は念には念を入れて作らなきゃならない」

「念には念を入れてるからこそ、課題が出てきているだけです。発売までには解決できるものです」

「駄目だ」考えが甘いとばかりに、父は切り捨てた。「発売してから何かあったでは遅い」

「週明けにはもう感謝会が迫ってます」

「感謝会はそのままやる。発売日の告知だけ変えればいい」

細部の手直しで対応できるだろうと言わんばかりだ。

「現場は振り回されてしまいます」

「遅らせるのだから、逆に余裕ができる」父は意に介さないように言った。「当初の予定から三週間、新しい発売日からは四週間遅らせよう。〈ラクト〉ともかぶらなくなる」

トラブルを幸いに、最後の最後で〈東京ラクト〉との争いを回避したとも言える。闘争心が消え、失望感が湧いた。

「現場の士気は下がるかもしれません」当てこするような一言を言わずにはいられなかった。

「それを何とかするのがお前たちの役目だ」父は冷ややかに言った。「本当に力のある会社しかこのスケジュールはこなせない。うちにその力はなかった。それだけのことだ」

これ以上何を言ったところで父が判断を翻《ひるがえ》すことはないようだった。日中、この問題を聞いたときから、この判断は頭にあったのだろう。成功は「分かりました」と失意を声に乗せて応え、社長室を出た。

実行にはすぐに電話で報告したが、彼は文字通り絶句していた。土曜日に戻ってきたときも顔色はどこか蒼ざめているように見えた。

「痛恨の極みだ」

対応に追われているチームの様子を伝えた成功を前にして、彼は声を絞り出すようにそう言った。父の非情な判断に不満を洩らすというより、すべては自分の力不足に帰すると考えているかのようだった。

リリースのペーパーを差し替えるなど、感謝会の通常の準備に加えて発売日変更の対応も重なり、土日は休日出勤とは思えないほどの慌ただしさだった。そのまま週が明け、東京での感謝会をこなし、各地での商談会の報告を集めた。

感謝会そのものは、小さなトラブルもなく催された。父は最初からその発売日で決まっていたかのような態度で挨拶し、満を持しての発売だという姿勢を作ってみせた。試飲会における参加者の反応もおおむね好意的であり、先行きに期待が持てるものでもあった。

「来月の下旬頃なら、〈ラクト〉さんの新商品の売り出しも落ち着くだろうし、多少はまとまって取れるんじゃないかな」

来場者の話から、〈東京ラクト〉が新商品の発売を早め、［ビオビー］が前倒ししようとしていた日に合わせてきていることも分かった。橋爪から情報を得て、そう変更したのだろう。

結果的にこちらからその衝突を回避する形となり、他社の動きにやきもきすることはなくなった。

ただ、ある程度は、先駆けて市場に出る向こうの新商品の陰に、［ビオビー］が隠れてしまうことを覚悟しなければならないだろう。

マスコミ向けの発表会は発売日に合わせて日程がずれることになり、商談会の動きが一息つくと、いったん力が抜けるような空気がチーム内に流れこむのは避けられなかった。

24

研修旅行以降、早恵里はどこかチームに居場所がないような思いで仕事を続けていた。

ただそれは、早恵里自身が勝手に抱えていた感覚であり、チームのメンバーの態度が何か変わったというわけではない。というより、誰もがスケジュール変更の対応に追われ、周りを気にしているような余裕はなくなっていた。企画課の橋爪が突然会社を去っても、その理由を噂する声さえ少なかったから、早恵里の屈託に目を向ける者などいるはずがなかった。早恵里自身も自分の気分など言い訳にできず、結局は受け持ちの仕事に没頭するしかなかった。

商談会の週が終わるとチームのメンバーにも連休が与えられ、ようやく一息つくことができた。休みが明けて仕事に戻っても、それ以前の慌ただしい空気は消えていた。本来ならばここからさらにマスコミ向け発表会と発売に向けて追いこみがかかるところ、それらの日程が四週間、後ろ倒しされることが決まったからだった。

工場の実機試験でトラブルがあり、社長がそれを決断したと聞いた。トラブルそのものはすでに解決したようだが、スケジュールは変更を余儀なくされた。現場に飛んで解決に当たっていた実行は、会社に戻って以降もそれを引きずっているように無念そうな表情を見せていた。また成功もそれに似たような、虚脱感漂う顔を見せることが多くなった。

もともとのスケジュールは〈東京ラクト〉の新商品に先駆けて出すために立てられたものであることは、早恵里のような末端のメンバーでも知っている。実行や成功の落胆ぶりは、それが叶わなくなったことが大きく影響しているのだろう。

ただ、彼ら以外は早恵里を含め、スケジュールの変更を歓迎する気分があった。当初のスケジュールでも余裕があるとは言えなかっただけに、そこからさらに一週間前倒しするのは、やはり無理があったのだ。

タレントの起用にしても、佐藤蒸からはオファーの受諾こそもらっていたものの、マスコミ向け発表会の出席はスケジュール調整で保留状態になっていた。それが発表会の後ろ倒しで無理なくスケジュールが取れることになったし、CMの制作も発売に合わせて進められる見通しが立った。


CM撮影を前に、外部に発注していたビーちゃんの着ぐるみが納品された。

「前のビーちゃんより出来がいいな」

「そりゃ、今回は金もかかってるから」

チームのメンバーも実物を一目見て、その出来映えには感心したようだった。初代のビーちゃんは小売現場の販促イベント用に作ったものであり、倉庫で埃をかぶっていたそれは、今さら引っ張り出して使えるような代物ではなかった。今回は早恵里がデザイン部とともに生みの親のデザイナーのチェックを細かく受けながら作り上げた労作であり、誰かが口にしたようにお金もかかっている。

「ちょっと、早速着てみてよ」成功が若葉に言う。

若葉は学生の頃、着ぐるみのアルバイトをしたことがあるらしく、ＣＭ撮影やマスコミ向け発表会では彼女が中の人を務めることになっている。

「いいよ」

若葉も着心地は気になるらしく、頭や胴体などを一式抱えて隣の空いている会議室に移っていった。

チャックを閉めないといけないので早恵里も付いていき、ドアの前で待っていると、胴体だけ身に着けた若葉が何やら困ったように中から顔を覗かせた。

「頭入らないいんだけど」

「えっ？」

彼女は早恵里の前でもビーちゃんの頭をかぶろうとしてみせるが、首の穴が小さいようで、確かに入らない。

「そんなはずは……」

早恵里が代わってそれをかぶってみたところ、問題なく、すっぽりと入った。

まずい。自分を基準にして首周りを作ってしまったと早恵里は気づいた。

「夏目はけっこう頭が大きいんだな」

二人で戻って報告すると、成功がからかうようにそんなことを言った。

「そんなの、今まで気にしたこともなかったんだけど」若葉は自分の頭を押さえながら、心外そうに言った。

「それでどうする？」実行が訊く。「撮影までに直せるのか？」

「いや」成功が少し考える素振りを見せてから口を開いた。「下手にいじって何かあったら困るし、山科さんがやったらどうかな？」

「大丈夫？　けっこう暑いよ」

若葉はそう気遣ってくれたが、早恵里はすぐにやる気になっていた。

「いえ、やります。やらせてください」

このプロジェクトで欠くことができないパーツを担いたいという思いがあった。ビーちゃんはその一つであり、それを務めることで自分の居場所に思い悩むことからも解放される気がしたのだった。

「そうね……山科さんスタイルもいいし、そのほうがいいかも」

着ぐるみにそれほどスタイルが関係するとも思えないが、若葉も早恵里の意思を前向きに受け取ってくれたようだった。

それから間もなくCM撮影があった。早恵里はビーちゃんの着ぐるみを着て、同じくミツバチの衣装を着た佐藤蒸と、腸内フローラをイメージした造花の花畑を飛び回ったり、一緒に「ビオビー」を飲んだりした。動きそのものは演技とも言えないレベルのもので難しくはなかったが、スタジオは冷房が入っておらず、汗だくで梅雨の蒸し暑さに耐えなければならないという大変さはあった。

何とかそれを乗り越えて撮影をこなすと、現場に立ち会った成功や実行らからねぎらいを受けた。ビーちゃんの起用は自分自身が提案したことであったが、その責任をいくらか果たした気がして、早恵里はひとまずほっとした。

CM撮影が済んで六月が終わりを迎えようとする頃、〔東京ラクト〕が新商品の乳酸菌飲料［サニプラス］を発売した。独自に特許を取った免疫維持の機能性を誇る乳酸菌が一本に一千億個入っているという。イメージキャラクターには〔シガビオ〕が逃した佐久間瞳に加え、大物俳優の服部剛郎《たけろう》も起用され、豪華な発表会はテレビのワイドショーなどでも取り上げられた。間もなく、二人が親子という設定のCMも圧倒的な出稿量で流されるようになり、少しでもテレビをつけていれば必ず目にするほどだった。

チーム内でも［サニプラス］を買い求めて飲んでみた。甘さが多少きつい気がするものの、香りや味わいにバニラの風味が乗っかっていて、乳酸菌飲料としては新しい飲み心地だった。好みで言えば、早恵里は［ビオビー］を推したいが、［サニプラス］もヒットしておかしくない仕上がりをしているように思えた。何より大手ならではのブロックバスターでもって、力ずくでもヒットさせるのだろう。

小売店を回っている営業からも、［サニプラス］の出足はいいようだという報告が上がってきた。発売日をずらしたとはいえ、［ビオビー］は［サニプラス］のヒットの前に存在が霞《かす》んでしまうのではないかという不安をチームの誰しもが抱いたに違いなかった。

そうしたムードを抱えこんだまま七月も下旬に入り、いよいよ発売日が迫る中、マスコミ向けの発表会の日を迎えた。

その日、会場となった渋谷のイベントホールには〔一広堂〕の手回しもあり、経済新聞社をはじめ三十社近くのメディアが集まった。記者席の後ろにはテレビカメラも何台か並んだ。

ビーちゃんの中に入る早恵里はこの日、果たす役目が誰よりも多いと言ってよかった。会場の入口で出席するメディア関係者に［ビオビー］の見本を配るところから始まり、発表会の間は基本的にずっと壇上に立つことになっている。動きを出すために、壇上にマイクスタンドは置かれない。社長や佐藤蒸が登壇したとき彼らにマイクを渡すのは早恵里の仕事の一つである。大げさな身振り手振りや、記念撮影で取るべき愛嬌あるポーズなども、若葉にチェックしてもらいながら練習した。

〈乳酸菌ラクトバチルス・イージス。アルプスの永久凍土から発見されたこの乳酸菌は……〉

発表会はまず、壇上奥の大きなスクリーンを使ったVTRで幕を開けた。開発の経緯、研究で明らかになった乳酸菌の効能、論文をまとめた東北農水大学の林教授のインタビューに加え、はちみつや柚子など素材へのこだわりが語られている。

壮大なBGMとともにVTRが終了すると、暗くなっていた場内に明かりが戻った。

視界が狭いところ、早恵里は上手《かみて》側の壇を上がる。引っかかって転ばないよう、若葉が隣で軽く手を添えて注意を促してくれている。

下手《しもて》側では司会者席に実行が立っている。星奈は社長や佐藤蒸らが出番になり次第、案内するため控室のほうに待機しているが、成功らほかのチームメンバーは会場の壁際に立って静かに発表会の様子を見守っている。

〈本日はお忙しい中、当社の新商品発表会にお集まりいただき、誠にありがとうございます。本日、進行を務めさせていただきます株式会社〈シガビオ〉事業部長の志賀実行と申します〉

実行の口調には普段から堅苦しさがあるだけに、逆にこうした場では自然であり、安定感があった。

〈そしてあちらは、新商品［ビオビー］のイメージキャラクターでもありますビーちゃんでございます〉

早恵里は練習したように手を振り、さらに丸いお尻をふりふりする。集まった記者たちからは何の反応もないが、チームメンバーの記録担当がカメラのフラッシュを焚き、若葉らが盛り上げるように拍手してくれる。

実行は［ビオビー］を発売する喜びを自分の言葉で語ったあと、〈それではまず、弊社代表取締役社長・志賀英雄からご挨拶申し上げます〉と進めた。

入口に控えていた社長が登壇する。早恵里はかたわらの台に置いてあったマイクを取り、社長に渡した。さすがの社長も晴れの舞台には緊張が勝つのか、いつにもまして表情は硬く、心なしか顔色もうっすらと蒼いように見えた。

それでも彼は記者席に一礼すると、やや引きつったような笑みを無理に作った。

〈我々人類は遥か古代から、食料を発酵させることによって何かが生じ、それがその食料を長持ちさせることを知っていました。そして酸っぱくなったその食料を食べることによって、すこぶる体調がよくなることも感じていました。世界の各地で独自の乳酸発酵食品、飲料が作られ、その土地土地の食文化の一翼を担い、人々の健康に寄与してきました。

そのように人間と乳酸菌の付き合いには長い歴史があるのですが、近年ほどその小さな菌の存在が注目された時代はないのではないでしょうか。整腸作用、免疫力の維持、ストレス緩和といった乳酸菌の力が都市生活を送る現代人のウィークポイントに嵌まる上、各所の研究によって菌株ごとの特徴が解き明かされ、この乳酸菌がすごいという売り方ができるようになったからです。

当社はもともと乳酸菌商品を社業の柱にすべく始まった会社であります。しかし、ロングセラーとして出していた当社商品は、次々と新商品が繰り出される乳酸菌市場の中でいつしか周回遅れのものと見なされるようになっていました。もちろん我々は手をこまねいていたわけではありません。

アルプスの永久凍土に眠る微生物を研究する国際プロジェクトがあり、そこに参加していた〈食農研〉と共同で開発研究を始めることになりました。そして八年に及ぶ歳月の末に、一つの新しい菌株にたどり着きました。それがラクトバチルス・イージスです。腸内で盾のごとく免疫に寄与し、ストレスからも身体を守ってくれるこの菌株は、市場のトップランナーになりうる優秀さを持ち、研究結果による発見は特許を得ております。そして今回の［ビオビー］は、このイージス乳酸菌を使った商品の第一号となるものです〉

ゆったりとした口調ながら淀みなく語り続けていた社長は、ここで少し間を取り、なぜだか少しつらそうに顔をしかめた。

会場は空調が利いているが、着ぐるみ姿の早恵里には当然のように暑く、汗もにじむ。ただ、社長の首筋にも同じように汗が浮いていた。

〈味わいにも徹底してこだわりました。乳酸菌の酸味を柚子が香り高く引き立て、そこにはちみつが爽やかな甘みで溶け合っています。さらに塩味をわずかに利かせることによって、風味はさらに増して……とにかく、飲んでいただければ分かります〉

午前中のリハーサルと違い、途中からずいぶん説明を端折《はしょ》ったなと思っていると、社長はマイクを持つ手を下ろし、早恵里を小さく手招きした。

何だろうと思って近づいたところ、そのままマイクを渡された。顔つきがにわかに険しくなっていて、体調が悪いのだと早恵里はようやく気づいた。

社長はお腹に手を当てつつ壇上を下手側に下りていこうとする。早恵里が手を差し伸べながら付いていったことで、実行も異変を察したらしかった。

「大丈夫ですか？」

実行が肩を貸すように脇から支えたものの、社長は降壇したところでうめきながら腰を折り、膝をついてしまった。

「社長！」

ホールの入口近くに控えていた秘書室長の市村ら社員数人が駆け寄った。

場内がざわめく中、着ぐるみの早恵里はその様子を見守ることしかできず、壇上に一人取り残された形となった。

実行と市村が両脇から社長を抱えている。

それはそれで心配だが、早恵里はあくまでビーちゃんとして大げさにあたふたするようなポーズを取り続けるしかなかった。一社員に戻っては発表会が壊れてしまう。壇上を無人にするのも同様であり、何とか降壇を思いとどまった。しかし、社長がいなくなった場を早恵里一人ではどうにも取り繕えない。

上手側にいた成功が社長の様子を気にかけて、記者たちの前を屈みながら下手側に横切ってくる。その彼が目の前まで来たところで、早恵里はその腕を取って引き留めた。

何だという顔をしてこちらを見る成功に、早恵里はマイクを差し出した。誰かにこの場をフォローしてもらわなければ、発表会そのものが台なしになり、この日のためにがんばってきた者たちの努力が水泡に帰してしまうという思いだった。

しかし、成功の焦ったような表情を見て、すぐに後悔した。実の父親が倒れているのに、仕事を優先するよう強いるほうがおかしいのだ。

ただ、その気持ちの変化は、着ぐるみを着ているせいで成功には伝わらなかったようだった。彼は彼でふと我に返ったような顔つきになっていた。実行と市村が社長を抱えるようにしてホールを出ていく。彼はそれにちらりと目をやると、引っこめかけていた早恵里の手からマイクを取り、早恵里の背中をぽんとたたきながら登壇した。

〈お騒がせしてすみません。弊社代表は少々気分がすぐれないようで、代わって私がお話をさせていただければと思います。株式会社〔シガビオ〕営業推進部長の志賀成功と申します〉

成功は少しばかり場違いな思いがあるのか、そわそわとした素振りを見せながらも、口調そのものは落ち着いて話し始めた。

〈代表の話の補足になりますが、［ビオビー］はイージス乳酸菌を生かすため、中味開発には徹底してこだわりました。試作品をめぐってプロジェクトチームは真っ二つに割れ、チーム外の人間も巻きこんでの検討が行われました。検討に検討を重ね、今回お届けする配合の形が見えてきたところで、ようやくチームは一つにまとまりました〉

成功が早恵里のほうを見てふっと笑う。無意識に力が入ってしまい、成功のすぐ横でうんうんうなずきながらこぶしを握っていた自分に気づき、早恵里はそろそろと後ろに下がった。

〈そこまでこだわったのは、おいしさもまた、健康に寄与する重要な要素だという考えがあるからです。私は訳あって、半年ほど誰とも会わず外にも出ない引きこもりのような生活を余儀なくされたことがあります。そういう生活ですと、一本のおいしいドリンクが心を癒し、リフレッシュのひとときを与えてくれることをつくづく実感します。そして身体こそが我々の資本であり、心の健康は身体の健康が守っているということも……〉

成功が話していると、まだ紹介されていないにもかかわらず佐藤蒸が入口から姿を見せ、場内が再びざわついた。そのまま佐藤蒸が困惑した様子で壇上に上がってきたので、早恵里はもう一つマイクを取ってきて彼に渡した。

〈何よ、何よ、急に出てくれ、出てくれって言われてさ〉

コミカルな役も多い個性派俳優らしく、佐藤蒸はひょうひょうとした口調で話し始めた。星奈が急場の対応で引っ張り出してきたようだ。

〈ごめんなさい。ちょっと段取りと違ってきまして〉成功はそう言って苦笑している。

〈なかなかこんなスリリングな発表会はないよ〉佐藤蒸はとぼけたように言い、絶妙な間を置いてから、〈申し遅れました。私、今回、［ビオビー］の宣伝部長を引き受けさせていただきました佐藤蒸と申します〉と報道陣に頭を下げた。

拍手が湧き、カメラのシャッターが切られる。

〈それであなたは、どこの誰だって？〉

〈営業推進部長の志賀です〉

〈あなたも志賀さんか。司会の方も何とか部長の志賀さんでしょ。さすが［シガビオ］には志賀さんが多いんだね〉

〈たまたま今日は集まりましたが、社長を含めて三人だけです。佐藤さんはそれより多くて、会社に七人ほどいます〉

〈あ、そう……いや、［シガビオ］に佐藤さんが七人いるなんて、そんな情報はどうでもいいんだよ〉

佐藤蒸が馬鹿馬鹿しそうに言い、場内から笑いが洩れた。

〈あ、もう一人の志賀さんだ〉実行が戻ってきたのを見て、佐藤蒸が言う。〈社長は大丈夫？〉

〈ええ……お騒がせしました〉実行は司会者席のマイクを取って小さく頭を下げた。〈何というかその、少し食べすぎたようでして〉

実行の生真面目な話し方が逆におかしみを誘い、佐藤蒸が吹き出してみせた。

〈そう言えば志賀社長、さっき挨拶に来たときも食べすぎたってお腹さすってたよ〉

人騒がせなと言わんばかりの口ぶりに、早恵里も思わず笑いを洩らした。

〈とりあえず、［ビオビー］飲んで落ち着こう。ビーちゃん、持ってきてよ〉

佐藤蒸に言われ、早恵里は［ビオビー］が載せられたワゴンを彼らの前まで運んだ。

〈そっちの志賀さんも来て。何、あなたたちは似てないけど、兄弟なの？〉

〈実はそうなんです〉

〈ちゃんと仲よくやってる？〉

〈ええ、まあ〉

〈仲悪そうだなあ〉

佐藤蒸は軽妙に二人を笑わせながら［ビオビー］を配り、〈ほら、ビーちゃんも〉と早恵里にも一本渡してくれた。

〈じゃあ、いただきます〉

言って、佐藤蒸が［ビオビー］を一気飲みする。成功や実行も続いて飲み、早恵里も飲む真似をした。

〈うーん、うまいねえ！〉

感に堪えないというような佐藤蒸の声が高らかに響き渡った。

先ほどまでの浮足立った焦りがどこかへ行き、本当に［ビオビー］を飲んだことで落ち着きを取り戻したような、緩やかな気持ちになれた。

25

発表会は父が腹痛で倒れるアクシデントがあったものの、何とかそれを切り抜けて終わらせることができた。

ただ、アクシデントも含めて、この発表会を大々的に報じたメディアはほとんどなかった。佐藤蒸が出演している連続ドラマの放送局が番組宣伝の一環としてワイドショーで取り上げたほかは、新聞の経済欄や情報雑誌の新商品紹介に載るのがせいぜいだった。

〔シガビオ〕が総力を挙げて市場に送り出した［ビオビー］は、客観的に見れば無風の中での静かな船出となった。いくつかのスーパーをはしごして見てみても、棚にはしっかり並んでいるものの、大々的に売り出されているわけでもなく、どこか控えめな様子である。発売されてから四週間が経つ〔東京ラクト〕の［サニプラス］がさらに幅を利かせて棚を取っているのとは対照的だ。［サニプラス］はリピーターも多いのだろう、売れ行き好調なのがうかがえる。［ビオビー］は発売数日で営業の現場が拾ってきた「まずまず」という反応を聞いて、とりあえずのところ胸を撫で下ろすのが精いっぱいというところだった。

発売日の翌週月曜、小売現場でのキャンペーン施策などを確認する会議が行われる予定になっていたが、会議室に成功と実行がそろったところで、若葉がタブレット端末を手にして近づいてきた。

「ちょっと、気になる呟きがあったんですけど」

彼女が課長を務めているマーケティング課では、［ビオビー］に関して、購買データの解析のほか、継続飲用調査などで商品評価を引き続き行っているが、ＳＮＳで消費者がどのような感想を呟いているかということも細かく拾っている。

〈新しく出た乳酸菌飲料飲んだら、何か気持ち悪くなったんだけど〉

〈病院行きたいけど、日曜だからやってない〉

〈慣れないもの飲むんじゃなかった〉

そんな投稿がその画面には並んでいる。

これだけではどういう状況かは分からない。乳成分など素材に対してのアレルギーかもしれないが、原料は明示しているので、こちらの落ち度ではない。

「あとこれも」若葉は画面を切り替えた。

〈新発売の乳酸菌が変なケミカル臭。私の味覚の問題か知らないけど、一口で捨てた〉

人の感覚はそれぞれとはいえ、［ビオビー］のフレーバーをケミカル臭と表現するのは首をひねりたくなる。

「相談室には何か来てないか？」実行が訊く。

「確かめてみたんですけど、今のところ、クレームレベルのものは届いてないようです」

まだ「乳酸菌飲料」という書き方にとどまっているうちはいいが、商品名を出され、同調する者が出てくれれば、ネガティブキャンペーンに発展しかねなくなる。その危うさは感じるものの、今の時点では動きようがない。

「ちょっと様子を見よう」

実行もそう言うしかないようだった。

翌日になって事態の様相は変わってきた。

午前中、事業部に呼ばれて顔を出してみると、梶本や若葉らが実行の席を囲むようにして集まっていた。

「昨日の件、［ビオビー］じゃなかった」実行が成功の顔を見るなり言った。

彼らが見ているタブレット端末を覗きこむ。

〈東京ラクトのサニプラス、気に入ってリピートしたら味が変。賞味期限切れてないのに〉

〈新発売のサニプラスとかいう飲み物、なんか気持ち悪いんだが〉

〈警告！　東京ラクトから出てる乳酸菌飲料のサニプラス、飲まないで！　子どもが吐きました！〉

一人や二人の投稿ではない。家族が体調を崩しただの、一口飲んで吐き出しただのという書きこみがいくつも並んでいる。

「何かやらかしたな」

これは大ごとになりそうだという予感があった。〈東京ラクト〉は［ビオビー］に発売をぶつけようと無理をしていたのは間違いない。ただ、発売直後でなく、四週間以上経った今になってこうしたトラブルが出てきた事情はよく分からない。

「［サニプラス］は先週、発売週より出荷を増やしたのが観測されてる」実行が言う。「その裏に何があったかだ」

「［ビオビー］にぶつけようとして、作り置きでもしてたのか？」

一時的に出荷を増やしたのであれば、生産ラインを増やしたのではなく、作り置きして賞味期限を改竄《かいざん》したのかもしれない。

「製造日を偽ってたら、味の変化はありそうですよね」梶本が言う。「でも、健康被害となると話が違ってきますよ」

「冷蔵保管さえしてれば、一週間や二週間置いてたところで、こういう問題にはならなそうですけど」若葉が言う。

乳酸発酵が進んで味が変わることはありうるが、基本的には乳酸菌自体に殺菌作用があるので、健康被害が出るような変化は考えにくい。成功も地下室で監禁されていたとき、冷凍室と入れ替えながらとはいえ、賞味期限が二カ月くらいすぎたものを飲んだりしたが、特に体調の変化はなかった。

「〈ラクト〉もそれを甘く考えてて、この事態を招いたのかもしれない」

実行はそう言って腕を組み、今後の展望を見定めるように目を閉じた。


その日のうちに〈東京ラクト〉は［サニプラス］を飲んだ消費者から健康被害の報告があることをホームページで発表し、注意喚起を行うとともに、商品の回収も決定したと報告した。健康被害の詳細と原因は調査中だとした。

それらの事実関係はテレビの報道番組などでも取り上げられたが、翌日になると各メディアの取材によって入院している子どもがいることが判明し、一気に騒ぎが大きくなった。

生産現場の内部告発を引き出してみせたメディアもあった。告発によれば、上層部の判断で新商品の発売日を繰り上げた結果、増設工場の稼働が間に合わず、当初は従来工場の使っていない生産ラインで対応することになったらしい。急遽、古い生産ラインを調整して試験製造を行ったが、原料を攪拌する容器などに洗浄剤が残ったままだった可能性があるという。さらにはその試験製造の製品はなぜか廃棄されずに保管され、その後の出荷増を受けて、新規製造と同じ賞味期限を記して出荷されたとのことだった。それらは現場の判断ではなく、本社の役員の指示によるものだったという。

そうした報道を受けた翌日になっても〈東京ラクト〉は調査中との回答を続け、ネットを中心にバッシングの火が燃え広がった。玉手社長親子の社内での横暴ぶりもささやかれ、玉手勢司のSNSには批判のコメントが殺到して間もなくアカウントが削除された。

そのまた翌日になって、〈東京ラクト〉はようやく社長の玉手忠徳らが出席しての記者会見を開いた。

忠徳社長は食中毒事故に対して謝罪した上で、詳細がおおむね報道されている通りであることを認めた。

〈しかし、入院が報告されておりました幼児につきましては、すでに退院していることが判明しております。ほかに報告を受けている健康被害についても、一時的及び限定的であり、重篤なものは確認されておりません〉

忠徳は被害の実態が巷《ちまた》を騒がせているほどには深刻ではないことを強調した。

〈試験製造の製品を出荷したのは、出荷量拡大に対応する混乱の中で生じたミスであり、故意によるものではありません〉

試験製造の製品出荷は現場の混乱の中で生じたものだとしたが、なぜ試験製造の品を廃棄せず保管していたのかについては、歯切れの悪い返答となった。

〈指示が末端にまで下りてなかったってことじゃないですか。下りてれば、当然廃棄されてるはず

なんですからね。普通は考えられないことですし、私もみなさんと同じようにびっくりしてますよ〉

成功は玉手忠徳についてはホームページの写真で顔を知るにすぎなかったが、記者会見の姿にはこうした場に身を置かなければならない不快さがにじみ出ていた。勢司を彷彿《ほうふつ》とさせる不遜さと、どこか他人事のように振る舞って責任を回避しようとする姑息《こそく》さが、謝罪の場にもかかわらず、あらわになってしまっていた。これは簡単には騒動は鎮火しまいというのが会見を見ての正直な感想だった。

〈社長ご自身の責任について考えをお聞かせください〉

〈もちろん、会社のトップとして、責任は痛感しております。今回の事態を招いたことを厳粛に受け止め、私自身は役員報酬の半年分、担当役員の玉手勢司については三カ月分を返上することといたしました〉

〈報酬の返上で処分としては十分ということでしょうか?〉

〈じゃあ、逆にどうすればいいと思うのか聞かせてくださいよ〉

〈辞任など進退についてのお考えはないのでしょうか?〉

〈辞任なんていうのは、一番安易な責任の取り方なんですよ。そんなことで問題は何も解決しないでしょう。何でも責任、責任と騒ぎ立てるほうが無責任なんです。私が逃げずに指揮を執っているから、現場は迅速な事故対応に当たれてるんですよ〉

忠徳社長はそのしるしとして、[サニプラス]の生産中止とともに、全工場の一時稼働停止と総点検を決めたと胸を張った。

ただ、小売店舗では[サニプラス]だけでなく〔東京ラクト〕製品全般の売り場からの撤去が始まっており、がらんと空いた棚の様子も報じられている。工場の稼働停止は否応なく決定せざるをえない情勢であり、それだけで事態が収まらないのは明らかだと言えた。

会見での虚勢も空しく、次の日、玉手忠徳社長及び玉手勢司取締役の引責辞任が発表された。会長の玉手将一郎が断を下した事実上の解任らしく、老会長自身が当面社長を兼ねるとのことだった。数日のうちに釣瓶落としのごとく起こったライバル企業の失墜には、成功も寒気さえ感じさせられた。〔シガビオ〕も張り合って無理をしていたら、こういうトラブルを招いていてもおかしくなかったという思いがあった。実行も古巣の惨状には複雑な思いがあるらしく、会議では、これを他山の石として、我々も気を引き締めていくべきだという見解を語るだけだった。

そんな中、星奈は現実を冷静に見ていた。

「プロモーションの予算を追加で取ってきてください。〔ラクト〕のテレビCMが消えた分、逆にうちが増やすときだと思います。売り場の棚も空いてます」

それもそうだが、もともと今までにない予算を割いているので簡単な問題ではない。そう思っていると、実行とともに社長室に呼ばれた。

父は胃の手術をしてから食事には気を遣っているようだが、たびたび消化不良を起こしてしまうらしく、発表会で倒れたのもそれによるものだった。短い静養で今は落ち着いている。

社長室に出向くと、目にぎらりとした光を浮かべて成功たち二人を待ち受けていた。

「今が勝負だ」父は緩みのない口調で言った。「生産増強の準備をしなさい。テレビCMにもう一山予算をつけることにする」

追加で一億つけるという。成功が進言するまでもなかった。もしかしたら、発売日をいったんは前倒ししながらあっさりと撤回して後ろにずらしたのも、〔東京ラクト〕を振り回す狙いがあったのでは……そして向こうは見事にそれに嵌まり、無理を重ねて墓穴を掘ってしまったのでは……思わずそんな考えも頭によぎるような冷徹さが、父の物腰からは感じ取れた。

〈東京ラクト〉の一件は乳酸菌飲料全般が消費者から敬遠される危険性をはらんでいたが、忠徳社長の記者会見が、むしろ〈東京ラクト〉という会社のあり方にこそ問題の根があるという印象を与えたことにより、業界全体を揺るがすようなダメージの波及には至らなかった。

［ビオビー］に関しては、営業サイドが働きかけるまでもなく、小売店や卸からの追加注文が次から次に飛びこんできた。〈東京ラクト〉製品を撤去した分の棚が空いているからということだけでなく、［ビオビー］自体の実売が順調に上がっているようだった。

SNSを見てもポジティブな反応が並んでいる。〈さわやかな味で癖になる〉〈今までの乳酸菌飲料と身体の反応が違う〉〈心なしか寝つきがよくなった〉等々、会議のたびに若葉が嬉しそうに報告してくる。

売れ行きは前週比で一割から二割のプラスが続いたが、さらに跳ね上がるきっかけとなったのは、佐久間瞳のSNSだった。ドラマの撮影現場に佐藤蒸が差し入れたものらしき［ビオビー］を、彼女が佐藤蒸と一緒においしそうに飲んでいる写真が投稿された。すでに［サニプラス］のCMは打ち切られており、騒動の際には、広告塔として彼女にも責任があるのでは、いや彼女も被害者の一人では、というような強引な論争がネットで巻き起こっていた。それだけに、この投稿にはフォロワーから「変わり身が早い」と思わず突っこむような声が上がり、［ビオビー］の名がトレンド入りすることにもなった。

同時にテレビCMも増え始め、売り切れ店が続出した。供給が追いつかなくなり、出荷先を選別しなければならなくなるほどだった。

当然のように生産ラインの増強が決まった。設備が整うにはしばらく時間がかかるが、それが稼働し、需要に応えられるようになれば［ビオビー］の生産量は［エネウォーター］を上回り、文字通り〔シガビオ〕の新たな柱になることが見込まれる。

すべてが追い風に変わった中、［絹どけ］の開発計画も動き出していた。成功がプロジェクトマネージャーとなり、チームも［ビオビー］ほど大規模ではないが、星奈や栗原らを中心に戦力が整っている。父からは来春の発売を目指して開発を急ぐよう言い渡されている。

成功は気分的にも乗っていた。〔シガビオ〕に入ってから、これほど仕事が充実していると感じたことはないほどだった。結果が出れば、かいた汗も爽やかに感じられる。疲れは残らず、明日への活力が自然と生まれてくる。

しかし、そんな前向きな気持ちも、一つの新聞記事によって一気に冷えこむことになった。


それは経済新聞の、ヒット作の裏側を探る大きな特集記事だった。［ビオビー］の大ヒットを受けて取材されたものらしい。父のインタビューを中心に構成されているのだが、写真には父と実行が並んで写っていた。

〈ビオビーのヒットには、プロジェクトチームのマネージャーとして計画を引っ張った志賀実行事業部長の力が大きかったと志賀社長は語る。

「彼はもともと研究畑の人間ですが、事業として商品を形にしていく手腕にも十分なものがあります。プロジェクトには付き物である様々なトラブルも、常に冷静に対処していく。まだ若いので、困ったときには手を貸してやるつもりでしたが、結果的にはそういう機会もなく、むしろ期待に応

えてくるのをいいことに、ついつい要求を増やして困らせていたのは私のほうかもしれません（笑）」〉

〈味や香りを試行錯誤する過程においては、方向性をめぐってチームが真っ二つに割れた。そこで実行氏が重視したのはチーム外の社員の声だったという。

「行き詰まりを打破するために、営業部員の声を聞きました。その意見でもって方針を決めることには疑問の声も上がりましたが、チーム外の意見だからこその真実があると感じられたので、ためらいはありませんでした」〉

〈志賀社長は後継者候補として大きな結果を残した実行氏の成長ぶりに目を細める。

「事業に楽な成功というのはないと思っています。失敗の数々を乗り越えていった先に大きな果実がある。だからこそ、その体験は人を成長させます。彼もビオビーのヒットを経て、ひと皮むけた気がしますね」〉

成功はその朝、営業推進部の自席で新聞を読み、大きな衝撃を受けた。

記事の中に、自分への言及が一行もない。

まるで実行一人がプロジェクトチームを引っ張り、獅子《しし》奮迅《ふんじん》の活躍をして大ヒットという結果をもたらしたかのようだ。

もちろん、プロジェクトのチームマネージャーとして父が指名したのが実行一人であることは、成功も承知している。

しかし、チームは実質的には成功と実行の二頭体制で動かしていたし、営業方面の環境づくりなどは実行も成功に任せ切りにしていた。客観的に見て、プロジェクトで果たした役割が実行に劣っていたとは思っていない。

父もプロジェクトのことで何か話があるときは、成功と実行の二人を呼んでいた。ないがしろにしていい立場だとは考えていないはずだ。

それでいて、この扱いの差は何だろう……成功は気持ちが沈むのをどうすることもできなかった。経済新聞の記者が取材に来ることは耳にしていたが、成功は呼ばれなかった。実行が呼ばれていたことも知らなかった。

父は、プロジェクトを通して二人の働きぶりをつぶさに見ると言っていた。結局、その答えがこうであるということらしい。どこで差がついたのかは分からないが、父からはそう見えたのだ。

「自分の訃報記事でも載ってました？」

新聞を広げたまま呆然としている成功を見て、星奈が冗談混じりの口調で声をかけてくる。彼女もこの記事は見たのだろう。それでいて、殺されたわけでもあるまいに、そんな落ちこんだ顔はするなと言っているのだ。

彼女の気遣いを理解しながらも、成功はしかし、大きな失意の前に自分を取り繕うことができなかった。ある意味、自分の訃報を目にしたのと変わりはないと思った。


そして数日後、成功は社長室に呼ばれた。

26

その日、午前中に大学病院で診察を受け、入院の予約を済ませた英雄は、外苑前の蕎麦屋でゆっくりと昼食をとったあと、会社に出た。

社長室に入ると、それを待ち構えていた市村が前週の売上報告を持ってきた。

［ビオビー］は相変わらず順調だった。軌道に乗ったとするには新しい生産ラインの稼働を待たなければならないが、憂慮しなければならないような障害は、この先もう見当たらない。

頃合いだろうと、英雄は売上報告から目を離した。

「来週、入院することになった」市村にそう告げた。「潰瘍《かいよう》が見つかった。マーカーの数値も少し上がってるし、出血もあってとにかく入院しろということだ」

市村は彼らしくいちいち表情を変えることはしなかったが、じっと英雄を見つめ返して、その視線に彼なりの心痛をこめているのは読み取れた。

「実行《さねゆき》を呼んでくれ」

「承知しました」

市村が出ていってから少しして、ドアがノックされた。

「失礼します」

挨拶の声とともに実行が入ってくる。静かに歩み進んで、英雄の執務机の前に立った。背筋を伸ばし、口もとを結んでいる。隙を見せないような態度は相変わらずだ。

しかし英雄も彼と頻繁に顔を合わせるようになって久しい。一見無感情に見えるその顔に、意外とその時々の気分が覗いているのも分かるようになった。このところ、彼の表情はずっと明るい。経済新聞の記事が上がってからであり、その純粋さを思うと微笑ましくもあった。

「今度また、入院することになった」

英雄がそう切り出すと、実行の顔にあった無邪気な明るさがあっさり姿を消した。

「引っかかる感じが気にはなってた。やはり潰瘍が見つかった。前回のように悪性かどうかは詳しい検査をしないと分からないが、とにかくそういうことだ」

「何でもないことを祈ります」実行が重苦しい口調で言った。

「楽観しても仕方ない」英雄は言う。「こういうのはなるようにしかならないものだ。ただまあ、今すぐどうこうというものではないし、簡単にくたばるつもりもない。まだまだやらなければならないことはある」

「もちろんです」

「とはいえ、社内のことは徐々に手当てしておきたい。だから、その件について話しておこうと思う」

英雄がそう言って一呼吸置くと、実行は気持ちを構えるようにすっと息を吸いこんだ。

「成功《なりとし》を取締役に迎えることにする。役員会に諮《はか》ろうと思っている」

英雄のその言葉に実行の目が揺らいだ。

「担当としては、平木の負担を減らして、彼に事業本部を任せるつもりだ」

「私は……成功の下に付くということですか？」実行の声は震えている。

「そうなるが、お前は事業部を外れる」英雄は言う。「那須の研究所に戻ってもらう。部長待遇ではあるが管理職ではない。うちに拾われたときと同じ、一研究員ということになる」

「どうして……」実行はくぐもった声で呟いた。

「競い合いはもういい。これから先は、お前たちを同じように重用することはできない。任せる者を決め、環境を整えてやる段階に移る。その判断の結果だ」

沈黙の数秒ごとに実行の顔が蒼ざめていく。

「それは……」実行はかすれ気味の声を絞り出した。「やはり、実機の試験製造がつまずいてしまったのが致命的だったんでしょうか？」

「それもあるな」

そのことを気に病んでいたのかと思いつつもそう応じると、実行はうなだれた。

「お前は優しすぎる」英雄は続けた。「倒れた私を心配して自分の持ち場を放り出しているようでは、大事な仕事は任せられない。あのまま発表会が中断していたら、私は今頃、自分の身体を呪っていただろう」

実行はあっと顔を上げ、愕然《がくぜん》とした表情を浮かべた。

「お前が一生懸命、厳しくあろうとしているのは分かる。だが、根が優しく弱いから貫くことができない。お前が感情を顔に出そうとしないのは、その弱さを人に気取られたくないからだ。そして、結局はその弱さが仇《あだ》になる。勢司のような意地の張ったやつに負ける。私も忠徳にしてやられた口だから、その悔しさは分かるが同情はできない。非情だと言われても、私はそれを褒め言葉だと受け取るだけだ」

英雄は卓上の電話を取ると秘書室の市村につなげ、「成功を呼んでくれ」と頼んだ。

やがてまたドアがノックされ、「失礼します」と成功が姿を見せた。

「退《さ》がりなさい」

英雄は呆然と立ち尽くしている実行に命じた。

27

社長室に入ると、実行が先に来ていて、父の執務机の前に立っていた。しかし、話はすでに終わったらしく、父は「退がりなさい」と彼を促した。

実行は成功と目を合わせることなく、静かに部屋を出ていく。ひどく顔色が悪いように見えた。

「来週、入院することになった」

実行が部屋を出るのを待って、父が口を開いた。悪性かどうかは分からないが潰瘍が見つかり、マーカーの数値も上がっているという。実行がショックを受けた様子だったのは、このことだったかと思った。ただ、父の様子に悲壮感はそれほどうかがえず、前向きな気持ちも見えたので、成功は存外冷静に受け止めることができた。

「詳しく調べられるのがいいかと思います」成功は言葉を返した。「会社のことは心配なさらずに」

父は一つうなずいたあと、「ただ、これを機に、将来を考えて、お前たちの処遇に一つの決断を下すことにした」と言った。

思わぬ方向に話が流れ、成功はにわかに緊張した。数日前の経済新聞の記事が脳裏に浮かんだ。先ほどの実行の血の気のない顔も、望外に重い職務を言い渡された緊張によるものではないかと思えてきた。

気持ちの準備が整わないまま、成功は父の話の続きを聞くことになった。

「お前を取締役に迎える」

「え……？」

「正式には役員会の承認と臨時の株主総会を待ってからだが、平木らにも意向は伝えてある。事業本部を見てもらう」

「実行は……？」感謝の言葉も忘れ、成功はそのことを訊いた。

「それは気にしなくていい」

父はそう答えただけだった。

引っかかりはしたが、成功は自分の処遇に意識を戻し、「精いっぱい務めます」と応えた。

「それだけだ」

「失礼します」

どこか現実をつかみ切れていない気分のまま、社長室を辞して廊下に出る。

実行がまだそこにいた。

くずおれて、肩を震わせ、嗚咽《おえつ》を洩らしていた。

その姿を見るだけで、彼の処遇が分かった気がした。

成功は何の言葉もかけることができなかった。


新しい環境に向けて考えることは多かったが、役員人事が正式決定するまでは表向き、これまで通りの振る舞いを続けるだけだった。

「伴内さんは、今みたいな時期でも、週末は皇居走ってんの？」

金曜日、仕事の合間に成功は星奈《せいな》に訊いてみた。

「先月は忙しかったり暑かったりでさすがに休んでましたけど、今はもう夕方なら涼しくなりますし、全然走れますよ」

「そうなんだ」

明日は天気予報でも雨の心配はなく、彼女もいつも通り走るのだろう。そう思いながら成功は自分の仕事に戻った。

翌日土曜日、成功は十六時頃に大手町のランナーズステーションに行き、ウェアに着替えると、［エネウォーター］を手にして外に出た。

残暑はまだまだ厳しいが、確かにこの時間になると風にも少しひんやりしたものが混じる。内濠《うちぼり》の周りを散策する観光客を縫うようにして、ランナーたちが走っている。逆回りに走ればいいが、ここは反時計回りがルールだ。成功はストレッチで身体をほぐしたあと、その流れに乗って走り始めた。

風は涼しいと思ったが、まだまだそれなりに日差しは強く、それをさえぎる木立などがないところを走ると、すぐに汗が浮いてくる。

星奈が走っていれば追いつくつもりで、かなり力を入れて走った。およそ五キロのコースを一周して、［エネウォーター］をがぶ飲みしてから二周目に入る。二周目はさすがにペースが落ちた。

三周目を走ったとしても、どこから走り始めているか分からない星奈に追いつける気はしなくなり、適当なところで待ったほうがいいなと思った。だいぶ日も傾いてきていた。日差しを気にするなら今くらいからがちょうど走りどきか……そんなふうに思いながら竹橋の前で休んでいると、大手町のほうから細身の女性ランナーが走ってくるのが見えた。どうやら星奈に違いないようだった。

成功はベンチから立ち上がり、残っていた［エネウォーター］を飲み干しながら彼女が来るのを待った。

星奈は成功を見て少し驚いたように足を緩めたが、成功が併走し始めると再び彼女のペースで走り始めた。

「意外と遅いんですね」

そう言って、成功を置いていこうとする。星奈は意外と速かった。あるいは従来の負けん気が顔を覗かせたのかもしれない。

「いや、俺もう三周目なんだけど」

そう言うと、ちらりとこちらを振り返って、ペースを落としてくれた。

そのまま二人で夕暮れの内堀通りを走り、桜田門を抜けて広場まで来たところでランニングは終わった。彼女が使っているランナーズステーションはこの近くにあるようだった。

夕飯でもと誘うと、彼女は素直にOKしてくれた。それぞれのランナーズステーションでシャワーを浴びて着替え、東京タワーが見えるタワービルの上階にあるフレンチレストランにタクシーで移動した。

レストランではシャンパンを頼み、［ビオビー］のヒットを祝って乾杯した。

「私、今日ふと思ったんですけど」料理を口にしながら星奈が言う。

「何？」

「前に私が見た、［エネウォーター］を手にして走ってた人……あれって、成功さんだったのかも」

「ああ」

以前、彼女はそんな話をしていた。それで〈シガビオ〉を知ったと。

「もしかしたらそうかもね」成功は言う。「［エネウォーター］持って走ってる人も、そんなにはいないだろうし」

「あれから全然見かけなくなったんです」

「監禁されてたからな」成功は苦笑する。

「でも、あのときは颯爽《さっそう》と走ってるように見えたんですけどね」星奈が少しいたずらっぽく言った。

「いや、だから、今日は三周目だったんだから」成功は言い訳する。「てか、伴内さんも意外と速くてびっくりしたけど」

「言ってもらえてたら、待ち合わせくらいできたのに」

「まあ、そうなんだけどね」

しかし、どこかで待ってもらうより、こちらから会いに行くべき気がしていたのだった。

星奈もその気分は察していたようで、料理が終わる頃になって、「何か話があったんじゃないんですか?」と水を向けてきた。

「うん」

成功はフォークを置き、水を口にする。

「実は今度、取締役に就くことになった」成功はそう告げた。「臨時の株主総会で決まるらしい。事業本部全体を見ることになる」

星奈はわずかに目を瞠《みは》ったあと「おめでとうございます」と祝いの言葉を口にした。口調そのものは彼女らしく抑えが利いているが、祝福の気持ちは十分感じ取れるものだった。

「ありがとう。伴内さんには本当に助けられた。俺が今回のプロジェクトを通してそれなりのプレゼンスを示せたとするなら、それは伴内さんの働きがあってこそだったと思う」

「私はやりがいのある仕事をいただいたので、それを精いっぱいこなしただけです」星奈は言う。

「楽しかったですし、こちらこそ、お礼を言わないと」

「実行は那須の研究所に戻ることになる」成功は一転して複雑な思いを意識しながら言う。「彼自身がどうするかは分からないけど」

父が下した処遇は、実行に会社を出ていって構わないと言っているようなものであり、実行もそう捉えているに違いなかった。

「紙一重だよ。俺がその立場になっててても全然おかしくなかった。ていうか、俺がその立場になると思ってた。何が差を分けたのか分からないし、伴内さんのおかげだっていうのは本心だ」

「私は社長がお二人のどちらかを後継者に据えるのだとしたら、成功さんだと思ってました」星奈はさらりと言った。「思ってた以上に早く決めたんだとは思いましたけど、意外ではないです」

「今後のことを専務や常務と少し話してる」成功は話を続けた。「伴内さんにも事業部に来てもらいたいけど、今後も大事なプロジェクトが続くし、それに対応できる営業戦略を立てていくことも大切だ。せっかく立ち上げた営業推進部は残したほうがいい。もちろん、今進んでるＡＫのチームではそのままがんばってもらいたいし、ＡＡが動き出したら、プロジェクトマネージャーとして引っ張ってもらいたい。それはそれとして、俺が抜けたあとの営業推進部も新しい部長として見ていってほしいというのが俺の希望だ」

「私はまだ、〈シガビオ〉に入って一年も経っていない人間ですけど」

「一年経ってなくても、君の能力はみんな知ってるよ。うちにはガラスの天井はない」

「分かりました」星奈は姿勢を正してから言った。「私でよければ、精いっぱいやります」

成功はその言葉を小さな首の動きだけで受け止め、残っていた皿の上を片づけた。

「それから」再びフォークを置き、少し神妙な口調になって言う。「君には返事をしておかなきゃいけないことがある……君の気持ちが変わってなければだけど」

星奈の手がにわかに止まった。こちらを見ようとはせず、「はい」とだけ口を動かした。

「俺は、その思いに応えることはできない」成功は重い口を動かして言った。「それが返事だ」

時間が止まったような数秒のあと、星奈がフォークを置いた。伏せた目がテーブルの上のどこかをさまよっている。その表情は、今まで彼女が見せてきたどれとも違っていた。

「嬉しかったし、迷う気持ちもあったけど」成功は静かに言う。「でも、変わらなかった」

星奈は凍ったように動かなくなり、成功の言葉にうなずきもしなかった。

「これからも私の力が必要だって言ったばかりじゃないですか……」

「それは嘘じゃない」成功は言う。「もちろん、伴内さんが無理だと言えばそれまでだし、都合がいいと思うかもしれないけど、これからも一緒に仕事ができたらという思いには何の偽りもない」

「その希望通りに私が動くと思ってるんですか？」

「いや、俺がどう言おうと、君は君の考えで動くと思ってる」成功は言った。「でも、答えが出てるからには、それを言わないでやりすごすわけにもいかない」

星奈はすっと顔を上げ、半分力の抜けた目で成功を見た。

「ごめんとか、そういう言葉もないんですか？」

「それを言ったら、君は俺をなじれなくなる」

成功がそう言うと、星奈は瞳を潤ませ、再び視線を逸らした。

「私にも十分チャンスがあるんじゃないかと思ってました」彼女は窓の向こうを見やりながら言う。

「うぬぼれもいいところですね」

「俺の態度がそういうふうに思わせてたんだと思う」成功は神妙に受けた。「言いたいことをはっきり言ってくれて、君と一緒の時間をすごすのは本当に気分がよかったんだ」

「自分がそばにいれば、成功さんをもっと輝かせられるっていう自信もあったのに……」

「俺もそう思う。君から学んだことはいっぱいあるし、いろんな影響も受けた」

星奈は哀しげに首を振る。

「答えがノーなら、そんなのきれいごとにしか聞こえません」

「俺が何人もいるなら伴内さんの思いに応えることはできるんだろう」成功は言う。「ただ……俺は替えの利かない人間になりたいと思ってきたから、君にとってそうなれてるのであれば、そのこと自体は嬉しい」

「替えが利かないだなんて、成功さんもけっこううぬぼれてるんですね」

「違うなら笑ってくれていい。俺は俺一人しかいないから、やっぱりこういう答えしか返せない」

「笑えるわけないじゃないですか」星奈は目にこぼれそうな涙を溜めて顔をゆがめた。「なじれって言うから、無理してなじってるんです。好きな人をどうやってなじればいいっていうんですか……？」

「ごめん……」

成功は自分でも鼻の奥につんとしたものを意識しながら謝った。こうした返事をする以上、彼女には進んで責められようと思って話していたが、それは間違っていたようだった。

「全部悪かった」

成功がその言葉を口にしたとたん、星奈は顔を両手で覆った。

彼女は肩を震わせ、しばらくすすり泣いたあと、「分かりました」と涙声を絞り出した。

28

検査にあちこち院内を連れ回されたその日、ようやく個室に戻ってきて一息ついた英雄を、一人の老人が訪ねてきた。

「おやおや、わざわざ」

英雄が身体を起こすと、玉手将一郎は「そのまま、そのまま」としわがれた声で制した。とはいえ、八十八歳の、かつては在籍企業の社長で義父でもあった男が見舞いにやってきたのであり、のんびり寝ているわけにもいかない。

「あいにく家内はさっき家に帰ったところで」英雄は言う。

「そうか」彼は気に留める様子もなく応じ、ベッド際にある椅子に腰かけた。「まあ、よろしく伝えといてくれればいい」

手土産らしい何かの包みを何も言わず、テーブルの上に載せる。相変わらずのぶっきらぼうさに苦笑を嚙み殺しながら英雄は礼を言う。

「発表会で倒れたなんてことを聞いてたら、今度は入院したっていうじゃないか」

英雄が入院するという話は社内の一部にしか伝えていない。ただ、旧知の経済新聞の記者にはあえて、取材のついでに触れておいた。そして、秘書室長の市村には、入院中、外部からの問い合わせには応じないよう命じ、ただし、この一人だけはもし連絡が来たら入院先を教えるようにと言い含めてあった。

「ご心配をおかけしまして」英雄は言う。「去年手術をしていて、またかと思ったんですが、今回はどうやらただの胃潰瘍だったようです」

「ただの胃潰瘍でも舐めたらいかん。新作発表で気を揉むことも多かったんだろう。ゆっくり休んでちゃんと治すことだ」

そう言う老人も、当然というべきか、昔のような精力はその身体から失われている。

「会長こそ今はまたお忙しいでしょうし、気を揉むことも多いでしょうに」

婿養子の忠徳に経営権を譲ってから十年弱。今さら代表の座に戻ることなど本意ではないだろうし、いきさつを考えれば社長復帰などただの尻拭いにすぎず、なおさら進んで引き受けたいものではないだろう。

「忙しいもんか。工場も止まったままで、社内はお通夜みたいなもんだ」玉手将一郎はそうぼやいてみせる。「気を揉むことばかりなのはその通りだが」

彼の会社にいた頃は、よくこんなぼやきを聞かされたものだった。それを味わい深く思い出しながら、英雄は「お察しします」とだけ返しておいた。

「後継者を間違えたよ」老人のぼやきはさらに続いた。「あんたが残ってくれてたらと何度思ったことか」

英雄はもう余計な言葉を挿《はさ》んだりはしない。小さな笑みでもって彼の話を耳に入れるだけだった。

「千登勢が最終的にあれを選んだんだから仕方ないわな。男の将来性を嗅ぎ分ける鼻はあるんじゃないかと思ったが、買いかぶりだったな。まあ、私もいけない。浮気どうこうはどうでもよかったが、研究畑を歩いてきたあんたは少々線が細いように見えた。忠徳はその点、図太さがあって、喧嘩を任せられるような感じがあった。まあ、人の目というのはつくづく当てにならんよ」

将一郎はゆるゆると首を振る。

「結局、跡継ぎは誰もいなくなった。生産を再開するのにも時間はかかるだろうし、再開したところで、以前のように店で扱ってもらうまでには何年かかかるだろう。それを私の責任でやるのはいい。しかし、その先の見通しがまるで立たないのは嫌になる」

ぼやくのにも疲れたのか、彼は大きく嘆息してみせた。

「時間が経てば、忠徳や勢司がもう一度チャンスをくれと頭を下げてくるんじゃないですか?」英雄はそう口にしてみる。

「冗談じゃない」将一郎は苦々しそうに言った。「そんなことで許す気はないが、そもそもあいつらはそんなタマじゃない。老いぼれにケツを拭かせておいて、あとはほとぼりが冷めるまで待ってれば、その老いぼれもくたばるだろうと、それくらいの感覚だ。それが分かるから嫌になると言ってるんだ」

忠徳親子もずいぶんな言われようだが、長年近くで接してきた義父の感覚であり、あながち的外れとも言えないのだろう。今回の不祥事では責任を取るしかなかったが、大株主の将一郎が鬼籍に入って千登勢とともに自分たちがそれを相続すれば、先々いくらでも返り咲くチャンスはあると考えていても不思議ではない。

「なら、社内に人材を探すしかないのでは」

「それができたら話は簡単だ」将一郎は言う。「私の周りにいた連中はみな引退してしまった。今の経営陣は忠徳のイエスマンばかりなんだよ。みんな涼しくなった自分の首を心配するだけで、会社のために何かしようなんて考えはない」

「そうですか。それは困りましたね」

「ああ」彼は英雄の言葉にうなずき、両手で顔を拭った。「今は本気でヘッドハンティングの会社に相談してるよ。知らない人間に会社を託すことになるかもしれんが、忠徳たちよりはましだと思うしかない」

「なかなかつらいですね」英雄は言う。「でも、外に人材を探すのであれば、一人いるじゃないですか」

なおもぼやこうとしていた将一郎は口を開きかけたまま、英雄に問うような視線を預けてきた。

「あなたの孫をよもやお忘れではないでしょう」

「実行か」将一郎はすぐに察して言った。「忘れるわけがない。新聞の記事も見た。元気にやってるようじゃないか。しかしまさか、あんたの会社で立派にやってるあの子をくれると言うんじゃないだろう？」

「私はてっきり、あの記事を見て気になって来られたのかと」

「もちろん気にはなっていたよ」彼は言う。「だが、あんたもそこまでのお人好しではないはずだ」

「お人好しではないですが、うちにもうちの事情がありましてね」英雄は言う。「ちょうど後継を弟の成功に絞ったところです。実行は中枢から外しました」

「何だと？」将一郎は眉を動かした。

「うちのような小さな会社だと、優秀すぎても逆に使い場所がないということにもなるんですよ。このままでは成功もやりにくいだろうしということで、苦渋の判断です」

「可哀想に」将一郎は深々と嘆息した。「あれは勢司に追い出され、そういう境遇も含めてあんたに似たところがあるから、可愛がってくれるかと思ってたんだが」

「申し訳ないことです」

「しかし、だったら、あんたに気兼ねすることもないな」将一郎は決意したように言う。

「もともとそちらにいた人間ですし、うちで飼い殺しにするのは忍びないとは思ってます」英雄はしかつめらしく言う。「あとはあいつの気持ち次第でしょうが」

「もう勢司もいないんだ。わざわざ飼い殺しにされる道を選ぶわけがない」そう言うと、将一郎はにわかに話を切り上げた。「そうか……こうしちゃおれんな」

将一郎は見送りに立とうとする英雄を制し、そのままドアの前まで歩いていく。しかしそこでふと立ち止まった。

「もしかしてあんた」彼は振り返って英雄を見た。「はなから私に売りこむつもりであの子を拾ったのか？」

「まさか」英雄は軽く笑って言った。「会長が後継者に困ることになるなんて分かるはずがないですし、今日ここに来たのも会長の意思でしょうに」

「それはまあ、そうだが」

「私はたまたまちょうど、実行を外す決断をしたところだった……それだけです」

もちろん、忠徳親子の専横ぶりを聞く限り、いずれは〈東京ラクト〉の経営が傾く事態がありうるとは思っていた。成功を一時的に脇にどけてでも、実行の能力を内外に示させてやらなければとも思っていた。時機が来てからは、将一郎が愛読する経済新聞の記事に取り上げてもらい、アピールに念を押した。ぼやき好きな老人が今ではそうする相手もいないはずであり、機会があれば英雄にその相手を求めてくるだろうとも思い、入院の予定を業界担当の記者に話しておいた。

ただ、そうした英雄の目論見《もくろみ》などいちいち言う必要などない。これから実行に相応《ふさわ》しい活躍の場が与えられるなら、それがすべてだ。

「そうか……」

将一郎は彼なりに何かを納得したように呟き、部屋を出ていった。

29

その週、成功が事業本部長に就任するという辞令が下った。取締役の任命を含んだ人事だとも聞いた。

その発表だけでも早恵里には驚きだったが、実行が事業部を離れて開発研究部のシニア研究員なる職務に就くという辞令が同時に下ったことに、いっそう驚かされた。勤務地は那須の開発研究所だという。

後任の事業部長にはプロモーション課長だった光山が昇格し、プロモーション課長には営業推進部から栗原が移ってきた。

事業部外でも、成功の後任となる営業推進部長に星奈が抜擢されるという人事があった。さらには社長が入院したという噂も加わって、部内にもひそひそとした声が飛び交い、落ち着かない雰囲気が生じていた。

事業部のフロアの奥の一角に成功の席が作られ、彼は辞令が出た日からそこで仕事を始めた。AKプロジェクトも彼をマネージャーとして引き続き進められるようで、これまでの仕事そのものに大きな変化はない。

実行もしばらくは本社に残るらしく、連日会議室にこもって光山と仕事の引き継ぎを行っている。

次の週になると、引き継ぎは一段落ついたのか、光山は部長席に戻り、梶本らが個別に実行のいる会議室に呼ばれた。受け持ちの仕事の確認とともに離任の挨拶が行われているようだった。

梶本ら実行の側近たちは一様に沈鬱《ちんうつ》な表情をして会議室から戻ってきた。そのうちどこかから、実行が会社を辞めるらしいと噂する声が流れてきた。

まだ会社全体が「ビオビー」のヒットに沸いている最中だけに、早恵里は信じられない思いだった。社長が成功を後継指名したという話がある。しかし、経済新聞の記事を嬉しそうに見ている実行の姿を目にしたのは、つい先日のことだ。表情自体はそれほど変わってはいなかったのだが、早恵里にはとても喜んでいるように見えた。今の状況はそこからの落差が大きすぎて、理解が追いついていかない。「ビオビー」のプロジェクトにおいて、実行の仕事ぶりが成功に引けを取るようなものだったとは思えない。後継を決めるにしても、もう少し温和な裁定はなかったかと思いたくなる。

夕方近く、実行に呼ばれて三十分ほど会議室に行っていた若葉も、どこか神妙な顔をしてフロアに戻ってきた。実行に同情して目にうっすら涙を浮かべているようにも見えた。彼女は早恵里を廊下に呼んだ。

「実行さんが旧芝離宮に来てほしいって」彼女は小声でそう伝えてきた。「行ってきてくれない？」

「分かりました」

席に戻って、作業中だったパソコンなど机の上のものをいったん片づける。ふと奥の席に座る成功と目が合った気がしたが、構わずフロアを出た。

浜松町駅のすぐ東側に旧芝離宮恩賜庭園はある。もとは大名屋敷の庭園だったところで、近くの有名な浜離宮恩賜庭園ほどの大きさはないが、ここも風光明媚《めいび》な都会のオアシスである。早恵里も去年の桜の季節に一度散策したことがある。

行ってみると、実行は入口の門の前に立っていた。ただ、早恵里もすぐに出てきたので、それほど待ってはいないはずだった。

彼は「忙しい中、申し訳ない」とだけ言い、二人分の料金を払って庭園に入っていく。早恵里は黙って付いていった。

紅葉などはまだ先だが、空気そのものはここ数日ですっかり暑気が抜けた。秋の夕方の日本庭園はどこか寂しげだった。

実行は砂利が敷き詰められた道をゆっくりと歩いていく。池の前まで出たところで、ふうと自らを落ち着かせるように息をついたのが聞こえた。

「何人かには話したが、研究所には戻らず、会社を辞めることにした」彼は口を開くと、そう話し始めた。「週末、社長を見舞いがてら辞表を出して受け入れられた」

引き継ぎは今日で終わり、明日以降、会社に顔を出すのは、社長が復帰してから挨拶に出向くときだけになるという。

「いったい何があったのかも分からなくて」早恵里はそんな言葉しか返せない。「突然で、ただただびっくりです」

「私は成功との争いに負けた。それだけだ」実行は淡々と言う。「単に社長の酔狂で重職を任されていたわけじゃない。もちろん私はそれを分かっていたし、結果を出そうと必死にやったつもりだった。しかし、社長を満足させることはできなかった」

それで敗者は去るしかないとするなら、あまりにも厳しい世界だと思った。

「［ビオビー］のヒットは、実行さんがチームを引っ張ったからこその結果だと思います」

それは早恵里の本心だった。実行が出してみせた結果の前には、ほかの誰かがやっていたならという仮定の話など成り立たない。

「ありがとう」実行はごく冷静に早恵里の言葉を受け止めてみせた。「私もそれについての悔いはない。君にもずいぶん助けられた」

「こちらこそお礼を言わせてください」早恵里は言った。「実行さんにいろんな仕事を任せてもらって、この一年、自分が成長できた実感があります」

「そう言ってくれると嬉しい。その実感は決して錯覚ではない」実行は太鼓判を押すように言った。「君はもう、事業部に欠かせない人材になっている」

「ありがとうございます」

少し前まで抱えていた居場所のなさは、早恵里の中でも薄れてきている。実行はそれを感じ取ったように、頬に柔らかさを見せた。

「私のことも心配はいらない。当てもなく辞めるつもりだったが、尊敬しているある人物からちょうど連絡があった。昔からその人だけは、私を公平な目で見てくれていた。まだ〈シガビオ〉に籍がある身だからどんな話かは聞いていないが、私は自分の人生をそれほど悲観的に考える必要はないと思っている」

言葉を濁した言い方だが、〈東京ラクト〉に戻る話ではないかと察した。〈東京ラクト〉は社長と御曹司が失脚し、老会長が社長を兼ねる事態になっている。その老会長が実行を公平な目で見てくれていたとするなら、彼が戻るのに支障は何もないことになる。

捨てる神あれば拾う神ありということだ。言われてみれば、眼鏡の奥にある実行の目には力が失われていないように見える。

「ただそれは、仕事の上の話だ」実行はその力のある目で早恵里を見た。「このまま黙ってこの会社を去れば、私は大きな空洞を心に宿してこれからの人生を歩むことになるだろう。君のことだ」

会議室を出て外で会うからには、通り一遍の挨拶ではないとは思っていた。早恵里は小さく息を呑みながらも、彼の話を受け止めようと構えた。

「私が君に対して特別な感情を持っていることは、もう君も承知の上だろうと思う」

早恵里はこくりと小さくうなずいた。

「私は何というか、持って回った言い方しかできないが、君にはずいぶん駄目な部分もさらけ出してきた。大した人間でないのは知っているだろうし、君なりに噛み砕いて理解してくれればいい。ただ、覚悟だけは持って言うつもりだ」

その覚悟なるものが、揺らめく冷炎《れいえん》として彼の身体から立ち上っているように感じられた。

「私は君の存在を心の支えにして生きていきたい。同じ意味で、君のためにできることは何でもしたいと思っている。そして君に望むのは、その特権をどうか私だけに与えてくれないかということだ」

彼の思いが問答無用に伝わってきて、早恵里は痺《しび》れたように動けなくなった。

30

父は一週間の入院を経て会社に戻ってきた。胃の病変は悪性ではなく、通常の胃潰瘍の治療がなされたようだった。ただ、マーカーの数値が上昇傾向にあるなど、引き続きの経過観察は必要とのことだった。

父が会社に出てきた日の午後、実行が退職の挨拶のため姿を見せた。彼は引き継ぎを終えたあと有給休暇を取っており、〔シガビオ〕の在籍はこの日限りとなる。本来はまだ有給休暇も残っているのだが、彼自身がこうした区切りを選んだようだった。

「社長はどうだ?」

実行は仕事に復帰した父の様子を訊いてきた。

「大丈夫そうだ」

挨拶するのに特段問題ないことを言うと、実行は少し表情に硬さを見せながら「そうか」とうなずいた。

「みんなを集めるから挨拶していけ」

「あとにする」

やはり、父への挨拶を前に緊張しているようだった。

「俺も一緒に行く」

放っておいたらしんみりした別れを嫌って、部員たちと挨拶しないまま帰りかねない。それと同時に、新しい人事の辞令が下って以降、実行とは意識的に距離を置いてきたものの、この最後の場には立ち会うべきだという思いがあった。

実行に付いていき、エレベーターホールに向かう。

「梶本くんたちが送別会を開いてくれるようだが、私は行かない」エレベーターを待っている間、実行はそんな話をした。「[ビオビー]の打ち上げにでもしてくれ」

「そうか……分かった」

彼なりの心の整理のつけ方があるのだろう。無理に勧めるものでもない。

「それから、お前には言っておく」実行は話を続けた。「〔ラクト〕の会長から電話があった。ここを辞めるまで話は聞かないことにしてるが、おそらく私は〔ラクト〕に戻る」

だからこその今日付での退職かと気づいた。少しほっとする思いがある。

「ただ、決まった話ではないし、梶本くんたちには話していない。たとえそうなったとしても、これ以上彼らを私の都合で振り回すのは本意でないから、声はかけないつもりだ。彼らのことをよろしく頼む」

すでに〔シガビオ〕の戦力となっている彼らを引き抜いて、いたずらに混乱させたくはないということでもあるのだろう。成功は「分かった」とだけ返した。

上階に行くと、実行は秘書室を覗いて市村に短く挨拶したあと、常務の小松や専務の平木の部屋を回って同じように退職の挨拶をした。

最後に社長室のドアをノックした。実行に続いて成功も部屋に入る。父は執務席に着いていた。

「退院おめでとうございます」実行は部屋の中央まで進み出て一礼した。「お加減はいかがでしょうか？」

「心配はいらない」父は実行をじっと見つめてから、そう口を開いた。

「くれぐれもご無理なさらずご自愛ください」

「ありがとう」

それから実行の口が動くまで、少し時間がかかった。彼は再び頭を下げた。

「本日付で退職することとなりました。身勝手な決断、何とぞご容赦ください」

「そうか」

どこか素っ気ない相槌とは別に、父の目が潤んでいるように見え、成功ははっとした。

「私は離れてしまいますが、〈シガビオ〉は社長と成功のもと、いっそう繁栄するものと信じています」

父が束の間、下を向く。その顔を上げ、椅子から立ち上がったときには、すでに涙が頬を伝っていた。

成功は父の涙を初めて見た。

それを見た実行もしばらく呆然としていた。そして、父が自分のもとに歩み寄ってくるのを見ながら、彼自身もみるみる目に涙を浮かべた。

「幸せでした」実行はぼろぼろと涙をこぼしながら言った。「社長のもと、成功と一緒に仕事ができたこと、本当に幸せでした」

父は実行の前まで行くと、彼を抱き寄せた。

「元気でやりなさい」父は実行を抱き締めながら言った。「とにかく、元気でやるんだ」

永遠の別れとなることを覚悟したような言い方だった。

今後もう、この親子三人が集い、語らい、ともに何かの仕事をするということはないのだ。成功もまた、一緒に涙しながら、この一年にも満たない短い月日が奇跡のような時間だったことをしみじみと思った。

社長室を出た実行は、下のフロアにも挨拶に寄った。

下では梶本が、MTGエリアに事業部員や星奈らABプロジェクトに関わった面々を集めて待っていた。

実行は彼らの前で短く挨拶しただけだったが、社長室からの泣き腫らした彼の目を見て、何人かも目頭を押さえていた。

そう言えば早恵里と若葉がいないと思っていると、挨拶を終えた段になって、若葉が花束を抱えたビーちゃんを先導してきた。

顔を見せてやればいいのにとも思ったが、あるいは早恵里も泣いているのかもしれない。おずおずと実行に花束を差し出した。

逆に実行は、その姿を見て爽やかに笑みを浮かべ、彼女からの花束を「ありがとう」と受け取った。


夜、梶本が企画した送別会に実行はやはり姿を見せなかった。成功が代わりに出席し、会はプロジェクトの打ち上げに形を変えた。

「ちょっと歩いていかないか」

散会して店を出たあと、成功は早恵里にそっと声をかけた。会食中も彼女とは時折目が合い、二人での時間を求められているような気がしていた。

二軒目に行く者、家路につく者、それぞれがばらけて歩き出す中、成功は流れから外れて芝公園の前に出た。夜風に当たりながら公園の前の通りをゆっくり歩いていると、やがて早恵里が後ろから追いついてきた。

肩を並べて歩く。

「栗原は案外あれで、守りに入りがちな考え方をする。下からどんどん冒険的なアイデアを出して、振り回してやってほしい」

「はい」

そんなやり取りのあと、少し無言になる。

「実行とは何か話した？」

実行が引き継ぎに出ていた最後の日、早恵里を呼んだ時間があったはずだった。

「話しました」早恵里はそう答えた。

「どんな話だった？」

「実行さんの気持ちを……私が必要だということを聞かせてもらいました」

「そうか」成功は立ち止まり、早恵里を見た。「じゃあ、俺の話も聞いてもらえないかな？」

早恵里も立ち止まり、こくりとうなずいた。

「時間はかかったけど、気持ちは変わってない。ずっと好きだった。実行がどれだけ格好つけたかは知らない。俺も君が必要だ」

「私は」早恵里はうつむき加減に視線を落として言う。「誰かが成功さんを嵌めるために送りこまれた人間ですよ」

「君が実際、そうやって動いてたら、俺たちはもっと早く近づけたんだろうね」成功は冗談っぽく言った。「そして今頃は後味悪く別れて、会社も離れ、お互い別々の人生を歩んでたのかもしれない」

「そうかもしれません」

「でも、そうはならなかった。君は紹介されたうちの会社を気に入り、一生懸命がんばろうと思って働いていただけだ……違うか？」

「そうです」

「俺は俺で、そんな君だから好きになった」成功は言う。「だいぶもたもたしちゃったし、すぐに返事をくれなんてことを言うつもりはない。じっくり考えてくれれば……」

「いえ」早恵里が小さく頭を下げた。「お願いします」

あっけないほどの早さで返ってきた言葉に、成功は軽く戸惑った。

「またおかしな壁ができて身動き取れなくならないうちに返事しておきます」

「実行は……？」

「お断りしました」早恵里は言う。「素敵な言葉をいただきましたし、私なりにちゃんと受け止めたつもりですけど、結局、私も変わりませんでした」

「そう……」

緊張が取れ、どこか力が抜けたような思いで成功は相槌を打つ。

「もう離さないでくださいね」

逆に彼女はその顔つきに高揚感を覗かせ、そんなことをいたずらっぽく言った。

「うん……分かった」

長いこと踏みこむのをためらい、足踏みを続けてしまっていただけに、彼女に選ばれなかったとしても、それはそれで仕方ないという気持ちもどこかに芽生え始めていた。

しかし、いざ彼女の心が自分に向けられていることを実感すると、その存在の大きさが改めて胸に迫ってきて、感動にも似た思いでいっぱいになった。

成功は早恵里の手をぎゅっと握り、夜の公園前を再び歩き始めた。

成功が取締役に就任してから、あっという間に一年、二年と経っていった。

三年目、平木が専務を退任し、小松が常務から専務に昇格したのに伴い、成功は「絹どけ」や「アルプスの恵み」のヒットが評価されて常務取締役へと推挙された。それからしばらくして夏を前に、成功と早恵里の結婚が決まった。

「おいおい、俺にくらい教えといてくれよ」

早恵里との交際は社内でも秘密にしていたので、早恵里の直属の上司としてプロモーション課長を務めていた栗原なども寝耳に水の反応を見せた。

「私もこれでようやく楽になれるよ」

一人秘密を守ってきた若葉は長かったと言いたげに、しみじみとそう口にした。

そんな彼女も、今は同じ事業部の梶本とひそかに付き合っていることを成功は知っている。以前、梶本から告白されたがどうしようかと彼女に相談されたことがあったからだ。梶本は実行が〈東京ラクト〉に戻って以降も何も言わず〈シガビオ〉にとどまっていたが、そういうことだったかと腑に落ちたものだった。

「俺はてっきり、サクセスは伴内さんとくっつくんじゃないかと思ってたよ」

栗原がそんな言い方で触れてみせた星奈は、成功と早恵里が結婚するという話が社内に出回ってから数日後、辞表を提出した。成功は常務として担当を事業本部から営業本部に移していたので、彼女の退職願は成功が受け取ることになった。

思えば、三年近く前、成功の返事で彼女に失意を抱かせてしまったとき、そのまま彼女は会社を去ってもおかしくなかった。それが今になってということは、結婚を発表するまでまだあきらめ切れない感情があったのだろうかとも思った。しかし、あのとき以来、星奈は何の憂いも見せることなく吹っ切れたように仕事に向き合い、成功にも接してきていた。

「秋からアメリカのビジネススクールに通うことに決めましたので」

星奈は退職理由をそう話した。合格発表は春にあったというから、成功の結婚に関係なく、彼女自身の都合で進めていた計画ではあったようだ。

「なら、休職して行けばいいじゃないか」

優秀な人材でもあり、成功は当然のようにそう引き留めた。〈シガビオ〉にもそういう制度はある。

しかし星奈はさっぱりした顔つきで首を振った。

「留学後は〈ゼネラル〉に戻ることにしました」

「そうなのか」

「自分が悪かったと父が詫びを入れてきたので……許すことにしました」

謝ってきた相手は許すという彼女の信条が今回も生かされたらしい。

「そうか……伴内さんは優しいな」

成功が感じたままを言うと、星奈はほんの少し困ったような顔を見せながら小さく肩をすくめてみせた。

社長室に報告に行ったところ、父は星奈の退職をすでに察していたようだった。

「お前の結婚のことを聞いたらしく、伴内社長から電話があってな。星奈さんとの話じゃなくて残念がってくれるかと思いきや、彼女をお前に取られずによかったと。その上、〈ゼネラル〉に戻ってくる返事ももらったと喜んでいたよ」

星奈との話でなかったことを残念がっていたのは父のほうだが、それも早恵里の挨拶を受けてからは納得したように穏やかな態度を取っている。

営業推進部長の後任には栗原を充てる構想を伝えると、父は小さくうなずいた。

「実行にも報告しておきなさい」

社長室を出ようとする成功に、父はそんな声をかけてきた。結婚のことだ。

成功は常務室に戻り、実行に電話をした。

玉手実行として〔東京ラクト〕に復帰して取締役に就いていた彼は、この春、四半期決算でようやく業績が不祥事前の水準まで戻ってきたのを受け、社長の座を玉手将一郎会長から禅譲されていた。

〈成功か。どうした?〉

第一声でどうしたと訊いてくるあたりに、相変わらず父のことを気にかけている様子がうかがえる。

「俺の件で一つ報告があって電話した」成功はそう切り出した。「山科さんとの結婚が決まった」

〈そんなことか〉実行はことさら興味なさそうに言った。

「まだ日取りは決まってないが、式に来てほしい」

〈悪いが遠慮する〉実行は冷ややかに言った。〈今さら嫌な敗北感を思い出したくはない〉

「まだ引きずってるのか?」成功はわざとそう訊いてみる。

〈馬鹿な〉実行はむっとしたように言い返してきた。〈だいたい、山科さんのストッキングをかぶってお前と引っ張り合うようなゲームに駆り出されては敵わないからな〉

「そんなことするかよ」

こんな冗談を飛ばしてくるあたり、実行もずいぶん変わったなと思わないでもない。

〈どちらにしろ、行くつもりはない〉

この気難しさはまったく変わらない。複雑な気持ちも分からないではなく、無理に誘うのはあきらめることにした。

〈社長はその後どうだ？〉実行が訊いてくる。

「まあ、今のところ大丈夫だ。病院通いはしてるが、何とかやってる」

〈そうか。ならいい〉

本当なら成功の結婚は、実行と父が久しぶりに顔を合わせる機会にもなりうるはずだった。しかし彼は、父とはもう会えないものと覚悟してしまっているようでもあった。

〈成功……〉

二人の関係を何となく切なく感じているところに、実行が成功を呼んだ。

〈おめでとう〉

不意をつくようにして祝福の言葉が耳に届いた。

そしてそのまま、何かを言い返す間もなく電話は切れた。

〈参考文献〉
『乳酸菌革命』金鋒著　評言社
『乳酸菌　健康をまもる発酵食品の秘密』小崎道雄著　八坂書房
『ヨーグルトの科学　乳酸菌の贈り物』細野明義著　八坂書房

本書の執筆におきましては、飲料メーカーの仕事に関して五十嵐優智氏と武田ちひろ氏から大変貴重なお話をうかがい、また作中の描写についても丁寧な助言をいただきました。

この場を借りて心からお礼を申し上げます。

雫井脩介（しずくい・しゅうすけ）

一九六八年生まれ。愛知県出身。専修大学文学部卒業。二〇〇〇年、第四回新潮ミステリー倶楽部賞受賞作『栄光一途』で作家デビュー。〇四年に『犯人に告ぐ』がベストセラーに。同年の「週刊文春ミステリーベスト10」で第一位となり、第七回大藪春彦賞も受賞した。『火の粉』『クローズド・ノート』『ビター・ブラッド』『検察側の罪人』『仮面同窓会』『望み』『引き抜き屋1　鹿子小穂の冒険』『引き抜き屋2　鹿子小穂の帰還』など映像化された作品多数。他の著書に『犯人に告ぐ2　闇の蜃気楼』『犯人に告ぐ3　紅の影』『霧をはらう』など。二〇二一年、『クロコダイル・ティアーズ』が直木賞候補となった。

互《ご》換《かん》性《せい》の王《おう》子《じ》

二〇二三年一二月二〇日　第一刷発行

著者　雫《しずく》井《い》脩《しゅう》介《すけ》

編集・発行人　篠原一朗

発行所　株式会社　水鈴社
ホームページアドレス　https://www.suirinsha.co.jp/
電話　〇三-六四一三-一五六六（代）
この本に関するご意見・ご感想や、万一、印刷・製本などに製造上の不備がございましたら、お手数ですがinfo@suirinsha.co.jp までご連絡をお願いいたします。

発売所　株式会社　文藝春秋
〒一〇二-八〇〇八
東京都千代田区紀尾井町三-二十三
電話　〇三-三二六五-一二一一（代）
販売に関するお問い合わせは、文藝春秋営業部までお願いいたします。

印刷・製本所　萩原印刷

校正　坂本文

定価はカバーに表示してあります。

ISBN978-4-16-401007-5